삶의 지혜(하)

학생들을 위한 진솔한 자기 계발 인성 교재

삶의 지혜 (하)

──── 한국의 탈무드 ────

인생을 살아가기 위한 삶의 '길잡이'이자 '지침서'

지은이
문학박사 **문재익**
(사회교육, 대학교육 40여 년 경력)

이담북스

지은이의 근영(近影)

★최종 학력: 원광대학교대학원 영어영문학과(영어학전공) 박사졸업(문학박사)

          (미국 뉴저지주 Rowan Uni. 어학연수. Rutgers Uni. 영어교수법–ELT 수학)

★강남대학교 인문대학 영문학과 정교수(Tenure) – 2018년 8월 정년퇴임

  동교 한영문화콘텐츠학과 특별교수/일간신문 칼럼니스트/대학 명사 특강

★대학교육 경력(2000년~2018)

*외래교수–원광대학교, 단국대학교 영어영문학과, 세종사이버대학교(겸임교수)

*강남대학교 보직–대외협력위원장(경영 부총장직), 중앙도서관장, 입학처장

            –미래인재개발대학장, 글로벌센터장, 중국베이징소장

            –국제어학교육원장, 평생교육원장, 보육교사교육원장,

*위원회 활동–경기도 대학국제교류처장협의회 공동의장, 한국평생교육위원회 위원

          –위즈덤 교육포럼 국제협력위원장, 법무부 이민통합위원회 위원

*학회 활동(정회원)–21세기영어영문학회, 영상영어교육학회, 영어교육평가학회

          –동서비교문학학회, 대한영어영문학회, 한국번역학회, 동화와 번역

★사회교육 경력(1976년~2000년)

*단과(성문종합영어), 대입종합반 강의: 전주–상아탑학원, 제일학원, 영재학원(부원장)

                   서울–한샘학원, 교연학원, 청솔학원(부원장)

*대학 특강영어강의: 전북대학교, 전주대학교 TOEFL 및 사법고시 영어

*인터넷강의: 공부하자닷컴, E-mbc 인터넷, 세종사이버대학 실용 영어
*학원 운영(원장/이사장): 문재익 입시학원(초, 중, 고 전 과목),
                                                KIS 외국어학원(미국 교과서 수업)

★저서 및 논문
*대학영어교재: 대학영작문, 영어번역, 실용영문법, 영어산문, 취업영어, 실무영어, 야무
                          진토익 등
*중 · 고교영어교재: 순기초영어, 영문법, 영어어휘, 영어독해연습, 영어실용필수어휘,
                              구문총정리 등
*우리말 논문: 영어조기교육평가, 영어독해지도방안, 문법교육의 새 방향, 영어작문 지
                      도방안 영어화법에대한연구, 영어독해력향상지도를 위한 사례연구, 영어
                      교육과 학습 등
*영어논문: Rhyme and Cultural Context in Proverb, Introspection into English
                  Listening Training, Detoxified Protocols Reading Comprehension,
                  Evidences of Communal Fallacies in Conventional Interpreting 등 다수
*기타: 자전적 에세이집-「생활 속 지혜」Ⅰ, Ⅱ, Ⅲ권

지은이의 말

전 세계적으로 유대인을 합산해 봤자 1400만 명밖에 안 되는 이 작은 소수 민족이 가장 영향력이 있는 집단이 될 수 있었던 것은 역시 미국에 사는 유대인인 유대계 미국인들 때문이다. 미국 인구의 1.5%를 차지하는 유대인들은 정치, 경제, 학문, 문화, 예술, 언론, 스포츠계(係) 등 미국 사회의 모든 분야에서 중추적(中樞的: 중요한 부분이거나 자리하고 있는) 역할을 하고 있어, 미국 사회를 이끌고 있다고 해도 과언(過言: 정도에 지나친 말)은 아닌 것 같다. 심지어 할리우드 영화사들뿐만 아니라 주요 기업, 금융기관, 언론사 사주, 설립자들이 유대인들이다. '그들은 어떻게 이렇게 소수 민족이 미국 사회의 주도권(主導權)을 잡게 되었는가?'에 대한 궁금증이 들게 한다. 그것은 바로 그들의 '교육 방법'에 있다고 말할 수 있을 것 같다. 그들은 가정 내에서 가족들끼리 저녁 식사 후 모여 앉아 함께 성경(구약)과 탈무드를 공부해 성공의 원동력이 되는 '인성교육'을 한다는 것이다. "승자의 강점은 타고난 출생, 높은 지능, 뛰어난 실력에 있지 않다. 승자의 강점은 소질이나 재능이 아닌 오직 '인성과 성품 그리고 태도'에 있다. 이들을 보면 그 사람의 성공을 가늠할 수 있는데, 이들은 아무리 많은 돈을 주어도 살 수 없는 것들이다." 미국의 세계적 동기부여 전문가 데니스 웨이트리의 말이다. 그렇다면 성경은 우리가 다 알고 있는 것이고, 탈무드는 어떠한 것인가? 유대인의 탈무드를 이해하지 않고는 유대인을 이해할 수 없다. 탈무드는 단순히 책이라기보다는 '하나의 문학이다.'라고 한다. 1만 2천 페이지의 탈무드는 B.C.(기원전) 500년부터 A.D.(서력기원, 서기) 500년 전까지의 구전(口傳: 말로 전하여 내려옴)을 10년에 걸쳐 2천 명의 학자들이 편찬(編纂)한 것이다. 동시에 이것은 현대의 우리들도 지배(支配)하고 있으므로, 말하자면 유대 5천 년의 '지혜이며 생활 규범'으로, 온갖 '정보(情報)의 보고(寶庫)이자 저수지(貯水池)'라고 말할 수 있다.

지은이는 27세에 입시학원에서 성문종합영어(송성문 저) 강의를 시작으로 66세 강남대학교 영문학과 정교수로 정년퇴임 시까지 40여 년을 강단에서 수십만 명의 학생들을 가르쳤고, 그중 수많은 학생, 또한 그들의 학부모님들과도 자녀들의 생활, 진로, 배치 및 인생 상담도 했다. 그리고 분당에서 입시학원(초·중·고 전 과목)과 외국어학원(미국 교과서 수업)을 운영하기도 했고, 양대 방학 중에는 영어 캠프(Emersion Program)도 주재(主宰)했다. 초·중·고 재학생들뿐만 아니라 대입 재수생, 그리고 대학에서는 학부 학생, 대학원 석·박사과정의 학생들에 이르기까지, 사교육부터 공교육에 이르기 까지 각계각층의 학생들과 함께 온 경험을 통해서 얻고, 느꼈던 것, 특히 강의 중 인성교육 내용을 토대로 이미 출간되어 시판 중인 전 연령층을 대상으로 집필된 「생활 속 지혜」 I, II, III권을 재정리, 학생들을 위한 인성 교재 「삶의 지혜」 상·하권 두 권으로 재탄생되게 되었다. 지은이는 한마디로 거의 20대부터 평생을 공부하고 학생들 가르치고, 그리고 여러 권의 영어교재를 집필(執筆), 출간(出刊) 및 연구논문을 썼으며, 강의 시에는 국내·외의 수많은 영어교재를 다루었다. 무엇보다도 강의 준비를 위해서 교재연구뿐만 아니라 다양한 장르와 다양한 분야 정기간행물의 독서, 그리고 3대 일간신문 중앙지(조·중·동)의 오피니언 란(欄)의 사설과 칼럼을 읽는 일을 하루 일과의 시작으로 거의 평생을 실행, 실천했었다. 무엇보다도 20대 이후 거의 평생 동안 강단에서 강의하고 학생들과 생활하면서 왜, 우리나라는 학생들의 인성 교재, 다시 말해 유대인의 생활 규범인 탈무드와 같은 인성 교재가 없는가? 항상 안타깝게 생각해 왔으며, 현직에서 은퇴하면 그동안의 경험을 토대(土臺)로, 우리 학생들에게 적절한, 우리의 현실에 맞는 인성 교재를 차분(성질·태도가 부드럽고 조용)하게 집필할 것을 지은이의 최종 인생 목표로 설정하여, 이제 이 책의 출간으로 결실(結實)을 보게 되었다.

이 책의 구성 중 내용도 중요하지만, 어휘력 증진과 필수 한자 실력 배양에 중점을 두었으며, 한자어나 어휘의 의미 파악에 이해를 돕기 위해 괄호 안에 뜻풀이를 해 두었다. 각 제목마다 세계적 명사들의 명언들과 나라마다의 속담, 격언, 그리고 경구(警句: 진리나 삶에 대한 느낌이나 생각을 간결하고 날카롭게 표현한 말)들을 소상(昭詳)하게 인용해 글의 객관성과 신빙성으로 내용을 세밀하고 알차게 표현해 두었으니, 마음에 울림을 주는 구절(句節)은 자신의 좌우명(座右銘: 늘 옆에 두고 가르침으로 삼는 말이나 문구)으로 삼을 만한 가치가 있을 것이다. 제목에 따라 일부 내용이 약간 중복되는 경우도 있으며, 일부 노년 이야기도 있기도 하다.

이는 한 평생이라는 인생 전체를 '한 장의 그림으로 보라'는 것으로, 무엇보다도 사람이란 '계획성 있는 삶을 영위(營爲: 일을 꾸려나감)하라'는 것이다. 10대는 20대를, 20대는 30대를 계획하라는 것으로, 순차적으로 크게는 노년까지 '인생 전반의 큰 그림을 그려놓고 세부적 그림을 그려나가야 한다.'라는 취지(趣旨: 어떤 일의 근본이 되는 목적이나 긴요한 뜻)이다.

지은이는 어린 시절, 청년 시절, 중·장년 시절, 그리고 지금은 현업에서 은퇴하여 노년으로 귀촌(歸村)하여 전원생활을 하며 정원, 텃밭 가꾸기, 짐승 기르기, 건강을 지키기 위한 운동도 하고, 특히 심야(深夜)에는 글쓰기로 마지막 인생을 정리하고 있다. 연륜과 교육 경륜의 결정체인 이 책이 우리 학생들이 올바른 인성으로 거듭 태어나 우리나라의 미래를 밝혀 줄 것을 간절히 바라는 바이다.

2025년 초하(初夏: 초여름) 즈음
경북 문경 산양 청기산방(青驥山房)에서

문재익

목차

제5장　생활과 환경

제6장 정신과 육체

제7장 기타

제5장

생활과 환경

1

꿈이란?

꿈의 사전적 의미는 첫째, '실현(實現)하고 싶은 희망(希望)이나 이상(理想)'이고 둘째, '잠자는 동안에 깨어 있을 때와 마찬가지로 여러 가지 사물을 보고 듣는 정신 현상'이며 마지막으로, '실현될 가능성이 아주 적거나 전혀 없는 헛된 기대나 생각'으로, 다른 말로 표현하자면 '과대망상(誇大妄想), 망상, 망념(妄念), 몽상(夢想), 백일몽(白日夢: 한낮의 꿈, 헛된 공상)'이라고도 한다.

맨 먼저 희망이나 이상의 의미, 꿈은 목표, 비전(vision: 내다보이는 장래의 상황) 등 '본인이 이루고자 하는 바를 비유(比喩)적으로 이르는 말'로, 협의(狹義: 좁은)로는 '장래의 희망이나 직업 등'에 한정되어 쓰이기도 한다. 프랑스의 낭만파 시인이자, 소설가인 빅토르 위고는 '미래를 창조하기에 꿈만큼 좋은 것은 없다.'라고 말했다. 한 개인은 물론이고, 인류가 발전하는 모티브(motive)는 '꿈'이다. 인간의 가장 중요한 '신앙'은 하나님 다음으로 '희망, 꿈'인 것이다. 희망, 꿈이 있는 자(者)에게는 신념(信念)이 있고, 신념이 있는 자에게는 목표가 있고, 목표가 있는 자에게는 계획이 있고, 계획이 있는 자에게는 실천이 있고, 실천이 있는 자에게는 성공이 있으며, 성공한 자(者)에게는 행복이 있다. 희망, 꿈,

목표를 성취해 가는 것이 성공이다. 그리고 성공한 자의 행복의 으뜸은 '성취감'이다. 한마디로 '성공, 행복의 발원지(發源地: 물줄기가 시작하는 곳)'는 바로 '희망, 꿈'인 것이다. '꿈을 품고 뭔가 할 수 있다면 그것을 시작하라. 새로운 일을 시작하는 용기 속에 당신의 천재성과 능력 그리고 기적이 모두 숨어 있다.' 독일의 철학자 괴테의 말이며, "벨보이(bellboy: 호텔 종업원) 시절에 나보다 일을 잘하는 사람도 많았고, 나보다 경영 능력이 뛰어난 사람도 많았다. 하지만 '자신이 호텔을 경영하게 되리라'라는 '믿음과 꿈'을 가진 사람은 '나 혼자' 뿐이었다." 세계적인 최고급 힐튼호텔 체인 창업주 콘래드 니콜슨 힐튼의 말이다.

만일 인간이 꿈이 없다면, 그리고 꿈이 실현되지 않는다면? '삶에 대한 의욕(意慾: 적극적인 마음이나 욕망)이 없어 죽은 자나 마찬가지일 것'이다. 설령 꿈이 이루어지지 못한다 해도 실망하거나 좌절(挫折: 마음이나 기운이 꺾임)해서는 안 된다. 중요한 것은 꿈을 이루기 위해 노력하는 '의지와 열정'에 있다. 비록 꿈을 이루진 못해도 그것을 위해 노력하는 과정에서 얻은 '지식과 경험'이 훗날 '소중한 자산(資産)'이 되어, 또 다른 꿈을 실현 시킬 수 있기 때문이다. 결코 현실에 안주(安住: 한 곳에 자리 잡고 편히 삶)해서는 안 되는 것이다. 삶이란, 끊임없이 나아가야 하는 것으로, 우리가 세상을 살아가는 궁극(窮極)적인 이유가 여기에 있는 것이다. 그러므로 가능한 원대(遠大)한 꿈을 꾸어야 하지만, 경계해야 할 것은 허무맹랑(虛無孟浪: 터무니없이 거짓되고 실속이 없음)한 꿈은 무용지물(無用之物)이라는 것을 명심(銘心)해야 한다. '희망 어린 명언' 하나를 인용한다. '꿈과 이상은 별과 같아서, 그것을 손으로 만지지는 못하지만, 망망대해(茫茫大海: 한없이 크고 넓은 바다)의 항해자(航海者)처럼 그것을 길잡이로 삼아 따라가다 보면 운명에 도달한다.' 독일 출생 미국의 정치가이자 언론인 카를 슈르츠의 말이다. 사자성어에 희성희현(希聖希賢)이라는 말은 '성인이 되고 현인이 되기를 바란다.'라는 의미로 사람은 '자신보다 뛰어난 사람을 이상으로 삼을 것'을 말하는 것인데, 안고수저(眼高手低)는 '눈은 높으나 솜씨는 서투르다'라는 의미로 '이상만 높고 실천이 따르지 못함'을 이르는 말과 지족지계(止足之戒)란 '제분수(分數: 사물을 분별하는 지혜)를 알아 만족할 줄 알라'라는 경계(警戒)의 말로 '허황(虛荒)된 꿈은 삼가라'라는 것이다.

다음으로 우리가 수면(睡眠) 중 꾸는 꿈이란? 오스트리아의 심리학자 지크문트 프로이트가 쓴 「꿈의 해석」에서 '꿈은 우리의 무의식에 도달하는 최고의 지름길'이라는 이론을 제시했는데, 이는 즉 꿈이란 '무의식을 보여주는 것'으로 '충족되지 못한 잠재적 무의식을 상징적 형태로 발현(發現: 숨겨져 있던 것이 드러남)하기 위한 것'이며, '욕구 충족이라는 심리적 기능과 상징적 의미가 있다'라고 말했다. 그런데 프로이트의 「꿈의 해석」은 딱딱하고 어려운 내용이지만, 인내하고 읽다 보면, 세 가지 점을 발견하게 된다. 하나는 꿈은 "과거 깨어 있을 때의 '생각'과 관계가 있으며", 다른 하나는 '꿈에서는 소원을 이루기도 한다.'라는 것이고, 마지막으로 꿈은 '의식이 활동하지 않는 공상의 세계'라는 점을 알게 될 것이다. 또한 정신과 전문의(專門醫) 김태호 교수는 꿈을 꾸는 이유는 '깨어 있는 동안 쌓여 왔던 여러 정보 중 더 이상 필요 없는 정보들을 정리하기 때문이다'라고 주장하기도 한다. 또 다른 특정 이론으로는 '실제로 겪은 두려움, 불안 또는 스트레스가 꿈에 반영된다.'라는 것으로, 꿈으로 '정신 상태'를 알 수 있다는 것인데, 매일 자신도 모르는 사이에 받는 '스트레스나 불안감이 잠재의식 속에 파고들게 되고, 실제로 경험하고 있는 문제나 두려움이 다른 형태의 꿈으로 이어질 수 있다'라는 것이다.

그렇다면 우리가 잠잘 때 꾸는 꿈의 종류는? 대체로 꾼 꿈이 중대한 의미를 가지는지를 판단할 수 있는 다섯 가지 종류로, 꿈을 해몽하는 데 여러 가지 기준점을 갖고 말하는 해몽가(解夢家)들의 말을 빌리자면, 첫째는 심몽(心夢)으로 '평소에 생각하고 있는 것이 비추어지는 꿈'으로, 반복해서 꾸는 꿈이다. 두 번째는 정몽(正夢)으로 본 적도 없고, 느낀 적도 없으며, 마음먹은 바도, 생각한 바도 없는데 '갑자기 꿈에 또렷하게 나타나고, 깨어나서도 꿈의 전후 상황이 생생하게 남아 있는 경우'이다. 그런데 이 경우는 어떤 목적, 사정을 위하여 극히 심려(心慮: 마음으로 걱정함)하고 있을 때 그것이 실현되거나 그에 관한 결과가 이루어지려는 경우에 나타나게 되는데, 보통 이 경우를 우리들은 대개 해몽(解夢)의 대상으로 삼는다. 세 번째는 허몽(虛夢)으로 '심신(心身)이 쇠태(衰態: 쇠약한 상태나 모습)할 경우 꾸는 기분 나쁘거나 우울한 꿈'이다. 네 번째는 잡몽(雜夢)은 '욕망에 관한 꿈'으로 해몽에는 그다지 의미가 없는 흔히 말하는 개꿈이다. 마지막으로는 영몽(靈夢)으로 '신(화)적, 영적인 꿈으로 산신령이나 조상님이 나타나셔서 경고하는 중대한 의미를 갖는 꿈', 인생에 흔치 않은 희귀한 꿈으로, 예지몽(豫知夢)도 여기에 속하며, 실례(實例)가 평생 한 번 있을까 말까 하는 복권 당첨과 같은 꿈이다. 마지막으로 헛된 꿈, (과대)망상(妄想), 망념(妄念)으로 이치(理致)에 맞지 않는 망령(妄靈)된 생각을 하거나 그 생각으로, 몽상(夢想)이라는 말과 일치하며, 그런 사람을 몽상가라 일컫는다. 예를 들어 전혀 공부도 하지 않으면서 의사, 판·검사를 꿈꾸거나, 무일푼의 사람이 대도시 중심가에 대형빌딩을 짓겠다는 생각 등이다. 이런 망상에서 벗어나는 유일한 길은 자신의 처지(處地: 처하여 있는 사정이나 형편)를 잘 관조(觀照: 대상의 본질을 바라봄)하는 것이다.

꿈, 희망이란 자기 능력(실력)과 노력, 환경 그리고 운(運)이 한데 어우러져야 결실(結實)을 보는 법이다. 한마디로 우리네 보통 사람들은 꿈이란 '실현이 가능한 것이라야 한다.'라고 말한다. 그런데 故 차동엽 신부님은 생전에 저술과 방송활동을 통해 주로 '행복의 비밀'을 말씀하셨는데, 이런 말씀을 남기셨다. "망상을 품지 않으면 실패할 확률이 0%이지만, 동시에 기적이 일어날 확률도 0%이다. 망상을 품으면 실패할 확률이 높아지지만, 적어도 기적이 일어날 확률이 0%에 고착(固着: 굳어져 변하지 않음)되지는 않는다. '몽상가' 소리를 듣는 것을 두려워하는 사람은 죽었다 깨어나도 '선구자(先驅者: 어떤 일이나 사상에서 맨 앞에 선 사람)'는 될 수 없다. 계속 품고 있으면 망상은 위대한 '기적의 모태(母胎)'가 되기도 한다." 꿈, 희망과 헛된 꿈, 망상을 제대로 분별(分別: 바른 생각이나 판단, 사물을 구별하여 가름)할 줄 아는 것도 생활의 지혜 중 하나이다.

2
독서와 여행

독서(讀書)는 자기 인생의 폭을 넓히고 자신의 체험을 예리(銳利: 관찰이나 판단이 정확하고 날카로움)하고 정확하게 만들어 주는 것이다. 결국 '바람직한 인격 형성을 하는 데 독서의 목적이 있는 것'이다. 인간은 생각하기 위한 지식을 독서에서 구하고, 생각하는 방법 또한 독서에서 배우며, 독서와 더불어 생각하게 될 때 비로소 사물에 대한 이해와 판단이 빠르고 폭넓은 인간으로 성장하게 되며, 나아가 '새로운 것을 창조해 낼 수 있는 창의력을 가질 수 있게 되는 것'이다. 무엇보다도 세상을 살아가면서 가난과 무지에서 벗어나는 방법은 공부밖에 없듯이, '미련(매우 어리석고 둔함)과 착각(錯覺: 실제와 다르게 느끼거나 생각함)에서 벗어나는 유일한 방법은 독서밖에는 없는 것'이다. '가난한 사람은 책으로 인해 부자가 되고, 부자는 책으로 존귀(尊貴)하게 된다.' 중국의 한시(漢詩) 고문진보(古文眞寶)에 나오는 말이다. 또한 한 사람에게 가장 중요한 것이 건강인데, 한 사람의 온전한 건강에는 육체적 · 정신적 · 사회적 건강으로, 육체적 건강은 '운동'으로, 정신적 건강은 '독서'로, 그리고 사회적 건강은 '올바른 인성을 바탕으로 처세, 원만한 대인관계'에서 기인(起因)하는 것이다. '사람은 음식물과 운동으로 체력을 배양하고, 독서로 정신력을 배양한다.' 독일 철학자 쇼펜하우어의 말이고, '책이란 감정과 정신, 그리고 사상의 의복이고 주택이며, 인공(人工)으로 된 모든 문화물 가운데 꽃이요, 천사이며, 제왕이다.'라고 단편문학의 대가(大家) 이태준이 독서에 대한 '예찬론(禮讚論)'을 펼쳤다.

　독서는 '독서함'으로 모르는 사실을 새롭게 깨닫게 되고, 독서를 통해 새로운 것들을 가르쳐주는 정다운 친구도 되고, 스승도 되는 것으로, 책을 통해서 '지식과 학문을 닦기 위함'이 그 무엇보다도 첫째이다. 다음으로, 나무를 땅에 심고 물과 거름을 주면 건강히 자라 더 푸르고 더 나은 결실을 보듯, 말과 행동이 깊이 있는 사람이 되게 하는 교양과 수양(修養: 몸과 마음을 닦아 품성 · 지식 · 도덕심 따위를 높은 경지로 끌어 올림)이 되어 인성이 다듬어져 남과 다른 가치관과 인생관을 형성하게 되는 것이다. 다음으로, 우리의 삶을 즐겁고 보람 있게 하는 여가선용의 일환(一環)으로 그 수단과 방법으로 이용될 수도 있다. 마지막으로 공부하는 학생들에게는 문제 해석을 올바르고 효율적으로 하게 할 수 있는 어휘력, 이해력, 분석력, 추리력, 판단력이 길러져, 시험을 잘 치르게 되어 고득점을 얻을 수 있게 되며, 일반인들에게는 교양, 연구, 생활정보 수단뿐만 아니라 마음의 위안(慰安)과 고민을 해결시켜 주기도 하고, 그리고 사고능력과 원활한 의사소통 능력을 기르는 데 큰 역할을 한다. 특히 사회생활에서 성공에 필요한 요건(要件)들이 여럿 있지만 표현력, 언변술(言辯術)이 중요하다. 한 마디로 '말 잘해야 한다.'라는 것이다. 그러려면 표현하는 데 적재적소(適材適所)에 맞는 어휘력이 필요하다. 그 어휘력은 바로 독서에서 나오는 것이다. 총체적으로 독서는 인류가 창조해 낼 수 있는 모든 문화의 원천적인 지혜를 제공하는 것으로, 자신이 직접 경험하지 못한 것들을 타인의 경험을 통해 전수(傳受)받아 자신의 지식과 경험으로 숙지(熟知)시키는 간접경험의 수단으로 폭넓은 지식을 흡수하여 수학(修學)학습에 임(臨)하기 위해, 전문가로 권위를 유지하기 위해, 정서 순화와 깊은 사고의 지름길을 찾기 위해, 그리고 교양인으로의 덕성(德性)과 품위(品位)를 유지하기 위해 중요하고 절대 필요한 것이다.

큰 울림을 주며 '독서의 지혜'로 삼을 만한 것들로, '책은 청년에게는 음식이 되고, 노인에게는 오락이 된다. 부유할 때는 지식이 되고, 고통스러울 때는 위안이 된다.' 키케로의 말이고, '책은 위대한 천재가 인류에게 남긴 유산이다.' J. 에디슨의 말이며, '독서는 일종의 탐험이어서 신대륙을 탐험하고 미개지를 개척하는 것과 같다.' J. 듀이의 말이다. 또한 '책을 읽는다는 것은 자신의 미래를 만드는 것과 같다.' 에머슨의 말이고, '약으로 병을 고치듯이 독서로 마음을 다스린다.' 카이사르의 말이며, '책은 인류의 진보를 위한 사다리다.' 막심 고리키의 말이다. 그런데 무엇보다도 명심해야 할 명언으로, '악서(惡書)는 지적(知的)인 독약으로서 정신을 독살(毒殺)한다.'와 '나쁜 독서는 나쁜 교제보다 더 위험하다.' 칼 힐티의 말과 '나쁜 책을 읽지 않는 것은 좋은 책을 읽기 위한 조건이다.'라는 쇼펜하우어의 말처럼, 반드시 '독서는 양서(良書: 좋은 책, 유익한 책)를 읽어야 한다.'라는 말이고, 그리고 '어떤 책은 맛보고(잡지 책처럼 대충 읽음), 어떤 책은 삼키고(읽고 이해함), 그리고 일부의 책들은 씹어서 소화(읽고 지식으로 삼음)해야 한다,'라는 F. 베이컨의 말은 '독서의 방법'에 대한 명언이며, '무릇 책을 읽을 때는 책상을 잘 정돈하고, 마음가짐을 깨끗하고, 단정하게 하고, 책을 가져다가 가지런히 놓고는 몸은 바른 자세로 책을 대하고, 자세히 글자를 보며, 자세하고 분명하게 읽을 것이다.'는 중국 유학자 주자(朱子)가 말한 '독서하는 올바른 자세'의 가르침이다.

여행(旅行)은 '일이나 유람(遊覽: 여기저기 돌아다니며 구경함)을 목적으로 다른 고장이나 외국에 가는 것'을 말하며 객려(客旅)나 정행(征行)이라는 말로 대신하기도 한다. 비슷한 듯 조금은 다른 관광(觀光)은 '다른 지방이나 다른 나라의 경치·명소(名所: 경치나 고적 등으로 이름난 곳) 따위를 구경함'으로 '여행 가서 관광하다'로 여행의 '구체적 행위이자 목적'인 셈이다. '여행은 만남이고 발견이며, 낯선 고장이나 나라, 낯선 문화 그 만남의 궁극(窮極)은 결국 나 자신과의 만남이다.'라고 여행 전문가들은 말한다. 여행을 통해 발견하는 새로운 자아(自我), 그것이 바로 진정한 여행의 매력이다. 동행과 함께라면 더욱 즐겁고 행복하겠지만, 혼자만이라도 여행을 할 수 있는 여유로움을 만드는 것도 자기 변화와 발전을 위해 유의미(有意味)한 일이라고 생각해 본다. '여행은 그대에게 세 가지의 이익을 줄 것이다. 하나는 고향에 대한 애착(愛着)이고, 다른 하나는 다른 곳에 대한 지식이며, 마지막으로 자기 자신에 대한 발견이다.' 인도 철학자 브와그만의 말이고, '여행은 다른 문화, 다른 사람을 만나고 결국에는 자기 자신을 만나는 것이다.' 우리나라 탐험가, 저술가 한비야의 말로, '여행은 결국 자기 자신을 발견하는 여정(旅程: 여행의 과정이나 일정)이다.' 미국 소설가 로렌스 블록의 말과 결(結)

을 같이한다. 여행은 나와의 시간을 갖고, 다른 사람들을 받아들일 수 있는 열린 마음과 여유를 누리게 되며, 무엇보다도 '기다림과 느림의 미학(美學: 미의 본질과 구조를 해명하는 학문)'인 '기다림과 느림을 배울 수 있다.'라는 것이다. 흔히 여행은 인생에 비유(比喩)되곤 하는데, 사람들이 여행을 갈망(渴望)하는 것은 여행 과정이 '인생에 대한 축약본'이기 때문이 아닐까? 생각해 본다. 여행 과정에 언제 어떠한 돌발(突發)상황에 맞닥뜨리게 될지 예측 불가능하다는 점에서 여행과 삶은, 일견(一見) 닮은 꼴인 것 같다. 대도시나 선진국을 여행하게 되면 자신의 시야를 넓혀주고 꿈과 이상을 넓혀줄 것이고, 도서 벽지나 오지 여행은 자연의 아름다움과 안분지족(安分知足)하는 삶, 그리고 무엇보다도 자신이 얼마나 편한 문명의 이기(利器)를 누리고 살아가고 있는지를 깨닫게 되어 '감사한 마음'을 느끼게 될 것이다.

여행은 목적지에 닿아야 행복해지는 것이 아니라 과정에서 행복을 느끼게 되며 '새로운 풍경을 보는 것이 아니라 새로운 눈'을 가지는 데 있다. 약상자에 없는 치료제가 여행이다. '여행은 모든 세대를 통틀어 가장 잘 알려진 예방약이자 치료제이며, 동시에 회복제이기도 하다.' 대니얼 드레이크의 말이다. 여행할 목적지가 있다는 것은 무엇보다도 중요한 일이지만 더 중요한 것은 여행 그 자체이며 정신을 다시 젊게 할 수 있는 샘(井)이다. '여행은 목적지에 닿아야 행복해지는 것이 아니라, 여행하는 과정에서 행복을 느낀다.' 세계적 베스트셀러 작가 앤드루 매튜스의 말이다. 여행은 '경치를 보는 것' 이상으로 깊고 변함없이 흘러가는 생활에 대한 '생각의 변화'이며, 여행을 통해 변화할 줄 아는 사람만이, 곧 '생명력'이 있는 것이다. 여행, 그 단어 자체만으로도 설레는 마음이 충만하다. 지치고, 힘들고, 지겨울 때, 그리고 기분 전환이 필요할 때, 새로운 세계를 발견하고 직접 체험과 경험을 통한 깨달음을 얻고 삶의 목적을 찾기 위한 삶의 지혜로의 여행은 동행이 있으면 좋지만, 그럴 여건이 안 되면 혼자라도 좋다. 무엇보다도 혼자만의 여행은 자신의 발전을 위해 혼자서 결정하고 행동하는 방식으로 성숙해질 수 있는 것이다. 한 번 다녀올 때 열 번 다녀올 때 그 차이는 크다. 여행을 통해 '뜻밖의 사실'을 알게 되고, 자신과 세계에 대한 '놀라운 깨달음'을 얻을 수도 있다. 그런 '마법적 순간을 경험하는 것'이 바로 여행이다. 강물이 흐르지 않는다면 물이 고여 썩게 되어, 어떤 용도로도 사용하지 못하는 법이다. 사람에게 있어서도 같은 이치이다. 흔히 하는 말로 '우물 안 개구리'라는 말처럼, 사람도 '항상 제자리에만 있고 바뀌지 않는다면 물이 고여 있는 것'과 마찬가지이다.

'여행의 지혜'로 삼을 만한 명사들의 명언들로, '세계는 한 권의 책이다. 여행하지 않는 자는 그 책의 단지 한 페이지만 읽을 뿐이다.' 성 아우구스티누스의 말이고, '바보는 방황하고 현명한 사람은 여행한다.' 토마스 풀러의 말이며, '여행이란 우리가 사는 장소를 바꿔주는 것이 아니라, 우리의 생각과 편견을 바꾸어 주는 것이다.' 아나톨 프랑스의 말이다. 또한 '여행과 장소의 변화는 우리 마음에 활력을 선사한다.' 세네카의 말이고, '청춘은 여행이다. 찢어진 주머니에 두 손을 내리꽂은 채 그저 길을 떠나도 좋은 것이다.' 체 게바라의 말이며, '사람을 젊게 만드는 것이 둘 있다. 하나는 사랑이요, 다른 하나는 여행이다. 젊어지기를 원하는가? 그렇다면 여행을 많이 하라.' 미상(未詳)의 말이다.

서양 속담에 '독서는 앉아서 하는 여행이고, 여행은 서서 하는 독서' 라고 하고, 여행 작가 김남희는 '독서는 마음으로 하는 여행이고, 여행 은 몸으로 하는 독서'라고 말한다. 독서와 여행은 환상의 조합이다. 독 서가 여행할 길의 지도와 안내(거리와 경로)를 담은 노정기(路程記)라면, 여행은 낯선 공간과 사람에게서 깨달음과 내가 알지 못했던 것을 알 려주어 내 생각과 시야를 넓혀주게 되는 것이다. 손에서 책을 놓지 않 고, 읽고 행동에 옮겨 실천하고, 일상을 여행처럼, 여행을 일상으로 살 아가는 삶이야말로, 가장 이상적이고, 바람직한 '생활의 지혜'이며, '삶 의 자세'이기도 하는 것으로, 내가 살아있음을 느끼게 하는 '유일한 생 명의 단서(端緖)'가 되어야만 하겠다. 그런데 보통 사람들은 '독서와 여 행을 병행하는 삶을 살아간다.'라고 말할 수는 있지만, '계란이 먼저냐, 닭이 먼저냐?'라는 물음이나 의문처럼, '독서가 먼저냐, 여행이 먼저 냐?'라고 묻는다면 어떤 대답을 하게 될까? 단언컨대 '독서가 먼저다.' 라고 답해야 한다. 왜냐하면 충분한 지식과 식견(識見: 학식과 견문)이 있 어야 비로소 훨씬 더 나은 여행이 될 수 있기 때문이다. 그러므로 젊어 서 충분한 독서, 다독(多讀)을 해야만 노년의 여행이 더욱 알찬 결실을 보게 되는 것이다. 구체적 한마디로 지식이 없는, 머릿속에 든 것이 없 는 사람의 여행은, 그저 '파노라마(panorama)식, 스쳐 지나가기' 일 뿐이 라는 것이다. '여행에서 지식을 얻어 돌아오고 싶다면 떠날 때 지식을 몸에 지니고 가야 한다.' 새뮤얼 존슨의 말과, '여행이란 젊은이들에게 는 교육의 일부이며, 나이 든 이들에게는 경험의 일부이다.' 프랜시스 베이컨의 말을 인용하는 것으로, 이 글의 대미(大尾)를 장식한다.

3

명상과 기도

명상(冥想)은 '고요히 눈을 감고 깊이 생각함, 또는 그런 생각'으로 유의어에는 묵상(黙想), 관조(觀照), 사색(思索)이 있고, 기도(祈禱)는 '인간보다 능력이 뛰어나다고 생각하는 어떤 절대적 존재에게 빎, 또는 그런 의식'으로 유의어에는 기원(祈願), 기망(祈望), 기구(祈求)가 있다. 명상과 기도는 '마음의 근육'을 발달시키고, 명상과 기도가 생활 속에 습관화되면 '이기심, 자만심 그리고 피해 의식 등 모든 부정적 감정'들을 뇌리(腦裏)에서 밀쳐낼 수 있고, 피할 수 있다.

명상은 마음을 고요히 하고 현재 순간에 집중하는 수련으로 명상의 목표는 "내면의 고요함, 명료(明瞭: 뚜렷하고 분명)함, 고양(高揚: 정신이나 기분 따위를 높이 북돋움)된 '마음 챙김' 상태를 달성하는 것"이라면, 기도는 특정 목적을 위해 '더 높은 힘이나 신(神)과 의사소통하는 것'으로 인도(引導)를 구하거나 감사를 표현하고 용서를 구(求)하기도 하는 것으로, 기도와 명상은 영적 또는 종교적 수행과 관련이 있지만 목적, 접근방식 및 기술이 다른 두 가지, 별개의 수행법이다. 명상의 명언에는 앱(App) 헤드 스페이스(Head Space)를 만든 前 티베트 승려 앤디 퍼디컴은 그가 쓴 '당신의 삶에 명상이 필요할 때'에서 '명상은 자신의 감정과 생각이 형성되는 방식과 이유를 자각(自覺: 스스로 깨달음)하고 이해하는 법을 훈련하며 그 과정에서 균형 잡힌 건강한 시각을 얻게 한다.'라고 말했으며, 미국에서 공부하고 렛고 명상의 유튜브 운영자인 티베트 불교 수행자 용수 스님이 쓴 '내가 좋아하는 것들, 명상'에서 명상의 핵심은 '알아차리는 것이다. 번뇌, 망상 즉, 생각에서 벗어나 이 순간 깨어나는 것이다.'라고 말했다. 기도의 명언으로는 '사랑이 지나친 법은 없다. 기도가 지나친 법은 더더욱 없다.' 프랑스 작가 빅토르 위고의 말이고, '백년을 살 것처럼 일하고, 내일 죽을 것처럼 기도하라.' 미국의 정치 철학자 벤저민 프랭클린의 말이며, "자기 마음을 다스리는 데 명상 못지않게 중요한 것은 기도이다. 기도는 특정 종교 신앙인들만 하는 것이 아니다. 종교가 '궁극적 관심'을 지향하는 것이라면 하느님, 붓다, 천지신명 모두 기도의 대상이다. 혼자 믿는 미신, 좋은 글귀나 그림이면 또 어떤가? 진심을 담아 간절히 기도하는 것이 무엇보다 중요하다." 덴마크의 철학자 쇠렌 키르케고르의 말이다.

　명상과 기도의 효과(效果: 보람 있는 좋은 결과)는? 두 방법 모두 '개인의 차분함을 느끼고 자신보다 더 큰 무엇인가와 연결되어 있다고 느끼는 데 도움'이 될 수 있으며, 두 관행(慣行: 오래전부터 해오는 대로 함) 모두 '정신과 육체 건강에 긍정적인 영향을 미친다는 점'에서 두 가지 다 일상에서 통합하는 것은 유용(有用: 쓸모가 있음)한 자기 수련이 될 수 있다. 구체적으로 명상은 '긴장 완화, 스트레스 감소와 면역 기능의 강화, 정신적 명료성(明瞭性: 뚜렷하고 분명한 성질)을 촉진'하며, 기도는 '위로와 희망' 그리고 '우울증과 불안 증상'을 줄일 수 있어, 명상과 기도는 서로 다른 의도와 기술을 가진 서로 다른 수련이지만 '내면의 평화, 명확성 및 웰빙(well-being: 참살이)을 촉진'할 수 있는 잠재력을 지니고 있다. 다만 한 가지 분명한 것은 명상은 종교와는 관련이 없는 마음의 과학으로, '마음의 원리를 통하여 자유로워진다.'라는 점이다.

명상이란 다른 말로 '마음 챙김'이라고 표현할 수 있다. 그렇다면 '마음'이란 무엇인가? 마음(心)이란 '감정이나 생각, 기억 따위가 깃들거나 생겨나는 곳'인데, 구체적으로 첫째, 사람이 '본래부터 지닌 성격이나 품성'이고 둘째, 사람이 다른 사람이나 사물에 대하여 '감정이나 의지, 생각 따위를 느끼거나 일으키는 작용이나 태도'이며, 마지막으로 사람의 '생각, 감정, 기억 따위가 생기거나 자리 잡는 공간이나 위치'로, 마음을 둘로 나누면 '본성과 품성' 그리고 '감정과 생각'인데, 명상에 해당하는 것은 모두 두 번째의 경우로 '마음이 생각과 비슷한 의미'로 사용되는 개념이지만, 생각이 '두뇌 활동'이라면 마음은 '가슴'에 있다고 비유하며 '감정이나 감성'과 동일시되는 느낌이 강하다, 그러므로 명상이란 자신의 '생각을 정리하고 감정을 추스르는 일'인 것이다. 그런데 또 한 편에서는 명상은 '무상무념(無想無念)'의 방법을 선택하기도 하는데, 한 마디로 머릿속을 '아무 생각 없이 비우고 고요한 상태를 지향(指向)하고, 과거와 미래를 잠시 잊고 지금, 이 순간에 집중하면 마음이 비워진다고 한다.' 전문가들이 말하는 명상 시간은 '10~30분' 정도가 적당하며 '정기적'이어야 하고, 장소는 '조용하고 깨끗한 곳이면 어디라도 좋다'라고 한다.

기도는 사람이 신이나 하나님과 협력하는 경로이고, 신이나 하나님께 부르짖는 방식이며, 신이나 하나님 영(靈)의 감동이나 때론 응답을 받는 과정이다. 기도가 없으면 정상적인 영(靈) 생활을 할 수 없으며, 더욱이 성령의 역사를 따를 수도 없는 것이다. 기도가 없으면 신이나 하나님과의 관계가 단절된 것이므로 신이나 하나님에게서 칭찬이나 은혜, 무엇보다도 성령의 역사를 받을 수가 없게 되는 것이다. 성경에는 기도에 대한 여러 구절이 있는데, 그중 두 구절만 인용한다. '너희가 기도할 때 무엇이든지 믿고 구하는 것은 다 받으리라 하시니라(마태복음).' '너희는 내게 부르짖으며 와서 내게 기도하면 내가 너희를 들을 것이요(예레미야).' 기도 방법에 대해 전문가들의 말을 빌리자면, '규례(規例: 일정한 규칙과 정하여진 관례)가 아닌 겸손한 마음으로, 이성적으로 피조물의 위치에서 기도하라'라는 것과 기도법의 핵심은 '행위가 아니라 마음에서 시작되는 정성스러운 마음의 상태가 가장 중요하다'라고 한다. 기도의 시간과 장소는 사실 일정하게 제한이 없다. 언제라도, 어디에서라도 가능한 것이지만, 반드시 '하루가 시작하거나, 그 하루가 끝나기 전에 해야 한다.'는 것이다.

끝으로 명리학자 조용헌 교수는 일평생을 행복하게 살기 위해서, 특히 발복(發福), 즉 '운(運)이 틔어서 복(福)이 닥친다는 것'으로, 실천해야 할 다섯 가지를, '첫째는 독서, 둘째는 불가(佛家)에서 말하는 보시(布施), 즉 남을 돕는 것, 셋째는 명당[양택(陽宅: 집터), 음택(陰宅: 묘터)]을 잘 잡는 것과 생활 풍수(서양에서는 생활 과학에 해당), 넷째는 명상이나 기도하는 것, 마지막으로 지명(知命), 즉 자신의 운명을 아는 것'을 들었다. 그중에서 명상은 현대를 살아가는 우리들이 받는 수많은 스트레스를 해소하고, 때로는 우울증으로 죽음의 문턱에서 자신을 구할 수 있는 방법 중 으뜸으로, '몸이나 호흡을 닦아 마음을 닦는 행위'이며, 또한 종교인이든 아니든 참된 기도를 통해 신이나 하나님의 감화(感化: 좋은 영향을 받아 생각이나 감정 따위가 바람직하게 변화함) 감동을 할 수 있음에, 명상과 기도하는 습관을 기르는 '생활의 지혜'를 지녀야 하는 것으로, 명언 두 구절을 인용하는 것으로 글을 맺는다. '기도는 하늘의 힘을 좌우하는 지상의 유일한 힘이다.' 남아프리카 성자(聖者) 앤드루 머레이의 말이며, "누구나 자기 존재의 근원을 찾고자 하는 사람은 먼저 '간절한 마음'으로 기도해야 한다. 진정한 기도는 종교적 의식이나 형식이 필요 없다. 오로지 '간절한 마음'만 있으면 된다. 간절한 소망을 담은 진정한 기도가 '영혼을 다스려 줄 것'이다." 법정 스님 말씀이다.

4

음악 감상과 노래 부르기

음악이란 '소리의 높낮이 · 장단 · 강약 등의 특성을 소재로 하여 목소리나 악기로 사상이나 감정을 표현하는 시간예술이며, 감상이란 음악 작품의 형식이나 작품에 숨겨진 의미를 이해하여 즐기고 평가하는 주체적이고 능동적 행위'이다. 그런데 여기서 감상이란 '음악을 지적(知的)으로 들을 수 있는 능력'을 의미한다. 물론 인간은 소리의 아름다움에 대해 본능적으로 감응(感應: 어떤 느낌을 받아 마음이 따라 움직임)할 수 있다. 성악가 루치아노 파바로티는 '음악 감상에는 두뇌가 필요 없다.'라는 말을 했지만, 음악에 대한 이해 없이 또는 참된 감상 없이 음악을 즐기거나 기쁨을 얻는다는 것은 가능하다 해도, 최대의 즐거움을 얻기 위해서는 음악을 알아야 하는데, 이런 지적 태도가 최고도의 즐거움을 가져오게 되는 것이다. '음악과 리듬은 영혼의 비밀 장소를 파고든다.'라고 철학자 플라톤은 말했고, 사상가 에머슨은 '음악은 인간의 마음속에 존재하는 위대한 가능성을 인간에게 보이는 것이다.'라고 말했다.

먼저 음악 감상이 주는 이점은? 첫째, 뇌가 좋아하는 음악은 도파민이라는 '기분 좋음' 신경 물질을 방출(放出)하여 심리적으로 스트레스가 낮아지거나 불안을 해소하여 기분을 좋게 해 더욱 행복감을 느끼게 하며 면역체계를 강화해 준다. 풍자소설 '돈키호테'를 쓴 세르반테스는 '음악은 엉클어진 원기를 회복 시켜주고 정신노동에서 오는 피로를 경감해 준다.'라고 말했다. 둘째, 인지된 통증을 감소시켜 통증의 강도를 현저히 감소시킨다. 특히 '슬픈 음악은 긍정적인 감정을 불러일으킨다.'라는 연구 결과도 있다. 셋째, 음악은 특정 추억과 관련이 있어 기억을 되찾게 해준다. 넷째, 다음날 생산성을 저해하고 졸리고 피곤해 짜증을 줄 수 있는 전날 밤의 불면증을 개선해 준다. 다섯째, 신체활동을 향상시키고 운동 내구성을 높여줄 뿐만 아니라 동기부여가 된다. 여섯째, 하루를 시작하는 데 도움을 주는 경쾌한 음악은 생활의 활력을 주고 생산성을 높여준다. 마지막으로 오래된 보이그룹의 노래들이 마음속에서 사라지지 않는 이유는, 음악은 궁극의 노스텔지어(nostalgia: 향수)의 소환기이다. 자아와 사회적 연결, 주변 세상에 대한 감각을 키워 나가던 시기에 들었기 때문에 한 인간의 정체성에 영향을 주며, 지휘자 정명훈의 말 '음악의 목적은 마음의 수양을 통해 더 높은 인격을 완성하는 데 있다.'처럼 인격 형성에도 도움이 된다.

음악은 나를 과거로 데려가 줄 수도 있고, 댄스파티나 축제에서 흥을 돋우어 줄 수도 있으며, 느긋한 저녁 분위기를 만들어 줄 수도 있다. 또한 나의 어떤 상황에서 삶에 긍정적인 영향을 줄 수도 있으며, 더 행복한 사고방식부터 동기부여에 이르기까지 좋은 음악에 푹 빠질 훌륭한 이유가 많다. 장르에 상관없지만 연주곡이나 영화음악이면 더 좋다. 연주곡에는 건반악기, 현악기, 관악기, 금관악기 등 연주곡들이 있는데 그것이 독주, 이중주, 삼중주도 좋지만, 오케스트라 연주곡이면 더 좋다. 군이 예전처럼 오디오시스템을 갖추지 않더라도 휴대폰 유튜브를 활용하면 된다. 거기에 성능 좋은 이어폰을 이용하면 음량이나 음질도 공연장이나 연주회장에 와 있는 듯하다. 검색 창에 곡명, 가수 명, 연주자 명이나 악단 명을 치면 일목요연(一目瞭然)하게 나열되어 있다. 이렇게 손쉽게 접할 수 있고 우리의 삶에 유익한 음악 감상을 생활화하는 것이 또 하나의 삶의 지혜가 아닐까? 영국의 천재 요절(夭折: 젊어 죽음) 시인 존 키츠는 '음악을 들으면서 죽게 해준다면 더 이상 기쁨이 없으리라.'라고 말했다.

다음으로 노래 부르기의 이점은? 노래 부르기는 음악 감상, 악기연주, 음악적 동작이나 율동과 함께 음악치료에서 일어나는 음악 활동 중 일부분으로 음악치료에서의 자발적인 음악적 표현 중 가장 우선으로 사용되는 기법(技法: 기교와 방법)이다. 성악이나 발성(發聲: 목소리를 냄)에 관한 전문적인 지식이 없는 상태라도 노래 부르기 활동과 그에 수반(隨伴: 쫓아서 따름)되는 음악적 발성을 경험하는 것은 에너지 활성화, 개인 혹은 집단에서의 느낌, 창조 등에서 유효한 수단이 된다. 독일 프랑크푸르트 대학의 연구 조사 결과를 보면, 노래를 부르면 '신체의 저항력이 증대되고 명상 걷기운동과 같이 건강에 유익한 효과를 가져온다'라고 한다. 그리고 그들 연구 결과에 의하면 정기적으로 노래를 부르면 '호흡이 개선되어 산소 흡입력이 늘어나고 순환기에 자극을 주어 신체를 균형 잡히고 활력 있게 하는 것'으로 나타났다. 또한 베를린 사리테 병원의 자이드너 교수는 노래를 부르면 '표현력이 향상되고 창의력이 발휘되는 등 정신적으로도 긍정적인 결과를 얻을 수 있다고 밝했고, 음악적 경험은 업무 능력의 향상을 가져와 다른 여러 직업 분야에서도 도움을 줄 수 있다'라고 말했다. 특히 노래를 많이 부르면 '목소리를 통한 표현력이 증대되고, 이는 성공적으로 인생을 살아가는 데 유리하다'라고도 밝혔다. 또한 '목소리의 젊음을 유지하는데도 도움이 되며, 목소리의 노화뿐만 아니라 신체의 노화 진행을 늦추는 효과도 있다'라고 덧붙여 말했다.

그렇다면 음악을 감상하고 노래를 부르면 행복할까? 인간은 원래 고독하다. 연륜(年輪)이 쌓여 갈수록 더더욱 그렇다. 그래서 인생의 동반자인 친구가 필요한 것이다. 사람 친구는 세 가지가 필요하다. 첫째, 자주 만나야 하고 멀리 떨어져 있으면 자주 안부라도 물어야 한다. 둘째, 돈 써주어야 한다. 그런데 사실 이것이 가장 현실적이다. 셋째, 좋은 일뿐만 아니라 서로 흉·허물없이 말하고 들어 줄 수 있어야 한다. 그렇지만 음악 감상과 노래 부르기를 친구로 삼으면 '일방통행'의 즐거움을 얻을 수 있다. 주도권(主導權)이 나에게 있기 때문이다. 내 편리한 시간과 내 기분에 맞출 수 있으며, 무엇보다도 '돈이 들지 않다'라는 점이 가장 특장점이다. 독일의 시인이자 철학자 니체는 '음악이 없는 삶은 잘못된 삶이며, 유배(流配: 죄인을 귀양 보내던 일)당한 삶이기도 하다'라고 말했다. 우리의 삶 속에서 눈물에는 세 가지가 있는데, 하나는 슬퍼서 흘리는 '눈물'이 있고, 다음으로 슬프지 않은데도 눈물이 저절로 흘러내린다면, 그 눈물은 '피눈물'이며, 마지막으로 눈에 눈물이 흘러내리는데 입가에는 미소나 웃음이 나오면 그것은 대체로 '감동, 감격의 눈물'로, 앞 두 경우는 음악 감상보다는 노래를 불러보자. 그러면 슬픔의 눈물, 피눈물이 '감동의 눈물'이 될 수도 있다. 노래의 장르는 구별하지 마라. 클래식, 서양 팝(pop), 가곡(歌曲: 재래 음악의 한 가지), 가요(트로트, 발라드 등), 찬송가, 가스펠(gospel: 복음 성가) 등 어느 것이든지 좋다. 그런데 프랑스 황제 나폴레옹의 말 '가곡은 마음을 감동시켜 부드럽게 함으로써 이성을 설복(說伏: 알아듣도록 말해서 수긍하게 함)하려는 도덕보다도 그 영향이 더 크다.'처럼 가곡을 부르면 더 좋다. 그리고 사랑과 이별 노래, 경쾌한 노래 모두 좋다. 그런데 영국의 낭만파 시인 퍼시 비쉬 셸리의 말 '가장 달콤한 노래는 가장 슬픈 생각을 담은 노래이다.'처럼 보통 사람의 상식을 뒤엎는 '슬픈 노래'도 좋다. 콧노래도 좋고, 흥얼거려도 좋지만, 소리내어 부르면 더욱 좋다. 한 번에 한 곡은 적고 세 곡 정도만 불러보아라. 무반주 노래 부르기도 좋지만, 반주가 있는 노래를 부르면 더욱 좋다. 반주는 누구나 소지하고 있는 휴대폰 유튜브 노래방을 활용하라. 생동감 있을 뿐만 아니라 고독함과, 음악가 알프레드 윌리엄 헌트의 말 "음악은 '상처 난 마음의 치료약이다."처럼 아픈, 상처 난 마음도 치유(治癒)될 수 있다. 「돈키호테」를 쓴 세르반테스의 말 '불은 빛을 주고, 화덕은 따뜻함을 주지만, 동시에 우리를 불태워 버릴 수도 있지만, 음악은 우리에게 항상 기쁨과 즐거움을 준다.'처럼 음악 감상, 노래 부르기와 친구 하는 삶의 지혜도 필요하다.

끝으로 철학자인 미국 하버드대학 교수 윌리엄 제임스의 말을 인용하는 것으로 글을 맺는다. '나는 행복해지려고 노래하지는 않는다. 노래하기 때문에 행복하다.' 음악, 구체적으로 노래에 대한 새로운 시각을 일깨워주는 명언이다.

5

예절과 용모

　예(禮)의 기본 정신은 예기(禮記: 유교의 경전 중 하나)에서는 '무릇 예라
는 것은 자신을 낮추고 상대를 높이는 것이다.'라고 했고, 맹자(孟子)는
'공경하는 마음이 예이다.'라고 했으며. 주자(朱子)는 '예는 공경함과 겸
손함을 본질로 한다.'라고 했다. 인간사회에서 예(禮: 예도)는 사람이 살
아가는데 질서이자 도리(道理: 사람이 마땅히 행해야 할 바른길)로, 공자님은
'예가 아니면 보지 말고, 예가 아니면 듣지 말고, 예가 아니면 행하지
말라.'라고 말씀하셨고, 괴테는 '예는 자기 자신을 비추는 거울이다.'라
고 말했으며, 조선 중기 문신이자 학자인 김집(金集)은 '예라는 것은 인
간의 욕심을 억제하고 천리(天理: 천지자연, 하늘의 이치)를 따르는 법칙이
다.'라고 말했다. 바로 예(禮)에는 동양의 예절과 예의로, 그리고 오늘
날은 서양의 매너나 에티켓으로 세분된다. 이들은 인간의 윤리, 도덕,
그리고 도리(道理)가 '상대의 존중'이라는 개념과 어우러져 인간으로서
의 가치를 높이게 되어 '사람다운 사람'으로 평가받을 수 있게 한다.

　우리가 일상에서 자주 말하는 예절, 예의, 매너, 에티켓은 무엇인
가? 이것들은 같은 듯 다르며, 나라마다 문화나 관습에 따라 조금씩
다를 수 있고, 또한 시대에 따라 변화될 수도 있다. 예절이란 '예의에

관한 모든 절차나 질서'를 말하는 것으로 범절(凡節: 법도에 맞는 모든 질서나 절차), 예법, 예, 격(格), 의절(儀節: 예의에 관한 모든 질서나 절차)이라고도 한다. 예의(禮儀)는 '존경의 뜻을 표하기 위하여 예(禮)로써 나타내는 말투나 태도, 몸가짐'이며, 매너는 '행동하는 방식이나 자세, 몸가짐'이고, 그리고 '일상생활에서의 예의와 절차'로 다분히 주관적으로 지켜야 하는 행동이며, 에티켓은 '사교상의 마음가짐이나 몸가짐'으로 다분히 객관적으로 지켜야 한다. 예(例)로, 화장실 에티켓이란 화장실에서 지켜야 할 마음가짐이나 몸가짐, 행동들을 말하는 것이다. 그러면 용모와 외모(外貌) 인상(人相)은 무엇인가? 용모는 사람의 '얼굴 모양으로 생김새, 모습, 마스크(mask)'라고도 하며, 외모는 '겉으로 드러나 보이는 모양'으로 겉모양, 겉모습이라고도 하며, 인상은 '사람 얼굴의 생김새, 얼굴의 근육이나 눈살' 따위를 말하는데, 이 글에서는 모두 '용모(단정)'로 칭(稱)한다.

예절과 예의의 차이는 무엇인가? 예절은 '형식(形式)의 문제'이고, 예의는 '존중의 문제'이다. 예를 들어 예절은 "학교에서는 선후배의 '예절'은 엄격하다."이고, 예의는 노인들의 대화 중에 "요새 젊은것들은 '예의'가 전혀 없어!"라고 표현한다. 먼저 예절은 '사회적인 합의로 이렇게 하는 것이 좋은 것'이다. 그러므로 이런 형식의 문제를 많은 사람들이 좀 더 만족할 수 있도록 합리적으로 만든다면 보다 더 살기 좋은 사회가 될 것이다. 예절에 관한 명언들로, '예절 바른 사람과 어울려라. 당신의 예절이 나아진다. 그러므로 좋은 사람과 교제하라.' 스탠리 워커의 말이고, '예절이 사람을 만든다.' 위컴 윌리엄의 말이며, '훌륭한 예절과 부드러운 언행이 많은 난제(難題: 어려운 문제)들을 해결해 줄 것이다.' J. 벤부르의 말이고, '바른 예절은 최고의 교육도 열 수 없는 문을 연다.' 클라렌스 토머스의 말이다. 다음으로 예의는 '사람을 대하는 방법, 마음의 형식'으로, '그 사회를 밝게 만들 뿐만 아니라 오래 지속되게 하는 것'이다. 예의에 대한 명언들로, '예의와 타인에 대한 배려는 푼돈을 투자해 목돈으로 돌려받는 것이다.' 토마스 소웰의 말이고, '예의의 실천은 자기를 낮추는 것이다.' 공자님의 말씀이며. '예의의 시작은 자세를 바르게 하고, 얼굴빛을 반듯이 해야 하며, 말을 삼가는 데 있다.' 예기(禮記)에 나오는 말이고, '예의는 남과 화목함을 으뜸으로 삼는다.' 논어에 있는 말이다. 중국 송(宋)나라 때 유학자 장사숙의 다음 좌우명(座右銘: 가르침으로 삼는 말이나 문구)을 본(本: 본보기)받아야 하겠다. '범어필충신(凡語必忠臣: 말은 꼭 성실하고 믿음이 있어야 하고) 범행필독경(凡行必篤敬: 행실은 꼭 돈독하고 공경히 해야 하며) 용모필단장(容貌必端莊: 용모는 언제나 단정하고 엄숙해야 하며) 의관필숙정[衣冠必肅整: 의복, 옷은 깨끗하고 매무새(옷을 수습하여 입은 모양새)는 언제나 단정해야 하고] 상덕필고지[常德必固持: 덕성(어질고 너그러운 성질)을 굳게 지녀라.']

예절과 용모는 왜 중요한가? 예절은 성장하면서 갖추어야 할 '기본 생활 습관'이다. '아이를 보면 그 부모를 알 수 있다.'라는 말처럼 시기를 놓치면 바로 잡기 힘든 예절교육은 어릴 때부터 바르게 부모 교육이 절대 필요하다. 그래야 성인이 되어 사회생활에서 다른 사람들과 적응도 잘하고, 사람들에게 좋은 인상을 주어 성공인(人)으로 살아갈 수 있는 것이다. 한마디로 예절과 예의는 다분히 인성의 발로(發露: 숨은 것이 겉으로 드러남)로 성공의 주요 모티브(motive)가 된다. 그리고 용모, 특히 꾸미기는 시대를 앞서간 패션의 혁명가, 여성복의 메종 샤넬(오늘날 명품 브랜드 중 하나)의 설립자인 가브리엘 "코코" 샤넬의 명언에서 짐작할 수가 있다. '날개가 없이 태어났다면 날개가 생기는 것을 막지 마라. 럭셔리(화려함, 사치스러움)의 반대는 빈곤함이 아니라 천박함이다. 자신을 꾸미는 일은 결코 사치가 아니다. 나는 누구와도 같지 않다. 내가 바로 스타일이다.' 그렇다. 나에 맞는 차림, 나만의 개성, 색깔 있는 모습이 중요하다.

조선시대부터 천자문(千字文) 다음 과정으로 한자 학습서인 사자소학(四字小學) 중 일부에서 우리의 예절과 용모에 대해 일목요연(一目瞭然)하게 정리된 내용을 배울 수 있다. '비례물시(非禮勿視: 예가 아니면 보지 말고), 비례물청(非禮勿聽: 예가 아니면 듣지 말고), 비례물언(非禮勿言: 예가 아니면 말하지 말고), 비례물동(非禮勿動: 예가 아니면 행동하지 마라). 행필정직(行必正直: 행실은 반드시 곧게 하고) 언즉신실(言卽信實: 말은 곧 미덥고 성실하게 하라). 용모단정(容貌端正: 용모는 단정하게), 의관정제(衣冠整齊: 의관은 정돈되고 가지런히 하라).' 오늘날에 적용해도 결코 손색이 없는 잘 정리된 문구(文句)들이다. 특히 마지막 구절은 시사(示唆)하는 바가 크다. 사람들은 누군가를 처음 대면(對面)하면 2~3분 이내에 그 사람에 대한 첫인상(first impression)이 형성되는 데, 그것은 중요해서 대인관계에서 주된 평가를 이룰 뿐만 아니라, 그 사람의 평생 이미지(image)로 남게 되기도 한다, 이때 사람들의 가장 중요한 정보는 그 사람의 외모나 복장의 겉모습이다. 그런데 심리학 실험에서도 외모나 복장은 그 사람의 정직성과 어느 정도의 가능성을 판단하는 데도 영향을 미친다고 하니 이 얼마나 중요한 일인가? 한 마디로 용모는 그 사람의 심성(心性)이고 인격(人格)이어서 상대에게 강한 인상을 주게 된다. 그런데 더 중요한 것은 반드시 시간과 장소 그리고 상황을 고려해야 한다. 한마디로 '시간(time)과 장소(place) 그리고 상황(occasion)에 맞는 적절한 옷차림 이어야 한다.'라는 것이다. 물론 언행(言行)도 중요하다, 그러나 언행은 외모 다음이다.

구체적으로 몇 가지 예를 들어보자. 남자는 볼록한 주머니, 무릎이 튀어나온 바지, 느슨한 벨트, 꼬인 넥타이, 더럽고 지저분한 넥타이와 신발(구두), 때 묻은 와이셔츠, 요란스러운 색상의 양말 등이 되지 않도록 세심한 주의를 기울여야 하며, 두발, 손톱, 수염, 헤어스타일, 양복이나 와이셔츠 단추, 표정[긴장이 풀리지 않은, 기백(氣魄: 씩씩하고 진취적인) 있는 모습]에도 각별(各別)한 관심을 가져야 하고, 무엇보다도 '청결하면서도 산뜻한(보기에 시원스럽고 말쑥한), 그리고 튀지 않는 것'이 핵심 포인트(point)이다. 여자의 경우 의상은 화려하지 않게, 헤어스타일과 화장이 요란하지 않도록, 손 관리에 있어 지저분하고 매니큐어 색깔이 진하지 않게, 요란한 색깔과 무늬의 스타킹이 되지 않도록, 요란한 장신구(귀걸이, 목걸이, 팔찌)가 아니며, 신발은 의상과 조화(mix match)를 이루는, 전체적으로 '우아하면서도 청결하고 세련되며, 깔끔해 보이고, 온화한 표정 관리'가 핵심 포인트이다. 그런데 남녀 공(共)히 간과(看過)해서는 안 되는 것이 있는데, 서있거나 앉아 있을 때 '올바른 자세'와 악수나 대화할 때 상대의 '눈을 바라보는 것', '시선을 마주쳐야 한다.'라는 말로 글을 맺는다.

6

언어의 품격과 위력

언어(말)란 '생각이나 느낌 따위를 나타내거나 음성이나 문자 따위의 수단, 또는 그 음성이나 문자 따위의 사회관습 체계'이며, 말은 언어의 한 부분으로 '사람의 생각이나 느낌 따위를 표현하고 전달하는데 쓰는 음성기호로, 곧 사람의 생각이나 느낌 따위를, 목구멍을 통하여 조직적으로 나타내는 소리'를 가리킨다. 그리고 품격(品格)이란 '사람 된 바탕과 타고난 성품(性品: 사람의 성질과 됨됨이), 품위(品位: 사람이 갖추어야 할 기품이나 위엄), 기품(氣品: 고상한 성품이나 품격)'이며, 위력(偉力)이란 '위대한 힘'이다.

조선 후기를 대표하는 문인 성대중(成大中)이 쓴 청성잡기(青城雜記)에서 '내부족자(內不足者) 기사번(基辭煩)' 하고 '심무주자(心無主者) 기사황(基辭荒)이니라.'라는 말은 '내면의 수양이 부족한 자는 말이 번잡하여 마음에 주관이 없어 말이 거칠고, 말과 글에는 사람 됨됨이가 서려 있어 무심코 던진 말 한마디에 사람의 품성이 드러난다.'라는 의미이다. 언어 중 말은 '우리 인간의 마음과 생각을, 그리고 육체를 변화시키기도 하며, 또한 행동을 지배하기도 하고, 환경과 운명을 결정짓기도 한다.' 오늘은 어제 한 말의 결실이고, 내일은 오늘 한 말의 결실이기도 해서, 호수에 돌을 던지면 파문이 이는 것처럼 말의 파장은 자신의 운명을 결정짓기도 하는 것이다. 특히 말은 자아상(自我像: 자신의 역할이나 존재에 대하여 가지는 생각)을 바꾸기도 한다. '생각을 조심해라. 말이 된다. 말을 조심해라. 행동이 된다. 행동을 조심해라. 습관이 된다. 습관을 조심해라. 성격이 된다. 성격을 조심해라. 운명이 된다.' '철의 여인'으로 불렸던 영국의 대처 총리의 말이다.

언어(말)의 품격은 무엇인가? 먼저 품격의 한자(漢字 · 表意文字) 품(品)의 구조를 보면 입구(口) 세 개가 모여 이루어진 것으로, 상품의 수준은 품질(品質), 국가의 수준은 국격(國格), 사람의 수준은 '인격, 품격'으로 그 사람의 '말이 쌓이고 쌓여 한 인간의 품성(品性)을 이룬다.'라는 것이다. '한 인간의 체취, 향기는 그 사람이 구사(驅使: 말이나 기교, 수사법 등을 자유자재로 다루어 씀)하는 말에서 나오는 것'이다. 심지어 말에서 그 사람의 도덕성도 가름할 수 있다. '인간의 도덕성은 그의 언어에 대한 태도 속에서 드러난다.' 러시아의 소설가이자 사상가 레프 톨스토이의 말이다. 독일의 실존철학자 하이데거는 '언어는 존재의 집'이라고 했다. 이는 인간의 정체성(正體性), 존재의 본질(本質)을 드러내는 또 다른 얼굴로, 정제된 언어의 사용은 인간의 특권이자 의무이기도 하다. 거친 말은 건전하고 건강한 사고와 행동을 배척(排斥: 거부하여 물리침)하게 되고, 창의성과 진취성(進就性: 일을 차차 이루어 나갈 만한 성질)을 해치게 된다. 그러므로 좋은 말, 특히 '진심이 담긴 말은 듣는 상대에게도, 말하는 자신에게도 바람직하고 복(福)이 되는 것'이다. '진심 어린 말을 해야 완벽한 소통을 할 수 있다. 말이 있기에 사람은 짐승보다 낫다. 그러나 바르게 말하지 못한다면 짐승이 그대보다 나을 것이다.' 페르시아의 시성(詩聖) 사이디의 말이다. 그런데 말의 품격에는 내 말도 중요하지만, 그에 못지않게 상대의 말을 들어주는 것도 포함된다. '말하는 것은 지식의 영역이며, 경청(敬聽: 존경하며 들음)은 지혜의 특권이다.' 프랑스의 작가 프랑수아 드 라 로슈푸코의 말이며, '경청하고 대답을 잘 해주는 것은 대화술에서 인간이 다룰 수 있는 최고의 경지이다.' 미국의 문필가이자 의학자인 올리버 웬델 홈스의 말이다.

　언어(말)의 위력은? 말의 위력은 살상(殺傷: 사람을 죽이거나 상처를 입힘)의 무기가 될 수도 있고, 대인관계에서는 적대적인 사람끼리 화해를, 조직 내에서는 단결과 총화(總和: 전체의 화합)를 이룰 수도 있다. 한마디의 말이 행복과 불행을 가를 수도, 절망과 희망을 품게도 할 수 있게 하고, 친구와 적(敵)을 만들 수도 있으며, 그리고 단결이나 분열을 초래할 수도 있다. 당나라 말기부터 오대십국 시대 다섯 왕조를 거치면서 재상을 지낸 풍도(馮道)는 설시(舌詩)에서 말을 잘못하면 재앙을 피할 길이 없으니 말조심할 것을 다음과 같이 읊었다. '구시화지문(口是禍之門: 입은 재앙의 문이고)'이고, '설시참신도(舌是斬身刀: 혀는 몸을 베는 칼이다.')이니라. '폐구심장설(閉口深藏舌: 입을 닫고 혀를 깊이 간직)' 하면 '안신처처우(安身處處宇: 가는 곳마다 몸이 편안하게 된다)' 하리라. 한마디로 '어디에서든지 말은 모든 화근(禍根: 재앙의 근원)이니 잘못 말하느니 안 하느니 못하다는 말이다.' 말의 위대한 힘은 바로 진실한 말, 고운 말, 논리 정연한 말, 칭찬하는 말, 감사하는 말, 그리고 무엇보다도 상대의 가능성을 독려(督勵: 감독하고 격려함)하는 말에서 나오는 것이다.

유대인의 경전이자 잠언집으로 정신적 지주 역할을 해온 '탈무드' 혀(1)에서'인생을 참되게 사는 비결은 바로 자기의 혀를 조심해서 쓰는 일이다.' 혀(2)에서는 '언제나 부드러운 혀를 간직해야 한다. 딱딱한 혀는 불화(不和)를 몰고 올 수 있다.' 그리고 혀(3)에서는 '혀가 좋으면 그보다 더 좋은 것이 없고 나쁘면 더 나쁜 것이 없다.' 여기서 혀는 말(내용), 말씨(말하는 태도나 버릇), 말투[말하는 버릇이나 본새(동작이나 버릇의 됨됨이)]를 말하는 것으로, 혀가 딱딱하고 나쁘다는 것은 요샛말로 언어폭력을 의미하는 것으로 해석된다. 언어폭력 자(者)들의 입술은 예리한 면도날이고 치아는 엇갈린 톱날이며, 혀는 날카로운 송곳이고, 그리고 목구멍은 둔탁하나 날 선 도끼이다. 한마디로 상대의 가슴, 마음을 베고, 찌르고, 썰고, 찍어내고 도려내고 후벼 파기까지 하는 것이다. 그래서 이런 사람들을 속(俗)된(점잖지 않은) 심한 말, 극단적 표현으로, '항문으로 밥을 먹고 입으로 배설하는 자(者)'라고 말한다. 또한 생각 없이 함부로 말하는 사람을 칭(稱)하기를 '뇌(腦)가 없는 사람'이라고도 말하기도 한다. 한마디로 말하기 전 뇌를 거쳐 생각해 보고 '할 말인지, 아니할 말인지 분간(分揀)해야 한다.'라는 것이다. 페르시아 제국의 시성(詩聖) 중 한 사람인 사이디는 '입과 혀라는 것은 화(禍)와 근심의 문이요, 몸을 죽이는 도끼와 같다.'라고 말했다. 언어폭력자들의 가장 일반적인 자기 합리화의 말 '내가 오죽했으면 그렇게 말하겠느냐!' 아니면 '뭐 그 정도 말 가지고!'로 빠져나가려 한다. 그리고 자기 말이 언어폭력이라는 것을 전혀 알지 못할 뿐만 아니라 인정(하다못해 '내 말이 너무 지나쳤나!')도 하지 않으려 한다. 대개는 언어폭력자들의 일련의 과정들은 염장 지르고, 재 뿌리고, 어깃장 놓고, 그리고 다음으로 오리발 내밀고, 가증(可憎)스럽게도, 상대에게 그 원인을 덮어씌우기로 끝을 낸다.

언어폭력은 상처가 남지 않을 뿐, 신체 폭력과 결코 다름이 없다. 언어폭력이 주는 고통은 신체 폭력 못지않게 크며, 회복하는 데 오랜 시간이 걸리거나 치유(治癒: 병을 치료해 낫게 함) 불가능하기도 하다. 몽골 속담에 '칼의 상처는 아물어도 말의 상처는 아물지 않는다.'라고 한다. 대인관계, 조직생활 특히 가정의 가장 근본이 되는 부부 사이의 말 한마디, 한 마디가 얼마나 신중해야 하는지, 우리에게 주는 경고(警告)의 글귀이다. 부부 사이 파탄(破綻)의 원인이 여러 가지 있지만 상대의 언어폭력에 의한 경우에는 감정의 골이 깊어서 회복 불가능하여, 결국 대부분 돌아올 수 없는 강을 건너고 말게 되는 것이다. 우리가 인생을 살아가는 지혜가 수없이 많지만, 그중에서 '상대에게 말 한마디라도 조심해야 한다.'라는 것은 그 어느것 못지않게 중요하다. 음식을 먹기 전 그 음식이 상했는지 확인해야 하는 것처럼, 말을 내뱉기 전에 그 말이 미칠 파장(波長)을 염두(念頭)에 두어야 한다. 성경 시편에도 '여호와여 내 입 앞에 파수꾼을 세우시고 내 입술의 문을 지키게 하소서!'라고 쓰여 있기도 하다.

끝으로 우리나라 사람들이 흔하게 쓰고 있는 속담 중 하나가 '말 한마디에 천 냥 빚 갚는다.'일 것이다. 이는 대인관계에서 의사소통 시(時), 말의 중요성을 강조한 것으로, 말이란 우리가 사회생활 하면서 '다른 사람과 소통하는 통로'로 단지 메시지를 전달하는 수단이기도 하지만 '인간의 감정을 자극하고, 설득하는 도구'이기도 하다. 그러므로 상대와 나, 서로의 입장과 처지를 고려해 '조리(條理: 말의 앞뒤가 맞고 체계가 섬) 있는 말, 설득력 있는 말, 분별력 있는 말, 친절한 말('친절한 말은 짧고 하기 쉽지만, 그 울림은 무궁무진하다.'-테레사 수녀님 말씀)이 되어야 한다. 특히 상대의 감정을 자극하거나 사기(士氣)를 꺾지 않는 말, 그리고 상대의 의견을 존중해 주는 말'은 원만한 대인관계와 조직 내(內)의 인간관계에서 '필수요건(要件)'이자 우리 모두의 '생활의 지혜'이다.

7

성실과 정직

　성실(誠實)이란 '정성스럽고 참됨(예, 상인은 '신용과 성실'을 바탕으로 상도 덕을 지켜야 한다)'의 의미이고, 유의어에 성신(誠信), 성각(誠慤), 정직이고, 반의어는 게으름, 나태(懶怠), 나타(懶惰)이다. 정직(正直)이란 '마음에 거 짓이나 꾸밈이 없이 바르고 곧음(예, 아버지는 늘 '정직과 청렴결백'을 생활신 조로 삼으셨다)'의 의미이며 유의어에 진실과 성실이 있고, 반의어가 거 짓이고 약간 결(結)이 다른 교활(狡猾: 간사하고 꾀가 많음)이 있다. 사실 성 실과 정직은 서로 유의어에 해당한다. 영어 단어 sincere도 의미가 '성 실한, 정직한, 양심적인, 충실한,' 등 여러 가지 의미가 있는데, 대개 는 '성실하면 정직하고' '정직하면 성실하다'라는 의미로 쓰인다. 보통 '정직한'은 'honest'라는 단어를 쓰지만, '정직하고 성실한'의 의미로 'sincere'라는 단어를 쓴다.

　성실과 정직에 대한 생활의 지혜가 될 수 있는 사자성어와 한자어 로는, 각답실지(脚踏實地)란 '다리로 실제 땅을 밟았다'라는 의미로, '어 떤 일을 하기 위하여 발로 뛰며 현장을 확인하는 성실한 태도'를 말하 며, 호시우보(虎視牛步)란 '범처럼 노려보고 소처럼 걷는다.'라는 의미로, '예리한 통찰력(洞察力: 예리한 관찰력으로 사물을 봄)으로 꿰뚫어 보며 성실하고 신중하게 행동함'을 이르는 말이다. 친구 사귐에 있어 삼익지우[三益之友: 정직, 성실, 견문(見聞: 보고 들음)이 넓은 사람과 사귀어야 득(得: 얻을 득)이 됨]와 삼손지우[三損之友: 편벽(偏僻: 생각 따위가 한쪽으로 치우쳐 있음)하고 착하기만 하고 줏대가 없으며, 말만 잘하고 성실하지 못한 벗은 손해가 됨]가 있다. 그리고 정직한 사람을 천지직인[天之直人: 하늘의 도리에 합치(合致: 서로 일치함)하는 정직한 사람]이나 면책아과강직지인[面責我過剛直之人: 면전(面前: 눈앞)에서 나의 허물을 꾸짖어 주는 사람으로 굳세고 정직한 사람]이라고도 한다.

다음으로 생활의 지혜나 좌우명(座右銘: 늘 옆에 갖추어두고 가르침으로 삼는 말이나 문구)으로 삼을 만한 성실과 정직을 대표하는 명언으로 '정직과 성실을 그대의 벗으로 삼아라! 아무리 그대와 친하다 하더라도 그대의 몸에서 나온 정직과 성실만큼 그대를 돕지는 못하리라. 남의 믿음을 잃었을 때 가장 비참한 것이다. 백 권의 책보다 하나의 성실과 정직한 마음이 사람을 움직이는 힘이 더 클 것이다.' 미국의 정치가, 저술가 벤저민 프랭클린의 말이다.

성실의 명언으로는 '성실함은 가장 작은 사람을 가장 재능 있는 위선자(僞善者: 겉으로만 진실하고 착한 체하는 사람)보다 더 가치 있게 만든다.' 영국의 침례교 목사 찰스 스펄전의 말이고, '성실함은 우리가 생각하는 대로 말하고, 가장(假裝: 꾸밈)하고 공언(公言: 공개하여 말함)하는 대로 행하고, 우리가 약속한 것을 이행하고 실현하며, 실제로 우리가 보이는 대로 되는 것이다.' 영국의 대주교 존 틸롯슨의 말이며, '성실은 천국으로 가는 길이다.' 맹자님 말씀이다. 정직의 명언으로는 '정직만큼 부유한 유산도 없다.' 영국의 대문호 셰익스피어의 말이고, '정직을 잃은 자는 더 이상 잃을 것이 없다.' 영국의 마법사 J. 릴리의 말이며, '오래가는 행복은 정직한 것에서만 발견할 수 있다.' 독일의 물리학자 리히텐베르크의 말이다. 비슷한 말로 영국 격언 '평생을 행복하게 살려면 정직하게 살아라.'도 있다.

성경에서도 성실과 정직에 대한 구절이 여러 군데 있는데, 잠언에 '부지런(성실)한 자의 손은 사람을 다스리게 되어도 게으른 자는 부림을 받느니라. 게으른 자는 마음으로 원하여도 얻지 못하나 부지런(성실)한 자의 마음은 풍족함을 얻느니라. 게으른 자는 그 잡을 것도 사냥하지 아니하니 사람의 부귀는 부지런(성실)한 것이니라. 게으른 자의 길은 가시울타리 같으나 부지런(성실)하고 정직한 자는 대로(大路: 크고 넓은 길)이니라.'라는 말씀이 있다. 그리고 요한복음에서 '정직하다는 것은 마음을 하나님께 드리는 것이며, 모든 일에서 하나님께 거짓을 행하지 않고, 하나님께 사실을 숨기지 않고 다 털어놓으며, 윗사람이나 아랫사람을 속이지 않고, 하나님께 잘 보이려고만 하지 않는다. 정직하다는 것은 일을 하거나 말을 하면서 무엇을 보태지 않으며, 하나님을 기만(欺瞞: 남을 속여 넘김)하지 않고 사람을 속이지 않는 것이다.'라는 내용의 말씀이 있고, 또한 잠언에서는 '성실함을 가진 사람들은 안전하게 걸으며 비뚤어진 길을 따르는 사람들은 미끄러져 떨어질 것이다.'와 '성실히 행하는 자는 구원을 얻을 것이나 사곡[邪曲: 요사스럽고 편곡(偏曲: 한쪽으로만 치우침)함]히 행하는 자는 곧 넘어지리라.'라는 말씀도 있다.

한 인간의 성실성과 정직성을 가장 첫 번째로 우선해야 할 경우가 언제인가?

 아마도 여성이 결혼의 상대인 배우자를 선택할 때만큼이나 중요한 경우는 없을 것이다. 결혼은 인륜지대사(人倫之大事: 사람이 살아가면서 치르는 큰 행사, 종족보존을 위해 인간이 해야 할 가장 중요하고 우선순위의 일)이다. 인간의 궁극적 목적은 행복이 아닌가? 행복의 요건(要件: 필요한 조건)에는 여러 가지가 있고, 사람마다 조금씩 다르기도 하지만 가장 공통적인 첫 번째 요건, 특히 노년까지, 평생을 행복하려면 좋은 배우자 선택이 으뜸이다. 그래서 흔히들 하는 말이 배우자를 '잘 만나면 축복이고, 잘못 만나면 재앙'이라고 하지 않는가? 그렇다면 그 선택 기준은 어떤 것들이 있는가? 남자가 아내감의 선택 기준(알뜰함, 이해심과 덕, 그리고 지혜, 인정과 인간미, 마지막 가장 비중을 적게 두어야 할 인물)이듯이, 여자가 남편감의 선택 기준은 바로 '성실함과 정직함'이다. 그리고 덧붙여 '책임감[결혼 후에는 가족들을 부양(扶養: 생활을 돌봄)할 수 있는 생활력(生活力: 경제적인 능력)]과 약속을 잘 지키는 것'이다. 대체로 성실하면 정직하고, 책임감도 강하며 약속도 잘 지키는 법이다. 거꾸로도 마찬가지이다. 약속을 잘 지키는 사람은 책임감도 강하며 성실하고 정직한 법이다. 더욱이 이런 사람이 곧 결혼생활에서 가장 중요한 생활력(경제적 능력)과도 직결(直結)된다는 것을 깨달아야 한다. 한마디로 사람은 성실과 약속을 잘 지키는 것에서부터 시작된다. 게으르고 거짓말 슬슬 해대고 사소한 시간약속 하나도 제대로 지키지 못한다면 아무리 두뇌가 명석(明晳)하고, 학벌 좋고, 인물이 출중(出衆: 뛰어남: 여러 사람 가운데서 두드러짐)해도 우리가 흔히 말하는 '빛 좋은 개살구' '색 바랜 명품 옷' 격(格)이다. 특히 남자의 인물과 허우대(겉으로 드러난 체격, 좋은 체력)는 결혼생활에서 결코 중요하지 않으며, 인물과 허우대만을 우선으로 하다가는 인생 낭패(狼狽: 일이 실패로 돌아가 매우 딱하게 됨)를 볼 수도 있다.

사실 결혼, 사랑도 약속이다. 시간약속 하나도 제대로 지키지 못하는 사람은 사랑의 책임도 언제 저버릴지 모른다는 것이다. 결혼 적령기 이전 연인 사이부터 정혼(定婚)자로 염두(念頭: 마음속)에 두고 사귄다면 예의(銳意: 어떤 일을 잘하려고 단단히 차리는 마음) 주시(注視: 어떤 일에 온 정신을 모아 자세히 살핌)하는 삶의 지혜를 지녀야 한다. 잘못된 선택이 평생을 두고 후회와 고난(苦難), 불행의 길을 가게 된다는 것을 명심(銘心) 또 명심해야 한다.

보통 대학에서 성적평가, 학점은 95점 이상(A+) 90점 이상(A) 85점 이상(B+) 80점 이상(B) 75점 이상(C+) 70점 이상(C) 65점 이상(D+) 60점 이상(D) 60점 미만(F/Fail: 과락이나 낙제)으로 평가한다. 결혼 상대자, 남편감을 평가 점수 백분율로 따져 본다면 성실함(30%), 정직함(30%), 책임감과 약속의 이행 여부(30%), 인물과 허우대(10%)라고 한다면, 최소 80점(B)~85점(B+) 이상은 되어야 하지 않겠는가? 그런데 전제(前提) 조건이 있다. 내 장래가 걸려있는 중차대(重且大: 중요하고 큼)한 평가(評價)인 만큼. 냉철[冷徹: (감정에) 치우치지 않고 사리(事理: 일의 이치)에 밝은]하게 각각 점수를 매겨, 합산(合算)해야 함은 아무리 강조해도 결코 지나치지 않는다. 끝으로, 이 글을 맺으면서 한 가지 우려(憂慮: 근심, 걱정)스러운 것은, 요즘 세태(世態)의 젊은이들은 더러는 '인물과 허우대에 8~90점 이상을 배점(配點: 점수를 배정함)하기도 한다.'라는 것이다.

8

친절과 겸손

　친절(親切)의 사전적 정의는 '대하는 태도가 매우 정겹고 고분고분함, 또는 그런 태도'의 의미로, '상대방을 만족하게 하는 자기표현'으로 '옳은 의도'를 갖고 행해야 하는데, 그 '옳은 의도'란 '아무것도 바라지 않는 것'이다. 유의어는 정녕(丁寧: 태도가 친절함), 정친(情親: 정답고 친절함), 호의(好意: 친절한 마음씨, 좋게 생각하여 주는 마음씨)이고, 반의어는 불친절인데, 주로 공공기관 및 공기업, 가게, 식당, 대중교통, 법원, 검찰, 경찰, 병원, 학교, 편의점 등에서 지난 과거에는 주로 있어 왔지만, 오늘날 사회적 분위기는 '친절이라는 기치(旗幟)와 모토(motto)' 아래 점점 개선되어 나아지는 추세(趨勢)다.

　성경에서 '친절'에 관한 대표적 구절(句節: 한 토막의 말이나 글)에는 '하나님의 성품(性品: 성질과 품격)을 보여줄 수 있는 넘치는 친절을 보여주라(누가복음).' '참된 친절은 하나님의 사랑에 대한 우리의 반응이다(로마서).' '친절은 하나님 백성의 한 특성(特性)이다(골로새서).'가 있고, 가톨릭·정교회 7대 선(善)과 반대개념인 죄악(罪惡)으로 겸손⟨-⟩교만, 자선⟨-⟩인색, 친절⟨-⟩질투, 인내⟨-⟩분노, 정결⟨-⟩음욕, 절제⟨-⟩탐욕, 근면⟨-⟩나태가 있다. 세간(世間)의 인식(認識: 사물을 분별하고 판단해서 아는 일)과는 달리 법정 스님은 "무소유(無所有)보다도 일반대중이 실천할 수 있는 '타인에 대한 친절'을 생전에 강조하셨으며 불교의 덕목인 '자비의 실천'이라고 보셨다."라고 한다. 우리 속담에 '친절한 동정(同情: 남의 어려움을 딱하고 가엾게 여김)은 철문으로도 들어간다.'는 '진정으로 염려하는 마음은 아무리 무뚝뚝한 사람에게도 전해지게 마련이다.'라는 의미이고, 영국속담에는 '친절은 결코 헛되지 않는다.'가 있고, 유대인의 생활 규범인 '탈무드'에는 '똑똑하기보다는 친절한 편이 낫다.'가 있으며, 이솝우화에는 '친절은 아무리 하찮은 것이라도 결코 헛되지 않는다.'가 있다.

친절에 대한 우리들 일상의 자세를 알려준 명사들의 수많은 명언 중 최고의 명언들에는 '누구를 만나든 간에 그 사람에게 친절하게 대하라.' 미국 목사, 작가 노먼 V. 필의 말, '인간의 행위 중 가장 중요한 것이 무엇이냐고 물으면 압도적으로 친절이라고 대답할 것이다.' 영국의 미술사학자 케네스 클라크의 말, '친절은 온갖 모순(矛盾)을 해결하면서 생활을 장식(裝飾)한다. 얽힌 것을 풀어주고 난해(難解)한 것을 수월하게 해주며 암울(暗鬱)한 것을 환희(歡喜)로 바꾸어 놓는다.' 영국의 정치가, 저술가 필립 체스터의 말이다. 그렇다면 우리가 남에게 친절을 베풀면 우리가 얻는 것은 무엇일까? 라는 의문점이 생기게 된다. 그에 대한 답(答)은 간단하다. 바로 '내가 남에게 베푼 친절은 반드시 내게 돌아온다.'라는 것으로 현대 사회에서 한 사람이 할 수 있는 '가장 효율 높고, 가성비(價性費: 기대할 수 있는 성능이나 효율의 정도) 있는 행동 중 하나가 친절인 것'이다. 그것을 입증하는 명언은 스위스 철학자 H.

F. 아미엘의 말 '친절한 마음가짐의 원리, 타인에 대한 존경은 처세법의 제1 조건이다.'와, 스웨덴의 의사, 작가 스테판 아이혼의 말 '친절은 성공에 이르는 가장 위대한 전략[戰略: 사회적 활동을 하는 데 필요한 책략(策略: 꾀와 방법)]이다'가 있는 것으로 보아, 참된 친절로 이끌어 주는 윤리 지능을 올바르게 개발할 수 있다면 우리는 '성공적인 삶'뿐만 아니라 '선(善)한 삶'도 쟁취(爭取)할 수 있을 것이다.

친절에 대한 긍정적 측면으로 부드러움과 미소, 양보, 상냥함, 공손함, 겸손함, 존중이나 존경이 따라야 하고, 부정적인 측면으로 간섭, 상관(相關: 남의 일에 간섭함), 침해(侵害: 침범해서 해를 끼침), 오지랖 넓음(참견하는 성향), 나아가 아부(阿附: 남의 비위를 맞추어 알랑거림)가 되어 친절을 베푼 쪽이 비굴(卑屈)해질 수 있으므로 상황이나 분위기 파악을 잘해야 한다. 한 마디로 친절도 도(道: 지켜야 할 도리)를 지켜야 하는 것으로, 예의와 예절, 매너와 에티켓의 범주(範疇)를 벗어나서는 안 되는 것으로, 과도한 친절은 상대방이 오히려 부담스러워할 수 있어, 결국 손해가 될 수도 있다. 무엇보다도 친절하지 않아야 하는 곳에서 친절한 태도는 분위기에 맞지 않아 어색할 수도 있는 것으로, 우리네 인생살이에는 '모범답안은 있을 수 있지만, 정답은 없는 법'이다.

겸손(謙遜)은 '남을 존중하고 자신을 내세우지 않는 태도'로, 유의어는 겸허(謙虛: 잘난 체하지 않고 공손한 데가 있음), 겸화(謙和: 마음씨나 태도가 겸손하고 온화함), 공손(恭遜: 말과 행동이 겸손하고 예의 바름)이 있으며, 반의어는 교만(驕慢: 잘난 척하고 뽐내며 건방짐), 거만(倨慢: 잘난 체하고 남을 업신여김), 오만(午慢: 건방지고 거만함)이 있다. 우리 속담에 '겸손도 지나치면 믿지 못한다.'라는 말은 '지나치게 자신을 낮추는 태도는 오히려 위선(僞善: 겉으로만 착한 체함)이 될 수 있다'라는 말이다. 겸손(謙 공경할 겸 遜 따를 손)은 문자 그대로, '남을 높이어 귀하게 대하고 자신을 낮추는 태도'를 말하는 것으로, 영어 속담에 '물은 깊을수록 소리가 없다(The deeper the water, the less silent it is)'와 '빈 배가 가장 큰 소리를 낸다(Empty vessels make the most sound)'는 우리 속담 '빈 수레가 요란하다'나 '벼가 익을수록 고개를 숙인다'와 같은 의미로, 교훈을 삼아본다면 '자기를 높이는 자는 낮아지고, 자기를 낮추는 자는 높게 된다'라는 것과 '교만을 일삼으면 고독이 뒤따르고, 자신을 낮추는 겸손한 자에게는 만복(萬福: 온갖 복)이 깃든다'라는 말로 들린다.

겸손에 관한 명사들의 명언은 수없이 많지만, 그중에서도 울림을 주는 것들로는, '겸손한 자만이 다스릴 것이요, 애써 일하는 자만이 가질 것이다'는 미국의 사상가 에머슨 말이고, '위대한 사람은 모두 겸손한 사람들이다.' 독일의 극작가 레이싱의 말이며, '겸손하지 못하고 기고만장(氣高萬丈: 일이 잘 되어 뽐내는 태도가 대단함)하게 행동하느니보다 허리 굽혀 겸손함이 더 슬기(사리를 잘 판단하고 일을 잘 처리해 내는 재능)로운 법이다.' 영국의 시인 윌리엄 워즈워스 말이다. 그런데 명사들 중에서도 대체로 최근 인물로, 미국의 복음주의 기독교 목사 베스트셀러 작가인 릭 워렌의 '목적이 이끄는 삶(THE PURPOSE DRIVEN LIFE)'에서 '진정한 겸손이란 자신을 과소평가하는 것이 아니라 자신보다 더 상대를 생각하는 데서 나온다.'라는 말은, 겸손은 '상대를 나처럼 소중히 여기며', '자신의 주변 사람들이 무엇을 원하는지 배려하고, 그들을 위해 봉사하려는 마음'일 것 같다. 성경에서도 '자신을 낮추며 상대방을 인정하며 욕심 없는 마음의 상태, 겸손은 성경 전체를 통틀어 하나님 백성에게 가장 요구되는 신앙의 덕목임(신명기), 겸손한 자가 누릴 축복은 기도 응답을 받음(열왕기 하), 구원을 받음(역대 하), 주께서 높여 주심(야고보서), 배부르게 됨(시편), 주께서 돌보아 주심, 기쁨이 충만하게 됨(사사기), 영예롭고 존귀하게 되고 하나님께서 은혜를 주시며 재물을 얻게 됨(잠언), 천국을 소유하게 됨(마태복음), 큰 자로 인정받음(누가복음)' 등 신·구약 곳곳에 걸쳐 겸손은 하나님의 백성으로서 지켜야할 기본 덕목(德目: 충·효·인·의 따위의 덕을 분류하는 명목)이며, 겸손한 자에 대한 하나님의 약속들이 상술(詳述: 자세히 설명)되어 있다. 대승불교(大乘佛敎)의 사상(思想)인 정토(淨土: 부처가 사는 깨끗한 세상)는 '자연은 아름답고, 세상은 평화로우며, 개인은 행복한 사회'인데, 행복한 삶을 위한 개인은 '검소하게 생활하고 겸손하게 살며, 특히 행복을 위해서는 고요함, 평정심[平靜心: 감정의 기복(起伏: 강해졌다 약해졌다)이 없이 평안하고 고요한 마음]을 유지해야 한다.'라는 점을 강조한다. 원불교의 4대(代) 종법사(宗法師: 교단 최고 지도자)이신 좌산(左山) 이광종 종사(宗師)께서는 성공의 요건(要件: 필요한 조건) 중 으뜸으로 '약속을 잘 지키고 겸손의 미덕이 필요하다.'라는 말씀은 인생 연륜(年輪), 경륜(經綸) 있는 사람들 한마디로, 세상 오래 살고, 사회경험 많은 이들은 절대 공감(共感)하는 말이다.

　순수한 마음, 아름다움을 선사하는 데이지(Daisy) 링(반지)은 우정이나 연인, 그리고 웨딩 반지로 잘 알려져 있다. 데이지(프랑스 국화) 꽃말은 '순수한 마음, 평화, 사랑스러움, 희망, 겸손한 아름다움'과 같은 의미로, '매우 순수한 꽃, 보고 있으면 마음을 편안하게 해준다'라는 꽃이다. 우리도 '순수함과 겸손함'으로 조화를 이룬 인간미(人間美: 인간의 따뜻한 마음), 인정(人情: 남을 동정하는 따뜻한 마음) 넘치며, 친절한 마음과 행동으로 살아가는 '삶의 지혜'로, 무한경쟁의 각박(刻薄: 인정 없고 삭막함)한 우리네 세상을 '훈훈하고 따뜻하게 만들어 나가야 하겠다.'

9

칭찬과 꾸중

부모님에게서 때와 장소에 맞는 적절한 칭찬과 꾸중으로 훈육(訓育)된 자녀들은 어려서부터 좋은 습관을 몸에 익힌 결과로, 사회생활에서도 쉽게 주변 환경에 잘 적응하며, 조직 내에서 어떤 행동을 해야 하는지, 어떻게 인간관계를 맺어야 하는지, 그리고 규칙들을 지키고 반응할 것인지도 알며, 자아 조절 능력도 갖추게 되어 문제를 스스로 해결할 수 있는 능력을 지니게 되는 것이다.

칭찬(稱讚)이란 '좋은 점이나 착하고 훌륭한 일을 높이 평가함, 또는 그런 말'로 유의어에는 격찬(激讚), 절찬(絶讚), 극찬(極讚), 칭송(稱頌), 찬양(讚揚), 찬사(讚辭), 찬탄(贊嘆), 찬미(讚美) 등이 있는데, 칭찬은 윗사람에게는 할 수 없으며 칭찬의 궁극적 목적은 위계(位階: 지위나 계층 따위의 등급)를 통한 '제어와 통제'라고 보고 칭찬보다는 '격려가 더 효율적이고 올바르다'라는 시각(視覺)도 있다. 꾸중은 '아랫사람의 잘못을 꾸짖는 말'로 유의어에는 꾸지람, 야단, 책망(責望), 문책(問責)이 있다.

미국의 경영관리와 리더십 분야의 권위자이며 컨설턴트이자 기업가인 켄 블랜차드는 그가 쓴 「칭찬은 고래도 춤추게 한다」에서 조련사의 칭찬이 범고래로 하여금 관람객 앞에서 신나는 쇼를 벌이도록 동기부여(動機附與) 하는 사례를 들어 '칭찬의 긍정적 효과'를 설명했다.

바로 '칭찬이 주는 쾌락적인 보상은 크고 자존감의 토대(土臺)가 된다.' 라는 것이다. 그리고 과학적으로 칭찬을 받았을 때 신체적 변화, 귀 바로 위에 있는 후측 뇌섬엽(외부의 세계를 경험하고 인식하는 데 핵심적 역할을 하며, 행복의 비결이 이 부위에 있다고 함)에서 생기게 되는데, 칭찬처럼 자존감을 높이고 기분 좋은 심리적 접촉이 생겼을 때 이 부분이 활성화된다는 것이다. 사실 시대가 어렵고 힘들수록, 그리고 오늘날과 같은 무한 경쟁시대에는 칭찬을 많이 하면 할수록 엔도르핀이 생겨 '창의력'이 나오고 무엇보다도 상대에게 '희망'을 주는 것이다. 사람에게서 좋은 에너지를 받으면 그다음으로 넘어갈 수 있는 '힘'이 생겨나게 된다.

　꾸중보다는 칭찬에 훨씬 더 많은 명언이 있다. 어찌 보면 꾸중보다는 때와 장소에 걸맞은 칭찬은 모든 인간 특히, 자라나는 아이들에게는 성장동력(成長動力)이 될 수도 있다. 유대인의 생활 규범인 탈무드에는 '남에게 자기를 칭찬하게 해도 좋으나 자기 입으로 자기를 칭찬하지는 말라.'와 '사람을 찬미(讚美: 아름답고 훌륭한 것을 기리어 칭송함) 할 수 있는 사람이야말로, 참답게 명예스러운 사람이다.'라는 말이 있고, 미국의 세계적 철강 왕 카네기는 '성실하게 시인하고 칭찬을 아끼지 말라'와 '욕을 먹든가 모함을 받으면 조심하라. 우리는 누구나 잘못을 저지르기가 쉽다. 아홉 가지의 잘못을 찾아 꾸짖기보다는 단 한 가지의 잘한 일을 발견하여 칭찬해 주는 것이 그 사람을 올바르게 인도하는 데 큰 힘이 될 수 있다.'라는 말을 남겼으며, 독일의 시인이자 극작가 괴테는 '남의 좋은 점을 발견할 줄 알아야 한다. 그리고 남을 칭찬할 줄도 알아야 한다. 그것은 남을 자기와 동등한 인격으로 생각한다는 의미가 있다.'와 '사람은 남을 칭찬함으로 자기가 낮아지는 것이 아니다. 도리어 자신을 상대방과 같은 위치에 놓는 것이 된다.'라는 명언을 남겼다. 그런데 성경에서는 칭찬은 '자신의 이익 내지는 편의를 위해 아첨하거나 자기 죄의 욕구를 일시적으로 충족시켜 주는 사람에게 하는 것'이라고 보고, 고린도전서에 '때가 이르기 전 곧 주께서 오시기 전까지 아무것도 판단하지 말라. 그가 어둠에 감추어진 것들을 드러내고 마음의 뜻을 나타내시리니, 그때 각 사람에게 하나님으로부터 칭찬이 있으리라.'라는 것과, 오히려 꾸중에 대해서는 잠언에 '내 아들아, 여호와의 징계를 경(輕)히 여기지 말라. 그 꾸지람을 싫어하지 말라. 마땅히 행할 길을 아이에게 가르치라. 그리하면 늙어도 그것을 떠나지 아니 하리라. 매를 아끼는 자는 자식을 미워함이라. 자식을 사랑하는 자는 근실(勤實: 부지런하고 진실함)히 징계하느니라.'라는 말씀을 강조하고 있다.

칭찬과 꾸중을 할 때에는 어떻게 해야 하는지 전문가의 말을 빌리자면 다음과 같다. 첫째, 일관성(一貫性: 방법이나 태도 따위가 한결같음)이 있어야 한다. 둘째, 시의적절(時宜適切: 때와 장소를 가림)해야 한다. 셋째, 결과보다 과정, 능력보다 노력을 중심으로 해야 한다. 넷째, 비례와 균형(칭찬과 꾸중의 횟수와 빈도가 적절하게 함)이 맞아야 한다. 다섯째, 지나친 감정 이입(移入)은 금물이다. 여섯째, 먼저 본인이 모범이 되어야 하고 솔선수범해야 한다. 마지막으로 가장 중요한 것은 상대의 생각과 느낌을 헤아려야 한다. 칭찬과 꾸중이 상대에게 용기와 의욕, 반성과 분발(奮發: 마음과 힘을 다하여 떨쳐 일어남)의 마음을 일으킬 수도 있지만 반대로, 자만(自慢)과 독선(獨善: 자기 혼자만이 옳다고 생각하고 행동함), 수치심과 좌절감을 품게 하는 부정적인 효과를 가져올 수 있음을 사려(思慮) 깊게 생각하고 상황 파악을 잘해야 한다. 영국의 교육부에서는 칭찬과 꾸중을 5:1의 비율로 권장하도록 전국 각 학교에 지침을 내렸다 하지만, 일부의 전문가들은 7:1의 비율이 적절하다고 한다. 미국의 저명(著名)한 교육 컨설턴트 케이트 켈리는 좋은 칭찬 방법은 '구체적'이고, 결과보다는 '과정에 관심을 기울이라'라고 충고하며, 칭찬보다는 중요한 것이 '꾸중의 기술'이라고 말하며 제시한 방법으로는 '절대 화를 내며 이야기하지 말 것', '짧게 할 것', '자존심을 상하게 하지 말 것'을 들었으며, 일본의 교육자 도비타 사다코는 '못된 놈', '고집불통', '너는 안 돼'와 같은 부정적 어휘들은 '주홍 글씨를 새기는 것과 같다'라고 환기(喚起: 관심이나 생각 등을 불러일으킴)시킨다. 무엇보다도 아이들에게 꾸중할 때는 '배려'가 우선되어야 한다. 아이가 잘못한 원인을 직접 파악할 수 있도록 꾸중은 하되, 절대로 자존심을 상하게 해서는 안 되며, 화를 내서는 더더욱 안 되고, 아이가 잘못한 것을 이성적으로 지적해 주는 것으로 끝을 내야 한다는 점을 항상 염두(念頭)에 두어야 한다.

누구나 칭찬은 언제나 듣기에 '기분 좋고', 또한 꾸중은 언제나 '듣기 싫고 불쾌하다'라고 생각한다. 그러나 잘못된 칭찬이 아이를 망치게 할 수 있으며, 제대로 하는 꾸중은 칭찬보다 더 나을 수도 있다. 그렇다면 잘못된 칭찬과 제대로 꾸중하는 노하우(know-how)를 전문가들의 말을 빌리면 다음과 같다. 먼저 잘못된 칭찬으로는 첫째, 일관성 없는 칭찬(예, 어느 날은 '도와줘 고맙다' 해놓고 어느 날은 '귀찮게 하지 말고 얌전히 앉아 있어') 둘째, 칭찬과 꾸중을 동시에(예, 시작은 그래 '이건, 잘했어' 그런데 말이야, 너는 '이게 문제야) 마지막으로, 진심을 담지 않는 건성(성의 없이 겉으로만 함)으로 하는 칭찬, 구체적으로 기(氣)를 살려준다고 무턱대고 칭찬하는 것(예, 그림을 잘 그리지 못하는 데도 '참 잘 그렸네!')인데 이 경우는 오히려 '참 열심히 그렸구나!'라는 표현이 더 적절한 것이다. 다음으로 제대로 된 꾸중의 노하우로는 첫째, 사소한 행동이라도 방치(放置: 그대로 버려둠)하면 다음에 위험에 빠뜨릴 수 있는 경우는 처음이라도 엄하게 제지하며 반드시 그 이유를 설명해야 한다. 대표적인 예가 어려서 호기심이 되었든 다른 이유에서든 남의 물건을 집에 가져오는 경우가 더러 있는데, 이 경우야말로 단호하게 꾸짖어 되돌려주고 다시는 이런 일이 일어나지 않도록 다짐받아야 한다. 둘째, 잘못을 저지르는 순간 꾸중을 듣게 되어야 자신이 왜 꾸중을 듣는지 깨닫게 되는 것이다. 셋째, 간결하게 얘기한다. 길게 얘기해봤자 잔소리로 변질될 수 있다. 넷째, 일관성(一貫性: 변함없이 계속되는 성질)이 있어야 한다. 기분에 의해 좌지우지되어서는 안 된다는 것이다. 마지막으로 중요한 잘못을 고치려는 의도로 거짓말을 해서는 안 된다. 그 예(例)로 우는 아이에게 '울음을 그치지 않으면 경찰 아저씨 부르겠다.'이다.

끝으로 한 권의 책을 소개하고자 한다. 예일대 의대부설 소아 정신 클리닉 연구원으로 아동심리와 가족치료 전문 상담사 상진아 교수의 대표 저서이자 베스트셀러인 '칭찬과 꾸중의 힘'으로 부모의 칭찬 한마디, 꾸중 한마디로 아이를 어떻게 변화시킬 수 있는지에 대한 방법이 담겨 있으며, 특히 상황별, 사례별, 아이의 성격별로 다양한 예문과

대화 팁을 소개하고, 어떤 칭찬과 꾸중이 올바르거나 잘못되었는지를
상세하고 명확하게 설명해 준다. 한국은 물론 중국, 대만, 태국 등에서
도 출간되어 전 세계 부모들에게 사랑받고 있는 책이다.

10

울음과 웃음

울음과 웃음, 울고 웃는다는 것은 받침 하나만 서로 다를 뿐인데 의미는 정반대이다. 표정도, 소리도 서로 완전히 다르다. 그렇지만 둘 다 '소중한 얼굴'이다. 창조주 여호와 하나님께서 울음과 웃음을 인간의 얼굴에 숨겨놓으신 것은 보물임이 틀림없다. 성경 전도서에 '모든 것은 때가 있다.' 중 '슬플 때가 있고 즐거워 웃을 때가 있다.'라는 구절이 있다. 즐겁거나 기쁠 때 입을 활짝 열어 웃을 때는 옆에서 보는 사람으로 하여금 기분이 좋아지게 한다. 옆에 있는 나도 덩달아 웃게 된다. 반면에 슬프거나 괴롭고 견디기 힘든 일을 당했을 때 흐느끼거나 통곡하는 것을 보면 내 마음도 심란(心亂: 마음이 어수선함)하고 눈물이 난다. 그래서 웃는 사람 옆에서 살짝 미소만 지어줘도 좋아한다. 자신과 내가 공감대(共感帶)가 형성된 것으로 생각하고 내가 자기편이라고 생각한다. 또한 우는 사람 옆에서 내가 눈물만 살짝 비춰줘도 위로(慰勞)가 되고, 고마워한다. 자신의 슬픔에 내가 공감(共感)하고 있다고 생각하기 때문이다. 울고 웃는 사람에게 그 연유(緣由)를 묻지 않아도 옆에서 내 표정만 맞춰주면 서로 공감대가 형성된다. 2016년 '문학의 봄'에서 신인상으로 등단한 홍시율의 시(詩) '웃음과 울음'에서 말한 것처럼 '울음과 웃음이 힘겹게 만나게 되는 것은 감정의 공유(共有) 때문일 것이다. 나를 넘어 너를 안아 줄 수 있는 것, 바로 혼자 울거나 웃으면 외롭고, 함께 울거나 웃으면 행복한 마음인 것'이다.

울음과 웃음을 우리말에서는 대체로 한 단어로 표현하지만, 영어 단어로는 여러 가지 형태가 있어 더욱 명확하다. 먼저 울음(tears '눈물' 의미로 복수형을 쓴다.)에는 cry(슬프거나 아파서 울다-가장 일반적으로 쓰며, crying 은 '울음소리, 울기'의 의미이다), weep(몹시 슬퍼하며 눈물을 흘리다), sob(설움이 복받쳐 흑흑 소리내어 흐느껴 울다), wail(너무 슬프거나 아파서 크고 높은 소리로 길게 늘여 울다, 울부짖다)가 있고, 다음으로 웃음(laugh-가장 일반적으로 씀)에는 smile(소리 없는 웃음, 미소), giggle(터져 나오는 웃음을 참으며 소리죽여 잇따라 웃다. 낄낄대고 웃다, 피식 웃다), chuckle(만족스럽거나 재미있는 듯 낮은 소리로 조용히 웃다. 킥킥, 싱긋, 싱그레 웃다), guffaw(너털웃음, 큰 웃음, 깔깔 대다), yuks(유크스: '웃음, 재미'라는 의미)가 있으며, 조금 결이 다른 비웃음, 냉소(冷笑), 조소(嘲笑)에는 sneer, jeer, mock, scoff, ridicule이 있는데, 같은 울음과 웃음이라도 조금씩 그 표현이 다르다.

울음과 웃음은 '하늘이 내린 자연 치료제'이다. 한바탕 시원하게, 실컷 울고 웃고 나면 몸이 가뿐해지고 마음에 쌓인 응어리가 풀려 속이 다 시원하기도 한다. 울음과 웃음은 극과 극인 듯 보이지만 '우리의 몸과 마음, 육체와 정신에 유사(類似)한 반응을 일으킨다.'라고 전문가들은 말한다. 둘 다 '면역력을 높여주고 혈액순환을 원활하게 하며 통증을 줄여주고 인생을 긍정적으로 바라보게 하는 효과를 준다.'라고 한다. 울음과 웃음이 좋다는 것을 다 알고는 있지만, 사실 실천은 어렵다.

OECD 회원국 국가 중 우리나라가 자살률 1위(2015년 초 최근 발표, 일일 전국 평균 40명)라는 불명예를 안고 있는 것은 아마도 우리나라 국민이 잘 울고 웃지 못하는 성격의 영향이 큰 것 같다.

울음의 효과는 무엇인가? 프랑스 작가 볼테르는 '눈물은 목소리가 없는 언어이다.' 첫째, 진정 효과가 있고, 둘째, 통증 완화에 도움이 되며, 기분 개선과 스트레스 해소에도 도움이 되고, 셋째, 수면에도 도움이 되며, 몸속 박테리아 퇴치에도 도움이 되고, 넷째, 안구 건강에도 도움이 되며. 마지막으로 가장 중요한 '정서적 균형 회복'에 도움이 된다. 일반적으로 울음에는 세 가지 종류가 있는데, 각각 나름대로 의미가 있다. 첫째는 슬퍼서 흘리는 것은 '눈물'이고, 둘째는 슬프지는 않은데 괜히 눈물이 흐르는 것은 '피눈물'이며, 마지막으로 눈에서는 눈물이 나는데 입가에는 미소나 웃음이 나오는 것은 '감격, 감동의 눈물'이라고 하면 적절한 표현일 것 같다. 그럼, 이 세 가지 눈물과는 결이 다른 눈물에는 무엇이 있는가? 독일의 철학자 괴테는 '눈물 젖은 빵을 먹어보지 않은 사람은 인생의 참맛을 모른다.'라는 명언을 남겼다. 그렇다. 고생해 본 자(者)만이 인생을 더 많이 향유(享有: 누려서 가짐)할 수 있는 것이다. 요샛말로 금수저보다 흙수저가 더 가치 있는 삶을 영위(營爲: 일을 꾸려나감)할 수 있다는 말이다. 그리고 인생을 살아가다 보면 남자들보다 여자들은 걸핏하면 울어버리는 습성(習性)이 있다. 특히 연인이나 배우자 앞에서 자신이 불리한 처지에 놓이게 되면 대체로 그리한다. 이 경우는 고대 로마 시대 정치가 세네카의 명언을 인용한다. '눈물이 많은 것은 다른 사람에게 보이기 위해서이다. 지켜보는 사람이 없으면 그 눈물은 즉시 그쳐 말라버린다.' 슬픔의 눈물이 아닌 이런 정략[政略: 목적을 위한 방략(方略: 어떤 일을 꾀하고 행하기 위하여 세운 방법과 계략(計略: 꾀나 수단))]적 눈물도 더러는 일상에서 가끔 존재하는 것이다. 어찌 되었든 '참된 슬픔은 고통의 지팡이'라고 한다. 성서 전도서에서도 '웃는 것보다도 슬퍼하는 것이 더 좋다.'는 '얼굴에 시름이 서리긴 해도 마음은 바로잡힌다.'라는 교훈의 말씀인 것 같다. 또한 성서 시편에서는 '여호와는 마음이 꺾인 자들에게 가까이 계신다.'라는 구절이 있다. 그리고 프랑스 수학자 파스칼은 '팡세'에서 '웃음은 기쁨의 예고편이고 울음은 슬픔의 안정제이다. 실컷 웃으면 마음이 더 즐겁고 신이 나지만, 실컷 울고 나면 오히려 마음이 개운하다.'는 울음의 긍정적 효과를 말한 것이다. '지금 우리에게 눈물을 흘리게 하는 것들이 나중에 우리에게 축복이 될 것이다. 즉, 우리에게 오는 모든 고통이 절대 의미 없는 것이 아니라는 말이다.' 미국의 작가 밥 고프의 말이고, '눈물을 흘리는 것을 두려워하지 마라. 왜냐하면 눈물을 흘리는 눈은 진실을 볼 수 있고, 눈물을 흘리는 눈은 삶의 아름다움을 볼 수 있기 때문이다.' 인도 작가 오쇼 라즈니쉬의 말이며, '눈물을 흘리는 것을 부끄러워하지 마라. 사람이 슬퍼하는 것은 당연하기 때문이다. 그리고 이것을 기억해라. 눈물은 단지 물일 뿐이라는 것을 말이다. 즉, 당신의 꽃과 나무, 과일이 자라기 위해 필요한 물일 뿐이라는 말이다.' 영국 작가 브라이언 자크스 말이다.

그렇다면 웃음의 효과는 무엇인가? 웃음은 뇌의 여러 영역이 함께 작용하여 웃음을 만드는, 뇌 곳곳에서 벌어지는 종합 작용이라고 한다. 영국의 철학자 버트란드 러셀은 '웃음은 만병통치약'이라고 말했다. 전문가들의 말을 빌리자면, 첫째, 웃으면 면역 기능이 높아지고, 심장박동수가 두 배로 늘어나며, 둘째, 폐(肺) 속의 나쁜 공기가 신선한 공기로 바뀌며, 암과 몸속의 나쁜 세균을 처리하는 유익한 세포들이 증가하게 되는데, 실제 의료 현장에서 암 환자들에게 웃음 치료 요법이 성공한 사례도 있다. 셋째, 스트레스는 면역체계를 무너뜨리지만 웃음과 함께 밝은 마음은 면역체계를 강하게 할 뿐만 아니라 내장 활동도 활성화하고, 넷째, 건강한 뇌와 몸을 갖게 하며, 마지막으로 가장 중요한 '활기찬 하루'를 만들어 주며, 특히 '하는 일들이 다 잘 풀려나가게 된다.' 즉, 소문만복래(笑門萬福來)는 '웃으면 복이 온다.'라는 말이다. 어쩌면 우리는 '행복해서 웃는 것이 아니라 웃기 때문에 행복한 것'이다. 독일 철학자 아더 쇼펜하우어는 '많이 웃는 사람은 행복하고, 많이 우는 사람은 불행하다.'라고 말했으며, 미국의 유명 작가 앨버트 하버드는 '고통은 어떤 사상(思想)보다도 깊고, 웃음은 고통보다도 더 고귀(高貴)하다.'라고 말했으며, 미식축구센터였던 다니엘 샌더스는 '웃음은 마치 음악과 같다. 웃음이 마음속에 깃들어 그 멜로디가 들리는 장소에서는 인생의 여러 가지 재앙(災殃)은 사라져 버린다.'라고 말해, 웃음에 대한 예찬론(禮讚論: 찬양하는 주장이나 견해)을 폈다.

끝으로 시인 정연복의 시(詩) '웃음과 울음'을 인용한다. "웃음은 밝고, 명랑해서 좋다. 울음은 깊고 그윽해서 좋다. 하루에도 두어 번은 얼굴 가득 환한 웃음을 지어보자. 생활의 고단함이 잠시 사라지고, 살아 있음의 기쁨과 행복이 느껴진다. 어쩌다 가끔은 남몰래 가슴속 울음을 터뜨려보자. 쌓였던 좋지 못한 감정이 녹고, 바다같이 깊은 평안이 찾아올 것이다." 이 글을 읽고 나서 컴퓨터로 워드를 쳐, 출력해서 집안에 잘 보이는 벽에 붙여 두고 가끔 읽고 내용대로 실행(實行)해 볼 것을 권고(勸告)한다. 누구나 세상을 살아가면서 이런저런 삶의 고단함, 그리고 마음에 한(恨)이 서려 있는 법, 웃음과 특히, 울음은 '삶의 윤활유(潤滑油)'로 진정(眞正), 마음의 평안(平安)이 찾아올 것이다.

11

믿음과 신앙, 종교

　믿음과 신앙(信仰)의 사전적 의미와 차이는? 믿음이란 '어떤 사실이나 사람을 믿는 마음', '초자연적인 절대자, 창조자 및 종교 대상에 대한 신(神)과 자신의 태도로서, 두려워하고 경건히 여기는 마음'으로 '믿음을 가지다', 또는 '믿음을 저버리다.'로 쓰이며, 유의어는 신뢰, 신념, 신용, 소신, 확신, 신앙 정도가 있다. 신앙은 '믿고 받드는 일', '초자연적인 절대자, 창조자 및 종교 대상에 대한 신과 자신의 태도로서 두려워하고 경건하게 여기며 자비, 사랑, 의뢰심을 갖는 일'로 '신앙(심)이 강하다/믿음이 좋다', '신앙(심)이 약하다/믿음이 약하다'로 쓰이며, 유의어로는 숭배, 신교(信敎), 믿음이 있는데, 둘의 차이는 같은 듯 조금은 다르다. 영어 단어로 보면 분명해진다. 믿음은 'belief'[동사 believe의 명사형/believe는 타동사로 (사실을) 「믿다」, believe in은 자동사로 (존재 가치를) 「믿다」. (예) 나는 그의 말을 믿는다. I 'believe' what he says./ 나는 예수그리스도를 믿는다. I 'believe in' Jesus Christ]이고, 신앙은 faith, 'religious belief(종교의, 독실한 믿음)'이다. 한마디로 믿음은 모든 '일상적, 종교적' 의미이지만, 신앙은 '종교적 믿음'에 쓰인다.

　먼저 믿음에는 자신에 대한 믿음, 장래에 대한 믿음, 확신, 그것은

'자신감'이기도 하다. 비록 지금은 빈곤하고 처지가 보잘것없다 해도 남 못지않게 잘 살 수 있고 성공, 출세할 수 있다는 확고한 믿음으로, 뜻하고 있는 일에 온 정성을 다 하면 자신의 미래를 보상받을 수 있는 원동력이 될 수 있다. '자기 신뢰는 성공의 첫 번째 비결이다.' 미국의 사상가 에머슨의 말이다. 다음으로 믿음 중에는 인간관계에서 믿음인 '신뢰'가 있다. 우리가 살아가면서 수많은 필요한 것들 중에는 주고받아야 하는 인간관계에서의 믿음, 신뢰가 있다. 누군가를 신뢰하고, 누군가에게 신뢰받는다는 것은 중요하기도 하지만, 어렵기도 하다. 가족 간, 특히 부부간의 신뢰, 나아가 친구 간, 직장동료나 상급자와 하급자 간, 기타 여러 부류의 인간관계에서 신뢰는 쌓기도 어렵고, 무너지기도 쉽다. 한번 무너진 신뢰는 회복하기는 쉽지 않다. 필요한 것은 '시간과 경험'이다. 오랜 시간 믿을 수 있는 행동을 해야 신뢰성이 이루어지는 것이다. 하루 이틀에 되는 일이 결코 아니라는 것이다. 그러나 오랜 시간 함께 지냈다고 신뢰할 수 있는 것은 더욱 아니다. 서로 믿고 살아야 하지만, 세상은 가끔 신뢰가 깨지고 배신을 하기도, 당하기도 한다. 우리 속담에 '믿는 도끼에 발등 찍힌다.'라는 말에서 인간관계 시 '적당한 거리를 두는 것'도 생활의 지혜 중 하나인 것 같다. 사랑도 믿음이 있어야 싹이 돋고, 서로 오고 가는 것이다. 그런데 살아가면서 그 믿음이 깨지는 순간, 사랑도 떠나게 된다. 깨진 믿음은 회복하는 데 오랜 시간이 걸리거나, 아예 회복 불가능하기도 하다. 아무리 가깝고 좋은 관계라도 믿음이 깔려있지 않으면 그 관계는 아주 사소하고, 작은 일에도 금방 깨져버리는 법이다. 한 사람의 성공은 대인관계의 처세법 중 '상대에게 믿음, 신뢰를 주는 것'부터 시작이 되어야 한다. 한 인간의 실패의 80%는 인간관계의 실패 때문이다. 믿음을 줄 수 있는 언행(言行), 작게는 시간약속부터 큰 것에 이르기까지 매사에 철저하게 약속을 잘 지키고, 신용(信用)을 목숨처럼 여겨야 한다. '신의(信義)를 첫 번째 원칙으로 여겨라.' 공자님 말씀이다.

마지막으로 '인간은 나약한 존재'이다. '누군가를 의지하고자' 한다. 그래서 위급하거나 어려울 때 조상님도 찾고, 하나님, 부처님도 찾는 법이다. 인간은 살아서는 생일상을 받고, 죽어서는 제사상을 받게 된다. 제사는 일부 종교에서 미신이라고 치부(恥部)하지만, 엄연히 우리 조상 대대로 물려온 전통이자 문화유산이다. 종교적 절대자만 믿는 것이 신앙은 아니다. 조상님 섬김, 그리고 선영을 잘 돌보는 일도 소중한 개인의 믿음이고 숭배이다. 인간은 빈부귀천(貧富貴賤)을 떠나 누구나 나름의 자유권을 갖고 있다. 신앙, 종교의 자유도 그중 하나다. 그러므로 내 믿음만이 진리이고 남의 믿음은 거짓이라는 독선(獨善)은 금물이다. 유불(儒佛)이든, 하나님이든 자신의 '믿음'이 가는 대로이다. 돌이켜 보면, 우리 기성세대들의 어머님들은 새벽녘 아침밥 지으러 나가시면 맨 먼저 부엌에 정화수 떠 놓고, 조왕신(부엌 신)께, 그리스도인이면 예배당에 가서, 불자(佛子)이면 불전(佛前) 앞에 엎드려 자식들 잘되기를 간절히 빌며 기도드린 덕분으로 이렇게 지금까지 자식, 자손들이 무탈하게 살아가고 있고, 사회에서 나름대로 성공도 하고 중추적(中樞的; 중요한 부분이나 자리가 되는 것) 역할도 하는 것이다. 이것이 곧, 믿음이고 신앙인 것이다.

믿음과 신앙이라는 말이 나왔으니, 이단(異端)과 사이비(似而非)는 무엇인가? 먼저 정확한 정의를 보자. 이단은 한자를 풀이해 보면 '끝이(端) 다르다(異)'라는 의미로 '정통이론에 어긋나는 사상 및 방식'을 칭하는 것으로 종교의 정통 교의(敎義)에서 벗어난 교리, 주의, 주장 등의 조작(造作: 진짜를 본떠 가짜를 만듦)을 총칭(總稱: 전체를 총괄하여 말함)하는 것이다. 이단이라는 말은 원래 유교[자왈 '공호이단'이면 '사해야이'니라(子曰 攻乎異端 斯害也已): 공자님 말씀에 '이단을 전공하면 해(害)가 될 뿐이다.']에서 나온 말이지만, 우리나라에서는 주로 기독교 계통에서 더 많이 쓰이고 있는데, 특정 종파를 의미하는 것이 아니라 인간의 행복을 파괴하는 사악한 집단을 의미하는 것으로, 기독교에서 이단은 자신의 정체를 숨기고 은근히 접근하여 기독교인을 해롭게 하는 것으로 여긴다. 사이비 종교는 이단과 비슷하지만, 그 결이 다르다. 이단은 '기존 종교교리에서 다른 방향으로 해석하여 가르치는 것'이라면, 사이비는 '기존교리이든 변질된 교리이든 교리를 악용하여 이익을 얻으려는 것'을 말하고 종교를 가장(假裝: 거짓으로 꾸밈)하여 종교라는 형태를 꾸미는 집단, '겉보기에는 종교 같아도 종교가 아니다'라는 의미를 내포하고 있다. 오늘날 다수의 주류 기독교 교단은 이교(異敎)보다는 이단을 더 좋지 않게 여긴다. 왜냐하면 이교는 '외부의 것'이고 이단은 '내부의 적'이기 때문이다. '믿음은 그분의 은혜를 받으려고 손을 뻗는 것이다.' 복음주의 설교자 조지 맥도웰의 말이고, '종교는 평민들에게는 진실로 여겨지고, 현자(賢者: 현인)들에게는 거짓으로 여겨지며, 통치자들에게는 유용(有用)하게 여겨진다.' 고대 로마제국 철학자 세네카의 말이며, '종교를 알면 신, 우주, 세상, 인간을 알 수 있다.' 프랑스 황제 나폴레옹의 말이다.

　그런데 역사적으로 멀리 거슬러 올라갈 것도 없이 종교, 신을 부정(否定)하는 현존하는 인물은 진화론을 주창(主唱: 주의나 사상을 앞장서서 주장함)한 찰스 다윈의 진정한 후계자라고 불리는 영국의 진화 생물학자 동물행동학자인 케냐출신 영국 옥스퍼드대학 명예교수로 세계적 석학(碩學: 학식이 많고 학문이 깊은 사람) 중 한 사람인 리처드 도킨스이다. 그는 '신앙이란 증거가 없어도-심지어 반대의 증거가 있음에도-맹목적(盲目的: 사리를 따지거나 분별없이 무턱대고 행동)으로 믿는 것을 의미한다.'라고 말했는데, 특히, 그가 쓴 「신은 과연 인간을 창조했는가? 만들어진 신(The God Delusion)」에서 '신에 대한 부정은 도덕적 타락이 아니라 인간 본연(本然: 본디 그대로의 모습)의 가치인 진정한 사랑을 찾는 것이다. 신이 없어도 인간은 충분히 열정적이고 영적(靈的)일 수 있다! 인간을 주목하라. 신의 존재를 의심하라.'라는 말과 함께, 그의 책 서두(序頭: 첫머리)의 글 속에는 '이 책이 내가 의도한 효과를 발휘한다면, 책을 펼칠 때 종교를 가졌던 독자들은, 책을 읽고 나서 덮을 때쯤이면 무신론자가 되어있을 것이다.'라는 말로 '신을 정면으로 부정'했는데, 미국대학에서 철학을, 인도대학에서 동양철학을 공부한 철학자 작가 로버트 피어시그의 말 '누군가 망상(妄想: 이치에 어그러진 생각)에 빠지면 정신이상자라 하고, 다수가 망상에 빠지면 종교라고 한다.'와 결(結)을 같이한다고 보아야 하겠다.

　끝으로 한 인간이 살아가면서 '생활의 지혜'를 지녀야 할 수많은 것들 중 '믿음'의 세 가지, 먼저 우리의 삶이 비록 고단하고 잘 풀리지 않는다고 할지라도 살맛 나게 해주는 것은 '내 꿈이 현실이 되리라는 확고한 믿음'이 있어야 하고, 다음으로, 사람들에게 믿음과 신뢰를 주는 것도 성격이며, 생활 습관으로 신뢰를 주고, 그리고 신용을 지키는 일에 올인(all in)하는 생활 자세와 습관이 필요하며, 마지막으로 신앙, 종교의 '믿음'을 누구나 어떤 형태로든 갖고, 그곳에 의지하고 행동하면, 내 마음의 평안(平安)이 찾아올 뿐만 아니라 건실(健實)하고 모범적인 삶을 살아가게 되는 근간(根幹)이 될 것이다.

12

삶과 죽음

삶이란 '사는 일, 살아 있음'을 의미하며, '목숨이나 생명'을 의미하기도 한다. 유의어에는 목숨, 생(生), 생명이고 반의어가 죽음이다. 죽음, 사망(死亡)이란 생명체가 가진 '생명의 단절', 생명체의 모든 기능이 영구적인 정지로 말미암아 '신체가 항상성(恒常性: 늘 같은 상태를 유지하는 성질)을 완전히 상실한 것'이다. 기독교에서 말하는 저승의 강은 요단강이라 하고, 불교에서는 이승과 저승의 경계에 있는 강을 삼도천(三途川)이라 하며, 중음(中陰)과 중유(中有)는 사람이 죽은 뒤에 다음 생(生)의 몸을 받아, 날 때까지의 영혼의 상태이다. 불교에서는 한 인간의 삶을 생유(生有: 모태에서 태어나는 순간), 본유(本有: 생전의 존재), 사유(死有: 죽는 순간), 중유, 중음(영혼이 머무는 곳: 최소 7일~49일)의 4유(四有)의 과정을 거쳐 새로운 존재로 태어나는 윤회(輪廻)라 한다. 비슷한 이론의 원불교 영혼관도 '저 해가 비록 오늘 서(西)천에 져 내일 동(東)천에 솟아오르는 것'과 같이 '이 세상의 만물이 모두 이생에 죽어간다.' 하나, '죽을 때 떠나는 영혼이 다시 이 세상에 새 몸을 받아 태어난다'라는 것이다. 삶과 죽음을 자연의 이치, 진리에 비유하면 삶은 '해가 뜨기 시작한 것'이고, 죽음은 '해가 떨어진 끝없는 어둠'이며, 한편으로는 '새로운 시작'일 수도 있다. 한마디로 삶과 죽음은 결코 둘이 아닌 하나라는 것이다. 자연의 비유처럼 생각하면, 죽음을 보다 더 쉽게 이해하고 겸허히 받아들일 수 있을 것이다.

우리나라 지성(知性)의 대들보이신 故 이어령 선생님은 2019년 중앙일보와의 인터뷰에서 암 선고를 전(傳)하며 '죽음과 삶을 연결'하셨는데 '과일 속에 씨가 있듯이, 생명 속에는 죽음도 함께 있다. 보라! 손바닥과 손등, 둘을 어떻게 떼놓겠느냐, 바로 놓으면 손등이고 뒤집으면 손바닥이다. 죽음이 없다면 어떻게 생명이 있겠나?'라고 말씀하시며 '생전(生前)에 다가올 죽음을 결코 두려워하지 않으시고 겸허히 받아들일 준비가 되어 있으셨다.' 한다. 중병에 걸리면 죽음을 두려워하고 절망하며 몸부림치는 보통 사람과는 다르셨다.

산다는 것과 죽는다는 것은 한 인간의 가장 큰 획(劃)이자 갈림길이다. 사자성어에 생기사귀(生寄死歸)는 '사람이 이 세상에 사는 것은 잠시 머무는 것일 뿐이며, 죽는 것은 원래 자기가 있던 본(本)집으로 돌아가는 것'이라는 말이고, 인생초로(人生草露)는 '풀잎에 맺힌 이슬'이라는 말로 '허무하고 덧없는 인생'을 말하는 것이며, 흔히들 말하는 인생무상(人生無常)도 '인생이 덧없음'을 말한 것이다. 한 인간의 시작에서 끝을 말할 때 생로병사(生老病死)라 하며, 구체적으로 사람이 어머니의 뱃속에서 수태(受胎)부터 입묘(入墓)까지의 일생을 12단계로 구분, 배치하여 길흉(吉凶)을 판단하는 왕상휴수사(旺相休囚死) 이론인 12포태(胞胎)법은 포태양생(胞胎養生: 세포가 잉태하여 배 속에서 자라 태어나) 욕대관왕(浴帶官王: 목욕하고 관대의 띠를 두르고 임관하여 제왕이 되고) 쇠병사장(衰病死葬:

늙고 병들어 죽으면 장사를 치른다)이다.

그렇다면 죽은 후 영혼은 존재할까? 영혼이란 '인간의 육체와 독립적으로 존재'하고 정신의 근원이 되는 대상, 정신적 실체로, 일명 '혼, 혼령, 얼, 넋'이라고도 하며, 성경 말씀에 대한 해석에 따라 '영혼은 존재한다.'라는 쪽과 '그렇지 않다'로 갈린다. '영혼이 존재한다.'라는 쪽은 '몸은 죽여도 영혼은 능히 죽이지 못하는 자들을 두려워 말고, 오직 몸과 영혼을 능히 지옥에 멸하시는 자를 두려워하라(마태복음).'에서 예수님은 사람이 육체는 죽일 수 있어도 그 영혼은 죽일 수 없다고 가르치셨다. 또한 전도서에서 '육체의 죽음은 육체와 영혼의 분리를 의미하는 것'으로 영혼이 떠나면 몸은 죽고, 반대로 몸을 떠났던 영혼이 돌아오면 살아나게 되는 것이다. 생명의 본질은 '육체가 아닌 영혼'에 있다는 말씀이다. 그렇기에 사도들은 사람의 육체를 영혼이 잠시 거(居)하는 장막(帳幕: 햇볕이나 비바람을 막아주는 천막과 같은 것)에 비유(베드로후서, 고린도후서)했으며, 잠시뿐인 이 땅의 삶이 아닌 천국에서의 영원한 삶을 바라보고 복음의 길을 꾸준히 걸었다. '그렇지 않다' 쪽의 주장은 '사람은 죽으면 소멸되나니 그 기운이 끊어진즉 그가 어디 있느뇨(욥기)'에서 영혼과 육신은 하나로 육신이 죽는 순간 영혼도 없고, 천국과 함께 지상낙원을 믿는데, '천국에 사는 이들은 선택받은 일정한 수(數)뿐이고, 구원받은 나머지 사람들은 낙원으로 바뀐 이 땅에서 늙지도 병들지 않고 영원히 살고, 죽은 자들이 살아난다.'라고 한다. 또 다른 주장으로 세계적인 석학(碩學) 중 한 사람인 진화론의 찰스 다윈의 학문적 정통 계승자라 일컫는 진화생물학자인 영국의 옥스퍼드대학 교수였던 리처드 도킨스가 쓴 '만들어진 신(THE GOD DELUSION)' 은 신이라는 이름 뒤에 가려진 인간의 본성과 가치를 살펴보는 내용으로 신이 없음을 주장하면서 신을 믿음으로써 벌어지는 부정적인 문제를 일깨워주는 것으로 창조론의 이론적 모순과 잘못된 믿음이 가져온 결과를 역사적으로 고찰(考察)하는 내용으로, 한마디로 창조주를 부정하는 것인데, 그래서 혹자(或者)들은 '하나님이 인간을 창조했다지만 오히려 인간이 하나님을 창조했다'라는 말을 하기도 한다. 또한 영혼에 대한 동양적 사상과 서구적 사상도 차이가 있는데, 혼(魂)은 기(氣)로 이루어져, 사람이 죽으면 육체가 썩어 없어지듯이 영혼도 하늘에서 흩어지는 것으로, 그 흩어진 영혼은 불교에서는 소멸하는 것이 아니라 환생한다는 것이 동양적 사상이라면, 인간은 영혼의 활동을 통하여 창조적인 능력을 부여받는 것으로 종교의 기원을 애니미즘[animism: 무생물계에도 영혼이 있다고 믿는 세계관: 여러 가지 영적 존재(spiritual beings)인 영혼, 신령, 정령, 요정, 요기 등에 대한 신앙]에서 찾고 그것을 영적인 존재, 곧 영혼에 대한 믿음이라는 것이 서구적 사상인데, 대표적으로 독일의 문호 괴테의 영혼불멸설(靈魂不滅說)로 '우리의 생명은 죽은 뒤에도 변함없이 존재한다. 내세(來世)에 대한 희망이 없는 사람은 이 세상에서 죽어 있는 사람'이라는 주장이다.

그러면 한 인간이 어떤 삶을 살아야 한단 말인가? 우선 명언들을 보자. 노벨문학상을 수상한 헤르만 헤세는 "살면서 누릴 수 있는 행복중 하나는 '하고 싶은 일을 하면서 사는 것'이며, 하고 싶지 않은 일을 하면서 먹고살기 위해 해야 하는 삶은 가장 고달프다."라고 했으며, 장자(莊子)의 내편(內篇) 소요유[逍(노닐 소)遙(노닐 요)遊(노닐 유)]에서 '이것 저것 작은 것에 연연하지 말고 사사로운 기준에 벗어나 큰 존재가 되라'라는 가르침은 모든 것을 초월(超越)한 존재가 되었을 때 소요유(逍遙遊) 할 수 있다는 것이다. 명리학자 조용헌 교수는 팔자(八字: 한평생의 운수) 고치는 방법 다섯 가지로 적선(積善: 남을 돕는 것), 명상(冥想), 명당[明堂: 양택(陽宅: 집터)과 음택(陰宅: 묘터) 잡는 일], 독서, 지명(知命: 운명을 아는 것) 중 적선, 베풂을 으뜸으로 꼽았으며, 부처님도 '행복하게 잘 살 수 있는 비결이 보시행(布施行: 남에게 베푸는 것)인데, 이 습관이 붙으면 운이 저절로 따르리라'라고 가르침을 주셨다. '돈키호테'를 쓴 풍자와 해학의 작가 세르반테스는 '정직만큼 풍요로운 재산은 없으며 사회생활에서 최소한의 도덕률은 없다. 정직한 사람은 신이 만든 최상의 작품이기 때문에 하늘은 정직한 사람을 도울 수밖에 없다.'라고 말했다. 가치 있는 삶을 실천하는 것은 '사랑'인데, 가치 있는 근본에 바로 '사랑'이 있다. '오늘도 단, 한 사람이라도 누군가를 위해 기뻐할 만한 일을 하라.' 철학자 니체의 말이며, '남들을 위해 살고, 남을 사랑하는 인생만이 가치 있는 삶이다.' 물리학자 아인슈타인의 말이다. 지금까지 명언들을 요약하면 한 인간이 인생을 살아가는데 첫째, '하고 싶은 일을 하고' 둘째, '작은 일, 사소한 것에 연연(戀戀)하지 않으며' 셋째, '남에게 봉사와 베풂의 삶을 살고' 넷째, '정직하게 살며' 마지막으로, '가치 있는 삶, 무엇보다도 사랑을 나누어주는 일'이다. 이 글이 영국의 문학가 사무엘 존슨의 '사람은 어떻게 죽느냐가 문제가 아니라, 어떻게 사느냐가 문제이다.'라는 말처럼 살아 있는 지금, 삶의 방법을 되돌아보고 다짐하는 계기(契機)가 되기를 바란다.

13

천국과 지옥

천국(天國)이란 기독교에서는 '이 세상에서 예수를 믿는 사람이 죽은 후에 갈 수 있다는, 영혼이 축복받는 나라, 하나님이 지배하는 나라'라는 말이며, 불교에서는 '하늘에 있는 궁전'을 말한다. 유의어에는 천당(天堂), 천궁(天宮), 극락(極樂)이 있다. 지옥(地獄)은 기독교에서는 '큰 죄를 짓고 죽은 사람들이 구원받지 못하고 끝없이 벌을 받는다는 곳'이고, 불교에서는 '죄업을 짓고 매우 심한 괴로움의 세계에 난 중생(衆生)이나 그런 중생의 세계'를 말하며, 유의어에 구천(九泉), 나락(那落), 저승이며, 연옥(煉獄)은 '죽은 사람의 영혼이 천국에 들어가기 전 남은 죄를 씻기 위해서 불로써 단련 받는 곳'의 의미이다. 그리고 지옥이 종교적이지 않은 일반적 의미로는 '아주 괴롭거나 더 없이 참담한 광경', 또는 '그런 형편'을 비유적으로 말하는데, 그 반대개념으로 천국, 천당으로도 쓰인다.

천(天: 하늘)이란 '하나님의 법'을 뜻하는 용어이고, 국(國: 나라)은 '하나님의 나라'를 의미한다. 성경에서 말하는 천국이란 상대적 사고(思考)를 하는 인생이 세상에서 성령의 법으로 치리(治理: 나라나 지역을 도맡아 다스림)되는 '영적인 나라를 말하는 것'이다. 그리고 지옥(地: 땅 지, 獄:

옥 옥)은 땅에 갇힌다. 즉, '흙으로 돌아가게 될 수밖에 없는 상태라는 것'으로 성경이 말하는 천국과 지옥은 죽어서 가는 곳이 아니라 살아서 인지(認知: 어떤 사실을 인정해서 앎)되는 곳이다. 한마디로 이승에 천국도, 지옥도 있다는 것이다. 원불교 이론도 비슷하다. 창시자이신 소태산 대종사께서는 '네 마음이 죄복(罪福)과 고락(苦樂)을 초월한 자리에 그쳐 있으면 그 자리가 바로 극락이다'라고 하셨다. 다시 말해 고(苦)와 낙(樂)을 초월한 자리를 극락이라고 가르침을 주신 것이다. 그래서 '영혼은 마음의 조화'로, 지옥과 극락이 따로 있는 것이 아니라 '마음먹기에 달려 있다는 것'이다. 그러므로 오늘 우리의 행복과 불행은 모두 내가 뿌린 씨앗의 열매이다. 좋은 씨앗을 뿌리지 않고 어찌 좋은 열매를 거둘 수 있겠는가? 짜증 내고 미워하고 원망하면 그게 바로 지옥이고, 감사하고 사랑한다면 그게 바로 천국이 아니겠는가?

그렇다면 철학자, 사상가들이나 선인(先人)들의 말, 명언들은 어떠한가? '같은 세계이지만 마음이 다르면 지옥도 되고 천국도 된다.' 미국의 시인이자 철학자 R.W 에머슨의 말이고, '마음이 천국을 만들고 또 지옥을 만든다.' 셰익스피어와 필적(匹敵)할 만한, 영국 시인 밀턴의 말이며, '신의 나라는 눈으로 볼 것이 아니고, 또 말할 것도 아니다. 신의 나라는 여기도 있고 저기도 있고, 그렇기에 신의 나라는 우리들 마음속에 있다.' 19세기 러시아를 대표하는 소설가이자 사상가 톨스토이의 말이다. 그리고 '천국도 지옥도 우리 안에 있다. 인간은 위대한 심연[深淵: 깊은 못, 심담(深潭), 좀처럼 헤어나기 힘든 깊은 구렁]이다.' 스위스계 프랑스 작가 아미엘의 말이며, "생각에 따라 천국과 지옥이 생기는 법이다. 천국과 지옥은 천상이나 지하에 있는 것이 아니라 바로 우리 삶 속에 있는 것이다. 옛날은 더 좋았고 지금은 지옥으로 된 것은 아니다. 세계는 어느 때에도 불완전하고 진흙투성이여서 그것을 참고 견디며 가치 있는 것을 만들기 위해서는 '사랑과 신념'을 필요로 했었다." 독일계 스위스 소설가이자 시인 헤르만 헤세의 말이다.

지금까지 천국과 지옥에 관해 종교적인 견해, 그리고 명인, 명사들의 견해들을 살펴보았다. 모두 다 한결같은 공통적인 견해는 천국과 지옥이 따로 있는 것이 아니고 바로 우리가 살고 있는 이곳 '이승'이고, 그리고 우리의 '마음속', 한마디로 '마음먹기에 달려 있다'라는 것이다. 법정 스님의 '여보게 친구'라는 글에서 '천당과 지옥은 죽어서 가는 곳이라고 생각하는가? 살아 있는 지금이 천당이고 지옥이라네. 내 마음이 천당이고 지옥이라네.' 말씀과 모두 일치한다.

사실 죽음 너머의 세계는 객관적으로 검증한다는 것은 불가능하다. 죽어서 오랜 시간 이후 살아와 죽음의 세계를 말한다는 것은 전무후무(前無後無)한 일이기 때문이다. 요즘 철학자, 심리학자, 의학자들이 근사 체험(近死體驗: 임종에 가까웠을 때 혹은 일시적으로 뇌와 심장 기능이 정지하여 생물학적으로 사망한 상태에서 사후세계를 경험하는 현상)에 대해 연구도 하며, 실제 유튜브 등에서 실제 사례 경험담과 연구 결과를 담은 영상들이 일부 있기는 하지만, 엄격한 의미의 '사후세계를 경험'한 것은 아니라고 생각한다. 왜냐하면 단지 '일시적 현상'으로, 어찌 보면 병(病) 중 '꿈을 꾼 경험'이라고 평가절하(平價切下)할 수도 있기 때문이다. 천국과 지옥이라는 단어는 어린이들의 동심(童心: 순수하고 맑은 마음)을 자극하는 동화(童話) 속에 나오거나, 사실 '천국과 지옥이 있다는 것이 종교의 존재 이유'이기도 하지만, 혹자(或者)들이 말하는 것처럼 지난 과거 역사적으로 종교인들이 '포교(布敎)의 목적으로, 또는 위협(威脅)의 도구로 쓰이는 왜곡된 이미지'라는 주장이 설득력이 있어 보이기도 한다. 결론적으로 인간이 죽으면 영혼은 떠나가고 육신은 땅에 묻혀 흙으로 돌아가는 것이다. 그러면 한 인간은 모든 것이 끝이 나게 된다. 그리고 '인간이 죽어 귀신, 영(靈)이 되는 것이 아니라, 영(靈)의 세계는 따로 존재하는 것 같다.'라고 조심스럽게 말해 본다.

끝으로 사회와 현실을 비판하고 인간성과 생명을 추구하는 작품들을 주로 쓰신, 한국 현대문학을 대표하며, 대하소설 '토지'를 쓰신 소설가 故 박경리 선생님의 유고(遺稿) 시집(詩集) '버리고 갈 것만 남아서 참 홀가분하다.'에서 발췌(拔萃: 글 가운데에서 중요한 부분, 필요한 부분만을 뽑아냄) 인용한다. "가난하다고 다 인색(吝嗇)한 것은 아니다. 부자라고 모두가 후(厚)한 것도 아니다. 그것은 사람 됨됨이에 따라 다르다. 후함으로 삶이 풍성해지기도, 인색함으로 삶이 궁색(窮塞: 매우 가난함)해 보이기도 하는데, 생명은 어쨌거나 서로 나누며 소통(疏通: 생각하는 바가 서로 통함)하게 되어 있다. 그렇게 아니하는 존재(存在)는 길가에 굴러다니는 한낱 돌멩이와 다를 바 없다. 나는 인색함으로 인하여 메마르고 보잘것없는 인생을 더러 보았다. 인색한 것은 검약(儉約: 돈이나 물건을 아껴 씀)이 아니다. 인색한 사람은 자기 자신을 위해 낭비하지만, 후(厚)한 사람은 자기 자신에게 준열(峻烈: 매우 엄하고 매서움)하게 검약한다. 사람 됨됨이에 따라 사는 세상도 달라진다. 후한 사람은 늘 성취감을 느끼지만, 인색한 사람은 먹어도 배고프다. '천국과 지옥의 차이'이다." 가히 우리에게 주는 삶의 지혜, 그리고 어떻게 살아가야 할지 방법을 제시(提示: 어떠한 의사를 글이나 말로 드러내 보임)해 준 명언 중 명언인 것 같다.

14

의심과 확신

의심(疑: 의심할 의 心: 마음 심)이란 '확실히 알 수 없어서 믿지 못하는 마음'으로 유의어에 불신(不信), 불신용(不信用), 의구(疑懼: 의심하고 두려워함)가 있고 반의어가 확신(確信)이다. 영미권역(英美圈域)에서는 '의심'이라는 의미로 doubt(명사와 동사, 형용사는 doubtful이며 일반적 의미나 부정, 부존재의 의심)와 suspicion[명사, 동사는 suspect(명사로는 '용의자, 혐의자' 동사로는 긍정적으로 '의심하다, 혐의를 두다, 의심쩍어하다'), 형용사는 suspicious로 긍정, 존재의 의심스러운]이 있고, 그리고 증거의 수준을 세 가지로 분류(分類: 공통되는 성질에 따라 종류별로 가름)할 때, '합리적 의심(reasonable doubt/suspicion)', '설득력 있는 증거, 유력한 증거(clear and convincing evidence)' '증거의 우월(preponderance of evidence)'로 나눈다.

의심이란 '특정한 대상을 알거나 이해하지 못해 믿지 못하고 이상히 여기는 것'을 말한다. 신뢰와 믿음 그리고 맹신(盲信: 옳고 그름을 따지지 않고 덮어 놓고 믿음)과 확신의 반대가 되고, 여기서 더 악화하면 불신(不信)이 된다. 그런데 프랑스의 '철학 이론'을 쓴 근대철학의 아버지 르네 데카르트는 '믿고 싶은 모든 것을 의심하라.'라는 말을 했다. '의심을 해야만 안전을 보장받을 수도 있다'라는 것이다. 대표적인 예가 자물쇠로, 자물쇠의 '존재 이유'는 바로 '타인에 대한 의심' 때문이다. 또한 의심 없는 믿음은 광신(狂信: 무비판적으로 믿음)이 되고, 광신은 인류를 말살(抹殺: 뭉개어 없앰)시킬 수도 있는 전쟁, 개인적으로는 사이비 종교에 빠져, 본인은 물론이고 가족들 그리고 사회에 큰 물의(物議: 뭇사람의 서로 다른 비판이나 불평)를 일으킬 위험성이 있다.

세상을 살아가다 보면 믿을 사람도 있고 의심을 살 만한 사람도 있는 법이다. 특히 부부 사이에 의심이 커져 그것이 확신으로 비약(飛躍: 급격히 발전하거나 향상됨)되기도 한다. 이런 과정에서 자신은 물론이고 상대 배우자도 고통을 겪게 되는 것이다. 사실 본래 의심이 나쁜 것은 아니다. 세상 사람들은 정직한 사람도 있지만 그렇지 못해 속이려 하는 자(者)도 있기 때문이다. 그래서 남에게 속음을 당하지 않기 위해 '합리적 의심'이 필요하기도 한 것이다. 내가 아닌 다른 사람들의 마음은 알 수가 없다. 사람의 마음이란 수시(隨時: 그때그때 형편에 따름)로 변하고, 변화무쌍(變化無雙: 변화가 비할 데 없이 심함)하기 때문이다. 그럼에도 불구하고 우리는 믿음을 담보(擔保: 맡아서 보증함)로 살아가다가도 가끔은 뒤통수를 맞게 되고, 배신(背信: 신의를 저버림)이나 배반(背叛: 믿음과 의리를 저버리고 돌아섬)을 당하기도 한다. 그리고는 '아차(본의 아니게 어떤 일이 어긋나거나, 어긋난 모양)! 믿은 내가 바보지' 하며 혼자 탄식(歎息: 한숨)하며 후회하기도 한다. 그러나 이미 때는 늦은 것이다.

그렇다면 우리네 인생살이에서 의심의 폐해(弊害: 폐단으로 생긴 해)가 가장 큰 것은 무엇인가? 그것은 무엇보다도 부부간의 의심, 의부증(疑夫症: 남편의 행실을 지나치게 의심하는 변태적 성격이나 병적증상)과 의처증(疑妻

症: 아내의 행실을 의심)일 것이다. 부부간의 의심에는 결혼 전 과거를 의심하는 것에서부터 결혼 후 크게는 서로의 다른 이성에 관한 행실[行實: 실제로 드러나는 행동/몸가짐/품행/ 깨끗한 절개(節槪: 굳건한 마음이나 태도)]이 주(主)가 되겠지만, 작게는 금전적 문제(돈을 빼돌리는 행위)도 포함되기도 한다. '의심은 배신자이다. 시도하려고 한 마음조차도 사라지게 하고 손에 넣을 수 있었던 행복마저도 놓치게 한다.' 세계적인 대문호 영국의 극작가 셰익스피어의 말이다. 그의 작품 중 최고 명작으로 손꼽히는 '4대 비극' 중 '오셀로'에서 다룬 내용이다. 모든 일에 있어서 예단(豫斷: 미리 판단함)은 금물(禁物: 해서는 안 되는 일)이다. 확증(確證: 확실한 증거)이 없는 심증(心證: 마음에 받는 인상)만으로는 모든 일을 그르칠 수 있으며, 자신의 행복도 지킬 수 없는 것이다. 혹자(或者: 어떤 사람)는 '우리는 불륜(不倫: 도덕에 벗어남)이 만연(蔓延: 나쁜 현상이 널리 퍼짐)되어 있는 시대에 살고 있다.'라고 말한다. 다소간 의구심(疑懼心: 의심나고 두려움)이 들고, 어떤 근거(根據)로 그런 말을 하는지 그 연유(緣由: 사유)는 차치(且置: 내버려두고 문제 삼지 않음)하고, 더러는 그렇다고 친다 해도, 어떤 경우에도 철석(鐵石: 매우 굳고 단단함의 비유)같이 믿고 의지하고 사랑하고 있는 배우자가 있는 사람이, 또는 배우자가 있는 사람과의 불륜, 통정(通情: 남녀가 정을 통함)은 죄악(罪惡: 죄가 될 만한 나쁜 짓)이고 그리고 과보(果報), 업보(業報: 선악의 결과에 따라 행복과 불행이 옴)를 반드시 받게 되는 법이다. 그러므로 이 또한 삶에서 경계해야 할 최우선 중 하나이기도 하다. 누군가 말하지 않았던가? 배우자가 있는 여자(혹은 남자)와 고압선 가까이는 가는 것이 아닐 뿐만 아니라 손을 대서는 절대로 아니 된다고!

확신(確: 굳을 확 信: 믿을 신)은 '굳게 믿음, 또는 그런 마음, 신념'의 의미로 유의어에 믿음, 소신(所信), 신념(信念)이고 반의어가 의심이다. 우리가 세상을 살아가면서 모든 일에는 과정이 있어야 결과가 존재하는 법이며, 실천이 있어야 과정은 존재하게 되고, 시작이 있어야만 실천은 이루어지게 되며, 확신이 있어야 시작은 이루어지게 된다. 그러므로 '결과는 곧 확신에 달린 것'이다. '확신은 모든 성공의 출발점이다.' 미국의 성공 철학서 「Think and Grow Rich」를 쓴 나폴레옹 힐의 말이고, '확신은 당신을 강하게 만든다.' 미국 대통령 에이브러햄 링컨의 말이며, '확신은 나의 손안에 있는 열쇠이다.' 미국의 과학자, 발명가, 최초의 전화기를 발명한 그레이엄 벨의 명언이다. 그런데 때로는 가장 위험하고 불안한 상태는 지나친 확신에 찬 나머지 물·불 가리지 않고 자기주장을 펼치거나 행동할 수 있다는 것인데, 오히려 '적은 확률의 가능성을 엿보고 좀 더 신중하고 이성적 판단을 내리는 삶의 지혜가 필요하기도 한 것'이다. 한마디로 매사(每事: 하나하나의 모든 일) '섣불러서도 안 되고 오만해서도 안 된다.'라는 다짐, 삶의 자세가 필요한 것이다. 그렇다면 우리의 모든 일의 궁극적인 목표는 무엇인가? 바로 성공(成功: 목적, 뜻을 이룸)이 아닌가? 그렇다면 성공을 쟁취(爭取: 다투어 빼앗아 가짐)하기 위해서는 어떻게 해야 하나? 나와 다른 의견을 가진 사람들의 말에 흔들린 나머지 우왕좌왕 하지 말고, 내가 보고, 느끼고 경험한 것들에 대한 '확신'을 갖고 실행해야 하는 것이다. 설령 하다가 실수할 수도, 실패하기도 하지만 그 또한 교훈으로 삼아 긍정적인 희망을 품고 알차고, 힘차게 재(再)시도하면 되는 것이다. 한 마디로 '넘어지면 다시 일어서는 오뚝이가 되어라.'라는 것이다. '가장 위대한 영광은 한 번도 실패하지 않음이 아니라 실패할 때마다 다시 일어서는 데 있다.' 공자님의 말씀이다.

'의심하는 것이 유쾌한 일은 아니다. 하지만 확신하는 것은 어리석은 일이다.' 18세기 프랑스의 대표적 계몽 사상가이자 작가인 볼테르의 말이다. 한마디로 '의심도 확신도 함부로 해서는 안 되는 신중(愼重: 썩 조심스러운)을 기해야 한다.'라는 것이다. 가능한 한 의심을 하거나 확정적 단정(斷定: 딱 잘라 판단하고 결정함)을 하여 '상대나 자신도 곤란해질 수 있다'라는 것이다. 가정을 추정(推定: 추측해서 판정함)으로 주변, 주위에 편승(便乘: 남이 타고 가는 차편을 타고 감/비유적으로, 세태나 남의 세력을 이용하여 자신의 이익을 거둠)하여 의심이나 확신한다는 것은 매우 위험하고 어리석은 일인 것이다. 이 경우도 다른 모든 경우와 마찬가지로 현명(賢明: 사리에 밝음)하고 지혜[知慧: 사물의 도리(道理: 사람이 마땅히 행하여야 할 바른길)나 이치를 잘 분별(分別: 구별하여 가름)하는 정신 능력, 슬기(일을 잘 처리해 내는 재능)]가 필요한 것이다.

15

약속

약속(約束)이란 '다른 사람과 앞으로 어떻게 할 것인가를 미리 정하여 두거나 정한 내용'을 의미한다. 유의어에는 언약(言約), 기약(期約)이 있고, 비슷한 의미이지만 그 결(結)이 조금 다른 용도로 쓰이는 가약, 계약, 상약, 서약, 약정, 맹세, 맹약 등이 있다. 그런데 현실에서 하는 구두 약속은 법적 효력이 없으므로, 중요한 약속은 '문서(文書)화' 시켜두기도 한다. 일상생활에서 약속은 대부분 사람들과의 만남을 갖기 위함인데, 별거 아닌 약속이더라도 어기면 다른 사람의 신뢰를 잃기 때문에, 일단 해둔 약속은 가능한 한 지키고 늦지 않는 게 좋은데, 그것은 일반적 상식이기도 하다. 그러므로 피(避)치 못해 늦거나, 참여할 수 없다면 사전 연락이나 통보하는 것이 사회생활의 필수적인 상대에 대한 예의이다. "아무리 보잘것없는 약속이더라도 상대방이 '감탄할 정도'로 지켜야 한다. 신용과 체면 못지않게 약속도 중요하다." 세계 최초로 '자기계발서'를 만든 미국 작가 데일 카네기의 말이다.

약속은 동서고금(東西古今: 동양과 서양, 옛날과 지금을 통틀어 말함)을 통해서 그 중요성만큼이나 명언들이 많이 있다. 특히 사자성어에서 약속에 대해 이런 표현들이 있다. 여인상약(與人相約: 다른 사람과 약속함), 단단상약(斷斷相約: 서로 굳게 약속함)과 금석맹약(金石盟約: 쇠나 돌처럼 굳고 변함없는 약속), 견여금석(堅如金石: 서로 맺은 언약이나 맹세가 쇠와 돌같이 단단함)이 있는데, 단금지계(斷金之契: 쇠라도 자를 만큼의 굳은 약속)는 '두터운 우정'을 말할 때 쓰이고, 일낙천금(一諾千金: 한번 승낙한 것은 천금같이 귀중함)은 '약속을 소중히 지키라'라는 의미로 쓰인다. 그런데 위정자(爲政者: 정치를 하는 사람)들은 '국민과의 약속'을 지키는 것이 그 무엇보다도 중요하다는 말로, 이목지신(移木之信)과 사목지신(徙木之信)이 있다.

명사(名士)들이나 선인(先人)들의 명언(名言: 이치에 맞는 훌륭한 말)들은 우리의 삶의 지침(指針)이 될 수 있고, 때론 자신의 좌우명(座右銘)으로 삼을 수도 있다. '도리에 어긋나는 약속은 해서는 안 된다. 그것은 지킬 수 없기 때문이다.' 유교의 경전 논어(論語)에 나오는 말이며, '지킬 수 없는 약속보다는 당장의 거절이 낫다.' 덴마크의 속담이다. 그리고 '사람은 자신이 한 약속을 지킬 만한 좋은 기억력을 가져야 한다.' 독일 철학자 니체의 말이고, '누구나 약속하기는 쉽다. 그러나 그 약속을 이행하기란 쉽지 않다.' 미국의 사상가 에머슨의 말이다. 또한 '약속을 지키는 최고의 방법은 약속을 하지 않는 것이다.' 프랑스 황제 나폴레옹의 말이고, '약속을 쉽게 하지 않는 사람은 그 실행에 가장 충실하다.' 프랑스 사상가 루소의 말이다.

사람들은 약속할 때 서로 굳게 지키자는 맹세의 의미로 보통은 새끼손가락을 건다. 대체로 전 세계적이라고 하는데, 요즘에는 새끼손가락을 건 뒤 서로의 엄지손가락으로 도장을 찍기도 하고 여기서 한 단계 더 나아가 복사와 사인을 하는 것으로까지 발전하였다. 그렇다면 새끼손가락을 거는 유래(由來)는 어디에서 나온 것일까? 일본의 유녀

(遊女: 노는 여자)들이 직업적인 특성상 사랑하는 남자에게 손톱을 뽑아 주거나 머리카락을 잘라 주었는데, 이는 곧 자라기 때문에 남자들이 쉽게 유녀를 믿지 않자, 확실한 사랑의 약속, 증표(證票)로 새끼손가락을 자르기까지도 했는데, 이는 고통스럽고 극단적이기 때문에 나중에는 '가짜 손가락을 주거나 새끼손가락을 거는 것으로 대신했다고 추측된다.'라는 설(說)이 유력(有力: 가능성이 큼)하다. 그런데 중요한 것은 약속은 손가락으로 하는 것이 아닌 '마음'으로 하는 것이다.

한 인간이 세상을 살아가면서 깨지 말아야 할 가치 있는 것 세 가지가 '신뢰와 마음 그리고 약속'이다. 이것들은 우리의 '성장 열쇠'이다. 왜냐하면 이 세 가지는 우리가 무언가의 그리고 누군가의 일부라고 느끼게 해주어, 이들이 무너지면, 우리가 살아가는데 더 이상 버틸 수가 없게 되는 것이다. 특히 약속은 '신뢰'와도 밀접한 관계가 있다. 약속은 나와 다른 사람과 연결하는 중요한 '신뢰의 척도(尺度: 평가·판단하는 기준)'인 것이다. 또한 약속을 지키는 것은 상대에게 나를 보이는 '기본 예의'이다. 약속에는 수많은 종류가 있지만 아주 작은 만남의 시간약속에서부터 시작이 되는데, 그 작은 약속 하나에서 그 사람의 됨됨이를 알 수 있는 것으로, 수많은 말을 안 해도 그 작은 행위에서 그 사람의 많은 것을 느끼고 평가할 수 있게 되는 것이다. 특히 섣불리 한 약속을 지키지 못하고 아무 일 없다는 듯이 행동하게 되는 것은 곧, 자신의 품격을 떨어뜨리게 된다. 예를 들어 비즈니스 하는 사람이 약속 시간에 늦는다는 것은 기본이 안 된 사람으로 이유 불문하고 변명의 여지가 없는 것이다. 이렇듯 사회생활에서 약속은 어느 것 못지않게 중요하다. 그런데 다른 사람과 약속도 중요하지만, 무엇보다도 자신과의 약속은 더더욱 중요하다. 사실 자신과의 약속을 지키기는 다른 사람과의 약속보다 더 어렵다. 혼자 마음속으로 한 약속이기 때문에 지켜도 그만, 안 지켜도 그만이기 때문이기도 하며, 적절하게 합리화(合理化: 잘못을 그럴듯한 이유를 붙여 옳은 일 인양 꾸밈)할 수 있기 때문이다. 그러나 자신과의 약속을 지킬 수 있어야만 개선된 나, 변화되는 나로 발전을 기대할 수 있는 것이다. 약속이란 사람과 사람 또는 나 자신과 '신뢰를 쌓아가는 행위'로 그 아무리 사소한 것이라도 가볍게 여겨서는 안 된다.

사실 우리네 삶은 타인이 되었건, 아니면 나 스스로가 되었건 정(定)한 약속이 있기에 하루하루가 소중한 것이다. 그 소중한 삶 속에서 만나게 되는 소중한 사람들, 친구들, 사랑하는 사람들, 이런저런 인연으로 만나는 사람들 속에서 내 삶이 풍요로워지고, 고귀(高貴)해지는 것이다. 우리 인간의 삶은 '소중한 약속'으로 이루어져 있다고 해도 과언은 아니다. 그러므로 그 약속을 지키려고 최선의 노력을 기울여야만 한다. 손윗사람이든, 손아랫사람이든, 가까운 사람이든, 그렇지 않은 사람이든, 업무적이든, 일상의 일이든 약속을 지키는 것은 '목숨'처럼 여기는 생활 자세가 절대적이다. 그러므로 약속할 때는 세 번 이상 생각해 보는 지혜가 필요하며, 지키지도 못할 약속, 습관처럼 덥석덥석 해서는 안 된다. 신중하게 하되, 했으면 반드시 지켜야 한다. 그것이 나의 사회에서 '성공과 인정 그리고 좋은 평판을 받을 수 있는 첫걸음이 되는 것'이다.

끝으로 먼저 '진실한 삶의 약속'을 읊은 시인 용혜원의 시(詩) '우리의 삶은 약속이다'의 첫 부분(初章)과 마지막 부분(終章)을 인용한다. "우리의 삶은 '하나의 약속'이다. 장난기 어린 꼬마 아이들의 새끼손가락 거는 놀음이 아니라 '진실이라는 다리를 만들고 싶은 것'이다. 〈중략(中略)〉 봄이면 푸른 하늘 아래 음악처럼 피어나는 꽃과 같이 우리들의 '진실한 삶은 하나의 약속'이 아닌가."에서 어제는 잊힌 약속이고 내일은 지키기 어려운 약속으로 다만 약속이 있다면 오늘, 오늘의 약속은 사랑이라는 말이다. 다음으로 '애절(哀切: 매우 애처롭고 슬픔)한 약속' 두 경우를 인용한다. 하나는 요즈음 같이 부부간 별거나 졸혼, 피치 못할 사정으로 이혼한 부부들 사이에 해당하는 나태주 시인의 시(詩) '오늘의 약속' 후반부 "삶은 우리들 이야기만 하기에도 시간이 많지 않은 걸 잘 알아요. 그래요, 우리 멀리 떨어져 살면서도 오래 헤어져 살면서도 스스로 행복해지기로 해요. 그게 '오늘 약속'이에요."이고, 다른 하나는 떠나버린 사랑하는 사람을 애타게 그리는 가창력이 뛰어나고 초창기 얼굴 없는 가수로 유명했던 김범수가 부른 '약속'의 가사 후렴(後斂) "'돌아온다는 너의 약속' 그것만으로 살 수 있어 가슴 깊이 묻어둔 사랑 그 이름만으로 아주 늦어도 상관없어 너의 자리를 비워둘게. 그때 돌아와 나를 안아줘"로, 사랑도 약속이며, 사랑은 한번 주면 결코 잊을 수도, 사라지지도 않는 영원한 것으로, 설령 떨어져 있거나 헤어진다 해도 사랑하는 그대를 지우려 해도 결코 지워지지 않는, 짙은 그림자가 항상 내 곁에 따라다니는 법이다.

16

소심과 용기

사람의 성격을 표현하는 '소심(小心)'과 '용기(勇氣)'의 사전적 의미는? 소심이란 '주의 깊고, 도량(度量: 너그러운 마음과 깊은 생각)이 좁으며, 담력(膽力: 겁이 없고 용감한 기운)이 없고 겁이 많음' '대담하지 못하고 지나치게 조심성이 많음'이다. 소심(小心)의 유의어는 소담(小膽: 담력이 작음)이고 반의어는 대범(大汎), 용기, 호방(豪放: 기개가 강하여 작은 일에 거리끼지 않음)이다. 용기는 '씩씩하고 굳센 기운, 또는 사물을 겁내지 아니하는 기개(氣槪: 씩씩한 기상과 꿋꿋한 절개)'이다. 유의어에는 패기, 기개, 기백, 담력, 의기이며 반의어는 비겁(卑怯: 비열하고 겁 많음), 겁(怯: 겁낼 겁), 좌절, 소심함 정도가 있다.

소심(小心)과 비슷한 세심(細心), 세심(洗心), 섬세(纖細)함, 소박(素朴)함은? 어떤 사람이 소심하다고 평가받는 것은 '매사에 조심스럽고 신중한 사람이다.'라는 의미이며, 그 반대로 대범(大汎)한 사람이라면, '성격이나 태도가 사소한 것에 얽매이지 않고 아량이 넓다.'라는 의미이다. 한마디로 소심은 '조심스럽고 무섭고 두려워하다.'라는 말로 '사소한 것에 발목을 잡혀 앞으로 나아가지 못한다.'라는 소극적인 인상(image)을 주며, 대범은 '작은 문제들은 제치고 과감하게 앞으로 나아간다.'라는 말로 당당하고 진취(進取)적, 적극적인 성향(性向: 성질에 따른 경향)의 인상(image)을 준다. 세심(細心)은 '작은 일에도 꼼꼼하게 주의를 기울여 빈틈이 없다.'이며, 같은 음(音)이지만 한자 표기가 다른 세심(洗心)은 '마음을 깨끗이 하다.'라는 의미이다. 섬세(纖細)는 옷감에서는 '곱고 가늘다.', 사람의 성격에서는 '매우 찬찬하고 세밀하다.'의 뜻이다. 세심과 섬세의 차이는 대체로 세심은 성격적인 면(예, 배려심이 깊고 세심하다.)에서, 섬세는 행동적인 면(예, 일을 참 섬세하게, 꼼꼼하게 잘 한다.)에서 주로 쓰인다.

그러면 소박(素朴)함은? 소박함이란 말, 태도, 옷차림 등에서 '꾸밈이나 거짓이 없고 수수(純粹)하다.'라는 의미로, 영어로는 simple and honest인데 한 단어로는 modest('겸손한, 순수한, 수수한, 소박한, 신중한, 검소한')로 표현하는 것은 '겸손한 사람은 순수하고 순수한 사람은 대개 겸손하다'라는 의미를 나타낸다. 그런데 '소박함'은 결코 '소심함'과는 그 결(結)이 다른데 반대어 소심함〈-〉당당함, 대범함, 소박함〈-〉화려함으로 보면 차이가 명확하다. 사자성어에 '소심(素心: 평소의 마음)소고(溯考: 옛일을 거슬러 올라가서 자세히 고찰함)'라는 말이 있다. '소박한 마음으로 돌아가서 다시 깊이 생각하라.'라는 말이다. 한마디로 '힘들고 지쳐, 포기하고 싶을 때 소박한 마음으로 돌아가 깊이 생각하다 보면 좋은 생각이 나고 희망이 생겨 용기가 난다.'라는 말이다.

그렇다면 보통 소심한 사람들의 특징은? 온라인 커뮤니티 사이트에서는 다음과 같이 설명한다. 한 마디로 주변 사람들에게는 착한 사람(?)으로 여겨지지만, 손해 보는 일들이 많아 정작 본인은 지치고 힘들게 살아가게 된다. 첫 번째, 대인관계에서 '이건 뭐지?' 하면서 모든 일에 의미를 부여한다. 두 번째, 머릿속에 잡다한 생각이 너무 많다. 세 번째, 눈물이 너무 헤프다(화나도 눈물로 푼다). 네 번째, 모든 일에 자신이 잘못했다고 자책(自責: 스스로 뉘우치고 나무람)하고 죄책감으로 주눅이 들어 있다. 마지막으로 남에게 부탁은 못 하고, 남의 부탁은 거절하지 못한다. 인생을 살아가면서 남의 도움이 필요도 하는 법인데 힘들게 혼자 해결하려 하고, 내가 힘들어도 남의 부탁은 거절 못하고 끙끙대며 때로는 상대를 원망하거나, 투덜대지만 결국 들어주고 해결해 준다. 반대로 용기 있는 사람들은? 세계적 리더십 강연자인 로버트 E 스타웁 2세는 말하기를 첫 번째, '꿈을 꾸고 그 꿈을 표현하는 용기' 두 번째, '현실을 직시하는 용기' 세 번째, '맞설 수 있는 용기' 네 번째, '수용할 수 있는 용기' 다섯 번째, '배우고 발전할 수 있는 용기' 여섯 번째, '마음을 열고 사랑할 수 있는 용기' 마지막으로, '행동하는 용기'를 꼽았다. 그리고 '자신의 정체성, 존재의 본질을 찾아가는 특별한 경험이 바로 용기'라고 덧붙여 말했다.

한 인간이 세상을 살아가려면 생각, 행동, 그리고 말에 소심함, 세심함, 섬세함, 그리고 소박함이 깃들어 있어야 한다. 상황에 따라서 다르지만 때로는 과감한 용기가 필요하기도 하다. 무엇보다도 우리는 살면서 수많은 역경과 고난에 봉착(逢着: 어떤 처지나 상황에 부닥침)하게 된다. 그 고난과 역경을 딛고 일어서려면 무엇보다 '인내와 용기'가 필요하다. 용기는 '역경에 있어서 빛이요, 소리이며, 생명'이다. 그리고 새로운 도약(跳躍: 급격한 진보, 발전의 단계로 접어듦)에도 절대 용기가 필요하다.

소심함이 일견(一見: 언뜻 봄) 현재의 위치나 상황을 벗어나지지 않는 안정(安定)과 안주(安住: 한 곳에 자리 잡고 편히 삶)는 있을지 몰라도 발전을 기대하기란 어렵다. 새로운 도전에는 용기가 필요하다. 바로 '도전정신'은 두려워하지 말고 자신감을 갖자. 그리고 무엇보다 주도면밀(周到綿密: 주의가 두루두루 미쳐 자세하고 빈틈이 없음)한 계획을 세우고 거기에 대한 충분한 정보도 수집하자. 반절 이상의 가능성에 대한 확신이 서면 나머지 반절은 용기와 노력 그리고 집념으로 성공을 이룩할 수가 있는 것이다. 그런데 한 가지 염두에 두어야 할 것은 중도 포기하지 않고 '성공할 때까지, 끝까지 한다.'라는 단단한 각오는 필수(必須: 꼭 필요함)이자 필연(必然: 다른 도리가 없음)이다. 용기를 잃으면 기력(氣力: 정신과 육체의 힘)을 잃는 것이다. 그렇게 되면 곧 미래를 잃는 것이다. 우리의 운명이 인간에게서 부귀영화를 빼앗아 갈 수 있을지언정 결코 용기는 빼앗아 가지 못하는 것이다. 용기는 우리에게 희망이자 하나님 다음으로 신앙이다. 용기는 반절의 성공 가능성을 갖게 된다. 또한 마음을 대범하게 써야 한다. 그러면 무엇이 두렵겠나? 큰 사람이 되려면 '큰마음'을 가져야 한다. 그리고 어디에서든지 자신감 있게 당당함을 내보이는 '삶의 지혜'가 필요하기도 하다.

끝으로 한 권의 책을 읽을 것을 권장한다. 로버트 E 스타웁 2세가 쓴 '용기 있는 사람들의 일곱 가지 행동'이다. 남들이 시도하지 않았던 것에, 또한 남들이 수없이 많이 실패했던 것에 도전하려 할 때는 항상 우리 인간에게는 '용기'가 필요하다. 용기는 결코 타고나는 것은 아니지만 자신의 삶을 충만하게 하기 위해서는 반드시 '용기'가 필요하다.

그러므로 용기는 후천적 자기계발(啓發: 일깨워 발전시킴)이 필요한 것이다. 이 책은 우리가 용기를 배우고 자신 있게, 당당하게 살아가는 방법을 제시해 주고 있다. 우리말 번역본도 나와 있다.

17

안주와 도전, 모험

안주(安住)의 사전적 정의는 '한곳에 자리 잡고 편안히 삶'이나 '현재 상황이나 처지에 만족함'이다. 유의어에는 안접(安接: 평안히 머물러 삶), 안착(安着: 어떤 곳에 편안히 자리를 잡음), 자족(自足: 스스로 만족함)이 있고, 도전(挑戰)이란 '정면으로 맞서 싸움을 겲'이나 '어려운 사업이나 기록경신 따위에 맞섬'을 비유적으로 이르는 말이며, 유의어에 기도(冀圖: 바라는 것을 이루려고 꾀함), 도출(挑出: 시비를 일으키거나 싸움을 겲), 시도(試圖)가 있고, 모험(冒險)이란 '위험을 무릅쓰고 어떠한 일을 함, 또는 그 일'이며 유의어에 도박(賭博: 요행수를 바라고 위험한 일이나 가능성 없는 일에 손을 댐), 섭위(涉危: 위험을 무릅씀), 섭험(涉險: 위험을 무릅씀)이 있다. 그렇다면 도전(挑戰)과 모험(冒險)의 차이는? 우선 영어 risk라는 단어의 의미를 보자. 명사(名詞)로는 '위험, 우려', 동사(動詞)로는 '위태롭게 하다, 가치 있는 것을 잃을 수 있는 위험에 내맡기다'이다. 여기서 도전에 없는 모험에는 신체나 생명 따위가 위태롭고 안전하지 못할 수도 있고, 잘못될 수도 있지만, 그럼에도 불구하고 어떤 일을 하는 것을 말한다. 그런데 도전은 위험하지는 않고, 심지어는 죽을 위험은 없으므로 도전자들은 실패하더라도 포기하지만 않는다면 계속 몇 번이고 도전할 수가 있다. 그러므로 '도전에는 risk가 없지만, 모험에는 risk가 따른다.'라고 하겠다.

　현실(現實) 안주형(形)이란? 안정적이고 평화로운 환경을 좋아하며, 새로운 것에 대한 도전이나 위험을 감수해야 하는 모험은 더욱 겁을 내며, 현재 익숙한 것에 안주하려는 것이다. 변화를 받아들이기도 힘들어하며, 적응하기에도 어렵거나 설사 적응하려 한다 해도 시간이 오래 걸리게 된다. 그래서 이런 사람은 주변 사람들에게 보수적이며 융통성이 없는 사람으로 평(評)을 받기도 하며, 그렇게 각인(刻印: 마음이나 기억 속에 뚜렷하게 새겨짐)되기도 한다. 다시 말해 '호기심도 도전정신이나 모험심도 없는 사람으로 위험을 감수하면서 더 발전하려는 노력을 하지 않고 현재 상태에 만족하며 더 이상 나아가려 하지 않는 사람'인 것이다. 안주에도 특혜와 특권이 있다. 자신의 익숙함을 느낄 안정적인 '버팀목'이 있으니까 안주할 수가 있는 것이다. 그것은 무엇보다도 생활인이라면 그저 먹고살 수 있을 만큼의 수입이 보장될 때 가능한 법이다. 나나 내가 부양하고 있는 가족들이 경제적으로 쪼들리거나, 도저히 생활이 되지 않을 경우는 상황이 달라지는 법이다. 그때야말로 아무리 안주형이라 해도, 새로운 도전이나 모험을 단행하기도 하는 법이다. 당연히 유전자나 성장배경에 의해, 특히 성격적인 면이 주(主)된 요인이기도 하지만, '사람은 환경이 그 사람을 만든다.'라고 해도 과언(過言: 정도에 지나친 말)은 아니다. 그런데 이런 경우도 있다. 세상은 참 공평무사(公平無私)한 법이다. 장점과 단점이 공존(共存)한다는 말이다. 변화 없이 게으름에 매몰(埋沒)되어 아무 생각 없이 살 수 있다는 것은 편한 일이기도 하지만, 그렇게 익숙하다 보면 지루하고 지겨울 수도 있다. 나를 바꾸어 보려 하고, 나의 또 다른 문제를 해결하려 하고, 다른 현실을 꿈꾸다 보니, 지금의 편안한 안주가 마냥 좋을 수만은 없는 법이다. 미국의 기업인, 저술가 스티브 코비는 '가장 큰 위험은 위험 없는 삶이다'라는 명언을 남겼다.

그렇다면 도전에 필요한 준비 작업에는 무엇이 필요한가? 첫째는 '주도면밀(周到綿密)한 계획'을 세워야 하고, 둘째는 '실력과 필요한 경우 걸맞은 자격이나 학력'을 갖추어야 하고, 셋째는 도전하는 일에 대한 다각도의 정보를 수집해야 하고, 넷째는 도전에 대한 각오, 마음가짐, 무엇보다도 끈기와 자신감을 가져야 하며, 마지막으로 중요한 것은 도전을 통해 성장, 발전, 성공을 이룬 후에도 계속 노력, 도전하는 자세를 지녀야 한다. 왜냐하면 성공은 결코 한 번의 도전으로 이룩되는 것이 아니라 끊임없는 도전에 노력과 끈기에 의해서만 이루어지기 때문이다. 그리고 성공을 이룩한 후에도 자만(自慢)하지 않고, 새로운 목표를 설정하고 도전을 이어나가야 지속적인 성장과 발전할 수 있는 것이다. 무엇보다도 '성공의 열쇠는 끊임없는 도전'에 있고, '끊임없는 변화(變化)야말로 혁신(革新)의 열쇠'이며, '변화를 위해 몸부림치는 모습은 다소 불안하고 위태로워 보일지라도, 변화되고 발전하고 있으며, 목표한 것, 성공에 다가서고 있다.'라고 여겨야 할 것이고, 인간은 도전을 통해 삶이 '흥미롭고', 그런 도전을 극복하는 것이 진정한 '의미 있는 삶'이라고 여겨야 한다.

미국의 세계적 IT 기업가. 애플사(社) 창업자 스티브 잡스는 열정의 아이콘(icon: 어떤 분야를 대표하거나 최고인 사람, 우상)이며, 그의 열정이 빚어낸 도전정신과 도전 명언들은 우리에게 귀감(龜鑑: 거울로 삼아 본받을 만한 모범)이 된다. 그의 명언 다섯 개를 인용하고 부연(敷衍: 덧붙여 설명)해 보자. 첫째, '여정(旅程: 여행의 과정이나 일정)은 목적지로 가는 과정이지만, 그 자체로 보상(報償)이다.'라는 말은 내 인생의 하루하루는 내게 주어진 '기회'이며, 그 기회 속에 '숨어 있는 보물을 찾는다.'라는 말로 들린다. 즉(卽: 곧) 어떤 이에게 하루라는 것은 행복이라는 보물을, 다른 이에게는 깨우침이라는 보물을, 또 다른 이에게는 실패를 거듭하면서도 '인내와 기다림이라는 보물을 만나게 된다.'라는 말인 것 같다. 둘째, '우리가 이룬 것만큼, 이루지 못한 것도 자랑스럽다.'라는 말은 당연히 이룬 것은 자랑스럽지만, 이루지 못한 것도 자랑스러워할 줄 아는 마음, 다시 말해 '이루지 못한 것에 낙심(落心: 바라던 일을 이루지 못하여 마음이 상함)하지 않고 주변 사람들에게 부끄럽게 생각하지 않음'을 말하는 것 같다. 셋째, '내가 하는 일을 사랑하는 것이 위대한 일을 할 수 있는 유일한 방법이다. 아직 찾지 못했는가? 그렇다면 계속 찾아라. 안주하면 안 된다. 찾는 순간 가슴으로 알 것이다. 그리고 세월이 가면 점점 더 잘할 수 있을 것이다. 다시 말하지만, 발견하지 못했다면 계속 찾아라. 머무르지 마라.'라는 말은 현실에 안주하고 싶고, 평범함에 가치를 두는 우리 범인(凡人: 보통 사람)들에게 계속 찾으라는 메시지로 '도전하고 도전하는 스티브 자신의 태도를 배우고 자극을 받아라.'라는 말인 것 같다. 넷째, '우리는 이 거대한 우주에 조그마한 변화를 주려고 존재한다. 그렇다면 존재 이유가 없다.'라는 말은 꼭 성공을 해야만 하는 것도 아니고 크게 영향력이 있는 사람이 되어야만 하는 것도 아니라 '나의 작은 행동이 누군가에게는 크고, 작은 영향을 주게 된다.'라는 말인 것 같다. 마지막으로, '지금은 당장 위험한 것 같지만, 그것은 언제나 좋은 징조(徵兆: 미리 보이는 낌새)이다. 당신이 그것들을 다른 측면에서 꿰뚫어 보면 큰 성공을 이루어 낼 것이다.'라는 말은 실패와 위험은 때론 우리를 좌절하거나 포기하게 만들지만, 실패는 우리에게 교훈을 주게 되어, 다음에는 그것을 보완(補完)하게 하여 '성공이라는 보상을 주게 된다.'라는 격려(激勵)의 말인 것 같다.

우리 인간의 궁극적인 목적은 무엇인가? 바로 '행복하고, 인간답게 사는 것'이다. 그렇다면 행복하기 위해서는 무엇이 필요한가? 그것은 먼저 만족과 감사하는 마음, 그리고 바로 성공(돈도 많이 벌고, 사회적으로 명성도 얻고, 크건, 작건, 자신의 목표를 달성하는 것)하는 것이다. 만족하는 마음으로 현실에 안주하는 것이 더 행복한 삶이 아닐까? 생각도 해 보지만, 그러나 '도전하는 삶'이야말로 내 삶에 충실하고 삶의 부피를 넓히며 살아가는 '참된 삶'이 아닐까? 생각하며, 그것이 곧 '올바른 삶'이라는 결론을 내려 본다. 그런데 여기서 모순되기도 하지만, 때로는 안주도 필요할 때가 있다. 말하고자 하는 것은 '안주와 도전이나 모험을, 때(시절이나 시기)에 따라 적절하게 취사선택(取捨選擇)할 수 있는 지혜가 필요하다.'라는 것이다. 분명 도전과 모험은 어려움, 고난의 길이고, 실패를 동반하기도 하는데, 특히 모험은 아차! 하면 삶이 나락(奈落: 절망적 상황)으로 빠져버릴 개연성(蓋然性)도 있다. 그러나 '실패는 성공의 어머니이다.'라는 미국의 발명왕 토머스 에디슨의 말과 '실패는 성공으로 가는 고속도로이다.' 영국의 천재 시인 존 키츠의 말, 그리고 '실패는 사람에게 더 현명하게 다시 시작할 기회를 제공해 준다.'라는 미국의 자동차왕 헨리 포드의 말처럼 결코 실패를 두려워하지 말고, '실패'는 더 나은 방향을 찾을 수 있도록 걸림돌이 아닌 '디딤돌'로 삼아야만 진정한 성공을 이룰 수 있는 것이다. 우리 모두 모험하는 삶은 아니더라도 '도전하는 삶'으로 '의미 있는 삶'을 살아가자!

18

운과 노력 그리고 인내

운(運)이란 '어떤 일이 잘 이루어지는 운수로, 이미 정하여져 있어 인간의 힘으로는 어쩔 수 없는 천운(天運)과 기수(氣數)'를 말하며, 노력(努力)이란 '목적을 이루기 위하여 몸과 마음을 다하여 애를 쓰는 것'을 말하고, 인내(忍耐)란 '괴로움을 참고 견디다'라는 의미인데, 인내야말로 '시대를 불문하고 인간에게 필수적으로 필요한 소양(素養: 평소에 닦아 놓은 교양)' 중 하나로, 어떤 일에 성공을 위해서는 노력은 운이 따라야 하고 또한 인내가 따라야 하는 것으로, 이 글에서는 서로 상관(相關: 서로 관련을 가짐)되는 운과 노력, 그리고 노력과 인내는 짝이 되어, 각각 하나로 보는 두 가지의 관점이다. 그런데 노력에는 목표와 적극성이, 인내에는 끈기와 집념이 수반(隨伴)되어야 한다.

운이란 자연의 흐름에 따른 인간의 반응으로, 운이 좋다는 것은 자연의 흐름과 한 인간 조직의 흐름이 맞아떨어져 원하는 바를 이룩하게 되는 것이다. 결국 성공이라는 것은 자연 흐름의 작용인 운 없이는 이룩되지 않는 것이다. 그런데 성공은 스스로 행위가 동반되어야 하므로, 또한 노력 없이는 불가능한 것이다. 한마디로 성공을 위해 스스로 자연스럽게 보람을 느낄 수 있고 적성에도 맞아 능력 발휘를 할 수 있는 것을 찾아 각고(刻苦: 어려움을 견디며 몸과 마음을 다함)의 노력을 쏟고 기다리면 운은 찾아오는 것이다. 어찌 보면 자기답게 살 때 행운도 되고 자기답지 않게 살 때 힘들고 불운이 닥치는 법이다. 운이 중요하지만, 꾸준한 노력이 없으면 성공도, 그에 대한 유지(維持: 변함없이 지탱함)도 불가능한 것이다. 행운은 기회와 같아서 누구에게나 주어지는 것인데 그것을 붙잡느냐, 놓치느냐이며, 기회보다 행운은 더 적게 오지만, 반드시 누구에게나 오는 법이다. 그런데 미국의 야구선수이자 브루클린 다저스 단장이었던 브랜치 리키는 '운은 계획에서 비롯된다.'라고 말했고, 고대 로마 시대 정치가이자 저술가 키케로는 '용기 있는 자로 살아라. 운이 따라주지 않으면 용기 있는 가슴으로 살아라.'라고 말하기도 했다.

사람들이 성공하게 될 때는 운이 상당한 작용을 하게 되는데, 운이라는 것은 성공에 이르기 위해서는 근면한 노력을 수년 동안 해온 결과의 최종적인 요인(要因)이 되는 것이다. 운이라는 것은 사람들로 하여금 어떤 사물들을 발명하거나 발견하게 하고, 사람들을 유명하게도 하며, 직업을 구하는 데도 결정적 요인이 된다. '나는 운을 신봉(信奉)하는 사람이다. 그리고 더 열심히 일하면 할수록 더 많은 운을 갖게 된다는 것을 잘 알고 있다.' 미국의 제3대 대통령 토머스 제퍼슨의 말이며, '사람들은 평소보다 더 현명하게 행동했을 때 그것을 행운이라 부른다.' 미국의 대표적 여성 작가 앤 타일러의 말이다.

모험가 크리스토퍼 콜럼버스는 전 세계 여행을 위해 수년 동안 준비했다. 많은 사람이 그가 미쳤다고 생각했지만, 콜럼버스는 스페인의 여왕 이사벨에게 끝없는 항해의 도움을 청한 노력에 대한 대가를 받게 되었다. 그는 인도 여행을 목표로 두었지만 운 때문에 아메리카대륙을 발견하게 된 것이다. 운이라는 것은 사람을 유명하게도 만든다. 수많은 배우는 오랜 시간 연기연습이나 수업을 받기도 하고 단역으로 저임금을 받으며, 때로는 생계를 위해 파트타임 일도 하지만, 어느 날 운 좋은 배우는 영화의 일정한 배역을 맡아 유명세를 치르기도 한다. 또는 적절한 시점과 장소에서 유명 감독을 만나게 되는데 수년 동안 열심히 노력해 왔기 때문에 성공할 수 있을지 모르지만, 마침내 운이 작용했기 때문이다. 일자리(직업)를 구하는 것도 마찬가지다. 어떤 사람은 수많은 시간을 들여 이력서를 수없이 많이 쓰고, 수많은 구인 광고를 찾고, 수없이 많은 면접을 보다가 적절한 시기와 장소에서 자신의 기회, 운을 만나게 되는 것이다. 사자성어에 초부득삼(初不得三)이라는 말은 '첫 번째는 얻지 못해도 세 번째라는 뜻'으로 '노력하면 성공한다.'라는 의미이다. '노력은 수단이 아니라 그 자체가 목적이다. 노력하는 것 자체에 보람을 느낀다면 누구든지 인생의 마지막 시점에서 미소를 지을 수 있을 것이다.' 러시아를 대표하는 작가이자 사상가 톨스토이의 말이다.

노력 없이 성공한다는 것은 분명 어렵다. 그러나 근면하고 꾸준한 노력도 운의 도움이 필요한 것이다. 그러므로 운과 노력은 손에 손을 맞잡아야 하는 것이다. 그런데 노력에는 먼저 목표가 분명해야 한다. 왜냐하면 희망이 있는 자에게는 신념이 있고, 신념이 있는 자에게는 목표가 있고, 목표가 있는 자에게는 계획이 있고, 계획이 있는 자에게는 실천이 있고, 실천이 있는 자에게는 성공이 있고, 성공이 있는 자에게는 행복이 있기 때문이다. '행복은 성취의 기쁨과 창조적 노력이 주는 쾌감 속에 있다.' 미국의 대통령 루스벨트의 말이다. 특히 목표는 계획이 있어야 하며 계획 없는 목표는 한낱 꿈에 불과하다. 그래서 비록 사소한 것이라도 평소 끝마치는 습관을 통해 계획한 일을 끝까지 해내겠다는 다짐과 믿음을 키워 나가는 것이 중요하다.

노력에는 적극성도 필요하다. 한 예를 들어보자. 과거 여성 3인조 보컬그룹 리드보컬이었던 모(某) 양의 경우이다. 가수가 되고자 청운(靑雲)의 꿈을 품고 기회를 보던 중, 생각 끝에 우리나라 최고 연예기획사 회장이 잘 다니는 찻집을 알아내, 그곳에서 아르바이트를 하면서 얼굴을 익히고는 얼마 있다가 쪽지('회장님, 제가 노래도 잘하고 춤도 잘 추어요. 오디션 한번 봐주세요.')를 건네주게 된다. 이 계기로 오디션을 보게 되어 3인조 여성 보컬그룹이 탄생하여 가창력과 외모도 출중(出衆)하여 유명세를 치르고 나중에는 연기도 하게 되어 탄탄한 연예계 생활을 한, 여자 연예인의 이야기이다.

노력에는 목표와 적극성이 따라야 하듯, 인내에는 끈기(쉽게 단념하지 않고 끈질기게 견디어 나가는 기운)와 집념(執念: 한 가지 일에 매달려 마음을 쏟음)이 따라야 한다. 특히 집념이 없으면 결코 성공은 이룩할 수 없는 것이다. '끈기는 최고의 기질이며 인내는 고결한 마음의 열정이다.' 미국의 비평가이자 교육자인 제임스 러셀 로웰의 말이며, 사자성어 마부위침(磨斧爲針)은 '도끼를 갈아 바늘을 만든다.'라는 의미로 '아무리 어려운 일이라도 해내고야 말겠다는 집념과 끈기를 갖고 계속하게 되면 언젠가는 반드시 성공한다.'라는 말이다.

　노력과 인내의 대표적인 사례를 보자. 19세기 미국의 문필가이자 사회사업가였던 헬렌 켈러 여사는 태어난 지 19개월 만에 심한 병을 앓고 청각과 시각을 잃은 신체적 결함을 갖고 있었지만, 그녀의 스승이자 친구인 앤 설리번의 도움과 가르침으로 수화와 언어, 그리고 말로 표현할 수 있는 음성언어까지도 가능하게 되었는데, 이것들이 가능하게 되었던 이유는 앤 설리번은 헬렌 켈러가 알 수 있을 때까지 인내를 갖고 기다려 주고 계속 반복했으며, 헬렌 켈러도 역시 그것들이 가능할 때까지 포기하거나 좌절하지 않고 될 때까지 노력했던 것이다. '신은 우리가 성공할 것을 요구하지 않는다. 단지 우리가 노력할 것을 요구할 뿐이다.' 테레사 수녀님의 말씀이고, '성공을 위해 성실한 노력과 불굴의 인내가 필요하다는 사실을 인식하게 되면, 우리가 이룩한 업적을 제대로 볼 수 있고, 우리가 얻은 열매를 더욱 감사히 여길 수 있을 것이다.' 미국 월가의 살아있는 전설 존 템플턴의 말이다.

　한 사람이 세상을 살아가는 데는 무한한 인내와 노력, 끊임없는 도전, 그리고 선택이 요구된다. 그런데 인내와 끝없는 노력에도 불구하고 성공하지 못하는 경우도 있다. 그럴 때는 '내가 운이 없었나?'라고 대부분 말할지 모르겠으나, 먼저 '내 노력과 인내가 부족하지 않았나?'라고 반문(反問)하는 것이 먼저이다. 그렇게 되면 실패에 대한 나의 '경험'을 얻게 되어 자신에 대한 '믿음'과 '자신감'으로 다음에 해야 할 일을 보다 더 주도면밀하게 계획하고 더 많은 노력과 인내심으로 밀고 나아간다면 저절로 운은 따라오게 되는 것이다. 또한 근면, 성실함과 노력으로 이룰 수 없는 일은 거의 없다. 힘이 아니라 집념이 위대한 일을 성취하게 되며, 끈기와 열정으로 실행하면 기적은 도처에서 일어나게 되는 것이다.

끝으로 인생의 성공을 위해 지녀야 할 지혜로운 나만의 '신념(信念: 굳게 믿음)'과 다짐 하나를 추천한다. "나에게 '실패'라는 단어는 없다. 왜냐하면 나는 성공할 때까지 '노력과 인내'로 끝까지 해낼 것이며, 거기다가 '행운'의 여신(女神)은 내 편이기 때문이다." 가끔 소리내어 외쳐 보아라. 우리나라 속담에 '말이 씨가 된다(늘 말하던 것이 사실대로 되었을 때 이르는 말).'라는 말이 있지 않은가?

19

기호와 중독

[이 글은 기호와 중독이라는 제하(題下)에서 기호는 우리의 일상에서 사람마다 각기 다른 취향(趣向)에 따라 다를 수 있지만, 중독은 한 개인은 물론이고, 사회적 병리(病理) 현상을 우려한 나머지 중독을 중심으로 조명(照明)한다.]

기호(嗜好)와 중독(中毒)의 사전적 의미는? 기호는 '일반적으로 음식과 술·담배 또는 성적(性的) 행동 등 주로 생리적으로 기본적인 욕구에 관하여 평소 즐기고 좋아함'이라는 하나의 의미이지만, 중독이란 세 가지의 의미가 있는데, 첫째, '생체(生體)가 음식물이나 약물의 독성에 의하여 기능 장애를 일으키는 일', 둘째, '술이나 마약 따위를 지나치게 복용한 결과, 그것 없이는 견디지 못하는 병적인 상태,' 셋째, '어떤 사상이나 사물에 젖어버려 정상적으로 사물을 판단할 수 없는 상태'로 일명 세뇌(洗腦)에 해당하는 것으로, 이 글에서는 중독 중 두 번째 경우만을 다루려 한다.

기호를 표현하는 대표적 경우가 식욕(食慾)에서 '음식물에 대한 기호'이다. 기호는 기본적으로 생명적·정신적 평형(homeostasis: 恒常性: 늘 같은 상태를 유지하려는 성질)으로 설명된다. 동물이나 유아에게 음식을 선택

시키면, 그 영양소의 종류와 분량은 생체가 필요로 하는 것과 대개 일치한다. 동물은 담배·커피·모르핀에 대한 기호가 없다. 본래 이것들은 생체의 생명 유지에 관계가 없는 것으로, 신경에 대한 자극을 원하는 인간만이 가지고 있다. 기호는 문화에 의하여 규정된다. 각 민족은 제각각의 식품목(食品目)을 가지고 있고, 성적(性的)인 기호도 마찬가지로, 어떤 민족은 이상하게 여기지 않고 널리 행하고 있는 행동형이, 다른 민족에게서는 이상하게 받아들여지기도 한다. 그러나 식품목은 다르더라도 영양소의 비(比)는 대체로 거의 같다.

중독의 구체적 사례들은 무엇인가? 첫째, 술, 알코올 중독 둘째, 담배, 니코틴 중독 셋째, 카페인 중독 넷째, 인터넷, 스마트 폰, 게임 중독 다섯째, 약물, 마약 중독 여섯째, 사행성 게임 및 도박 중독 마지막으로 포르노 중독인데, 대체로 4대 중독으로는 알코올, 인터넷, 도박, 마약을 꼽지만, 이와는 별도로 사람들이 간과(看過)하는 중독으로는 음식 중독, 물 중독인 수독(水毒)과 건강하고 건전한 중독, 공부, 운동 중독도 있으며, 인간의 육체와 정신을 피폐(疲弊)하게 해, 폐인(廢人)으로 만드는 가장 위험한 것은 마약과 포르노 중독이다.

알코올, 술에 관하여: 술은 인류의 탄생과 함께 시작되었다. 인류와 함께하는 수천 년 역사 동안 술은 즐거움, 위로, 흥을 돋우는 것으로 기호품이지만 반면에 여러 문제를 야기(惹起)해 왔다. 개인적으로는 지나친 음주로 건강을 해칠 뿐만 아니라, 실수나 추태로 말미암아 자신의 사회적 위상(位相)이 치명적 손상을 입기도 한다. 또한 요즘은 음주 운전으로 말미암은 사고로 타인의 생명을 앗아 가기도 한다. 그렇다고 해서 사회생활 하면서 술을 마시지 않고 살아갈 수는 없다. 무엇보다도 절제, 절주(節酒), 특히 자신의 주량(酒量)에 맞는 음주 습관을 지녀야 한다. 하나 더 중요한 것은 술은 처음 배울 때 반드시 어른, 아버지에게서 배워야 하는 것이다. 흔히 말하는 술버릇을 제대로 배워야 하는 것도 대단히 중요하다. 처음 마시기 시작 무렵의 버릇이 평생 가는 법이다.

니코틴, 담배에 관하여: 흡연의 유·무해에 관해서는 끊임없이 논란(論難)이 되어왔으나 60여 년 전인 1964년 미국의 공중보건국의 보고서를 통해 담배의 유해성(有害成)이 전 세계에 널리 알려지게 되었다. 오늘날은 간접흡연의 유해성도 강조되고 있으며, 흡연으로 말미암은 병 질환은 여러 가지가 있지만, 특히 만성 폐쇄성 폐질환의 가장 중요한 원인은 흡연이다. 전문가들의 말을 빌리자면 '처음에는 담배 한 개비에도 뇌의 보상회로가 활성화되어 도파민이 크게 증가하지만, 양이 늘어날수록 뇌의 보상회로가 과도하게 자극되어 도파민 수용체의 기능이 저하되어, 약한 자극에는 쾌감을 느끼지 못하는 내성이 생겨, 이 과정이 반복되면 더 많은 니코틴을 원하게 되어 '내성과 갈망, 금단현상은 니코틴을 끊기 어렵게 만드는 증상'이라고 한다. 그런데 흡연을 해서는 절대 안 되는 사람들은 성장 중인 청소년, 임산부, 그리고 신체의 어느 한 부위나 장기(臟器)가 병약(病弱)한 사람은 치명타(致命打)일 수도 있다.

술과 담배의 영향: 술은 생각을 죽이고 담배는 몸을 죽이며, 술은 주변 사람을 순식간에 죽이지만 담배는 서서히 죽이게 되고, 술은 실수

를 부르고 담배는 후회를 부르며, 술은 개가 되게 하고 담배는 약한 사람, 약골이 되게 한다. 무엇보다도 술과 담배의 공통점은 생명(生命)과 사명(使命)을 단축하는 것이다.

카페인 중독에 관하여: 카페인은 세계적으로 가장 널리 소비되는 정신 활성 물질로, 커피 · 차 · 청량음료 · 초콜릿 등에 포함되는 정신 자극제인, 각성제 가운데 하나로, 중추신경계를 자극해 사람을 또렷한 정신으로 깨어 있게 할 수 있게 하고, 기억력을 향상하는 기능을 한다. 오늘날 일부의 질병에 오히려 카페인 섭취를 권장하는 경우도 있지만, 무엇이든지 지나치면 건강을 해칠 수 있듯, 과도한 카페인 섭취도 중독증상과 부정적인 부작용을 초래할 수 있으므로 적정하게 조절하거나 아니면 허브차, 자연식물차로 대신해야 한다.

인터넷, 스마트 폰, 게임 중독에 관하여: 이 경우는 주로 자라나는 우리 청소년들에게 해당하는 경우로, 왜, 아이들이 컴퓨터나 TV, 스마트폰 등에 매달려 살까? 다른 말로 왜, 미디어에 집착할까? 전문가들의 말은 '사는 게 재미가 없기 때문이다.'라고 말한다. 가족들과도 서먹한 관계, 아빠 엄마와 얼굴 볼 시간도 없고, 말도 안 통하고, 어쩌다 마주치면 야단이나 치고, 잔소리나 해대니 아이들에게는 이것들이 최상의 도피처가 되는 것이다. 자녀들이 이것들에 빠져 있다고 파악이 되면 답은 '자녀와 함께 가능한 한 함께 많은 시간을 보내는 것'이다. 또한 세상에는 '재미있는 일이 많다.'라는 것을 인지(認知)시키고, 호기심을 분산시키는 것이다. 무조건 못하게 하거나 야단, 잔소리보다는 함께 영화 보기, 쇼핑, 스포츠, 여행, 특히 자주 외식(外食)하며 대화를 나누어야 한다.

약물, 마약 중독에 관하여: 약물 중독은 약물의 부정적이고 위해(危害)한 결과를 알면서도 약물에 사로잡혀, 강박적으로 약물을 갈망하고 지속해서 사용하도록 만드는 뇌의 구조와 기능이 변화되는 만성 뇌질환이다. 약물 중독은 심장질환과 같은 다른 질병과 유사하게 조직(기관)이 정상적이고 건강한 기능을 방해하고 위험한 결과를 초래하기 때문에 자제와 치료가 필요하다. 마약 중독은 마약에 정신적·신체적 의존 상태를 말하며, 특징으로는 내성 상승, 습관성 고정, 금단증상의 3가지이며, 마약에는 아편, 모르핀, 코데인, 코카인, 합성 마약, 대마 등이 있다. 우리나라도 마약 청정지역이 아니라는 사실에 각별한 주의가 필요하며, 외국 유학 시 일부 국가나 주(洲)에서는 대마의 경우 합법이어서 조심해야 하고, 낯모르는 사람이 주는 약이나 음료수는 절대 먹어서는 안 되며, 특히 여성인 경우 사우나나 미장원 등에서 살 빼는 약이라고 속여 주는 경우도 있으니, 주의가 요망되고, 무엇보다도 마약류는 호기심에라도 한번 손을 대면 절대 끊을 수 없어, 자기 삶이 나락(那落)으로 빠진다는 것을 명심해야 한다.

사행성 게임 및 도박 중독에 관하여: 사행성 게임이란 온라인 게임물을 변조(變調)하여 게임 결과물을 환전해 주고 재산상 손익(損益)을 미치게 하는 요행(僥倖)성 오락이고, 도박은 우리 선조들의 투전(投錢)으로부터 오늘날은 카지노, 서양의 카드, 중국의 마작, 경마, 우리나라의 화투, 그 밖의 동물 싸움에 돈을 걸거나 운동선수들끼리 맞붙어 싸우게 하는 투기(鬪技) 도박 등이 있다. 도박 장애는 분명 정신과적 질병임이 틀림없다. 나와 가족들, 나아가서는 사회에 파장을 일으키기도 해 사회 문제를 야기(惹起)하기도 한다. 도박에 중독되면 집안 살림을 거덜 내기도 하고, 직장인이면 공금(公金)에 손을 대고, 나중에는 도둑질도 마다하지 않는다. 얼마나 심각하길래 마누라까지도 판다는 말이 있겠는가? 남의 돈을 거저먹으려는 심성도 도박에 빠지는 원인이 될 수 있다. 생활 속에서 불로소득은 없다는 사상, 내 노력으로 살아가는 생활 자세가 기본적으로 필요하며, 도박도 엄연한 정신과적 질병이므로 병원치료가 필요하다.

포르노중독에 관하여: 1997년 대법원 판결문에 포르노그래피란 '일반적으로 폭력적이고 잔인하며 어두운 분위기 아래 생식기에 얽힌 사건들을 기계적으로 반복·구성하는 음란물의 일종'이라고 했다. 미국의 과학 저술가인 개리 윌슨은 '인터넷 포르노의 범람은 아무런 감시·감독 없이 실행되고 있는 역사상 가장 급격한 전 지구적 실험이다.'라고 말하고, 포르노에 반대하는 연구를 대중에게 알리는 웹사이트 '포르노가 당신의 뇌에 끼치는 영향(Your Brain on Porn)'을 설립해 운영하고 있다. 오늘날 인터넷이나 스마트 폰을 통해 야동(야한 동영상)이라는 이름으로 범람하고 있다. 청소년이나 혈기 왕성한 젊은이들의 정신세계를 황폐하게 하는 것으로, 특히 사리분별력이 약한 한창 공부해야 할 학생들에게는 더더욱 위험하다. 어느 통계발표에 의하면 미국 인구 3억 4천만 명 중 2백만 명 정도가 포르노에 중독되어 사실상 일상생활이 불가능하다고 한다. 우리나라도 정확한 통계치는 없지만 인구 대비 엇비슷할 거라고 생각된다. 청소년들은 포르노에 중독되면 공

부에는 전혀 관심이 없고 오로지 야동 장면만 머릿속에 맴돌고, 중독된 젊은이들은 결혼생활을 하게 되면 일부는 파국을 맞는다고 한다. 미국은 컴퓨터를 개인 방에 두지 못하고 거실에 두게 되어 있다. 우리나라는 방송강의나 인터넷 강좌를 듣는다는 미명(美名) 아래 거의 모두 학생 개인 공부방에 둔다. 학부모님들 중 맞벌이 부부들은 자녀들 생활에 각별한 관심을 기울여만 한다. 특히 학교생활도 점검해 보아야 한다. 담임선생님을 통해서 수업 시간 태도가 어떤지 꼭 확인해야 한다. 수업 시간 책상에 엎드려 자고, 교과목 선생님이 깨워도 금방 또 엎드려 자고, 매가리가 없으면 거의 게임 중독, 포르노 중독을 의심해 보아야 하는데, 거의 포르노중독 확률이 높다.

끝으로 이 글은 중독의 폐해를 중심으로 성장 중인 청소년이나 젊은이들이 읽고 경계해야 할 것들이다. 그렇다면 노년이 되면 어떻게 해야 하나? 2023년 WHO(세계보건기구)에서 발표한 장수 비결 20위 중 1위가 '좋은 술 적당히 마셔라.'이다. 술 냄새가 몸속을 순환하고 마사지 역할을 해주며, 어떤 운동, 음식도 대신할 수 없는 심폐기능을 강화해 주며, 친구끼리 만나 술 마시는 것이 장수 비결이라고 한다. 평소에 술 잘 마시고 담배 피우던 사람이 술, 담배 냄새가 역겨우면 건강에 이상이 생긴 것이다. 노년에 술·담배 당기면 마시고, 피워라. 그게 정신건강에 더 유익하다. 사실 오늘날은 의학이 발달해서 병(病)이 문제가 아니라 노년에는 정신이 훨씬 중요하고 위험하다. 또한 친구들끼리 만나 밥값 내기 화투나 카드놀이는 정신건강과 치매에 도움이 된다. 이 경우는 도박이 아니라 단순 놀이다. 셈 계산 연습도 되고, 친구들과 웃고 즐길 수 있다. 노년에는 때로 야동도 필요하다. 노년의 성(性)은 밤새 타고 난 다음날 새벽녘의 화롯불과 같다. 재로 변하기 직전이다. 작은 불씨라도 유지해야 하는 것 아닌가? 이 모든 것들을 노년에는 '경륜과 연륜'을 통해 나름대로 선택 여부를 현명하게 결정해야 한다. 단, 한 가지 명심해야 할 것이 있다. 노년의 '생활의 지혜'이자 '실천할 덕목' 중 하나는 '절제'이고, 다음은 주어진 경제력 범위 내에서 쓰고 '절약'이며, 마지막으로 '마음 다스리기, 추스르기'이다.

20

동료애와 협동심

동료(同僚)의 사전적 정의는 '같은 직장이나 같은 부문(部門: 일정한 기준에 따라 갈라놓은 부류)에서 함께 일하는 사람'으로 유의어는 관료(官僚: 같은 관직의 동료), 동관(同官: 한 직장에서 일하는 같은 직위의 동료), 방배(傍輩: 같이 일하거나 가깝게 지내는 사람)고, 동료애(同僚愛)는 문자 그대로 '동료를 아끼고 사랑하는 마음'으로 조직원들이 각자 자기계발(自己啓發: 자기의 슬기나 재능, 사상 따위를 일깨움)을 통해 역량(力量: 어떤 일을 해낼 힘)을 만들어 조직의 발전과 더불어 동료애를 향상하여 조직 활성화를 모색(摸索: 일이나 사건 따위를 해결할 방법이나 실마리를 더듬어 찾음)할 수 있다는 점이다. 그리고 경쟁이 치열한 조직 내에서 승진(昇進) 시기인 경우 '동료애는 미신'이라는 의미로 '동료애가 없다'라는 것을 풍자(諷刺: 남의 결점을 무엇에 빗대어 재치 있게 경계하거나 비판함)한 '교우미신'이란 말이 있다.

협동심(協同心)이란 '서로 마음과 힘을 하나로 합(合)하려는 마음'으로 유의어는 협조심이다. 그런데 여기에 근간(根幹)이 되는 동료의식(同僚意識)이란 심리적으로 깨어 있는 상태에서 같은 직장이나 같은 부문에서 같이 일하는 사람에 대하여 자기 자신이 인식하는 '작용, 배려, 유대, 친근감, 협동심 따위의 긍정적인 작용'도 있지만, '경계심, 경쟁심, 적대감 따위의 부정적인 면'도 포함되는 개념으로 동료에 대해 어떤 생각을 하고 있느냐에 따라 전혀 다른 반응을 보일 수 있다. 협동심은 어려서부터 가정에서 부모님 슬하(膝下)에서 훈련되어야 한다. 한마디로 어려서부터 협동심을 길러 온 사람이 습관이 되어 성인이 되어서 사회생활에서도 협동심이 강하다는 것으로, 가정에서 구체적으로 첫째, 함께 시간을 갖고 둘째, 역할을 분담하고, 셋째, 서로 양보하고 함께 나누어야 하며, 마지막으로는 보상(報償)이 필요한 것이다. 그리고 사회의 조직 내에서는 효율적인 협력과 함께 성공적인 결과를 기대하려면 협동(협력)이 절대 필요하다. 조직의 생산성과 효율성을 향상시키는 데 도움이 되는 몇 가지 방법으로는, 첫째, 목표 공유와 투명한 의사소통이 필요하고 둘째, 조직 내의 협동적인 문화를 조성해야 하고 셋째, 협동심을 키우는 필수적인 요소로 다양성의 존중과 유연성이 필요하며, 마지막으로 팀워크 강화를 위한 다양한 활동을 전개해 나감으로 조직원들의 적극적인 참여와 만족도를 향상시키게 되어야 조직은 지속적인 성장과 발전을 해 나아가게 되는 것이다. 명사들의 명언들로 '한곳에 모이는 것은 시작이고, 같이 모이는 것은 진전(進展: 일이 진행되어 발전함)이고, 같이 일하는 것은 성공이다.'와 '만일 모든 사람이 같이 움직이고 있다면 성공은 따논 당상(當相: 실제 그대로 모습)이다.'는 미국의 기업인, 자동차왕 헨리 포드의 말이고, '도움이 될 만한 사람과 그 일을 하라. 혼자 하는 것보다 효과적이고 포기하지 않게 된다.' 미국의 정신의학자 중 가장 위대한 인물 윌리엄 메닝거의 말이며, '혼자서는 거의 아무것도 못 한다. 함께 하면 많은 것을 해낼 수 있다.' 미국의 문필가, 자선사업가 헬렌 켈러 여사의 말이다. 그렇다. 합(合)한 두 사람은 흩어진 열 사람보다 나은 법이고, 개미들이 힘을 합쳐 절구통도 물고 가기도 하며, 무엇보다도 '불을 피우려면 부싯돌 두 개가 있어야 한다.'라는 이치로, 조직 내 '협동심의 절대 필요성'을 인식해야 한다.

'인간은 사회적 동물이다.'라는 그리스 철학자 아리스토텔레스의 말처럼, 다른 사람과 함께 어울리면서 사회활동을 해야 한다. 사람은 혼자는 살아갈 수 없고 다른 누군가와 함께 협력과 사회성을 기본으로 생활이 이루어지는 법이다. 우리 속담에 '백지장도 맞들면 낫다'라는 말이 있다. 가족과 함께, 이웃과 함께, 그리고 동료들과 함께라서 행복하고 즐거운 삶을 영위해야 한다. 그런데 인간관계에서 서로 좋은 일도 있지만, 인간관계 때문에 스트레스를 받는 경우도 허다(許多)하다. 그것은 가족들, 이웃들, 직장 동료들에게서 대개 그러하다. 이럴 때를 대비해 예전부터 내려온 사자성어를 상기(想起)해 본다는 것은 유의미(有意味)한 일인 것 같다. 먼저 상부상조(相扶相助: 서로 돕고 지지함: 협력적 인간관계), 화평공존(和平共存: 평화롭게 공존: 조화로운 인간관계), 동고동락(同苦同樂: 고난과 즐거움을 함께함: 동료애와 우정), 이심전심(以心傳心: 마음으로 마음을 전달: 깊은 이해와 소통), 지지자찬(知之者讚: 알면 칭찬: 서로 이해하고 존중하는 인간관계의 중요성)이 있고, 경계할 것은 교각살우(矯角殺牛: 친구를 해치는 경쟁적인 태도 경계: 경쟁을 과도하게 한 나머지 좋은 관계를 망치지 않도록 조심), 과유불급(過猶不及: 지나침은 모자람만 못함, 인간관계의 균형 필요), 인과응보(因果應報: 선행은 선보로, 악행은 악보를 받음, 인간관계에서 정의와 보답)가 있다. 특히 조직 내의 인간관계에서도 '유비무환(有備無患: 인간관계에서도 소통을 잘해

문제를 예방함)은 매우 중요하다'라고 하겠다. 팀워크[teamwork: 팀이 협동하여 행동하는 동작, 또는 그들 상호 간의 연대(連帶: 여럿이 함께 무슨 일을 하거나 함께 책임을 짐)]와 동료애를 강조한 영어 명언에, '협력은 팀의 힘을 배가 시킨다(Collaboration amplifies the strength of a team.)'가 있다. 동료애, 협동심의 대표적 직종의 사람들인 소방관들은 폭발과 불길의 위험 속에서도 동료애와 동료의식의 우수함은 다른 직종에 비해 독보적(獨步的: 어떤 분야에서 남들이 따를 수 없을 만큼 뛰어남)일 것이다.

영어 문장에 'Happiness is working with great people.'이 있는데, 해석하자면 '행복이란 좋은 사람과 함께 일하는 것이다.'의 의미이다. 여기서 great 의미는 '심성 좋고 협동심 있어 마음에 드는' 정도로 보면 될 것 같다. 평범한 문장의 의미이지만 일상생활에서 아주 의미심장(意味深長)한 말이다. 사람이 살아가는 데는 가족애, 동료애 둘 다 중요하지만, 하루 보내는 시간으로 따져보면 가족보다는 동료와 함께 있는 시간이 더 많다. 그렇기에 동료 중에 빌런(villein: 악인, 악한, 생활을 함께 하기 힘든 유형의 사람)을 만나게 되면 고달픈 법이다. 일의 능률도 떨어질 뿐만 아니라 심하면 출근 자체가 싫고, 이직(移職)하고 싶은 마음만 드는 경우도 있다. 그런데 어디를 가나 사람들이 모여 있는 곳에는 대체로 빌런(들)이 있는 법이다. 사회생활, 조직생활에서 적절한 대처(對處: 적절한 조치를 함)가 필요하다. 고졸 출신 입지전적(立志傳的) 인물로 이케아(IKEA)를 창업했던 스웨덴의 기업가 잉바르 캄프라드는, 동료에 대한 '유대감, 친근감, 배려, 협동심, 동료의식' 등의 긍정적인 마음을 강조했으며, 그는 직원들을 '부하가 아닌 동료(co-worker)'라고 불렀으며,

계급적, 위계질서(位階秩序: 상하 관계의 질서) 같은 '수직적 문화에 대한 거부감이 심했으며', 오너가 아닌 '직원 중 한 명처럼 일했고, 특히 검소함으로 유명한 사람'으로, 가히 경영자, 운영자라면 본(本)을 받아야 할 사고방식이자 행동의 표상(表象: 대표적인 상징)이 아닐 수가 없는 것이다.

끝으로 하나의 예(例)를 들어보자. 오늘날은 온라인 강좌가 대세를 이루고 있지만, 오프라인 학원에서 어느 한 선생님이 '몸이 아파 힘들어하고 있다'라고 가정해 보자. 그런데 마침 나는 그 시간 수업이 없어 쉬고 있다면, 몸이 아파 힘들어하는 선생님은 쉬게 하고, 그 선생님의 수업을 대신 내가 들어가 준다. 물론 이것은 아무나 할 수 있는 것도, 그리고 하는 것은 아니다. 그렇게 쉬운 일은 아니라는 말이다. 또 다른 예 하나를 더 들어보자. 다른 나라에 비해 우리나라는 직장, 조직 내 회식문화가 잘 발달하여 횟수가 잦다. 그런데 그날따라 동료가 술이 과(過)해 인사불성(人事不省)은 아니더라도 몸을 가누기가 힘들어 보인다면, 영업용 택시인 경우는 함께 타고 가서 집안에까지 들여보내고 온다거나, 아니면 자차(自車)이면, 함께 술을 마셨으니, 대리운전을 불러 마찬가지로 안전하게 집에 들어가는 것을 확인하고 집으로 돌아오는 것이다. 물론 비용이 추가로 더 든다. 단, 여기에 목적이 있는 이성에게 그리하는 것을 말하는 것은 결코 아니다. 바로 이 두 경우의 사례(事例)가 한편으로는 조직 내의 동료애, 협동심이고, 다른 한편으로는 자기 희생정신이다. 결코 어떤 보답을 기대하고 한 일은 물론 아니리라. 그 사람의 인성, 인간미 그리고 처세의 문제이다. 그렇다면 도움을 받은 사람은 자신에게 도움을 준 동료에게 어떤 생각과 훗날 공개적으로 어떤 평판을 만들어 내고, 어떻게 행동할 것인지? 이 글을 끝까지 읽은 모든 이들의 상상에 맡기며 글을 맺는다.

21

인문학의 중요성과 위기

　인문학(人文學)이란? 인문학(Humanities, Arts, Liberal Arts)은 '인간의 삶, 사고(思考: 생각하고 궁리함) 또는 인간다움 등 인간의 근원(根源) 문제에 관해 탐구하는 학문, 한마디로 인간 탐구(探究: 진리나 법칙들을 파고들어 깊이 연구함)'이다. 인문학 및 인문 정신문화의 진흥에 관한 법률 제3조 제1호에 인문이란 '인간과 인간의 근원 문제 및 인간의 사상과 문화를 말한다.'라고 되어있다. 사회과학과 자연과학은 인간을 둘러싼 사회계와 자연계의 현상에 대해 귀납적(歸納的)으로 접근하거나, 연역적(演繹的)으로 보편적인 법칙에서 특정한 법칙을 유도하는 과학적 방법론을 추구하는 반면, 인문학은 인간의 본질에 대해 사변적(思辨的: 순수하게 이론적)이고 비판적이며, 그리고 분석적으로 접근하여 인간 본질의 정수[精髓: 본질을 이루는 핵(核)알맹이]를 다루는 것을 목표로 하는 것으로 인간의 '가치 탐구'와 '표현활동'을 대상으로 한다.

　인문학의 하위개념이며 연구 영역에 해당하는 학문은 문학, 철학, 역사학, 고전학, 언어학, 종교학, 신학, 비평, 예술사, 공연예술학까지 다양하고 광범위한데, 그 대표적인 분야가 어문, 사학, 철학 [일명(一名) 문사철]으로 인문학이 알려주는 '살아가는 목적과 인간적인 삶과 그에 대한 해석'인데, 어문에 국문학과는 한국 문학이, 영문학과는 미국 문학과 영국 문학이 그밖에 어문학과들도 그 나라 문학이 있고, 사학과는 지난 과거가 있음에 오늘이 있고 과거를 타산지석(他山之石)으로 삼아 미래를 기약할 수 있으며, 철학의 철(哲)자는 '밝음'의 의미이며, 영어 단어 Philosophy를 분석하면 philo는 '애호(愛好: 사랑하고 즐김)'의 의미이며 sophy는 '지식이나 지혜의 체계'로 '세계나 인생에 대한 신념의 체계'이자 '개인의 세계관이나 인생관이 담겨 있다'라는 의미이다. 그러므로 인문학은 사회과학이나 자연과학으로는 풀 수 없는 문제들을 해결해 줄 수 있다.

그렇다면 이 시대에 왜 인문학이 필요한가? '독일이 나치 독재라는 세계적 오명(汚名)을 벗고 세계적 주도권 국가로 탈바꿈할 수 있었던 것은 독일 정치가와 지식인들의 인문과학적 소양(素養: 평소에 닦아 놓은 교양) 때문이다.' 미국의 정치학자 골드하겐의 말이다. 정곡을 찌른 말이다. 독일은 세계적으로 알려진 철학자, 사상가들의 나라가 아닌가? 말하자면 인문학의 태두(泰斗: 어떤 분야에서 가장 권위 있는 사람)가 한두 사람이 아니라는 것이다. 그들이 있었기에 오늘날의 독일이라는 나라가 폐허를 딛고 발전하고 국민의 고매(高邁: 인격이나 품성, 학식, 재질 따위가 높고 빼어남)한 의식 속에 자리 잡아, 밑거름이 되어 주된 성장의 자양분이 되었을 것은 믿어 의심치 않을 수 없는 것이다. 무엇보다도 인문학은 통섭(統攝: 전체를 도맡아 다스림)의 학문이다. 당면한 자연과학의 공해 문제, 사회과학의 페미니즘(feminism) 문제도 인문학을 통해 해결점을 찾을 수 있는 것이다. 자랑스러운 우리의 다국적 기업이자 세계적 기업의 모(某) 회장은 선친(先親)께서 '대학 전공을 경영·경제는 평생 기업 하면서 익힐 수 있으니, 근간이 되는 사회학을 전공하도록 했다.'라는 것이다. 이제는 기업이나 육영사업, 그 밖의 사업체 2세, 3세 후계자들이 인문학전공을 선택하는 것도 적극 권장할 만한 사안이다, 그 이유는 다음 사항들이다.

첫째, 인문학은 사람 공부를 하는 것이고, 사람이 바르게 살아가는 길을 찾게 해준다. 둘째, 오늘날과 같은 지식사회에서 지식을 갖추는 것은 기본이고, 인문학을 통해 나는 누구이며, 어떻게 살아야 하고, 사람과 사람 사이, 내 앞의 인연들은 나와 어떤 관계이며, 왜 소중히 여겨야 하는지를 깨닫게 해준다. 셋째, 사람과의 대화는 원심분리기와 같아 대화를 하지 못하면 상생(相生)할 수가 없다. 대화를 어떻게 이루어 낼 것인가가 중요하다. 대화가 잘 되면 모든 일이 다 술술, 순탄하게 풀리게 된다. 그런데 우리는 상당히 소통 부재 속에 살고 있다. 그래서 인문학이 필요한 것이다. 넷째, 과학 중의 과학이 인문과학이고, 인간은 만물의 영장이므로 인문학을 알게 되면 대자연을 다 쓸 수도 있게 된다. 다섯째, 인문학의 힘(力)은 창의성, 비판적 사고능력, 문제해결 능력 그리고 리더십과 인력관리 능력 등 종합적 성찰(省察)과 분석(分析), 그리고 사고능력을 함양(涵養)시킨다. 마지막으로, 그 무엇보다도 중요한 것은 인문교육은 인성교육이고, 인재를 키우는 교육이 곧, 인성교육이기 때문에 인문학을 이 시대의 새로운 시각으로 보아야 하는 주된 이유이다.

「통섭의 식탁」을 쓴 최재천 교수는 인문학의 중요성을 강조한 대목에서 가장 인상 깊었던 점은 스티브 잡스는 '휴대폰에 인문학을 끌어들인 선구자'라고 평가했다. 자연과학만 고수하면 앞으로는 굶어 죽는다는 것이다. '사회가 날로 고령화 되어가면서 100세 시대를 살아가야 하는 오늘날 세대들은 평생 동안 여러 개의 직업을 가지려면 인문학을 배워야 한다'라고 강조했다. 경제적인 면에서 부자들은 평소 인문학을 배우고 중요시하며, 세계적인 기업가들은 대체로 독서광이고, 최고 수준의 인문, 고전, 철학 서적의 독서가들이며, 우리나라도 대기업 중 임원들에게 '논어' 강의를 듣고 학습하게 하는 곳이 있다고 한다. 인문학의 개인적 핵심어는 바로 다양한 분야의 강의를 듣고 배우고 익히기도 하지만, 혼자 하는 자발적인 '독서'인 것이다.

이런 인문학의 중요성에도 왜, 오늘날 인문학이 위기(危機)를 맞고 있는가?

가장 중요한 이유 중의 하나가 물질문명이 인류역사상 최고도로 발전했기 때문이다. 한마디로 물질문명만을 중시(重視)하다 보니 정신문화가 날로 그 가치가 떨어져 가고 있기 때문이다. 보이는 것이 우선이고 보이지 않는 것은 그만큼 사람들의 관심에서 멀어지고 있기 때문일 것이다. 또한 학령인구가 날로 줄어가고 대학들이 정원을 채우지 못하고 벚꽃 지는 순서대로 대학들이 없어진다는 우려 속에 대학 역량평가라는 국가 시책에 따라 인문학이 통폐합되거나 아니면 전혀 다른 이름으로 학과가 재편성되는 것도 그 이유 중 하나일 것이다. 한마디로 상위권 대학 일부를 제외하고는 평가위원들은 인문학과를 없앨 것을 권장하고 있으며, 환골탈태(換骨奪胎)하는 대학에 재정지원을 정부가 나서고 있어 실제 대학들이 생존의 일환으로 그리하고 있는 것이 현실이다. 한마디로 오늘날 인문학의 위기는 인문학에 대한 사회적 관심의 감소, 대학 지원자 수의 감소, 정책적 지원 감소 등 복합적 요인이 작용하고 있기 때문일 것이다. 그러나 '인문학의 위기'가 도래(到來)하게 된 주된 원인은 인문학의 중요성을 제대로 인식하지 못하는 사회적 몰이해(沒理解)가 지목되기도 하지만 순수학문을 고수(固守)한다는 명분(名分), 명목 아래 외부의 변화에 둔감(鈍感)하고 안이(安易)했던 대학 내부의 문제를 지적하는 이들도 적지 않다.

그렇다면 이 인문학의 위기를 타개(打開)할 대책은 무엇인가?

오늘날 상위권 대학입시 논술시험 문제가 '과학과 인문학의 분리는 어떤 문제를 가져오는가?'와 '시장 만능 시대에 인문학의 위기 극복 방안은 무엇인가? 그리고 '지식인의 바람직한 탐구 자세는 무엇인가?'와 같은 문제가 출제되는 것만 봐도 분명 '중요한 인문학이 위기'인 것은 분명한 것 같다. 철학자 황필호 교수는 "인문학의 위기를 타개하는 대(大)원칙은 '인문학이 다시 삶의 현장으로 돌아와야 한다.'라는 것이고 그리고 "문학은 '현실 문학'이 되고 철학은 '생활철학'이 되어야 한다."라고도 말했으며. "인문과학은 우리의 삶의 질을 향상시킬 뿐만 아니라 돈벌이와 같은 양의 측면에서도 가장 늦게 나타나지만 가장 큰 효과를 생산할 수 있다는 사실을 증명해야 하는데, 이 과정에서 정부 정책당국, 대학, 그리고 교수, 학자들이 지금의 체제와 학과목, 교수 방법을 과감히 버리고 완전히 새로운 '대안(代案)'을 계속 협동하여 '창출(創出)'해야 한다."라고 말한 것처럼 인문학이 자연과학이나 사회과학에 밀려 고사(枯死)되지 않도록 특단의 대책이 시급한 작금(昨今)의 현실이고 상황으로, 최근 인문학의 위기를 자성(自省)하는 대학 내부의 움직임과 인문학의 가치에 대한 사회적 인식이 퍼지면서 위기 상황은 점차 해결될 조짐을 보이고 있어 그나마 다행스러운 일이지만, 앞으로도 꾸준히 인문학이 살아남기 위한 치열한 노력이 절실하다.

제6장

정신과 육체

1

인성과 심성

　인성(人性)은 '그 사람의 인간성, 됨됨이, 심성(心性)'으로 '각 개인이
가지는 사고와 태도 및 행동의 특성'으로 '인간의 성품, 성질과 품격이
며 성질은 마음의 바탕이고, 품격은 사람 된 모습으로 사람에 따라서
는 인간의 본성으로 쓰이거나 성격이나 인격, 인품과 비슷한 의미로
사용되며, 지(知), 정(情), 의(意)를 모두 갖춘 전인(全人)의 특성을 의미
하는 것'으로 사용되기도 한다. 심성의 사전적 의미는 '타고난 마음씨'
로 유의어는 마음, 마음씨, 심정(心情: 마음에 품은 감정과 생각)이며, 불가
(佛家)에서는 '참되고 변하지 않는 마음의 본체(本體: 본 바탕), 품격(品格)'
이다. 한마디로 인(간)성은 '다른 사람과 구별되는 사고와 태도 및 행
동의 특성'으로 그 사람의 '됨됨이'이고, 심성은 '선(善)과 악(惡), 착하
냐, 그렇지 못하느냐를 말하는 것'으로 차이가 있다. 그래서 사람들이
말할 때, '인성이 좋다, 나쁘다.' '심성이 착하다, 곱고 여리다'로 말한
다. 우리나라 '인성교육진흥법'에 '올바른 인성을 갖춘 국민을 육성해
국가사회의 발전에 이바지함을 목적으로 한다.'가 있다. 이는 '한 사람
의 올바른 인성이 자신의 발전과 그 가정을 평안케 하고, 또한 그가 소
속되어있는 조직을 번성케 할 뿐만 아니라 나아가 국가사회를 번영케

한다.'라는 말인 것 같다.

인성의 구성요소에는 인(仁: 남을 나처럼 소중하게 여기며 따뜻하게 사랑하는 마음), 의(義: 옳은 것을 선택하는 능력), 예(禮: 타인과 조화를 이루는 능력), 지(智: 사물을 잘 분별하는 지혜)가 있다. 미국의 세계적인 최고의 리더십 전문가이자 베스트셀러 작가인 존 맥스웰은 '많은 사람이 지식을 가지고 성공한다. 일부의 사람들은 행동을 가지고 조금 더 오래 성공한다. 소수의 사람만이 인격을 가지고 영원히 성공한다.'라고 말했고, 그리스의 철학자 헤라클레이토스는 '인격이 그 사람의 운명이다.'라고 인성의 중요성을 강조했다. 오늘날엔 인성이 곧 경쟁력, '싸가지'가 있어야 성공한다! 한 사람이 성공하려면 갖추어야 할 요건 세 가지는 첫 번째 인성, 두 번째 실력, 능력, 세 번째는 학력이나 학벌인데 그중 으뜸은 인성이다. 실력, 능력과 학력, 학벌이 나무라면 인성은 토양이다. 이는 직장 및 조직생활자 그리고 교단에 서는 선생님뿐만 아니라 정치가들, 한 나라의 지도자에게도 해당하는 것이다. 인성을 갖춘 인재는 원만한 인간관계로 조직생활에 적합하고, 그러한 조직원을 통한 존중, 배려가 있는 조직문화가 곧 성과를 낼 수 있기 때문이다. 인성이 곧 무한 경쟁력이 되는 시대, 자칫 놓치기 쉬운 인성의 중요성을 젊은이들은 통감하고 다듬어 나간다면 자기 경쟁력을 무한 확장하게 될 것이다.

인성은 어떻게 형성되는가? 첫 번째 집안 내림이다. 부모님 이전 조상 대대로 내려온 대물림으로 부계(父系)나 모계(母系)의 유전인자를 물려받는 것이다. 한마디로 인성은 선천적 유전에 의한 생리적 기반을 바탕으로 개인이 일상 사회 · 문화 환경과 작용하는 과정에서 형성되어 나가는 것이다. 그런데 태어나서 어떻게 가정교육을 받았느냐에 따라 더 좋아질 수도, 더 나빠질 수도 있다. 그러므로 어떤 집안에서 어떤 부모를 만나느냐가 중요하다. 두 번째 학교 교육이다. 우리가 인성에 관한 학교 교육으로는 바른생활, 슬기로운 생활이나 도덕, 윤리 과목에서 배울 수 있지만 사실 다른 교과 담당 선생님들로부터도 직, 간접적으로 영향을 받을 수 있어서 어떤 스승님들을 만나느냐도 매우 중요하다. 마지막으로 친구이다. 그것도 사춘기에 접하는 중, 고등학교 시절에 만나는 주변 친구들에게 가장 큰 영향을 받는데 친구의 좋은 점은 본받고, 나쁜 점은 타산지석(他山之石: 본이 되지 않은 남의 말이나 행동도 자신의 지식과 인격을 수양하는 데 도움이 될 수 있음을 비유적으로 말함)으로 삼아야 한다. 이와 같이 가정교육, 학교 교육, 학창 시절의 교우관계가 평생의 사고와 행동 그리고 가치관을 정립(正立)시키는 데 크게 영향을 주게 되어 인성이 형성된다.

　그렇다면 부모, 스승, 친구가 아닌 본인 자신의 인성 계발에는 무엇이 있는가? 첫째는 독서, 둘째는 여행, 마지막으로 가장 중요한 명상을 통한 자기성찰(自己省察: 자신의 마음을 돌아보며 반성하고 살핌)이다. 독서를 통해서 우리가 위인이라고 꼽는 사람들은 실력자 이전에 인격을 갖춘 성품이 바른 사람들이었으며 선한 대의(大義)로 어려움을 극복하고 성공한 사람들이기에 위인전을 읽는 것은 자신의 인성 계발에 크나큰 도움이 되며, 개인의 에세이나 사상 및 철학 서적도 큰 도움이 된다. 여행은 만남이고 발견이며, 낯선 고장과 사람들, 낯선 문화, 그 만남의 궁극은 결국 나 자신과의 만남 '새로운 자아(自我)의 만남'이다.

명상은 '자기성찰 지능을 높게 해준다.'라고 전문가들은 말한다. 명상은 외부로 향한 의식의 방향을 내부로 돌리게 하여 자기 생각, 감정, 행동 등을 마치 다른 사람이 대상으로 바라보듯이 자신을 바라보게 하는 것이다.

그렇다면 세상을 살면서 '인성과 심성의 잣대'를 들이대야 할 가장 중요한 경우는 언제인가? 바로 다름 아닌 정혼자(定婚者: 결혼할 사람)를 결정할 때이다. 가장 중요한 인성, 심성이라는 기준을 제쳐두고 '인물이 좋으니까, 경제력이 좋으니까, 학벌 좋고 좋은 직장 다니며 장래성 있으니까' 등등 조건만을 따진다면, 훗날 두고두고 자신의 어리석음을 후회 속에 살아가게 될 것이다. 인간의 행복, 첫째가 무엇인가? 무엇보다도 먼저 마음이 편해야 한다. 그리하려면 배우자 그리고 유전인 자식들 인성, 심성이 좋고 착해야 한다. 그렇지 않으면 사는 내내 편할 날이 없다. 명심하라. 인성, 심성이 첫째요, 다음이 조건이다.

2

실패와 불행의 역설

* 우리가 살아가면서 '실패와 불행'을 달가워할 사람은 없다. 그러나 이것들은 빈부귀천을 떠나 우리네 삶에서 피할 수 없는 것들로, 때로는 우리의 '성장 동력'이 되기도 하므로, '좌절하거나 포기하지 말고 꿋꿋하게 살아가자'라는 취지의 글로, 의지력 약한 젊은이들에게 힘이 되어 삶의 길라잡이가 되기를 바란다.

역설(逆說: paradox)은 사전에서, "겉으로 보기에는 모순(矛盾)되고 부조리(不條理)하지만, 표면적 진술을 떠나 자세히 생각해 보면 근거가 확실하든지, '깊은 진실을 담고 있는 표현'을 의미한다. 역설은 한 문장 안에서 상반(相反)된 두 가지의 말이 공존(共存)한다. '찬란한 슬픔'에서 슬픔은 '우울하고 음침(陰沈)'한 의미를 지니는데, 이것을 '찬란하다'라고 표현한 것은 '모순'이라 할 수 있다. 그러나 이 말을 새겨보면, 슬프기는 하지만 절망적인 슬픔이 아니라 그것을 초월하는 '아름다운 슬픔'이라는 의미를 지니게 된다. 이처럼 역설은 일반적으로 반대개념을 가진, 혹은 적어도 한 문맥(文脈) 안에서 함께 사용될 수 없는 말들을 결합시키는 '모순 어법'을 나타나는 경우가 많다."라고 정의한다.

성공과 실패, 행복과 불행을 쉽게 정의하기는 그렇게 쉽지는 않은 것 같다. 이는 사람마다 판단하는 기준이 천차만별(千差萬別: 모두 차이가 있고 구별이 있음)이기 때문이며, 한발 더 나아가 각각 두 가지의 역설 때문일 것이다. 첫 번째 역설은 실패 덕분에 성공하는 경우, 불행했기 때문에 행복한 경우, 두 번째는 성공 때문에 나중에 실패한 경우, 행복했지만 나중에는 불행한 경우이다. 사실 사람이란 실패를 딛고 성공하거나 불행을 딛고 행복한 것은 좋은 일이지만, 성공 이후 실패의 쓴맛, 행복 이후 불행의 쓴맛은 견디기 힘든 것이 세상 이치이다. 어찌 되었든 간에 실패나 불행의 고통과 고난, 역경과 시련을 승화(昇華)시켜, 역설에 이르는 데에 글의 초점을 맞추어 나가기로 한다.

　실패는 우리네 삶의 일부이며, 어느 누구든 한때 실패를 경험하게 되는 것을 피할 자(者)는 없다. 그럴 때일수록 현명하고 지혜롭게 대처하면 더 큰 성장과 배움의 기회로 삼을 수 있으므로, 건전한 마음과 정신이 되는 사자성어와 명사들의 명언을 상기(想起)해 보는 것은 유의미(有意味)한 일일 것 같다. 망우보뢰(亡牛補牢)는 우리 속담에 '소 잃고 외양간 고친다.'라는 말로 '과거의 실수나 실패를 교훈 삼아 미래를 준비하는 것'의 중요성을 강조하는 가르침이고, 병가상사(兵家常事)는 전쟁이나 인생행로에서 승리와 패배는 일상의 일로 실패한 자를 위로하는 말로 '어려움을 극복하길 바라는 마음'의 의미이며, 권토중래(捲土重來)는 흙먼지를 일으키며 다시 돌아온다는 의미로, 한 번의 싸움에 패하였다가 다시 힘을 길러서 돌아온다는 말로, 어떤 일에 '실패한 뒤에 다시 힘을 길러 그 일을 재(再)착수하는 것'을 비유할 때 쓰이는 말이다. 실패와 관련된 긍정적인 시각(視覺)을 가질 수 있는 명언들로, 가장 흔하게 들어온 '실패는 성공의 어머니이다.'는 미국의 발명왕 토머스 에디슨의 말이고, '성공은 실패를 극복하는 능력에서 나온다.'는 영국의 지휘자 콜린 R. 데이비스의 말이며, '오늘 실패한 것은 내일 성공할 수 있는 기회이다.'는 미국의 철강 왕 앤드루 카네기의 말이다. 또한 '실패는 성공으로 가는 고속도로이다.' 영국의 천재 요절(夭折: 젊은 나이에 죽음) 시인 존 키츠의 말이고, '실패는 사람에게 다시 시작할 기회를 제공해 준다. 더 현명하게 말이다.' 미국의 자동차왕 헨리 포드의 말이며, '실패는 우리의 가르침이다.' 아일랜드 시인, 극작가 오스카 와일드의 말이다. 무엇보다도 실패는 성공의 초석(礎石)이고, 새로운 출발점이며, 경험과 용기를 주게 되어 더 나은 방향으로 나아갈 수 있는 '의지와 기회'를 만들어 주게 된다.

오늘날 우리가 유용하게 사용하고 있는 페니실린, 합성고무, 포스트잇, 나일론, 안전유리, 전자레인지, 과속 탐지기 등 수많은 것들이 실패작에서 새로운 용도를 찾은 발명품으로 유명한 것들이라는 것은 잘 알려진 사실이다. 비슷한 맥락에서 신(神)의 약으로 발기부전의 혁명, 신기원(新紀元: 획기적인 사실로 말미암아 전개되는 새로운 시대)을 이룩한 '비아그라'는 본래 심장질환인 협심증 치료를 목적으로 개발된 약이었으나, 임상실험 과정에서 본래 목적의 치료 효과는 그저 그러해서 하마터면 사장(死藏: 활용하지 않고 쓸모없이 묵혀 둠)될 뻔했던 약이다. 그런데 약물을 처방받은 환자가 발기가 일어나는 예상치 못한 부작용이 발견되어 발기부전 치료 용도로, 세계적으로 널리 애용(愛用)되고 있으며, 일부 미숙나 선천적 동맥이나 혈류에 문제가 있는 소아 폐동맥 고혈압, 고산병 치료 처방 약으로도 쓰이고 있는데, 이 약을 연구 개발한 미국의 글로벌 바이오 제약회사 화이자(Pfizer)는 본래의 목적은 실패했어도 새로운 효능을 지닌 약 개발로 미국 내 최고의 회사 이익과 성장 그리고 의료계의 세계적 명성, 더불어 '비아그라' 제품명은 발기부전 치료약의 대명사로 불리게 된 실패의 역설에 대한 근래(近來)의 대표적 사례이다. 실패는 결코 헛된 것, 시간 낭비, 정력 낭비가 아니다. '실패에서도 새로운 것을 발견해 내는 정신이야말로 대단히 중요하다'라는 것은 아무리 강조해도 결코 지나치지 않는 것이다.

실패의 역설이라는 성공 신화를 낳은 세계적 인물들로, 알베르트 아인슈타인(4세까지 말을 못 했고, 7세가 되어서야 글을 읽게 되었으며, 대학입시에도 실패했지만, 세계적 물리학자가 되었다.), 토머스 에디슨(전구를 만들고자 천 번 이상을 시도했지만 실패할 때마다 작동하지 않는 이유를 알게 되어 마침내 성공하게 되었다), 오프라 윈프리(방송 리포터로 일할 때 TV 뉴스에 적합하지 않다고 해고당했지만, 끈기를 갖고 다시 일어서 미국 방송계에 가장 영향력 있는 여성으로 인정받았다), 조엔 케이 롤링[언론계에서 실패했고 '해리포터'를 발표하기 전까지는 빈곤했지만, '해리포터 시리즈'를 내고 세계적 명성과 부(富)를 얻게 되었다.], 윈스턴 처칠[초등 6학년 때 중퇴하고 공직에서도 실패했지만 62세에 명망(名望: 명성과 인망) 있는 영국 총리가 되었다] 등이 있다.

실수나 실패, 사람이라면 누구나 두려워하고 피하고 싶은 단어이다. 그래서 실수나 실패가 두려워서 실행을 제대로 해보지 못한 것들도 여럿 있기도 하다. 그런데 어린 시절 읽었던 위인전을 통해서 정치계, 경제계, 사회적, 역사적 위대한 인물들의 공통점은 바로 실수, 실패를 거듭하면서도 두려워하지 않고 끈기와 노력으로 결실을 이룩한 사람들이라는 것이다. 무엇보다도 좌절과 포기를 하지 않았다는 점들이 우리에게 더욱 감동(感動: 깊이 느껴 마음이 움직임)과 감명(感銘: 감격하여 마음에 깊이 새김)을 주게 되는 것이다. 보통 범인들은 실수, 실패의 쓴맛보다는 익숙한 맛이고 달콤한 맛인 안정적인 것을 찾으려 하고, 그리고 실제로 찾는다. 그런데 인간에게 왼쪽 발과 오른쪽 발이 있는 것은 '실수나 실패를 번갈아 가면서 하라'라는 의미라고 한다. 두려움이라는 창살에 갇혀 꼼짝도 못 하는 사람은 더 이상 발전이나 변화를 기대할 수는 없다. 안정적인 안주(安住)가 장시간 지속되다 보면 게으름, 나태라는 녀석이 찾아와 물귀신처럼 퇴보(退步: 수준이나 정도가 전보다 뒤떨어짐)로 끌고 들어간다. 지난날들을 돌이켜 볼 때, 한 일보다도 하지 않은 일들에 더 많은 후회가 될 것이다. 이제부터라도 정박(碇泊)해 있는 배의 닻을 올려 항해에 나서라. 푸른 바다, 망망대해(茫茫大海: 한없이 크고 넓은 바다)로 나가라. 작열(灼熱: 이글이글 타오름)하는 태양, 폭풍우, 때로는 해적 떼와도 맞서 싸워야 한다. 그래야 목적지에 도달할 수 있다. 같은 이치로, 우리네 인생도 마찬가지이다.

불행을 정의할 때 사람마다 각기 다 다를 수 있다. 어떤 이는 자신이 바라는 대로 안 되면 불행하다 할 수 있고, 어떤 이는 자신의 가치관이나 인생관, 신념이 위협받을 때 불행하다 할 수도 있지만, 대체로 자신의 기대나 희망이 현실과 다를 때 생기는 부정적인 감정이다. 그래서 불행이란 '내 마음속에 있는 것'이며, '태도와 인식에 따라 달라질 수 있다'라는 것이다. 불행이란 스스로 만들기 때문에, 스스로 극복해야만 한다. 설사 지금 불행하다 해도, 그 불행을 역설로 바꾸는 것도 바로 나다. '마음의 짐을 풀고 허물과 걱정을 떨쳐내고 폭풍 속에서도 흔들림 없이, 그리고 어둠 속에서도 스스로 등불이 되어 자신을 의지하며 진정한 나 자신을 찾는 것'이야말로 중요하다. 행·불행도 '습관'이다. '어떻게 지니느냐'에 따라 다르다. 그러므로 불행한 마음에서 벗어나 행복한 마음을 습관적으로 몸에 지녀야 한다. 우리네 삶에는 빛과 어둠이 있다. "불행에도 '빛'이 있다"라는 것을 깨닫고, '삶의 지혜'로 삼아야만 한다.

3

고통과 고난의 역설

고통(苦痛)**의 역설:** 고통의 사전적 정의는 '몸이나 마음의 괴로움과 아픔'으로 유의어는 고(苦), 고초(苦楚), 괴로움이다. 고통은 보통 신체가 다치거나 아파서 느끼는 육체적 고통과, 불쾌감과 우울감 등의 부정적 감정으로 '괴롭다'라고 여기는 정신적 고통으로 나뉘는데, 신체적 고통은 감각 중 통증 감각, 즉 통각(痛覺: 촉각)을 통해서 느끼는 것으로, 이 글에서는 의식 현상으로서 감각 질에 대해 논의될 때 언급되는 정신적 고통을 말하려 한다. 그리스도교에서는 고통을 하나님의 성도를 성숙하게 이끄는 훈련에 필요한 도구의 하나로 보고, 불교에서는 삶은 본래 고통이며, 지속적인 수행과 궁극적인 해탈[解脫: 번뇌(煩惱: 마음이 시달려 괴로움), 속박에서 벗어나 근심이 없는 편안한 심경에 이름, 열반(涅槃: 모든 번뇌에서 벗어난, 영원한 진리를 깨달은 경지)]을 통해서 극복된다고 보며, 1916년 창시된 원불교는 당시 사회적·정치적 혼란 속에서 사람들이 겪고 있는 고통을 해결하려는 방법으로 불교의 기본 가르침으로 돌아가자는 것으로, 불교와 원불교 두 종교는 불교의 근본적인 가르침, 즉 '고통의 원인을 깨닫고 이를 극복하는 방법을 공유하자'라는 것이다. 우리나라 싱어송라이터 가황(歌皇) 나훈아 님의 노래 '테스 형' 노랫말

가사 중에 '아! 테스 형 세상이 왜 이래, 왜 이렇게 힘들어'에서 2500여 년 전 그리스의 철학자 소크라테스가 소환(召喚)되어 나온다. 노랫말처럼 '세상살이 힘들고, 고통의 연속'이다. 간신히 버티고 버텨, 잊을 만하고 살 만하면 또 닥쳐온다. 사공 정규 정신의학과 교수님의 말 '인생의 기본값(default value: 맨 처음 상태, 지정하지 않은 그 값)은 고통이다.' 처럼 인간이 살아가는데 고통은 숙명(宿命: 날 때부터 타고난 운명, 피할 수 없는 운명)으로, 어느 누구도 결코 예외는 없는 법이다. 아예(전적으로, 순전히) 불가(佛家)에서는 '인생은 고해(苦海)다(Life is the sea of trouble)'라고까지 말한다. 그런데 '고통의 역설'로 고통은 감내(堪耐: 참고 견딤)하고 극복하는 자(者)에 따라 '선물'이 되기도 한다. 코스타리카를 대표하는 작가 Garcia Monge는 '고통은 신체의 일부이다. 그러므로 본질적으로 본인이 고통보다 더 큰 사람임을 알아라.'라는 말에서 '고통보다 더 큰 사람이 되어라.'라는 것은 우리가 '고통을 이겨내야만 한다.'라는 말로 들린다. 고통이 성장 동력이 되어 성공한 세계적 유명인(有名人)들로는, 러시아의 대문호(大文豪) 도스토옙스키를 위대하게 만든 것은 간질병과 사형수의 고통이었는데, 그가 쓴 '죄와 벌'에서 '어둠이 깊을수록 별이 더 찬란하다.'라는 말과 '밤이 깊을수록 길거리의 가로등이 더 환하게 보인다. 마찬가지로 내 삶이 고통이 클수록 진리라는 빛에 더 가까이 다가가게 된다. 인간은 시련과 위기 절망을 통해 살아가며 슬픔이나 고통 같은 부정적인 감정들은 피할 수 없는 것이라는 사실을 깨닫는다. 그리고 슬픔과 고통을 통해 성장하고 더 행복한 삶을 누릴 수 있게 된다.'라는 말을 남겼는데, 이는 한마디로 '슬픔과 고통이 우리의 삶에 성장 동력이 된다.'라는 말이다. 프랑스 화가, 석판화가 로트레크를 위대하게 만든 것은 경멸 덩어리인 난쟁이, 하반신 마비라는 불행한 신체적 장애라는 고통이었고, 네덜란드의 후기 인상주의 화가 빈센트 반 고흐는 가족들의 정신 병력에 대한 극도의 고통을 딛고 일어선 예술혼, 인간성의 승리를, 작품을 통해 보여주기도 했으며, 독일의 작곡가, 피아니스트 베토벤을 위대하게 만든 것도 끊임없는 여인들과의 실연(失戀)과 청신경 마비라는 음악가 최대의 고통이었고, 대체로 사람들이 많이 알고 있는 19세기 미국의 영웅으로 추앙받는 문필가, 사회사업가 헬렌 켈러 여사를 위대하게 만든 것도 삼중고(三重苦)의 신체장애 고통이었다.

고난(苦難)의 역설: 고난의 사전적 정의는 '괴로움과 어려움을 아울러 이르는 말'로 유의어에 가시밭길, 고생(苦生: 어렵고 괴로운 일을 겪음), 고초(苦楚)가 있다. 고난은 우리네 인생행로에서 '수고와 고통, 어려움'을 통틀어 일컫는 말로, 경제적으로 가난하고 궁핍하고, 육체적으로 피로하고 질병으로 고통스럽고 곤고(困苦: 형편이나 처지가 딱하고 어려움)하고, 사회적으로는 온갖 역경과 시련을 겪고 있으며, 그리고 때로는 인격적으로 비천(卑賤)한 상태에 빠지기도 하는 것이다. 그렇다면 고통과 고난의 차이는 무엇인가? 앞에서 말했듯이 고통은 '괴롭고 아픈 것'이고, 고난은 '괴롭고 어려운 것'으로 고난은 괴롭지만 아프지는 않은 것이다. 구체적으로 고통이 몸과 마음에서 느껴지는 아픔이라면 고난은 아픔을 유발하는 원인이나 상황과 연관되어 있는 것으로, 고난 중에 있는 사람은 대체로 고통을 겪지만, 고통을 겪는다고 해서 고난 중에 있는 것은 아니다. 한마디로 고통은 '물리적, 신체적 아픔과 정신적 · 감정적 아픔'에도 모두 쓰이며, 고난과도 의미가 통해 광범위하게 쓰이는 것이고, 고난은 고생과 일맥상통(一脈相通)하는 것으로 자연재해, 전쟁, 사고, 가난 등 '상황이나 주변 환경, 외부의 힘에 의한 어려움'을 의미하는 경우에 쓰인다. 무엇보다도 고난은 사람의 의지와는 상관없이 겪게 되는 어려움이기 때문에 벗어나기 어렵고 고통이 따르는 법이다. 그러나 고통이 '그냥 아프고 힘든 것'이라면, 때로는 고난은 '나중에 좋을 수도 있는 것'이다. 예(例)로, '암으로 고통받고, 고생하고 있다.' '가난으로 고통스럽고 고난을 겪다'로 표현할 수 있다.

　'하나님은 우리에게 즐거움을 통해 속삭이시고 우리의 양심을 통해서 말씀하시지만, 우리의 고통에 대해서는 외치신다.'는 영국의 소설가, 기독교 호교론자(護敎論者), 케임브리지 대학교수 C. S. 루이스는 '고통'에 대해서, 덧붙여 '고난'에 대해서는 "하나님은 인간에게 고난 속에서 낙심(落心: 바라는 바를 이루지 못하여 마음이 상함)을 허락하고, 그 낙심 속에서도 더욱 하나님을 의지하며 성장케 하시는지에 대해 하나님이 인간을 '자유로운 연인'으로 대하고 싶기 때문이다."고 말했다. 교회용어사전에서는 '고난은 일차적으로 죄에 대한 하나님의 형벌이지만(사무엘상), 공중 권세 잡은 사탄이 지배하는 이 세상을 사는 성도에게 고난을 피할 수 없는 현실을 직시하며(히브리서), 고난받을 때 우리를 위해 고난 당하신 예수를 생각하며(히브리서), 하나님께 위로받고(사도행전), 장차 얻을 복(福)을 생각하며(욥기), 도우심을 사모하고(디모데후서), 하나님께 감사하며 영광 돌릴 수 있어야 한다(베드로전서).'라고 한다.

'고난이 없으면 성공도 없다.' 고대 그리스 비극 시인 소포클레스의 말이고, '고난과 눈물이 나를 높은 예지(叡智: 뛰어난 지혜)로 이끌어 올렸다. 보석과 즐거움은 이것을 이루어주지 못했을 것이다.' 스위스 사상가, 교육학자 페스탈로치의 말이며, '고난이 있을 때마다 그것이 참된 인간이 되어가는 과정임을 기억해야만 한다.'와 '고통이 남기고 간 뒤를 보아라. 고난이 지나면 반드시 기쁨이 스며들어 감미롭다.'는 독일 철학자, 작가 괴테의 말이다. 그런데 고통과 고난에 대한 가장 큰 울림을 주는 명언은 미국의 정치가 벤저민 프랭클린의 말로, '나무에 가위질하는 것은 나무를 사랑하기 때문이다. 부모에게 야단맞지 않고 자란 아이가 훌륭하게 될 수가 없다. 겨울의 추위가 심할수록 이듬해 봄의 나뭇잎은 한층 더 푸르다. 사람도 고통과 고난으로 단련되지 않고서는 큰 인물이 될 수 없다. 사랑하는 자녀일수록 회초리가 필요하다. 큰 인물로 세우고자 할수록 고통과 고난으로 단련이 필요하다.'가 있다. 고통과 고난은 '참된 인간'이 되어가는 과정임은 틀림없다. 한 마디로 삶을 살아가며 고통과 고난은 우리를 시시(時時)때때로 흔들어 댄다. 그럴 때일수록 '참된 인간이 되어가는 과정이라고 되뇌며 버티어나가야 한다.'라는 것이다.

　끝으로 맹자님의 말씀을 인용하는 것으로 이 글을 맺는다. '하늘이 어떤 사람에게 큰 임무를 맡기려 할 때, 반드시 그 심지(心志: 마음에 품은 의지)를 괴롭히고 그 근골(筋骨: 근육과 뼈대)을 고생시키고, 그 몸을 굶주리게 하고 그 육체를 궁핍하게 하고, 그의 하는 일을 다 어지럽게끔 한다.' 그렇다. 자연 이치로 따져 볼 때 '동트기 전이 가장 어두운 법'이다. 비록 '고통스럽고 고난에 빠져 헤어 나올 수 없을 것 같다' 해서 좌절하거나 포기하지 말고, 무엇보다도 희망을 잃지 않고 잘될 거라는 확신과 자신감으로 노력하는 삶의 지혜를 발휘(發揮)한다면 '고통과 고난이 성장동력이 되어 역설의 의미, 축복의 견인차 역할을 하게 될 것'이다. 금(金)과 은(銀)이 불 속에서 정련(精鍊)되어야 빛이 나듯, 고통과 고난을 이겨낸 나는 비로소 세상에 빛을 발산(發散)하게 될 것이다.

4

역경과 시련의 역설

역경(逆境)의 사전적 정의는 '일이 순조롭지 않아 매우 어렵게 된 처지(處地: 처하여 있는 사정이나 형편)나 환경'의 의미로 유의어는 가시밭, 곤경(困境: 어려운 경우나 처지), 곤란(困難: 사정이 매우 딱하고 어려움)이다. 역경의 반대는 순경(順境: 일이 마음 먹은 대로 잘 되어가는 경우, 모든 일이 순조로운 환경)이다. 그리고 역경을 뒤집으면 '경력'이 된다. 역경은 혹독한 추위처럼 우리네 삶을 송두리째 무너뜨릴 수가 있다. 그러나 혹독하고 가혹한 역경을 슬기롭고 당차게 이겨낸다면 문자 그대로 전화위복(轉禍爲福: 해가 바뀌어 오히려 복이 됨)이 되고 고진감래[苦盡甘來: 고생 끝에 즐거움이 옴⟨-⟩흥진비래(興盡悲來: 즐거운 일이 다하면 슬픈 일이 닥쳐옴)-'세상일은 순환됨'을 이르는 말]가 되어 경력(經歷: 겪어 지내온 일)이 될 수도 있는 것이다. 그러면 그 경력은 삶의 내공(內功: 오랜 기간 경험을 통해 쌓은 능력)이 되어 어떤 어려움도 헤쳐 나갈 수 있는 추진력, 힘이 있어 찬란한 인생의 길이 열리게 될 것이다. 어떤 역경도 훌훌 털어버리고 세상 밖으로 나와야만 밝은 내일을 기약(期約)할 수 있는 것으로, 우리는 어떤 경우의 역경 속에서도 반드시 헤쳐 나와야 한다.

성경에서 그리스도인들에게 역경 속에서 하나님을 의지하는 법을 가르쳐주고, 고난과 역경의 의미를 깨닫고 하나님께서 주시는 믿음과 힘을 얻게 해주는 말씀으로, "마음을 강하게 하고 담대히 하라. 두려워하지 말며, 놀라지 말라. 네가 어디로 가든지 네 하나님 여호와가 너와 함께하느니라 하시니라(여호수아), 두려워 말라. 내가 너와 함께함이니라. 놀라지 말라. 나는 네 하나님이 됨이니라. 내가 너를 굳세게 하리라. 참으로 나의 의로운 손으로 너를 붙들리라(이사야)." 등이 있는데, 이는 삶 속에서 역경이 닥치면 어떻게 딛고 일어서야 할지 모를 때 하나님을 의지(依支: 마음을 기대어 도움을 받음)처(處)로 삼으라는 말들이다. 중국 명나라 때 묘협 스님이 불자(佛者: 불제자)들에게 어려운 일을 당했을 때 어떻게 마음을 써야 할지에 대해 쓴 글인 보왕삼매론(寶王三昧論: 불교에서 수행 중에 나타나는 10가지 큰 장애를 이기는 수행법)은 열(10) 문장으로 이루어져 있는데, 우리가 사는 세상은 '극락도 지옥도 아닌 사바세계로 참고 견디어나가야 하는 세상'이라고 한다. 그리고 '참고 견디며 살아가는 세상이기 때문에 삶의 의미가 있다'라는 것이다. 그러므로 보왕삼매론은 이런 사바세계를 살아가면서 어떤 마음가짐으로 살아야 할 것인가를 옛 선사(禪師: 승려의 높임말)들의 교훈(敎訓: 가르침)을 얘기한 것으로 자기관리에 대한 일종의 처세로, 그중 두 번째 문장 '세상살이 곤란함이 없기를 바라지 마라.'와 다섯 번째 문장 '일을 꾀하되 쉽게 되기를 바라지 마라.'는 세상살이 모든 일이 술술 풀리기를 원하지만, 현실은 뭔가 꼬이거나 역경을 만나게 된다는 것이며, 역경을 만났을 때 '누군가를 원망하거나 세상을 탓하기 전에 자만하지 말고 겸손하라.'라는 의미로 '겸허(謙虛)하게 받아들이라'라는 말인 것 같다.

우리네 범인(凡人: 평범한 사람)들이 담대(膽大: 겁이 없고 배짱이 두둑함)하거나 큰일을 하는 데는 고난이나 역경을 겪어야 하는데, 그래도 괜찮다. 왜냐하면 '더 성장하고, 더 강하고, 더 훌륭한 사람'이 될 수 있기 때문이다. 그렇다면 선인(先人)들의 다음 명언(名言: 이치에 맞는 훌륭한 말)들을 좌우명(座右銘: 가르침으로 삼는 말)으로 삼아보아라. '삶은 역경의 연속이고, 살아간다는 것은 그런 역경 속에서 특별한 의미를 찾는 것이다.' 독일의 철학자, 시인 프리드리히 니체의 말이고, '매일 행복하기만 하다면 용기를 배울 수 없을 것이다. 왜냐하면 우리는 어려운 시기와 도전적인 역경을 이겨내면서 용기를 배우게 되기 때문이다.' 미국의 심리 전문 컨설턴트, 작가 바버라 엔젤리스의 말이며, '대부분의 성공한 사람들은 역경을 걸림돌이 아니라 위대함으로 가는 디딤돌로 생각한다는 것을 명심하라.' 미국 작가 숀 아처의 말이다. 역경이라는 큰 줄기를 세 가지로 나누어본다면, 하나는 역경이라는 돌멩이에 맞아 죽을 것인지, 아니면 거기서 다이아몬드를 찾아낼 것인지이고, 다른 하나는 지금 쉬운 길로 가고 있다면 잘못된 길로 가고 있을 가능성이 높은 것이고, 마지막으로는 역경을 통해서 내가 깨지거나 기록을 깨는 것, 둘 중 하나이다.

　시련(試鍊)의 사전적 정의는 '겪기 어려운 단련(鍛鍊: 귀찮거나 괴로운 일로 시달림)이나 고비(막다른 절정)'의 의미이며, 유의어는 격랑(激浪), 고난(苦難), 고초(苦楚)이다. '시련을 극복하다'는 '어떠한 어려운 일이나, 괴로운 일을 스스로의 힘으로 이겨냄'을 의미하며, 대표하는 사자성어로는 파란만장(波瀾萬丈)으로 '사람의 생활이나 일의 진행이 여러 가지

곡절(曲折: 복잡한 상황이나 이유)과 시련이 많고 변화가 심함'의 의미이다. 시련이라는 단어는 '시험하다'의 한자 '試(시)'와 '단련하다'의 한자 '鍊(련)'이 합쳐진 단어이다. '역경'이 '어려움을 겪는 것'이라면, '시련'은 '테스트와 트레이닝의 뜻이 함께 담겨 있는 것'으로, 테스트와 트레이닝의 주된 목적은 '그 상태를 벗어나는 데 있다'기보다는 테스트와 트레이닝을 거쳐 '더 나은 사람이 되는 데 그 목적이 있다' 하겠다. 여기서 소설가, 기인(奇人), 도인, 시대에 뒤처지지 않는 원로작가의 이미지를 갖고 있던 故 이외수 님의 말씀 '시련은 극복하는 것이 아니다. 극복하려 하면 항상 지게 되어 있다. 견디고, 버티는 것이다.'에 주목할 필요가 있을 것 같다.

현대그룹의 창업주이신 故 정주영 회장님의 자서전 「시련은 있어도 실패는 없다」는 가난한 농부의 아들로 태어나 세계적 기업 현대그룹을 일구어 내기까지 그가 겪었던 삶과 이상을 솔직하게 풀어내는 이 책은, 우리나라 경제사뿐만 아니라 그분의 신념과 의지, 그리고 무엇보다 '수많은 역경과 시련을 겪고 성공'한 이야기들로, 오늘날 고생을 모르는 젊은이들에게 필독서(必讀書) 중 하나로 꼽힌다. 명리학자 조용헌 교수가 쓴 「내공」에서 '살다 보면 누구나 지성과 이성이 통하지 않는 답답한 현실과 맞닥뜨리는 때를 만나게 된다. 이때를 흔들리지 않고 잘 넘겨야 내공이 쌓이고, 그 힘으로 다시 좌절된 삶을 일으킬 수 있다'라고 한다. 그런데 이 책의 저자가 말하는 "내공의 최고 경지는 '샬롬(내면의 평화)'으로, 이 경지에 이르기 위해서는 반드시 시련을 겪어야 한다."라고 말한다. 덧붙여 저자는 '그 시련을 인수분해 해 보면 4

대 과목을 이수해야 한다.'라는 것으로 '감방, 부도, 이혼, 암'이라고 말하며, "이 네 가지 과목이 상징하는 '시련과 고통'을 뚫고 견디어 낸 사람이야말로 내공의 고단자'가 될 수 있다"라고 역설(力說: 힘주어 말함)한다. 곧 시련이 있다는 것은 살아있다는 증거이며, 행복을 제대로 느끼려면 시련이 동반되어야 하는 것이다.

끝으로 한 권의 책을 추천(推薦)하며, 읽을 것을 권고(勸告)한다. 소신(所信: 굳게 믿는바)과 열정의 작가, 밀리언셀러 작가인 소설가 김홍신 님이 쓴 「인생사용 설명서」로, 진정한 행복을 원한다고 말하면서도 물질적 욕구에 휘둘리거나 인생의 주인은 자기 자신이라고 주장하면서도 남들처럼 살지 못해 괴로워하고 고통받는 현대인들에게 '인생을 잘 살아가기 위한 사용 설명서' 속에 이런 질문이 담겨 있다. '나는 누구인가?' '왜 사는가?' '인생의 주인은 누구인가?' '이 세상이 존재하는 이유는 무엇인가?' '누구와 함께하는가?' '지금 괴로워하고 고통받는 이유가 무엇인가?' '어떻게 마음을 다스리는가?'와 같은 단 한 번뿐인 인생에서 항상 되짚어봐야 할 물음을 통해 '인생의 참 의미를 스스로 깨닫게 만들어 주는' 이 책은 타인과 비교에 치중(置重: 어떤 것에 집중함)해 존귀한 생명과, 나 자신의 가치를 간과(看過: 대충 보아 넘김)하는 이들에게 주는 삶의 지혜로 삼을 만한 지침[指針: 생활이나 생각, 행동 따위의 올바른 방법이나 방향을 알려주는 준칙(準則)]서(書)로, 책의 내용 중 우리에게 가장 큰 울림을 주는 명 구절을 인용하는 것으로 글을 맺는다. "태양이 찬란해 보이는 것은 밤이 있기 때문이다. 어둠이 없고 찬란한 태양만 있다면 사람들은 진저리(몹시 싫증이 나거나 귀찮아 떨치는 몸짓)를 낼 것이다. 희망은 좌절, 실패, 슬픔, 불행, 고통, 고난, 역경이나 시련 같은 부정적인 것들을 통해 더 선명(鮮明: 다른 것과 혼동되지 않음)해지는 것이다. 희망은 인간에게 태양과 같은 것이고 인간을 아름답게 만드는 기적(奇蹟) 같은 것이다. 기적은 바로 '포기하거나 좌절하지 않고 희망을 잃지 않은 중단 없는 노력'을 통해 이루어지는 것이다." 가히 '생활의 지혜'로 삼을 만한 명구(名句: 뛰어나게 잘 지은 글귀)인 것 같다.

5

부러움과 시기, 질투

부러움의 사전적 정의는 '남의 좋은 일이나, 물건을 보고 자신도 그런 일을 이루거나 그런 물건을 가졌으면 하고 바라는 마음'으로 '자신이 부러워하는 사람보다 열등하다고 느끼기 때문에 자신의 이미지에 만족하거나 자부심이 낮은 사람이 주로 경험하는 감정'이다. 유의어는 선망(羨望: 부러워하여 바람), 동경(憧憬), 앙선(仰羨: 우러러 바라보며 부러워함), 염미(艶美)/염선(艶羨: 남의 장점을 부러워함)이다. 부러움의 '핵심'은 내가 성장할 수 있는 '감정의 동기'가 되어야 한다. '부러우면 지는 것이 아니라, 아무것도 하지 않으면 지는 것'이다.

시기(猜忌)란 '남이 잘되는 것을 샘하여 미워함'이며, 유의어에는 샘, 시새움, 얌심(몹시 샘바르고 남을 시기하는 마음)이 있다. 질투(嫉妬)란 '부부 사이나 이성(異性) 사이에서 상대되는 이성이 다른 이성을 좋아할 경우에 지나치게 시기함'이나 '다른 사람이 잘되거나 좋은 처지에 있는 것을 공연히 미워하고 깎아내리려 함'이며, 가톨릭에서는 질투를 칠죄종(七罪宗: 일곱 가지 죄의 뿌리로 교만, 인색, 질투, 분노, 음욕, 탐욕, 나태)의 하나로 '우월한 사람을 시기하는 일'을 의미하며, 유의어에는 강짜, 강샘, 투기, 모질(媚嫉: 지나치게 시기함)이 있다. 그리고 '질투망상'이란 '배우자의 정결(貞潔: 정조가 굳고 행실이 결백함)을 의심하는 망상(妄想: 이치에 어그러진 생각, 망념)'이고, '간악 질투'는 '간사하고 악독한 질투'이며, '르상티망 (ressentiment)'이란 '원한, 증오, 질투 따위의 감정이 되풀이되어 마음속 에 쌓인 상태'로 불어(佛語)에서 유래(由來)된 말이다.

시기와 질투의 차이는? 백과사전에 의하면 "질투는 시기보다 훨씬 더 상위의 개념으로, 질투는 강샘[모질(媢嫉)]과 시기(순수 우리말 '샘')의 의미를 모두 포괄하고 있다."라고 한다. 먼저 성서에서 말하는 차이점 은, 시기는 '다른 사람이 가지고 있는 것을 소유하고자 하는 욕망'이나 '자기가 갖지 못한 좋은 것을 이웃, 주변 사람이 가진 사실에 분노하 는 것'을 말하고, 질투란 나에게 있는 좋은 것을 '상대가 빼앗으려 할 때에 느끼는 감정'으로, 특히 애정 관계에 있는 두 남녀 사이에서, 남 자는 자기 여자가 다른 남자와, 여자는 자기 남자가 다른 여자와, 애 정 관계에 있을 때 느끼거나, 싫어하는 감정을 말한다. 성경에서는 질 투를 두 가지 측면으로 말했는데, 하나는, 구약성경 출애굽기에서 '나, 네 하나님 여호와는 질투하는 하나님인즉 나를 미워하는 자의 죄를 갚되 아버지로부터 아들에게로 삼사(三四) 대(代)까지 이르게 하느니 라.'와 '너는 다른 신에게 절하지 마라 여호와는 질투라 이름하는 질투 의 하나님이시니라.'가 있고, 다른 하나는, 신약성경 마가복음에서 질 투를 '죄(罪)'라고 지적['간음과 탐욕과 속임과 음탕과 질투와 비방과 우매함이니 (누가복음)']하고 있다.

모든 인간의 행복과 불행, 그리고 고민(苦悶: 괴로워하고 애를 태움)은 종 교는 다르지만 같은 법이다. 먼저 불교에서는 질투와 시기는 '자신을 비참하게 만들고 사람들과의 관계를 망칠 수 있는 부정적인 감정'으로 본다. 질투와 시기는 다른 이들에 대한 '분노'로 정의한다. 그래서 종종 소유에 대한 불안감, 배신감을 동반하기도 한다. 심리학자들은 질투가 인간이 아닌 종(種)에서도 관찰되는 자연스러운 감정이라고 한다. 실제로 진화론적 어딘가에 유용한 목적을 가지고 있을지 모르지만, 질투는 통제를 벗어나면 '엄청난 파괴력'을 지니는 법이다. 부러움은 소유나 성공 때문에 다른 사람들을 향한 분노이기도 하지만, 부러워할 때 반드시 그러한 것들이 자신의 것이어야 한다고는 생각지 않는다. 부러움은 '자신감 부족이나 열등감'과 관련이 있을 수 있고, 시기는 '탐욕과 욕망과 밀접한 관련'이 되어 있으며, 질투와 시기심은 결국 '분노와 관련'이 있는 것이다. 다음으로 원불교 이정길 교무님은 설법[說法: 교의(敎義: 종교의 진리를 가르침)를 풀어 밝힘]에서 '부처님과 중생(衆生: 생명을 가지고 있는 모든 존재)들의 마음 크기가 다르다. 내 마음속에, 타인에 대한 시기, 질투, 누군가를 용서하지 못하는 마음, 괴로움 등이 있는지를 먼저 살펴봐야 한다.'라며, '이런 것들에서 벗어나야 진정한 부처가 될 수 있다'라고 강조했다. 여기서 말하는 '진정한 부처'는 우리 중생(衆生), 인간들의 '마음의 평안, 평정심(平靜心: 감정의 기복이 없이 평안하고 고요한 마음)'을 말하는 것 같다. 마지막으로 가톨릭 · 정교회의 칠죄종(칠악종)의 반대개념인 칠선종(칠덕종)을 보게 되면, 우리 인간들이 어떻게 살아갈 것인지에 대한 나름의 삶의 지표(指標: 방향이나 목적, 기준 따위를 나타내는 표지)를 설정(設定: 만들어 정해 둠)할 수 있을 것 같다. 첫째, 교만〈-〉겸손, 둘째, 인색〈-〉자선, 셋째, 질투〈-〉친절, 넷째, 분노〈-〉인내, 다섯째, 음욕〈-〉정결, 여섯째, 탐욕〈-〉절제, 일곱째, 나태〈-〉근면으로 칠선종(七善宗), 일곱 개의 단어야말로 종교, 믿음보다 우선인 한 인간이 올바르게 살아가며 지켜야 할 덕목이자, 삶의 지혜인 것이다. 특히 가톨릭에서 칠죄종을 악습이라고 하는 이유는 '다른 죄(罪)들과 또 다른 악습(惡習: 못된 버릇)들을 낳기 때문에 경계(警戒: 주의하고 살핌)해야 한다.'라고 가르침을 준다.

사실 질투는 어떤 사람에게도 도움이 되지 않는 법이다. 단지 정신적으로, 특히 감정적으로 자신을 해칠 뿐이다. 질투와 시기의 주된 근본 원인은 종종 동일하다. 자기 능력, 자질(資質: 타고난 성품이나 소질), 또는 그 밖의 기술을 의심하거나 자신의 열등한 자아상(自我像: 자신의 역할이나 존재에 대하여 갖는 생각)을 지닐 때 일어나는 것이다. 질투심의 주된 원인은 '두려움', 누군가를 잃을까 봐 두렵고, 불안하고 초조한 마음이나, 상대가 가진 것이나 이룬 것을 자신은 도저히 이룰 수 없을 것 같은 것에 대한 열등의식에서 일어나는 분노에서 일어나는 것이다. 질투라는 감정을 심하게 경험하게 되면 질투가 자신의 마음속에서 요동칠 때 느끼는 분노, 불안, 우울, 좌절, 절망이라는 복잡한 감정에 휘말리게 되는 법이다. 반면에 시기심은 자신이 자신을 불행하게 만드는 것에 대한 불만이다. 그런데 역설(逆說)적으로 누군가에 대한 부러움이나 시기, 질투가 때로는 자기 자신의 발전에 동기부여가 될 수도 있다. 그러나 정도가 지나치게 되면, 자신의 마음을 괴롭혀 실의(失意: 뜻이나 의욕을 잃음)에 빠질 수도 있는 것이다. 매사 인간사 과유불급(過猶不及: 정도가 지나치면 미치지 못함과 같음)이다. 예(例)로, 부부간에 사랑하는 마음이 지나쳐 질투심으로까지 발전되어, 근거 없는 상상의 나래가 의부증(疑夫症), 의처증(疑妻症)으로 심화(深化: 정도가 점점 깊어짐)되어 종국(終局)에는 파국(破局)을 초래하기도 한다.

중국 전국시대 말 도가(道家)의 역사적 전개 서(書), 장자(莊子) 추수(秋水) 편에 풍연심(風憐心)이라는 말은 '바람은 마음을 부러워한다.'라는 것으로 '그냥 가고 싶은 곳이 있으면 어디론가 불어가는 바람이, 가만히 있어도 어디로든 가는 눈(目)을 부러워하고, 눈은 보지 않고도 무엇이든 상상할 수 있는 마음(心)을 부러워한다.'라는 의미로, 일반적으로 '가난한 자는 부자를 부러워하고, 부자는 권력자를 부러워하고, 권력자는 가난하지만 건강하고 화목(和睦: 뜻이 맞고 정다움)한 사람을 부러워한다.'라는 말이다. 만족하지 못하면 돈이 많고 권력이 높아도 결코 행복할 수 없다. 누군가와 비교를 중단하고 욕심을 버리는 순간, 만족과 행복이 함께 내 마음속에 들어온다. 누군가를 부러워만 하면, 지게 되는 것이고, 자존감(自尊感: 스스로 품위를 지키고 자기를 존중하는 마음)은 낮아지고, 자신을 자책(自責: 스스로 뉘우치고 나무람)하기 바쁠 뿐이며, 무엇보다도 열등감에 하염없는(자신의 의지와 상관없이 계속되는) 자격지심(自激之心: 스스로 미흡하게 여기는 마음)만 들게 되어, 한없이 작아져만 가는 자신을 느끼게 되는 법이다. 행복과 불행, 기쁨과 슬픔, 그리고 건강까지도 외적인 소유가 아닌, 내적인 자각(自覺: 스스로 깨달음)의 결과이다. 세상에는 수많은 진리가 있지만, '긍정적인 생각은 긍정적인 결과를 만들어 낸다.'라는 것도 그중 하나이다. 세계적 기업 삼성의 故 이건희 회장님의 어록(語錄) 중 한마디 '부자를 부러워하지 마라. 그가 사는 법을 배우도록 하라.'를 우리 모두 마음속에 간직하고 모든 일에 적용, 실천하도록 하자. 그리고 또한 영국의 시인, 수필가 A. 카울리의 '남이 부러워하기에는 너무 적고, 남이 멸시하기에는 너무 많은 정도의 재산만을 나에게 달라.'라는 명언도 항상 마음속에 새기고, 기도하는 삶을 살아가자. 그리고 여기 '재산'에 또 다른 '희망하는 단어'를 대입시켜 기도해 보자. 일념통천(一念通天)으로, 간절한 기도는 반드시 이루어지게 되는 법이다.

6

다산(茶山)의 인생 팔미(八味)

인생 팔미(八味: 여덟 가지 맛)란 본래 중용(中庸)에 '불음식야 선능지미야(不飮食也 鮮能知味也: 사람들이 음식을 먹고 마시지 않는 이가 없건마는 맛을 아는 이가 적다)'라고 나온다. 그런데 음식에만 맛이 느껴지는 것이 아니라 인생에도 맛이 있다는 것으로, 다산 정약용 선생님(조선 후기 문신, 실학자, 철학자, 저술가)은 인생 팔미(八美)를 다음과 같이 꼽았다. 제1 미는 음식의 맛으로, 단순히 배를 채우기 위해 먹는 음식이 아닌, 맛을 느끼기 위해 먹는 '음식 미', 제2 미는 직업의 맛, 단순히 돈을 벌기 위해 일하는 것이 아닌, 삶의 의미를 찾기 위해 일하는 '직업 미', 제3 미는 '풍류의 맛, 남들이 노니까 덩달아 노는 것이 아닌, 진정으로 즐길 줄 아는 '풍류 미', 제4 미는 '관계의 맛', 어쩔 수 없거나 마지못해 누구를 만나거나 관계를 맺는 것이 아니라, 기쁨을 얻기 위해 만나거나 관계를 맺는 '관계 미', 제5 미는 '봉사의 맛', 자신만을 위해 사는 삶이 아닌, 봉사에 행복해하는 '봉사 미', 제6 미는 '배움의 맛', 무엇인가를 배우며 자신이 성장해 감을 느끼는 '학습 미', 제7 미는 '건강의 맛', 육신만이 아닌 정신과 육신의 균형을 가지는 '건강미', 마지막 제8 미는 '인간의 맛, 자신의 존재를 깨우치고 인격을 완성해 가는 기쁨을 만끽(滿喫)하고, 타인에게는 포근함과 온기(溫氣)를 부여(附與)해 주는 '인간미'이다.

제1 미 '음식의 맛': 전문가들의 말을 빌리자면 '우리의 몸과 마음은 섭취하는 음식으로 근본적 영향을 받게 되어, 우리의 건강, 기분, 심지어 생각을 형성하는 데에도 중요한 역할을 한다. 건강한 식습관은 신체적 웰빙(well-being)의 기초를 마련하고, 필요한 영양소를 제공하여 면역체계를 강화하며 우리의 에너지 수준을 조절한다. 또한 음식은 감정적 차원에서도 중요한 역할을 하는데, 특정한 음식은 위안을 주거나 행복한 추억을 불러일으키기도 하며, 심리적 안정감을 주기도 한다. 더불어 사회적 작용과 문화적 표현의 수단이 되기도 하고, 우리를 둘러싼 세계와의 연결고리 역할도 한다.'라는 것이다. 인간이 음식을 먹는 행위는 생존을 위한 기본적인 필요를 넘어, 삶에서 깊은 즐거움과 만족을 제공해 준다. 특히 냄새와 맛에 대한 감각적 쾌감, 음식에 관련된 추억과 감정, 식사를 통한 사회적 사교나 유대관계 및 결속(結束), 그리고 다양한 문화의 맛을 탐험하는 기회를 통한 경험 등은 우리 모두에게 '먹는 즐거움'에 대한 중요한 요소들이다. '잘 먹는 기술은 결코 하찮은 기술이 아니며, 그로 인한 기쁨은 작은 기쁨이 아니다.' 프랑스 사상가 미셸 몽테뉴의 말이다.

제2 미 '직업의 맛': 먼저 직장인(職場人)과 직업인(職業人) 그리고 장인(匠人)의 의미로, 직장인은 '규칙적으로 직장을 다니면서 급료를 받아 생활하는 사람'이고, 직업인은 '어떠한 직업에 종사하고 있는 사람(一名, 유직자)'을 의미하며, 그리고 장인이란 '손으로 물건을 만드는 일을 직업으로 하는 사람(기능공, 기술자)'이다. 그렇다면 차이는? 엄밀히 말해 모두 직업인에 해당한다. 다만 직업인 안에 직장인도 있고 장인도 있지만, 구체적 표현으로 직업정신, 장인정신으로 표현할 수 있는데, 사실 장인정신도 직업정신에 해당하기도 한다. 보통은 '직업인'이라고 하면 '전문적인 일을 하는 사람'으로 말하는 경우가 많지만, '자신의 업(業)에 전문성을 키워 나가며 주체적으로 일하는 사람'을 말하고, 직업정신(職業精神)이란 '자신이 속해 있는 맡은 일을 정성스럽게 잘 수행하려는 마음가짐'을 의미한다. 그리고 장인정신(匠人精神)이란 '한 가지 기술에 통달할 만큼 오랫동안 전념하고 작은 부분까지 심혈을 기울이고 노력하는 정신'이다. 그렇다면 직업의 맛은 직업을 가진 모든 사람이 '직업정신이나 장인정신'을 갖는 데 있는 것이다. '진정으로 즐겁고 만족스러운 직업은 자신의 재능과 열정을 발휘할 수 있는 기회를 제공한다.' 미국 35대 대통령 존 F. 케네디 말이다.

제3 미 '풍류의 맛': 풍류(風流)의 사전적 정의는 '속(俗)된 일을 떠나 풍치(風致: 훌륭하고 멋진 경치, 격에 맞는 멋)가 있고 멋스럽고 재미있게 노는 일'이다. 그런데 잡기(雜技: 잡다한 놀이의 기술이나 재주, 노름, 손재주)와는 다르게 취급해야 한다. 역사적으로 풍류라는 단어가 지칭하는 의미가 조금씩 변화를 겪어 왔는데 고려시대에는 '음주 가무나 세시풍속'으로, 조선시대에는 '음악이나 무용 등'을 가리키는 의미로, 오늘날은 우리 일반 사람들에게는 '일을 떠나 구경도 다니고 노는 것', '여가를 즐기는 것' 정도로 보면 될 것 같다. '휴식과 놀이는 마음과 영혼을 회복시킨다.' 동기부여 전문가 라일라 G. 아키타의 말이고 '구경과 놀이는 우리를 활기차게 해준다. 그것은 대체할 수 없는 삶에 대한 열정을 준다.

그것 없이는 인생은 맛이 없다.'는 루시아 카포치오네의 말이다.

　　제4 미 '관계의 맛': 관계란 우리네 삶에서 인간관계를 말하는 것으로, '인간과 인간 또는 인간과 집단 간의 관계를 통틀어 말하는 것'이다. 사실 인간관계는 명확한 답이 없다. 기본적으로 쌍방의 노력을 요구하는 것이라서 자기 혼자만 노력해 봤자 한계가 있어 헛된 일이 되기도 한다. 딱히 어떤 법칙도 있는 것은 아니어서 유연(柔軟)한 사고를 갖고서, 케바케('case by case'의 신조어로 '경우에 따라 다름'), 사바사('사람 by 사람'의 신조어로 '사람에 따라 다름')로 접근해야 한다. 오스트리아의 정신의학자 알프레트 아들러는 '인간관계를 모든 행복의 근원이자 고민의 근원'이라고 말했으며, 덧붙여 '비즈니스 관계 → 친구 관계 → 사랑 관계, 이 순서대로 가면 갈수록 인간관계의 어려움이 커진다.'라고 주장했다. 그런데 가족 간, 친구 간, 동료 간 등 인간은 살아가면서 어디를 가나, 어느 때나 인간관계는 피할 수가 없다. 우리 사회가 평등사회라 해도 수직적(상하관계)관계와 수평적(대등)관계가 있는데, 이 모두가 따지고 보면 인연 관계이며 내가 처세(處世) 하기에 달려 있다. 윗사람은 존중하고 아랫사람은 이끌어 주고, 그리고 배려와 양보, 챙겨주고 관심 가져주며, 악연도 인연으로 만들고 인연은 소중하게 간직하고 관리하면 그 속에서 '관계의 맛'을 즐길 수 있는 것이다. '격(格: 비슷한 인품이나 지적 수준)이 맞는 사람보다 결(結: 성향이나 가치관)이 맞는 사람과 인간관계를 맺어라.' 다산(茶山)의 말씀이다.

　　제5 미 '봉사의 맛': 봉사(奉仕)란 '국가나 사회 또는 남을 위하여 자신의 힘을 바쳐 애씀', '상대방을 위해 도움이나 물건을 제공해 주는 일을 통틀어 말함'이다. "사람은 사랑으로 산다. 인간이 무사히 살아가는 것은 각자 본인의 일을 살펴서가 아니라 그와 관계되는 사람들의 사랑이 있기 때문이다. 모든 이의 마음속에는 사랑이 있다. 우리는 불행에 빠진 사람을 보면 도와주고 싶은 감정이 일어난다. 돕는 사람을 보는 것만으로도 심장이 따뜻해진다. 심장이 하트모양인 것은 결코 우연이 아니다. 어려운 '이웃을 돕는 봉사는 인간의 자연스러운 행동'이다." 2022 대한민국 자원봉사 대상 '자원봉사자, 그 사랑의 기록'의 서문(序文) 내용이고, '남을 행복하게 하는 것은 향수를 뿌려주는 것과 같다. 뿌릴 때 몇 방울 정도는 내게도 묻기 때문이다.' 탈무드에 있는 말이며, '우리는 일하는 것으로 생계를 유지하지만 나눔과 베풂, 그리고 봉사로 인생을 만들어 간다.' 영국의 위대한 수상이었던 윈스턴 처칠의 말이다. '기쁨은 나누면 배가(倍加)되고, 어려움을 나누면 배(倍)로 줄어든다.'라는 말들을 한다. 국가나 사회, 그리고 남을 위해 헌신하는 봉사는 우리의 마음을 따뜻하고 즐겁게, 그리고 무엇보다도 뿌듯하게 해주어 '보람과 삶의 의미'를 깨우치게 해준다.

제6 미 '배움의 맛': 무지와 가난, 그리고 착각에서 벗어나는 유일한 방법은 배움, 공부밖에 없다. 그러나 그것은 당장 나타나는 것이 아니다. 오랜 시간이 필요하다. 수천억 자산가이자 칼럼니스트 세이 노(筆名: Say no로 pen name)의 가르침에서 "아무리 배워도 당장 내 수입은 늘지 않는다. 그리고 아무도 내 노력을 알아주지도 않는다. 가시적(可視的: 눈에 보이는) 효과도 없으니, 재미도 없고 싫증도 난다. 그러나 성취가 나타나기 시작하면 도파민이 분비되어 스트레스와 피로감이 사라지게 된다. 성취는 '재미, 즐거움'을 부여하게 되어 행복감을 느끼게 한다."라는 말처럼 여기에 행복감은 자신감으로 나타나 열성(劣性)을 다하게 된다. 그러다 보면 목표, 목적 달성을 하게 되는 것이다. '배우는 것은 마음이 결코 지치지 않고 즐겁고, 두렵지 않으며 후회하지 않는 것이다.' 르네상스 시대 이탈리아의 미술가, 사상가 레오나르도 다빈치의 말이다.

제7 미 '**건강의 맛**': 건강은 인생에서 가장 중요한 필수 요소 중 하나이다. 건강하지 못하면 아무것도 할 수 없고, 모든 것을 이루었어도 행복하지도 않다. 건강을 유지하는 기본 요소들은 올바른 식습관, 균형 있는 식단, 충분한 수분 섭취, 자신에 맞는 규칙적인 운동, 충분한 수면, 정기적 건강검진, 예방 접종, 여가선용과 스트레스 관리 등 자기 관리에 평소 태만해서는 안 되는 것들이다. 더불어 육체적 건강관리 못지않게 정신적 건강관리도 중요하다. 올바른 사고방식, 절제와 절도(節度) 있는 생활방식과 습관도 중요하다. '만약 당신이 세상의 모든 물질적인 것들을 성취하였으나, 몸의 건강과 마음의 평화를 잃으면 당신은 당신의 성취한 것으로부터 즐거움을 거의 느낄 수 없거나 전혀 느낄 수가 없을 것이다.' 캐나다의 컨설턴트, 베스트셀러 작가, 강연자 브라이언 트레이시의 말이다.' 그렇다. 정신적ㆍ육체적으로 건강해야만 세상과 자기 인생의 모든 다른 것들을 온전하게 보고 느끼고 맛보고, 즐길 수 있는 것이다.

제8 미 '**인간의 맛**': 인간미(人間美)의 의미는 '어떤 사람에게 느껴지는 친밀하고 정다운 인정(人情)의 느낌' '인간다움, 인간적인 미(美)가 있는 상태'이다. 의미상 인간미 안에 포함되는 인정(人情: 남을 동정하는 따뜻한 마음)이 있으며, 반의어가 비정(非情: 사람으로서의 따뜻한 정이나 인간미가 없음, 몰인정)이다. 인간미 있는 사람이란 '상대방을 배려하고 존중하고 아끼는 사람'이고, '다른 사람을 이해하고 배려하며 그들에게 나눔과 사랑을 보여주는 행동'이 인간미로 평가된다. 그리고 인간미란 포근하고 따뜻한 심성, 인정 많은 사람에게서 보고, 느낄 수 있는 것이다. '인간의 교육이란 인간성, 인간미에 눈뜨게 하는 것이다.' 프랑스의 철학자 마리탱의 말이고, "인간의 가치는 '얼마나 사랑을 받았느냐'가 아니라 '얼마나 사람들에게 사랑을 주었느냐'이다." 로마의 철학자 에픽 테토스의 말이다. 인간미는 우리 사회에서 매우 중요한 가치(價値: 사물이 지닌 의의나 중요성)이다. 인간미 없는 사회는 갈등과 불평등, 원치 않는 갈등의 원인이 되기도 하지만, 인간미 있는 사회는 상호 존중과 협력을 기반으로 건전한 관계를 형성할 수 있어 가족, 친족, 친구, 동료, 이웃과 같은 근접(近接)한 관계뿐만 아니라 사회 전반에 걸쳐서도 중요한 역할을 한다.

끝으로 이 글에서는 인생 팔미 중 한 개인의 행·불행을 결정짓는 '배우자의 인간미'에 대해 가장 큰 의미를 부여하고자 한다. 인간미, 인정이 결여(缺如)된 사람은 타인에게도 그래왔듯이 부부간에 세월이 흘러 사랑이 식어갈 무렵에는 결국 상대 배우자에게도 당연히 그리하게 되어 매몰차게(인정이나 싹싹한 맛이 없고 아주 쌀쌀맞은, 목소리가 높고 날카로운) 대하게 된다. 그렇게 되면 상대 배우자는 나이가 들어갈수록, 특히 노년에 정신적으로 비참하고 피폐(疲弊: 지치고 쇠약함)한 삶을 살아가게 된다. 그러므로 "배우자 선택 시 그 무엇보다도 우선시해야 할 것이 바로 '인간미'라는 것"을 명심하고서 '신중한 선택'을 신신(거듭하여 간곡히)당부(當付)하는 것으로 글을 맺는다.

7

거짓과 진실

거짓과 진실의 사전적 정의로 거짓은 '사실과 어긋난 것', 또는 '사실이 아닌 것을 사실처럼 꾸민 것'이며, 논리적으로는 '바르지 못한 것'이다. 유의어에는 '가식, 가짜'가 있으며, 반의어는 '참'이나 '사실, 진실'이다. 거짓과 뉘앙스(nuance: 미묘한 차이)가 좀 다른 기만(欺瞞)이란 '남을 속여 넘김'의 의미이며, 때론 미끼를 던져 유인하는 '간교한 행위나 속임수'를 일컫는 말이기도 하다. 유의어에는 '기망(欺罔), 무망(誣罔), 속임, 사기'이며, 반의어는 '정직, 진실'이다. 진실은 '거짓이 없는 사실'이며, '마음에 거짓이 없이 순수하고 바름'이다. 유의에는 '사실, 실제, 진리, 정직, 참말'이 있으며, 반의어는 '거짓'인 셈이다.

고(故) 이어령 교수님이 쓰신 「마지막 수업」이라는 책에서 '진실의 반대는 거짓이 아니라 망각이다. 덮어버리고 잊어버리는 것, 은폐가 곧 거짓이다.'라고 말씀하셨으며, '완벽한 진실이 없다는 것은 완벽한 거짓도 없다는 의미이며 그렇기에 선과 악으로 이분화하는 것은 유치하고 어리석을 뿐이다.'라고도 말씀하셨다. 진실은 옳고 그름을 떠나, 있는 그대로 가공하지 않은 사실을 가리키는 것이다. 그런데 '진실과 사실'의 개념 구분이 애매(曖昧)한데, 진실은 '거짓이 없는 사실'을 의미하며, 사실은 '실제 있었던 일'을 의미한다.

거짓과 진실에 관한 명언들은 많이 있다. 특히 성서에서는 '거짓'이라는 단어를 언급하는 구절이 여러 군데 언급되어 있다. "사실과 어긋나게 말하거나 사실처럼 꾸밈, 율법은 거짓 행위를 삼가도록 규정하며(시편, 잠언), 이를 매우 악(惡)한 것으로 간주한다(시편). 예를 들자면 거짓 증거와 거짓 고소(신명기), 거짓 맹세(말라기), 거짓 예언(예레미야), 거짓 환상(에스겔) 등이 여기에 속한다. 우리가 경배하는 하느님은 거짓이 없으신 분(사무엘상)이시기에 '거짓을 미워하실 뿐만 아니라 거짓 행위를 반드시 심판하신다.'(시편, 잠언)"가 있다.

거짓과 진실에 관련된 명언들은 우리네 '삶의 지혜'이다. 좋은 글귀 하나가 때로는 크나큰 배움이고 힘이 되어 내 삶의 길라잡이가 되는 것이다. '거짓말을 해서는 안 된다. 그러나 진실 중에도 입에 담아서는 안 되는 것이 있다.' 유대인의 속담이며, '믿음은 선의의 거짓이 아닌 사실에 근거해야 한다. 사실에 근거하지 않는 믿음은 저주받아 마땅한 헛된 희망이다.' 에디슨의 말이고 '진실한 사람의 마음은 언제나 평화스럽다.' 셰익스피어의 말이며, '시간은 매우 소중하다. 그러나 진실은 그것보다 훨씬 더 소중하다.' 영국의 정치가이자 작가인 디즈레일리의 말이다, 그런데 가장 우리에게 큰 울림을 주는 명언은 영국의 성직자이자 작가인 찰스 칼렙 콜튼의 말에 '진실의 가장 큰 친구는 시간이고, 진실의 가장 큰 적은 편견이며, 진실의 영원한 반려자는 겸손이다.'가 있다.

법정 스님은 '인연을 맺음에 너무 헤퍼서는 안 된다. 진실은 진실한 사람에게 투자되어야 좋은 결실을 본다. 우리는 인연을 맺음으로 도움도 받지만, 그에 못지않게 피해도 많이 본다.'라고 말씀하셨고, '인연으로 피해를 보는 것은 진실 없는 사람에게 진실을 쏟아부은 대가로 받는 벌(罰)이다.'라고 덧붙여 말씀하셨다. 그렇다. 인간관계의 인연에서는 '진실'이 최우선의 기준이다. 부모, 형제, 자식이야 선택이 아닌 하늘이 맺어준 인연, 숙명이다. 물론 배우자와의 만남도 인연이다. 그렇다면 배우자와의 인연, 내 인생에서 가장 중요한 행복 아니면 불행을 결정짓는 선택의 기준은 무엇인가? 첫째는 진실, 둘째는 인간미, 마지막은 노력이다. 셋 중 으뜸은 그 사람의 근본이자 기본인 '진실성'이다. 슬슬 거짓말하고, 눈속임하고, 구차한 변명 늘어놓는 성격은, 한마디로 정직하지 못하고, 솔직하지 못하고, 진실하지 못한 것이다. 영어 단어 'sincere'는 '성실한, 정직(진실, 신실)한' 의미로 대개 '성실한 사람은 정직하고', '정직한 사람은 성실하다'라는 의미 때 이 단어를 쓴다. 한마디로 진실하지 못하다면 성실하지 못할 개연성도 큰 것이다. 진실도, 성실도 하지 못하다면 배우자로서는 부적격자가 아니겠는가? 다른 여타(餘他) 조건과 관계없이 선택해서는 안 된다.

'돈키호테'를 쓴 세르반테스는 '정직만큼 풍요로운 재산은 없으며 사회생활에서 최고의 도덕률은 없다. 정직한 사람은 신이 만든 최상의 작품이기 때문에 하늘은 정직한 사람을 도울 수밖에 없다.'라고 말했다. 그렇다. 성공을 위한 사회에서의 처세도 마찬가지이다. 사람은 생활 습관과 사고방식에 의해 모든 것들이 결정되고, 타인에게 평가된다 해도 과언이 아니다. 구체적으로 성실하고, 정직하고, 지혜롭고, 솔선수범하는 자세, 또한 긍정적인 사고와, 강한 신념과 집념, 그리고 부정과 불의에 타협하지 않고, 실패해도 실망하거나 좌절하지 않고 다시 일어나는 오뚝이의 기질, 하나를 더 추가하자면 본인에게 쓰는 돈은 아껴도 주변 사람들에게는 적절한 인사치레나 돈 써주는 외유내강(外柔內剛)의 기질을 가진 사람이라면 어느 곳에 가든, 어느 때, 시기든, 어떤 사람(들)과든, 함께 적응하고 조화를 이루며, 주변 사람에게서 신임과 인정받으며 두루두루 성공할 수 있다. 한 마디로 우리 인생의 핵심어는 진실성(정직)인 것이다.

　끝으로 인생을 살아가면서 진실성(정직)이라는 큰 물줄기는 어디서부터 시작되는가? 당연히 집안 내림인 유전자가 우선은 중요하다. 그렇지만 부모의 가정교육이 더 중요하다. 무엇보다도 생활 속에서 먼저 부모가 본(本)을 보이고 진실(정직)하지 못한 경우 그때그때 지적해서 개선하게 해야 한다. 그리고 살아가면서 진실성(정직)이 왜 중요한지, 적절한 사례들도 모아 들려주어야 한다. 이것이 자녀 교육에 있어 가장 역점을 두어야 하는 '생활 속 지혜'이다. 어찌 보면 훗날 재산을 물려주는 것보다 더 크고 값진 유산이 될 것이다.

8

정의와 불의

　정의(正義)와 불의(不義)의 사전적 의미는? 정의는 '바른 의의(意義), 개인 간의 올바른 도리(道理), 또는 사회를 구성하고 유지하는 공정한 도리'를 말하며 유의어에는 공정, 도리, 의(義)가 있다. 불의는 '의리, 도의(道義), 정의에 어긋남'으로 유의어에는 부당, 부정, 부정의가 있다. 그런데 '정의와 불의'도 따지고 보면 결국은 '선(善)과 악(惡)'의 범주(範疇)에 속해 있으며, 양심(良心)은 선과 악의 판단을 내리는 '도덕적 의식'이다.

　정의의 한자 '正義'를 풀어 해석하면 '진리에 맞는 올바른 도리'이며, 영어 단어 'justice'는 '공정성, 정당성, 재판, 사법'의 의미로 '사회를 살아가는 데 있어서 모두가 지켜야 할 강제하는 규범, 법'이다. 사실 정의는 선(善)도 악(惡)도 아닌, 이 둘을 포함하는 중립적 개념으로 정의를 바탕으로 세워진 법(法)은 누군가에게는 악법(惡法)일 수도 있으며, 법치국가(法治國家)에서는 정의의 마지막 수호자는 법관(法官)이다. 그리고 올바른 사회를 위해, '사회정의, 정의구현(正義具現), 정의 사회구현, 공정사회, 사법 정의'라는 용어가 쓰인다. 그리스의 서정시인 핀다로스는 '정의로운 자의 찬란한 행위는 육신의 고향인 흙 속에 묻히지 않고 살아남는다.'라는 말을 했고, 고대 로마의 정치가 키케로는 '사람이 서로 해치지 않게 하는 것이 정의의 역할이다.'라고 말했으며, 스파르타의 왕 이게실라우스 2세는 '정의는 미덕(美德)의 으뜸이다. 정의의 뒷받침이 없는 용기는 무용지물(無用之物)이며, 만인(萬人)이 모두 다 의롭다면 용기는 필요 없다.'라고 말했고, 오늘날까지도 널리 말하여지는 '악법도 법이다.'는 고대 그리스의 철학자 소크라테스의 말이다.

성경에서는 정의보다는 불의에 관한 하나님 말씀에 무게를 두어 여러 구절이 나온다. 불의(injustice, wickedness, sin)는 '옳지 않은 일, 사람의 도리에서 벗어난 일로 규정하고 물리적 폭력과 정신적 탄압으로 타인에게 심신(心身)의 상처를 안기거나 재산상 손해를 입히는 행위(잠언)', '하나님이 요구하시는 기준에서 벗어나거나 하나님을 대적하는 모든 행위, 하나님을 떠난 일체(一切)의 일(로마서, 사도행전, 고린도 전, 후서)'로, 일명 '죄(罪)'라는 말로 이해할 수 있다. 특히 로마서에는 '선으로 악한 불의를 이기라. 악에 지지 말고, 선으로 악을 이기라.'라는 말씀이 있는데, 범인(凡人)들은 쉽게 이해도 안 갈뿐더러 따르기도 쉽지는 않겠지만, 아무튼 '악을 악으로 갚지 말라'라는 정도로 이해하면 될 것 같다. 원불교에서 삼학(三學)이란 정신수양(精神修養), 사리연구(事理研究: 지식을 넘어 지혜까지 성장하는 것), 작업취사(作業取捨: 취하고 버림)이며, 부처의 인격에 이르도록 하는 세 가지 길로 대표적 원불교의 수행 교리로 삼학을 병진(並進)해서 삼학의 공덕인 삼대력(三大力: 수양, 연구, 취사)을 얻고 보면 '자신의 마음을 부처와 같이 사용할 줄 아는 자유인이 되며, 원만한 인격의 소유자가 된다.'라는 것이다. 특히 삼학의 세 번째인

'작업취사'는 실생활 속에서 '정의는 용맹 있게 취하고 불의는 용맹 있게 버리는 공부'로 사회생활에서 어떤 일을 당했을 때 효과적으로 활용(活用)하자는 것에 그 목적이 있다고 한다.

사실 정의와 불의라는 것이 그 말을 주장하거나 부르짖는 사람의 입장이나 이해득실(利害得失)에 따라 좌지우지(左之右之)될 수 있다. 서로 반대편에서 자신만이 정의이고 상대편은 불의라고 주장하고, 설득할 수 있는 이유이다. 그런데 여기서 우리에게 가장 중요한 진리는 '생명 존중, 더불어 잘 사는 나라, 나도 행복하고 너도 행복하고'이다. 잘잘못을 따져 보는 것, 중요하다. 그러나 지금 우리나라가 거의 반반으로 분열된 안타까운 현실을 보며 개개인 모두가 책임의식을 느껴야 하고, 특히 위정자(爲政者)들의 반성과 의식전환을 국민이 모두 염원(念願)하고 있는 것은 두말할 나위도 없으며, 또한 일부 사람들이긴 하지만 이념적 편향, 그리고 계층 간 대립이 더 이상 극점(極點)으로 치닫지 말아야 하겠다는 염원 또한 간절한 것이, 오늘날 우리의 정치 현실이다.

그렇다면 한 인간이 세상을 살아가면서 정의와 불의, 다시 말해 선과 악을 저지르는 것은 과연 무엇 때문일까? 우리는 오랜 세월 동안 성선설(性善說)과 성악설(性惡說)에 대해 격론(激論)을 벌여왔다. 그러나 그 같은 팽팽한 격론에도 변함이 없는 사실이 있다. 인간은 유전자가 제일 먼저이고, 그다음이 환경이다. 대체로 선량한 집안에서 태어나면 선량하고, 악한 집안에서 태어나면 악한 것이다. 환경적 요소라는 것은 가정과 학교 교육인데, 교육이란 '선과 악을 가려보는 눈을 갖게 하는 것'이지만, 가정교육은 타고난 그대로, 분위기 자체가 선(善)하고 악(惡)할 테니, 별 큰 의미가 없고, 그렇다면 학교 교육인데 조금은 변화될지 몰라도 큰 차이는 없는 법이다. 한마디로 선한 사람은 불의를 저지르려 해도 결국은 선하게 돌아오고, 악한 사람은 정의를 지키고, 실현하려 해도 불의, 악을 선택하고 말게 된다는 것이다. 그래서 본성(本性), 천성(天性)이라는 말이 우리 인간세계에서 회자(膾炙)되고 있지 않은가? 결국 사회에서 성공과 행복하려면 사람을 제대로 볼 줄 알아야 한다. 타고난 선인(善人)인지, 악인(惡人)인지? 다시 말해 정의로운 사람인지, 불의를 저지를 사람인지? 상대를 의심하고, 시험해 보는 경미(輕微)한 것부터 극악무도(極惡無道)한 언행(言行)에 이르기까지 정도 차이는 있을지언정 모두가 죄악(罪惡)이다. 상급자든, 하급자든, 특히 친구나 배우자의 경우, 결국 종국(終局)에는 내게도 그리하고, 때론 악인은 악행을 동참(同參)하거나 동조(同調)할 것을 요구하게 되어있다. 그러다 보면 본의(本意) 아니게 휩쓸려 내 삶이 낭패(狼狽)를 볼 수도 있다. 사람을 제대로 볼 줄 아는 '생활의 지혜', 살아가면서 그 무엇보다도 중요하다.

끝으로 두 권의 책을 추천한다. 하나는 미국 하버드대 정치철학 교수 마이클 샌델이 쓴 '정의란 무엇인가?'로, 이 책의 일반적 평(評)은 관념적(觀念的)이고 난해(難解)하다고 하지만 저자가 말하는 정의란 '올바른 분배'를 의미하는 것으로, 그 방식은 3가지로 '행복의 극대화' '자유의 존중' '미덕 추구'라는 관점에 근간이 되는 철학적 사상을 면밀히 소개하고, 그 철학적 주장이 가진 허(虛)와 실(實)을 논리(論理)의 장(章)

으로 올려놓고 다각도로 탐구할 수 있게 해준다. 다른 하나는 영국 셰필드대학 인류지리학 교수 대니얼 돌링이 쓴 '불의란 무엇인가?'로 우리 사회의 고정관념을 설명하고 있는데, '엘리트주의는 효율적이다.' '배제는 필수적이다.' '편견은 자연스럽다.' '탐욕은 좋은 것이다.' '절망은 불가피한 것이다.'로, 이 다섯 가지의 고정관념은 거짓이며 불평등을 지속 시키는 기제(機制: 인간의 행동에 영향을 미치는 심리의 작용이나 원리)라고 주장한다. 두 권의 책 모두 딱딱하고 지루하지만, 인내하고 읽어 나가다 보면 '정의와 불의라는 관점'에서 우리 사회의 '문제점과 해결책'들이 무엇인지를 나름대로 도출(導出)해 낼 수 있을 것이다.

9

이념과 현실

　이념[理念: idea(이데아), ideology(이데올로기), 일명(一名)'이즘(ism)']의 사전적 정의는 '이상적인 것으로 여겨지는 생각이나 견해[見解: 사물이나 현사(現事: 현재의 일)에 대한 의견이나 생각]'이며, 또한 '순수한 이성에 의하여 얻어지는 최고의 개념'으로 고대 그리스 철학자 플라톤에게서는 존재자의 원형을 이루는 '영원불변한 실재(實在)'를 의미하고, 근세의 프랑스 철학자, 수학자, 과학자 데카르트나 영국의 경험론에서는 인간의 주관적인 의식내용, 즉 '관념(觀念: 어떤 일에 대하여 가지는 생각이나 견해)'을 의미하며, 독일의 관념론, 특히 독일 철학자 칸트철학에서는 '경험을 초월한 선험적(先驗的: 경험에 앞서 주관적 형식이 인간에게 있다고 주장하는 것) 이데아(idea)' 또는 '순수 이성'의 개념을 의미한다. 그리고 어떤 것을 이상적으로 여기는 생각이나 견해, '추구하는 가치와 준수할 규범(規範: 따르고 지킴)'을 이념(예, 행정이념)이라고도 한다.

　구체적인 예(例)로 홍익인간(弘넓을 홍 益더할 익 人사람 인 間틈 간)이란 단군의 '건국이념'인 '교육이념'으로 '널리 인간세계를 이롭게 함'이다. 다음으로 또 다른 이념, 사상들은 차치(且置: 내버려두고 문제 삼지 않음)하고라도, 최근 우리 사회, 특히 정치계에서도 회자(膾炙)되고 있는 '마누

라와 자식만 빼고, 다 바꾸라.'라는 말을 두고 디자인 씽킹(thinking)의 창시자 「디자인 씽킹의 바이블(The Design of Business)」을 쓴 캐나다 토론토대학 교수, 경영 사상가 로저 마틴은 미래에 대한 상상력과 통찰력을 보유한 전략이론가이자, 창의적 해결책을 만들어 내는 '통합 사상가'로 고(故) 이건희 삼성 선대(先代) 회장님, 타계 3주기를 맞아 전 세계 각 분야 권위자가 모여 고인(故人)의 행적을 재조명하는 자리에서 칭(稱일컬을 칭)하였는데, 1993년 이 선대 회장께서 독일의 그룹 경영진들을 불러 모아 선언한 이 '프랑크푸르트 선언'은 '재계의 혁신'을 상징하는 명언일 뿐만 아니라, 우리 사회에서 오늘날 여당의 혁신 위원장이 정부 여당의 '혁신'을 위한 취임 연설의 일갈(一喝)이기도 하다.

이념과 결(結)이 다른 듯 같은 사상(思想)은 무엇인가? 사상의 의미를 셋으로 나누어 정의해보면 첫째는 '생각이나 의견(예, 건전한 사상)', 다음으로 '사고 작용의 결과로 얻은 체계적 의식내용(예, 원효의 불교사상)', 마지막으로 '사회나 인생 따위에 관한 일정한 견해(예, 개혁적 사상, 보수적 사상)'이다. 이념과 사상을 한 단어로 '이데올로기'라 할 수 있다. '이데올로기'는 대체로 서양철학에서, '사상'은 동양철학에서 말해 온 것으로 '이념적인 의식의 형태' '사회가 어떻게 작동해야 하는지에 관한 생각'을 말하는 것으로, 한마디로 '정치이념'에 대해 이야기하는 것인데, 이념과 사상이 '이데올로기에 관한 것이라면 같은 의미로 보아도 무방하다.'라고 하겠다. 그래서 개인의 '이데올로기를 검증'하는 것을 '사상검증'이라고 하는 것이다. 여기서 주목해야 할 점은 영어속담에 '피는 물보다 진하다(Blood is thicker than water.)'는 혈육(血肉: 부모, 자식,

형제, 자매)의 중요성(인간관계의 최고우위로 운명보다는 숙명적 관계), 소중함을 말하는 것인데, 언젠가부터는 세상은 '이데올로기(여기서는 딱 꼬집어 사상)가 피보다 더 진한 세상'이 되어왔다. 한마디로 공산주의 신봉자냐, 민주주의 신봉(信奉: 믿고 따름)자냐, 또는 좌파냐, 우파냐의 문제는 혈육보다 더 우위로 여겨 혈육과도 갈라질 수도 있다는 것으로, 어찌 보면 천륜(天倫)도 몰라보기도 한다는 면에서 경악(驚愕: 소스라치게 깜짝 놀람)을 금치 못할 노릇이기도 하다. 그러므로 인간관계 면에서 이념, 사상이 다른 경우, 친구가 되는 것도 한계가 있는 것으로 '정치관, 세계관, 역사관, 가치관이 극명하게 갈린다.'라는 면에서 적당히 알고 지내는 정도의 친구는 가능할지 몰라도, 단짝 친구나 연인, 특히 배우자가 된다는 것은 불가능하다고 보아야 한다. 왜냐하면 얼마 안 가 다툼이 일고, 그 다툼은 서로의 주장이 극명(克明: 매우 분명함)해서 결코 봉합(縫合)되기 쉽지 않기 때문이다. 한마디로 '이데올로기, 사상은 어떤 이들에게는 혈육, 사랑, 우정보다 우위를 차지하기도 한다.'라는 것이다.

그러면 하나 더 '이념과 신념(信念) 그리고 가치관(價値觀)'은 어떠한가? 이 또한 다른 듯 같은 것인가? 이념(理다스를 리 念생각 념)은 '이성적인 생각', 광의(廣義: 넓은 의미)로 보면 '이성적으로 생각해서 최고로 여겨지는 것'을 말하는 것으로 다분히 철학적 의미를 지니고 있다. 신념(信믿을 신 念생각 념)은 '굳게 믿는 마음' '변하지 않는 생각'을 의미하는데 사람들의 입에 가끔 오르내리는 '무식한 사람이 신념을 가지면 무섭다'라고들 말하는데, 이는 올바른 신념을 가진 사람이 노력하면 좋은 결과를 가져오지만, 잘못된 신념을 가진 사람이 노력하면 자신은 말할 것도 없고 다른 사람에게까지 피해를 줄 수 있다는 것이다. 가치관(價값 가 値값 치 觀볼 관)은 '가치 있는 것에 대한 생각, 그것을 중심으로 보는 관점을 말하는 것'으로 '인간이 삶이나 세계에 대하여 옳고, 그름, 좋고, 나쁨 등의 가치를 매기는 관점'으로 세 개 모두의 공통점은 다분히 '심리적' 용어에 해당하지만 '그 결(結)은 각각 다르다' 하겠다.

「우리 시대의 모순과 상식」을 쓴 5공 설계자인 허화평 씨는 그가 쓴 책 서문(序文)에서 '오늘의 한국 사회의 문제는 사상, 이념의 빈곤과 이로 인한 모순이다. 사상의 빈곤 현상은 대한민국의 발전을 가로막고 있는 궁극적 장벽이다.'와 본문(本文)에서 '국가의 경우 체제를 떠받치고 있는 사상은 국가의 오늘과 내일을 비추는 등불이자 안내자이다.'와 '자유 민주공화국 체제에서 견제와 균형이란 행정부, 입법부, 사법부 간의 견제와 균형을 말하는 것이다.'라고 덧붙여 말했다. 그에 대한 평가가 국민들 간에 설왕설래(說往說來: 옥신각신함)하지만, 그의 말 중 마지막 인용의 말은 오늘날 우리 현실을 극명(克明)하게 표현하고 있는 말로, 행정, 입법, 사법 3부(三府)가 균형과 견제 그리고 유기적(有機的) 관계가 절실한 상황이라는 것은 어느 누구도 부정할 수 없는 현실이다.

현실(現나타날 현 實열매 실: reality)이란 '현재 사실로 존재하는 일이나 상태(예, 현실을 직시하다, 현실에 만족하다.)'로 '실제로 존재하는 사실', '사유(思惟: 대상을 두루두루 생각하는 일)의 대상인 객관적이고 구체적인 존재'의 의미이며, 유의어는 사실(事實), 실상(實狀), 실제(實際)이고 반의어는 가상(假想), 꿈, 이상(理想)이다. '현실은, 그 존재를 더 이상 믿지 않아도 사라지지 않는 것이다.' 미국의 소설가 필립 K 딕의 말이고 '그 어떤 사상이나 학문이나 이론이나 종교도 현실보다 우선시되거나 중요시될 수 없다.' 러시아의 정치가 블라디미르 레닌의 말이다. 그리고 어느 한 정신분석학자의 주장은 '현실은 한편으로는 일련(一連: 하나로 이어지는 것)의 자명(自明: 저절로 알만큼 명백함)한 사실들이며, 여기에는 오직 하나의 관점(觀點: 사물을 관찰할 때 그 사람이 보는 입장이나 생각하는 각도, 견지)만이 있다.'라는 것이며, 또 다른 견해로는 '세계와 사건에 대한 인간의 경험을 강조하는 것으로, 현실은 상대적이고, 변하기 쉬우며 주관적인 경험의 산물(産物)이다.'라고 한다.

끝으로 오늘날 우리의 현실에 비추어 '좌(左)냐, 우(右)냐, 진보냐, 보수냐, 비판적 세력이냐, 우호적 세력이냐'를 따지기 이전에, 대전제(大前提)는 우리의 수많은 선열[先烈: 나라를 위하여 싸우다가 죽은 열사(烈士)]들의 피와 땀으로 얼룩져 이룩하고 지켜온 '자유민주주의'만은 나이나 계층 간, 설령 이념이 달라도 우리 국민 모두 합심해, 하나 된 마음으로 목숨 걸 각오로, 철통같이 지켜나가자는 것이다. 그것이 바로 우리의 이념보다 우선이고 앞서야 하는 현실이다. '젊은 시절 전쟁에 나가면 자신은 죽지 않을 거라는 환상을 품는다. 다른 사람은 죽어도 자신은 죽지 않을 거라는 환상이다. 하지만 부상을 하는 순간 자신의 환상은 깨진다.' 미국의 노벨문학상을 수상했던 어니스트 헤밍웨이의 장편소설 「누구를 위하여 종은 울리나」에 나오는 말이다. 현실을 직시(直視: 사물의 진실을 바라봄)하지 못하고 환상에 젖어 우리의 '자유민주주의'를 외면하는 자들, 특히 그러한 일부 소수의 위정자(爲政者)나 단체, 그리고 그들을 지지하는 일부의 지지자들에게 강한 경고의 메시지라는 것을 두고두고 마음속에 새겨두어야 하겠다. 왜냐하면 무너진 자유민주주의를 되찾기는 결코 쉽지 않으며, 이미 회복 불가능하게 된 뒤에야 땅을 치고 후회한들 무슨 소용이 있겠는가? 결코 아무 소용 없는 일 아닌가? 우리 모두 부디 명심(銘心)하자.

10

도덕과 부도덕

도덕(道德), 부도덕, 비도덕, 반도덕의 사전적 의미와 그 차이는? 도덕이란 사회의 구성원들이 양심, 사회적 여론, 관습 따위에 비추어 스스로 마땅히 지켜야 할 행동 준칙(準則)이나 규범의 총체, 외적 강제력을 갖는 법률과 달리 각자의 내면적 원리로서 작용하며, 종교와 달리 초월자와의 관계가 아닌 인간 상호 관계를 규정하는 것이며, 도(道)와 덕(德)을 설파(說破: 사물의 내용을 밝혀 말함)하는 데서 노자의 가르침을 이르는 말이기도 하다. 유의어에 도, 도리, 윤리가 있으며, 반의어에는 부[부(不)는 '아님', '어긋남']도덕, 비[비(非)는 '아님'을 더함]도덕, 반[반(反)은 '반대되는', '반대하는'] 도덕으로 부정 접두어 표현이 조금은 다르게 쓰이는데, 보통 '부도덕한 사람', '비도덕주의', '반도덕론자', 나쁜 짓을 하면서 죄책감을 느끼지 않는 경우를 '도덕 불감증'이라고 하며 그런 사람을 '도덕 불감증자', 또는 '도덕 마비자'라고도 한다.

그렇다면 도덕(moral)과 윤리(ethic)의 차이는? 도덕과 윤리는 '선과 악' 또는 '옳고 그름'의 차이를 구별하는 것과 연관이 있는데, 도덕이 개인적이고 규범(規範: 마땅히 따르고 지켜야 할 본보기)적인 것이라면, 윤리는 특정 공동체(community)나 사회적 환경에 구별되는 '좋은 것과 나쁜 것'의 기준이다. 한마디로 도덕이 '자기완성을 위한 규범'이라면, 윤리는 '인간관계에서 합당하게 행동하는 것으로, 예를 들어 '직업윤리'라는 말은 써도 '직업 도덕'이라는 말은 쓰지 않는다. 속담에 '도덕은 변해도 양심은 변하지 않는다.'라는 말은 '사회의 변화에 따라 도덕은 편의대로 변할 수 있지만, 인간의 양심은 세월이 지나도 변함이 없다.'라는 말로 도덕은 그 사회나 시대에 따라 변할 수도 있다.

다음은 명사(名士)들이 '도덕'에 관해 어떤 말을 했는가, 살펴보자. 먼저 프랑스의 수학자, 물리학자, 사상가인 파스칼은 '인간은 생각하는 갈대이다(Man is a thinking reed.)'라는 말을 했다. 그렇다면 이 말은 무엇을 말하기 위함일까? 우주 만물은 인간을 말살할 수도 있는 '위대한 힘'을 가졌지만, 사고력이 없다. 그렇지만 인간의 힘은 갈대와 같이 나약하지만 '사고력'을 지니고 있다. 그러므로 인간이 지켜야 할 도리(道理)로, '도덕성(morality)'을 강조한 말이다. 그렇다면 인간의 '도덕성'이란 무엇이고 왜, 중요한가? 도덕성이란 도덕적 품성(品性), 곧 선(善)과 악(惡)의 견지에서 본 이념, 판단, 행위 따위에 관한 가치를 이르는 말로, 어떤 사물이나 상황 등에 대하여 '옳고 그름을 판단하고 바르게 행동하는 능력'이다. 그리고 서양철학의 큰 발자취를 남긴 독일 철학자 칸트의 도덕 철학 용어로, '적법성이나 이해관계'가 아니라 '도덕률' 그 자체에 대한 존중에서 '자발적으로 도덕을 준수해야 한다는 것'이다.

그런데 그 도덕성이 중요한 것은, 예를 들어 도덕성 있는 리더는 차치(且置)하고, 부도덕한 리더의 가장 치명적인 문제를 지적한다면 '죄의식'이 없다는 것이다. 부도덕한 리더는 '분별없는 시도'를 '겁도 없이 실행'하는 것이다. 그리고 큰 문제가 터질 때까지 계속 반복한다는 것이다. 그래서 지극히 위험하다. 이런 부도덕한 리더는 본인뿐만이 아니라 때로는 추종자, 그리고 주변 사람들 모두, 나아가서 사회에 대한 범죄행위로 확산할 공산(公算)이 큰 것이다. 전문가들이 말하기를 우리 사회는 '리더십 결핍 증후군'에 걸려있다고 한다. 대표적 몇 가지 사례들을 본다면, 싸움질만 하고 국민들은 안중(眼中)에도 없이 당리당략에만 빠져, 소신 없이 거수기 노릇만 하거나, 상황에 따라 수시로 말 바꾸고, 뻔히 들여다보이는 일에도 잡아떼는 일부의 정치인들, 학교를 살리기보다는 뒷돈 챙기기에만 혈안이 되어 결국은 학교가 폐교당하는 지경에 이르게 하는 소수이지만 일부 사학 설립자들, 직원들은 고군분투하고 있는데도 자기 돈처럼 뒤로 빼돌리고 부족하면 빚을 내어 결국은 그 기업을 도산(倒産)시키게 하는 소수이지만 일부 경영자들로, 결국 무능한 리더나 경영자보다도 부도덕한 리더나 경영자가 훨씬 위험한 것이다. 특히 한 나라의 지도자는 두말할 나위도 없고, 심지어는 교육 현장에서까지도 교육자 자질의 으뜸은 '도덕성'이 되어야 한다. 한마디로 사람의 평가 기준의 최우선 순위는 도덕성으로, 도덕성 면에서 의구심(疑懼心)이 가거나 현저하게 떨어지는 사람은 실력이나 달변(達辯), 그리고 화려한 학벌, 그 어느 것에도 속아 넘어가서는 안 된다.

다음으로 노자(老子)의 「도덕경(道德經)」은 무엇인가? 공자님의 「논어(論語)」는 현대까지도 수많은 사람의 애독서(愛讀書)로, 그다음이 노자의 도덕경인데 '도(道)를 이해한 다음, 덕(德)으로 살아가는 삶을 이상적으로 여긴 작품'으로, 자연 그대로의 상태인 도(道)를 본받아 자연에 순응하고 인위적이지 않은 무위(無爲)의 삶을 살 것을 주장하며, 그 도의 작용을 덕이라 한 것은, 형이상학[形而上學: 사물의 본질, 존재의 근본원리 연구(예, 철학)⟨-⟩형이하학(形而下學): 형체를 갖춘 사물 연구(예, 자연과학)]적인 무위(無爲)의 도를 근본으로 삼고 세속적인 성공을 위한 '겸손과 무욕(無慾)'의 실천적 태도를 강조한 것이다.

다음으로 철학의 아버지라 불리는 고대 그리스의 철학자 소크라테스가 사회에 준 말들이다. '진리와 공의(公儀: 공적인 의식)에 대한 탐구는 인간적인 것이며, 우리는 언제나 선의(善意: 착한 마음)를 따르는 것이 좋고, 우리는 항상 진실을 말해야 하며, 좋은 예(禮)를 보이면 다른 사람들도 따를 것이고, 우리는 다른 사람을 돕는 것이 결국은 우리 자신을 돕는 것이라는 것을 알아야 하며, 우리는 서로를 존중해야 하고, 좋은 교육은 좋은 삶을 살게 해주며, 교육 없이는 사회가 번영할 수 없다.'라는 명언을 남겼다. 선인(先人)들의 말씀은 결국은 우리 인간들의 선과 악, 예(禮: 예도, 예절), 그리고 덕과 악덕을 분간하는 '도덕성을 강조'한 것으로, 도덕을 한 단어씩 풀어 정의하면 도(道)는 '사람이 마땅히 지켜야 할 도리(道理: 사람이 어떤 입장에서 마땅히 행하여야 할 바른길)'이고, 덕(德)이란 '도덕적, 윤리적 이상을 실현해 나가는 인격적 능력'과 '공정하고 남을 넓게 이해하고 받아들이는 마음이나 행동'을 의미한다.

마지막으로 앞선 주장들과는 조금 다른 각도로, 정신분석의 창시자인 프로이트는 '인간의 성격은 3가지 구조적 구성요소(원초아-⟩자아-⟩초자아)에 의해 작동한다.'라고 말했다. 원초아(原初我: id: 이드)는 생물학적 구성요소로 '원초적·동물적·본능적 요소'이고, 자아(自我: ego: 에고)는 원초아의 쾌락 추구, 초자아의 완벽 추구와는 달리 '현실을 추구하는 것'이며, 초자아(超自我: super-ego: 슈퍼에고)는 인간의 내적 도덕심인 양심으로 '도덕적 완성을 추구'하는 것으로, 이들은 각기 기능은 다르지만, 자아로 통합되어 '성격'으로 형성된다는 것이다.

우리는 초·중·고교 시절 바른생활, 도덕, 윤리라는 이름의 교과과목으로, 더러는 대학 시절 교양필수나 선택으로 동양철학이나 (서양)철학 과목을 배우고 학습한다. 더 중요한 것은 가정에서 부모님으로부터 직접적인 가르침이나 부모님의 평소 생활 속에서 은연(隱然)중에 본(本: 본보기가 될 만한 올바른 방법)을 받게 된다. 돌이켜보면 학창 시절 학교에서 담당 교과목 선생님들로부터 배웠던 기억보다는 부모님 슬하에서 꾸지람을 듣거나 가르침을 받았던 기억이 더 생생하다. 또한 어떤 상황 속에서 부모님들이 도(道)와 덕(德)의 정도(正道)를 지키셨던 기억이 생생할 뿐만 아니라 내 머릿속에, 그리고 생활 속에 깊이 자리 잡고 있다. 본래 선과 악이라는 것은 유전자의 영향이 일차적이다. 선한 집안 자손들은 선하고, 악한 집안 자손들은 악한 법으로 심성(心性)이 결정된다. 유전자의 직접적인 영향 아래 간접적으로는 집안 분위기, 생활방식에 영향을 받게 된다. 그래서 도(道)와 덕(德), 그리고 예(禮)가 없는 사람을 말할 때 '보고 배운 것이 없다.'라거나 '가정교육이 안 되어 있다.'라는 말이 나온다. 한마디로 한 사람의 도덕성도 '어떤 가정에서 태어나고', '어떻게 가정교육을 받았느냐'가 대단히 중요한 것이다. 대체로 사람은 태어나서 유치원 때까지 인성, 인격이 거의 형성되어 평생을 가는 법인데, 다수의 학자도 '유년기에 도덕성을 발달시키는 것이 중요하다'라고 말한다. 그러므로 학교 교육이나 사회교육은 한참 뒷얘기이다. 어느 정도 변화는 있을지언정 큰 변화를 기대하는 것은 무리이다.

끝으로 독일의 철학자 니체의 명언을 인용한다. "우리는 어려서부터 도덕적인 사람이 되어야 한다. '덕'이란 우리들 각자가 만들어 낸 것이라야 하며, 그리고 자신의 가장 사(私)적인 방어 수단이며 생활의 필수품이 되어야 한다. 무엇보다도 '덕'이라는 개념에 대한 존경심에서 비롯되는 것은 이롭지 못한 것이다."

11

양심과 비양심

　양심(良心)과 비양심의 사전적 의미는? 양심이란 '사물의 가치를 변별(辨別)하고 자기의 행위에 대하여 옳고 그름과 선(善)과 악(惡)의 판단을 내리는 도덕적 의식(儀式)'인 '도덕적 심판관'이고, 비양심은 '양심에 어긋남'을 의미한다. 양심의 유의어에는 도덕심, 도심(道心), 양식(良識)이 있고, 반의어가 비양심이다. 양심의 우리말 동음(同音)으로 한자어가 다른 양심(兩心)은 '두 마음'이고, 양심(養心)은 '심성을 수양(修養)하거나 그 마음'이다.

　우리나라 헌법에도 '모든 국민은 양심의 자유를 가진다.'하여 보호한다. 사실 거짓말, 도둑질, 뇌물, 청렴, 결백, 고백에 이르기까지는 양심을 빼놓고는 말하기가 어렵다. 우리는 자신의 임무와 역할을 성실히 수행할 때, 그리고 신념을 위해 저항할 때도 '양심적'이라는 말로 평가를 한다. 오늘날 일어나고 있는 일련의 수많은 사건을 볼 때 우리 사회는 양심의 부재(不在) 속에 살아가고 있다고 해도 결코 지나친 말이 아니다. 특히 일부의 정치인들이 도(道)를 넘고 있는 것 같다. 영국의 성공회 주교였던 조셉 버틀러는 종교철학과 윤리학에 기여(寄與)한 공로가 혁혁(赫赫)한데 특히 윤리학의 역사상 '양심론'을 본격적으로 다룬 최초의 인물로 인간 본성의 내적(內的) 구조를 인간 행위를 촉발(觸發)하는 동기에 세 가지 차원을, 가장 낮은 단계로 정념(情念: 감정에 따라 일어나는, 억누르기 어려운 생각), 열정(熱情), 다음 단계를 자기애(自己愛)와 이타심(利他心), 그리고 가장 높은 단계를 '양심'으로 보았다.

명사(名士)들의 명언(名言)들에서 우리는 삶의 지혜를 얻고 때로는 삶의 좌표(座標)를 설정(設定)할 수 있다. '양심은 영혼의 소리요, 정열은 육신의 소리이다.' 프랑스의 사상가 장 자크 루소의 말이고, '인간을 비추는 유일한 등불은 이성이며, 삶의 어두운 길을 인도하는 유일한 지팡이는 양심이다.' 독일의 시인 하인리히 하이네의 말이며, '명예는 밖으로 나타난 양심이며, 양심은 안에 깃든 명예이다.' 독일의 철학자 쇼펜하우어의 말이다. 양심은 개인의 '인격적 존재가치를 지탱하는 마지막 내면의 외침'으로 반드시 '행동하는 양심'이 되어야 할 뿐만 아니라 남의 죄, 양심을 따지기 이전에 내 양심을 먼저 되돌아보아야 하겠다. 성경 디모데전서에서도 '믿음과 착한 양심을 가지라'라는 가르침을 주신다. 그런데 같은 성경을 믿는 어느 종파에서는 고린도와 에베소서에 '정치적 중립(中立)을 지킨다.'라는 성경 구절을 인용하여 집총(執銃)거부로 우리나라 국민의 4대 의무(국방, 납세, 교육, 근로) 중 하나인 국방의무를 '양심적 병역거부'라는 미명(美名)으로 국방의무를 이행치 않아 오랫동안 사회문제뿐만 아니라 이슈가 되어 논란이 되어 왔다. 그래서 대부분의 국방의무를 이행했거나 이행하고 있는 사람들은 '그렇다면 국방의 의무를 이행하는 사람들은 비양심이라는 말인가?'라는 반론과 의문을 제기해 왔다. 이에 헌재(憲裁)는 명쾌한 답(答)을 다음과 같이 내놓았다. "'양심적' 병역거부는 실상 당사자의 '양심에 따른' 혹은 '양심을 이유로 한' 병역거부를 가리키는 것일 뿐이지, 병역거부가 '도덕적이고 정당하다'라는 의미는 아니다. 따라서 '양심적' 병역거부라는 용어를 사용한다고 하여 병역의무의 이행은 비양심적인 것이 된다거나, 병역을 이행하는 거의 대부분의 병역의무자들과 병역의무 이행이 국민의 숭고한 의무라고 생각하는 대다수 국민들이 '비양심적'인 사람들이 되는 것은 결코 아니다."

　비양심은 우리네 생활 속에 헤아릴 수 없을 만큼 수많은 경우가 있다. 그중 한 가지 경우만 들어보고자 한다. 바로 부부 사이에서 일어날 수 있는 사례이다. 이 경우 대체로 아내가 남편에게 하는 '비양심적 언어폭력'이라고 말할 수 있겠다. 대체로 두 가지로, 하나는 '지금까지 네가 한 것이 뭐냐? 모든 살림 내가 이루었지'라는 말로, 남편의 공(功)은 인정하지 않으려는 것이고, 다른 하나는 '너 같은 빈털터리는 없다. 너처럼 부모에게서 물려받은 것 없는 사람은 다 돌아봐도 없다.'라는 말로 시댁에서 큰 도움 주지 않은 것에 대한 원망(怨望)과 한탄(恨歎)의 말이다. 결혼하여 어엿한 한 가정을 이루기까지 남편은 생활전선에서 남들 잘 때 잠 줄여가며, 남 놀 때 놀지 않고 돈 벌어와 아내 손에 모두 쥐여 주고, 아내는 알뜰하게 살림하여 자식들 교육시키고, 여우살이(결혼)까지, 그리고 궁핍하지 않고 부러운 사람 없을 정도로 재산 형성도 해 놓는 것이, 서로의 역할이고 의무가 아닌가? 그런데도 남편의 가족들을 위한 생활전선에서의 그간 쌓아온 공(功)은 헌신짝처럼 내동댕이쳐 버리고, 본인 알뜰하게 살림한 것만을 치켜세우고, 또한 시댁에서 큰 도움은 없었어도 소소한 도움으로 어려운 초년 결혼생활을 잘 넘겼는데도 본인 친정에서야말로 단1도 도움이 없었다는 것은 전혀 염두(念頭)에 두지 않는 것, 바로 비양심의 전형(典型)이고, 이런 경우가 '비양심의 가장 처절(凄切)하고도 악질(惡質)적'인 행태(行態)로, 대개는 그렇지 않아도 더러는 분명(分明) 존재하는 가정이 있다.

　양심은 '나 자신뿐만 아니라, 온 인류가 지켜야 할 기본적인 도리'이다. 양심이란 한 인간이 살아가고 인류가 존재하기 위해 필수 불가결한 것이다. 우리는 양심의 위대함을 실감하면서도 양심이 인도하는 길을 따라가야 했는데, 그렇지 못한 것이 한심스럽고 후회되기도 한다. 안타깝고 답답한 가슴으로 반성을 해본다. 그렇지만 지금부터라도 양심이라는 현미경으로 지난날의 행적(行蹟)들을 돌아보며 새롭게 다짐하는 계기(契機)로 삼아, 양심과 비양심 사이의 지각 있는 분별력으로 청정(淸淨)한 내가 되어, 주변 사람들에게도 영향을 주게 되면, 나아가서 우리 사회가 더욱 양식 있는 밝고 건전(健全)한 사회가 될 것이다.

12

절망과 희망

절망(絶望)이란 사전적 정의로는 '바라볼 것이 없게 되어 모든 희망을 끊어버림, 또는 그런 상태'이고, 실존철학(주체적 존재로서의 인간을 자각하고 그 인간 실존의 구조와 문제성을 밝힘)에서 '인간이 극한 상황에 직면하여 자기의 유한성(有限性: 한도나 한계가 있음)과 허무성(虛無性: 무가치하고 무의미하게 느껴져 허전하고 쓸쓸하게 느껴짐)을 깨달을 때의 정신 상태'를 의미한다. 유의어에 낙담(落膽: 일이 뜻대로 되지 않아 마음이 상함), 낙망(落望: 희망을 잃음), 비관(悲觀: 인생을 슬프게만 생각하고 절망스럽게 생각함, 앞으로의 일이 잘 안 될 것이라고 봄(↔)낙관)이 있는데, 여기에 결과론적으로 자포자기(自暴自棄: 절망에 빠져 자신을 스스로 포기하고 돌아보지 아니함)가 있다. '절망'에 대한 철학적 정의로는 '미래의 희망을 잃은 정신적 상태'를 의미하는데, 19세기 중반의 실존주의 덴마크의 철학자 키르케고르에 의해 사용된 것으로, 인간에게 있어서 최대의 불안, 공포는 '죽음'이지만, 근본적으로 두려운 것은 의지나 행위의 주체인 '인격이 스스로 생의 지고(至高: 지극히 높음)한 목표를 잃는 것'이며, 절망이란 이러한 '인격을 잃은 상태'라고 한다.

절망이란 문자 그대로 '희망을 체념(諦念: 단념)하거나 포기(抛棄: 도중에 그만두어 버림)하는 것'이다. 그런데 포기는 해 봐야 안 될 것 같은 것을 전략적[戰略的: 활동을 하는 데 필요한 책략(策略: 어떤 일을 꾸미고 이루어가는 꾀나 방법)]으로 그만두고 '다른 길을 모색(摸索: 해결할 방법이나 실마리를 더듬어 찾음)할 수도 있는 것'이고, 절망은 사실 포기와 상통(相通: 서로 통함)하면서도 조금은 다르다고 할 수 있는데, 절망은 '모든 길이 막혔을 때 하는 것'이다. 그래서 절망감은 헤어나기 쉽지 않으며, 조금 더 심화되면 잠을 제대로 자지 못하고, 점차 시간이 흐르면 우울감인 병증(病症: 병적 증상), 우울증으로 발전되어 최악의 경우는 극단적 선택의 위험까지 이르게 되는 것이다. 그러므로 절망감을 피하려 하기보다는 '당당하게 맞서 싸워야 한다.' 이럴 때 시인인 김종제의 시(詩) '절망이라는 씨앗'의 종장(終章: 마지막 장) 부분을 인용하는 것이 적절할 것 같다. '지상에 닿은 물 한 방울에도, 무덤에 적신 피 한 방울에도 화들짝 깨어나는 목숨이 있으니, 그 모든 절망은 씨앗을 가득 담고 있는 우주를 품고 있는 것이 분명하다.' 그렇다 척박(瘠薄: 기름지지 못하고 메마른)한 땅이라도 심어 놓은 씨앗을 보아라. 비가 내리고 한참 시간이 흐르면 뚫고 올라온 새싹들을 보아오지 않았는가? 내 마음속에 담겨 있는 절망감도 그래야만 하는 것이다. 그러려면 과연 절망감을 극복할 수 있는, 다시 말해 절망에서 '희망의 씨앗'으로 거듭나기 위한 방법으로, 먼저 긍정적인 마인드, 변화하는 흐름 속에서 유연(柔軟〈-〉경직)하게 흐르는 강물처럼 시간의 흐름을 타고 가는 것인데, 그러나 말처럼 그렇게 쉽지는 않은 법이다. 그렇다면 구체적인 방법으로 다양한 칼럼니스트들이 집필한 인터넷(Internet) 신문인 허프포스트(HUFFPOST)에서 영국의 상담심리치료협회(BACP) 심리상담사 라커찬드의 조언(助言)을 빌리자면,

"첫째, 절망감은 절대 가볍게 여길 감정이 아니므로 '혼자서 견디려고 하지 말고', 자신을 가장 잘 알고 가까운, 마음을 터놓고 얘기할 사람에게 현재 상태의 감정을 사실대로 얘기를 나누어 '조언을 구(求)하는 것'이고, 둘째, 절망감을 느끼는 자신을 결코 '자책(自責)하지 말며', 셋째, 절망은 본질적으로 미래에 대한 것으로 '현재에 집중하며' 살도록 노력해야 하고, 넷째, SNS는 절망적인 상황에서 기름을 붓는 역할을 할 수 있으므로 중단해야 하며, 어려우면 아예 '휴대폰을 없애거나 다른 사람에게 맡겨두어야 하며', 마지막으로 너무 절망적으로 느껴지고 혼자 견디기 힘들다면 '응급서비스에 연락해 도움을 청하거나' '전문 의료진의 상담 및 치료를 요청'해야 한다."라는 것이다. '행동은 절망의 치료제이다.' 고대 로마 황제 막시무스의 말이다.

명사들의 명언들은 사람마다 힘들 때가 있을 때 어려움을 이기게 하고 마음에 위로(慰勞)가 되어 준다. 삶이 힘들고 중압감(重壓感)이 들 때 마음이 훨씬 가볍고, 삶의 무게를 벗어날 수도 있으며, 무엇보다도 '용기'가 나게 한다. '절망'에 대한 명사들의 명언들이 특히 그러하다. 그래서 한두 개쯤은 좌우명(행복에 도달하기 위한 길잡이)으로 삼을 만한 가치가 있다. '절망은 우리를 쓰러뜨릴 수도 있지만, 다시 일어나 그것을 마주할 수 있는 것은 우리의 선택이다.' 남아프리카 흑인 인권 운동가, 대통령이었던 넬슨 만델라의 말이고, '절망은 벽이 없는 감옥, 정신을 소모하는 숨 막히는 공허(空虛)함이다.' 미국의 문필가 헬렌 켈러 여사의 말이며, '절망은 일시적인 폭풍이다. 그것은 지나간 후에 교훈(敎訓: 가르치고 깨우침)을 남길 것이다.' 이란의 페르시아 문학을 대표하는 시인 루미의 말이다. 또한 '절망은 죽음에 이르는 질병이다. 자기의 내부에 존재하는 이 질병은 영원한 죽음이며, 죽고 싶어도 죽을 수 없는 것이다.' 덴마크의 철학자 키르케고르의 말이고, '절망이 순수한 것은 단 하나의 경우밖에 없다. 그것은 사형선고를 받은 경우이다.' 노벨문학상을 수상한 프랑스 철학자, 작가 카뮈의 말이며, '절망은 어리석은 자의 결론이다.' 영국의 정치가 벤저민 디즈레일리의 말이다. 영어 속담에 '모든 구름에는 은빛 테두리가 있다(Every cloud has a silver lining.)'는 우리 속담 '쥐구멍에도 볕 들 날이 있다.' '하늘이 무너져도 솟아날 구멍은 있다.'로 '너무 절망하지 말라'라는 말인데, 영국의 시인 대문호 셰익스피어와 필적(匹敵: 서로 견줄 만한)할 만한 작가로 '실낙원'을 쓴 존 밀턴의 말 '절망이 자리 잡을 때, 모든 구름에는 밝은 빛이 있다는 것을 기억하라.'와 결(結)을 같이한다. 절망의 구렁텅이에서 다시 일어설 힘, 바로 '용기'는, 절망이라는 잿더미 속에서 '봉황이 솟아오르거나 용이 하늘로 솟구쳐 오르는 것'처럼 '힘찬 도약(跳躍: 뛰어 오름)의 새로운 시작'이 될 수도 있는 것이다. "절망 앞에서 '용기'는 '희망의 불을 밝히는 불꽃'이 된다." 아일랜드 소설가, 극작가, 시인 올리버 골드스미스의 말이다.

희망(希望)의 사전적 정의는 '어떤 일을 이루거나 하기를 바람'이나 '앞으로 잘 될 가능성'의 의미로 유의어는 기대, 꿈, 등불인데, 순수 우리말은 바람('바램'은 비표준어)이다. 희망이란 자신의 삶이나 국내·외 상황, 사건들에 대한 긍정적 결과를 기대하는 낙관적 심리상태를 말하기도 하지만, 실제 실현될 가능성이나 때, 시간은 불명확한 것이다. 희망이란 인류 역사 그 자체의 장구(長久: 매우 길고 오랜)한 세월 동안 인간과 함께해 왔으며, 문학과 예술의 소재(素材: 예술작품의 바탕이 되는 재료)나 테마(theme: 창작이나 논의의 중심과제나 주된 내용, 주제)이기도 하다. 그런데, 무엇보다도 '희망'이란 한 개인에게는 가장 중요하고 '확실한 신앙'으로 '하나님 다음'이다. 희망이 있는 자에게는 신념이 있고, 신념이 있는 자에게는 목표가 있고, 목표가 있는 자에게는 계획이 있고, 계획이 있는 자에게는 실천이 있고, 실천이 있는 자에게는 성공이 있고, 성공이 있는 자에게는 행복이 있다. 인간의 궁극적인 목적, 목표가 무엇인가? '성공해서 행복하게 사는 것'이다. 성공과 행복의 출발점은 다름 아닌 바로 '희망'인 것이다. '희망은 사람을 성공으로 이끄는 신앙이다. 희망이 없으면 아무것도 성취할 수 없으며, 희망이 없으면 인간 생활을 영위(營爲: 일을 꾸려 나감)할 수가 없다.' 미국의 문필가 헬렌 켈러 여사의 말이다.

성경에서는 하나님께서 우리에게 성경을 주신 주된 이유 중 하나가 로마서에 '성경의 위로를 통해 희망을 품을 수 있게 하려 하심'이라는 말씀, 예레미야에서는 '우리에게 미래와 희망을 주시고 싶다'라는 말씀, 그리고 시편에는 '여호와께 희망을 두어라. 마음을 굳게 믿고 용기를 내어라'라는 말씀 등은, 곧 희망은 그분 여호와 하나님에게서 찾고, 자신을 신뢰하는 사람들은 결코 버리지 않으실 것임을 약속하신 말씀이다. 명사들의 명언 중 '희망'에 대해서만큼 많은 명 구절은 그렇게 흔치는 않을 것이다. 그 수많은 명언 중 우리에게 가장 실용적이고 울림을 주는 것들은 다음과 같다. 맨 먼저 우리가 가장 귀에 익숙하고 오랫동안 희망에 관한 명언으로, 네덜란드 합리주의 철학자 스피노자의 '내일 세계의 종말이 올지라도 나는 오늘 한 그루의 사과나무를 심으리라.'가 있다. 다음으로 '삶이 있는 한 희망은 있다.' 고대 로마의 정치가, 변호사, 작가인 키케로의 말이고, '큰 희망이 큰 사람을 만든다.' 영국의 성직자, 역사가 토마스 풀러의 말이며, '생명이 있는 한 희망은 있다. 희망은 만사가 용이(容易: 어렵지 아니하고 매우 쉬움)하다고 가르치고, 절망은 만사가 곤란하다고 가르친다. 절망은 사물을 부정적으로 보도록 유도하지만, 희망은 사물을 긍정적으로 보도록 유도한다. 절망을 친구로 삼을 것인가, 아니면 희망을 친구로 삼을 것인가. 어느 쪽을 선택할 것인가?' 미국의 헌법 및 종교학자 J. 위트의 말로 가장 평범한 말이지만 '삶이 계속되는 한 기회와 가능성은 존재한다.'라는 진리의 말로 우리에게 분명한 선택지를 제공해 준 명언이다. 또한 "내 비장의 무기는 아직 손안에 있다. 그것은 '희망'이다." 프랑스 황제 나폴레옹 보나파르트의 말이고, '인류의 대다수를 먹여 살리는 것은 희망이다.' 고대 그리스 시인 소포클레스의 말이며, '희망과 인내는 만병을 다스리는 두 가지 치료 약이니, 고난이나 역경, 그리고 절망에 처(處)하여 의지할 가장 믿음직한 자리요, 가장 부드러운 방석(方席: 깔개)이다.' 영국의 수필가 버어튼의 말이다. 마지막으로 나라마다의 속담으로는, "1년의 희망은 '봄'이 결정한다. 하루의 희망은 '황혼'이, 가족의 희망은 '화합'이, 인생의 희망은 '근면'이 결정한다." 중국속담이고, '희망은 가난한 사람의 빵이고, 언제나 희망을 지닌 사람은 노래하며 죽는다.'는 이탈리아의 속담이며, '희망만으로 사는 사람은 음악 없이 춤추는 것과 같다.' 영국속담이다. 그리고 '희망으로만 사는 사람은 굶어 죽는다.'라는 이탈리아 속담은 '희망을 성취하려면 행동이 따라야 한다는 것'이고, '몽둥이만큼 바라지만 바늘만큼 이루어진다.'는 일본속담으로 '바란다고 모든 것이 다 이루어지는 것은 아니다.'라는 말로 '바라는 만큼 행동도 비례해야 한다.'라는 말이다.

절망의 한가운데 칠흑(漆黑) 같은 어둠 속에서도 아주 작은 희망의 깜박임도 어둠을 밝힐 수가 있는 법이며, 절망 앞에서 삶의 아름다움은 종종 그 불완전함에서 발견되기도 한다는 생각으로, 절망의 구렁텅이 속에서도 해가 다시 뜰 거라는 믿음, 확신은 결코 저버려서는 안 된다. 세상을 살아가면서 절망을 느껴보지 않은 사람은 없을 것이다. 어찌 보면 사람은 그릇의 크기에 따라 다른 법이다. 종지(간장, 고추장 따위를 상에 놓는 아주 작은 그릇)부터 사발(沙鉢: 국그릇, 밥그릇), 큰 양푼(세숫대야 크기)에 이르기까지 각양각색(各樣各色)인 법이다. 그런데 그 그릇의 크기는 다름 아닌 바로 자기 자신이 만드는 것이다. 누가 봐도 절망적 상황인데도 극복하여 성공 가도를 달리는 사람도 있고, 누가 보더라도 괜찮은 상황인데도 스스로 자신의 모든 상황을 종료(終了)시켜 버리는 사람도 있는 것이다. 절망감을 경험한 바탕 위에 희망으로 가는 길을 선택하여 성공으로 이어지는 '용기와 지혜로운 삶'을 살아가자.

끝으로 미국 작가 조나단 R. 휴이의 명언을 인용하는 것으로 글을 맺는다. '당신의 삶 속에서 내리는 비에 감사하라. 그것은 당신의 삶이라는 꽃에 물을 주는 것이기 때문이다.' 이 얼마나 희망찬 글귀인가? 삶의 지혜로 삼아라.

13

반성과 후회

　반성(反省)이란 '자신의 언행(言行)에 대하여 잘못이나, 부족함이 없었는지 돌이켜 봄'의 의미이며 유의어에는 각성(覺醒: 자기 잘못을 깨달음), 뉘우침, 성찰(省察: 자기 마음을 반성하고 살핌)이 있다. 후회(後悔)란 '이전의 잘못을 깨우치고 뉘우침'의 의미이며 유의어에는 감회(憾悔: 한탄하고 뉘우침), 회한(悔恨: 뉘우치고 한탄함), 뉘우침이 있다. 그런데 후회와 미련(未練: 깨끗이 잊지 못하고 끌리는 데가 남아 있는 마음)은 같으면서도 다르다. 같은 점은 '살아가다가 되돌아보는 순간이다.' 그러나 다른 점은 '후회는 아직 기회가 남아 있기도 하여 마음을 가다듬고 다시 나아갈 수 있는 상태'이지만, '미련은 과거에 남아 머물러 있어서 마음을 가다듬을 의지도 앞으로 나아갈 의지도 없이 그저 과거의 어느 시점에 머문 채, 모든 것을 멈추고 가슴 아파할 뿐'이다.

　그렇다면 반성과 후회는 같은 것도 같고, 다른 것도 같은데 차이는? 사람들은 보통 '반성은 하더라도 후회는 하지 말자'라고 종종 말한다. 이 말을 곰곰이 생각해 보면 '반성은 해도 후회는 해서는 안 되는, 내 인생에서는 후회는 없어야 한다.'라는 말로 들린다. 어찌 보면 맞는 말이다. 여기서 '법륜 스님의 말씀'이 그 '답(答)'을 주시는 것 같다. "후회란 미련을 갖는 것으로 최선을 다하고 결과를 기꺼이 받아들이면 후회는 없는 것이다. 그런데 후회한다는 것은 내 잘못을 용서 못 한다는 것으로 '나는 잘못을 할 수 없는데 잘못했구나' 하며 자책(自責)하며 자신의 오만(午慢)한 마음가짐이지만, 반면 반성은 잘못을 뉘우치며 '아! 내가 그랬지. 다음에는 그렇게 하지 말고 이렇게 해야지' 하고 마음속에서 훌훌 털어버리는 것이다." 한마디로 우리가 한 지난 일들은 무심코 하든 의도적이든 결과가 좋다면 두말할 나위가 없지만, 결과가 좋지 않다면 '내가 한 일이니, 결과에 만족하고 감수(甘受: 책망이나 고통 따위를 달게 받음)해야지' 하는 마음으로, 다음에는 '과거의 경험을 교훈으로 삼아야 하겠다.'라는 마음가짐만으로도 충분할 것 같다. 그러니 반성도, 후회도 좋고, 나쁘고를 따지지 말자는 것으로, 두 경우 다 '미래지향적(指向的)이면 된다.'라는 것이다.

인간이 한세상을 살아가면서 반성이나 후회를 하지 않고 살아갈 수는 없다. 그런데 더러는 후회는 해도 반성은 결코 하지 않는, 심하게 말하면 반성은 결코 용납(容納)하지 않는 사람들도 있다. 자신이 한 일이나 판단은 모두 옳고, 이현령비현령(耳懸鈴鼻懸鈴: 귀에 걸면 귀걸이 코에 걸면 코걸이)식 합리화(合理化)에 급급(汲汲) 하는 이도 있는 것이다. 불행하게도 이런 사람을 배우자로 만나게 되면 평생 속 터지고, 마음고생하고 살아야 한다. 절대 벗어나지 못한다. 이럴 때 우리는 명사(名士)들의 명언(名言)들이 훌륭한 가르침으로 다가오게 된다. 명사들의 명언들은 안락함에서 벗어나 성장하도록 동기부여를 하기도 하며, 우리가 불행과 어려움을 겪는 것은 자연스러운 일이라는 것을 상기시켜 주며,

우리에게 삶의 지혜와 영감을 주어 지침으로 삼아, 보다 더 '풍요로운 삶의 여정'을 만들게 해준다. 특히 우리의 일상에서 남녀노소, 빈부귀천을 떠나 반성과 후회의 명언들은 모든 사람에게 더더욱 그러하다. 그러니 우리 모두의 좌우지명(座右之銘: 자리 오른쪽의 새김이라는 의미로, 늘 옆에 갖추어 놓고 반성의 재료로 삼는 격으로, 보통은 '좌우명'이라고 한다.)으로 삼아야 하겠다.

먼저 '반성'의 명언으로는 '반성하는 자가 서있는 땅은 가장 훌륭한 성자(聖者)가 서 있는 땅보다 거룩하다.' 유대인의 생활 규범인 탈무드에 나오는 말이고, '반성하지 않는 삶은 살 가치가 없다.' 고대 그리스 철학자 소크라테스의 말이며, '가장 큰 잘못은 아무 잘못도 인식하지 못하는 것이라고 본다.' 영국의 비평가, 역사가 토머스 칼라일의 말이다. 그리고 '어진 사람을 보면 그와 같이 되기를 생각하고, 어질지 않은 사람을 보면 속으로 스스로 반성하라.' 공자님의 말씀이고, 이와 비슷한 '당신이 훌륭한 사람을 만났을 때는 그 훌륭한 덕(德)을 자기 자신도 가지고 있는가 생각해 보라. 그리고 나쁜 사람을 만났을 때는 그 나쁜 사람의 죄가 자기에게도 있지 않은지 돌아보라.'는 풍자와 해학의 작가 스페인의 미겔 데 세르반테스의 말이다. 그리고 우리 속담에 '재를 털어내야 숯불이 더 빛난다.'라는 말은 '자기를 반성하고 자기의 약점과 허물을 없애버려야 자신을 더 빛낼 수 있다'라는 말이다. 새겨들어야 할 명언이다.

다음으로 후회의 명언으로는 '이미 끝나버린 것을 후회하기보다는 하고 싶었던 일을 하지 못한 것을 후회하라.' 탈무드에 나오는 말이고,

'후회를 지혜롭게 이용하라. 깊이 후회한다는 것은 새로운 삶을 산다는 것이다.' 미국의 사상가, 시인 헨리 데이비드 소로의 말이며, '과거에 했던 일에 대한 후회는 시간이 지나면 잊힐 수 있다. 하지만 하지 않은 일에 대한 후회는 위안(慰安)받을 길이 없다.' 미국의 저널리스트 시드니 J. 해리스의 말이다. 또한 '절대로 후회하지 마라. 인생은 오늘의 나 안에 있고 내일은 스스로 만드는 것이다.' 미국 작가 L. 론 허바드의 말이고, '절대 후회하지 마라. 좋았다면 추억이고 나빴다면 경험이다.' 미국의 저술가, 저널리스트 캐롤 터킹턴의 말이며, '내일에 아무런 도움이 되지 않는다면 당신의 과거는 쫓아버려라.' 현대의학의 아버지로 캐나다 의사 윌리엄 오슬러의 말도 있다.

마지막으로 나라마다의 속담을 보자. 영어속담에 '후회는 나중에 오는 법이다(Regret comes later.)'와 '엎질러진 우유(물) 울어봤자 소용없다(There is no use crying spilt milk.)'는 이탈리아의 속담 '배가 가라앉은 다음에야 배를 구할 방법을 알게 된다.'와 유럽의 목축(牧畜)문화권에서는 '말 잃고 마구간을 고친다.'와 '양 잃고 우리를 고친다.'로 농경(農耕)문화인 우리나라의 '소 잃고 외양간 고친다.'라는 말로, 모두 '후회하기 전에 미리 예방하라.'라는 의미이다. 그런데 조금 말을 비틀어 말할 때 '소는 잃어도 외양간은 고쳐야 한다.'라는 말이 있다. 이는 '잘못된 일이 벌어졌다고 방치(放置: 그대로 내버려둠)하면 반복될 수 있다.'라는 역설(逆說: 모순되고 불합리하여 진리에 반대하고 있는 듯하지만, 실질적으로는 진리인 말)적 의미이다. 그 밖에 흔히 쓰이는 말로 사후약방문[死後藥方文: 죽은 뒤에 약방문(오늘날의 처방전에 해당)]이 있고, 좀 자극적인 말로는 영국속담에 '죽은 자식 눈 열어보기(Opening the eyes of dead children.)'는 우리말의 '죽은 자식 OO 만지기'에 해당하며, 프랑스속담에 '계단참에서 생긴 (떠오른) 생각(레스프리 드 레스칼리에)'이라는 관용구는 '상대의 집에서 떠들고 나온 후 계단을 내려가다가 할 말이 생각났다.'라는 표현으로 오늘날 '일을 저지르고 나서 드는 대안(代案)이나 후회 등을 뜻하는 말로 우리도 생활 속에서 이런 경우를 종종 경험할 것이다.

그런데 평생을 살아가면서 정말 '후회해도 소용없는, 결코 돌이킬 수 없는' 세 가지가 있다. 첫 번째가 '학창 시절 공부 좀 열심히 할걸', 두 번째가 '부모님 살아생전 효도 좀 할걸', 마지막으로 결혼 후 '배우자 선택 좀 더 신중할걸', 또는 '부모 형제 반대하는 결혼하지 말걸'인데, 다른 무엇보다도 이 세 가지 경우만은 '후회하지 않는 삶을 살아가는 지혜'가 '모든 이들에게 절실(切實)하다.' 한 인간의 평생 행복 중 가장 으뜸은 가정의 화목(和睦: 서로 뜻이 맞고 정다움), 특히 부부간 화합(和合), 금슬(琴瑟) 좋은 것이 삶의 전부(全部)라고 해도 과언(過言)이 아니다. '한때 자신을 미소 짓게 했던 것에 절대 후회하지 마라(Never regret something that once made you smile.).' 미국 작가 엠버 데커스의 말이다. 지난날을 잘 돌이켜 생각해 보아라. 지금이야 부부간 불화로 '보기 싫어 죽겠어'도 그 옛날 사랑하던 시절 '보고 싶어 죽겠을 때'가 있지 않았던가? 서로 사랑을 주고받았을 당시는 만나면 즐겁고 행복하지 않았던가? 오랜만에 만날 날을 기다릴 때는 만날 생각만으로도 '입가에 미소'가 지어지지 않았던가? 기반(基盤: 토대)을 잡기 전 어려운 살림에도 어린 자식들과 함께 행복하던 시절, 웃음꽃 피던 시절이 있지 않았던가? 그때를 회상하며 파국으로 몰아가서는 결코 안 된다. 특히 자식들이 어리거나 장성(長成)하게 되어도 부부의 불화로 말미암은 문제는 직·간접 자식들에게 피해가 가게 되는 것은 자명(自明)한 일이다. 지난날의 아름답고 행복했던 추억을 벗 삼아 견뎌라. 후회하지 마라. 단, 한 가지만 생각하라. '나 하나만 참으면 우리 가족 모두 다 행복하다.' 아들, 딸, 며느리, 사위, 그리고 손주들. 이 얼마나 가성비(價性比) 있는 일일 뿐만 아니라, 그 어느 것과도 견줄 만한 것은 없지 않은가?

14

방황과 배회

방황(彷徨)이란 '이리저리 헤매어 돌아다님', '분명한 방향이나 목표를 정하지 못하고 갈팡질팡함'의 의미이며, 유의어에는 방양(彷佯), 지회(遲徊)가 있고, 배회(徘徊)란 '아무 목적도 없이 어떤 곳을 중심으로 어슬렁거리며 이리저리 돌아다님'의 의미로 유의어가 방황이다. 그런데 '방황'과 '배회'는 같은 듯 조금은 다른데, 예를 들어 방황으로는 "그는 사업에 실패하고 오랜 좌절과 '방황'을 겪었다." "잘 곳을 정하지 못해 거리에서 '방황'을 계속하였다."이고, 배회로는 "낯선 남자가 몇 시간째 공원에서 '배회'하고 있다." "그는 바닷가를 '배회'하며 깊은 생각에 잠겼다."로 쓰이는데, 의미 구별을 하려면 각 문장 속에 '방황과 배회'를 맞바꿔보면 확연(確然)하게 구별할 수 있다. 방황은 '정신적 마음, 육체적 행동'에 둘 다, 배회는 주로 '육체적 행동'에 쓰인다. 그리고 방랑(放浪)은 '정(定)한 곳이 없이 이리저리 떠돌아다님'의 의미이다. 혹자(或者)는 말한다. '방랑과 방황 사이가 배회라고' 그럴듯한 말이기도 하다.

오늘날 우리 사회의 가장 큰 문제 중 하나는 청소년들의 '방황과 배회'이다. 여성가족부가 조사한 청소년 가출(家出)의 원인은 '부모님과의 갈등', '놀고 싶어서' '자유로운 생활을 하고 싶어서'가 거의 대부분이라고 한다. '집으로 돌아갈 의사가 없거나', '돌아가서는 안 되거나', '돌아갈 가정이 아예 없는' 청소년들도 상당수를 차지하고 있다고 한다. 거리에 몇십만의 청소년들이 먹지도 못하고 거리를 배회하고 있다고 하는데, 더욱 우려스러운 것은 이들 방황과 배회하는 청소년들 일부가 범죄를 저지르거나, 범죄와 연루(連累)되어 비행 청소년[非行 靑少年: 미성년자로서 지켜야 할 규칙을 위반하거나 부모에 대한 불복종, 상습적 학교 결석, 가출, 음주, 흡연 따위, 우범(虞犯: 성격이나 환경의 영향을 받아 범죄를 저지를 우려가 있음) 행위 등을 저지르는 12세 이상 20세 미만의 청소년들을 통틀]이 되기도 한다는 것이다. 또한 일부의 어른들이 이들을 이용하거나 부추긴다는 데 문제의 심각성이 있다는 것이다. 이런 상황에서 정부나 지자체에서 학교나 해당 가정과 연계(連繫)해서 각 가정으로 돌아가도록 유도(誘導)하거나 아니면 청소년 쉼터에 자발적으로 입소하여 적절한 보호와 지원을 받아야 할 뿐만 아니라 적절한 교육과정을 거쳐 사회에 나와 적응할 수 있게 해야 한다. 우리 사회의 저출산 문제에 대한 심각한 상황에 막대한 예산을 투입하고 있는 상황에서 그 일부만이라도 가출청소년에 대한 정부예산 투입으로 그들을 건강하고 건실한 우리 사회의 구성원으로 성장할 수 있도록, 지원책은 신생아 출산 독려(督勵) 정책 못지않게 시급(時急)하고 절실(切實)하다. 왜냐하면 청소년 가출은 사회적 문제를 야기할 수 있기 때문이다. 어떤 경우라도 청소년들의 가출로 말미암은 방황과 배회는 사회적 차원에서 막아야 한다.

우리는 부모님에게서 태어나 유년기를 보내고 아득히 먼 초등학교,

중·고등학교, 대학교 시절, 그리고 비교적 학창 시절보다 그나마 기억이 또렷한 생활전선에서 보내온 지난 세월은 때로는 방황, 배회, 망설임, 주저(躊躇: 머뭇거리며 망설임)함, 그리고 답보(踏步: 제자리걸음) 상태로 살아왔다 해도 결코 지나치지 않다. 돌이켜 생각해 보면 진취적(進取的)이지 못하고, 자신감이 없고, 무엇보다도 소신(所信)이 없었음에 틀림없었다. 이것이 범인(凡人: 평범한 사람들)들 생활의 한 단편일까? 지난날 당시는 깨닫지 못했지만, 세월이 흘러 이제 생각해 보니 인정하지 않으려 해도 시간이 지나면서 확실해지고 있다. 과연 내가 살아온 길이 잘살아 온 것인지? 내가 생각하고 믿은 방향이 옳았던 것인지? 그렇게 살아온 내 과거가 제대로 된 현실을 만들어 주고 있는지? 모든 것이 의문스럽다. 그렇지만 분명한 것은, 그래도 세월은 유유(悠悠)히 흘러 여기까지 왔다는 것이다. 그리고 무엇보다도 지나간 시간은 결코 돌아오지 않는다는 것이다. 지나간 시간은 후회에도 소용없다. 영어속담에도 '후회는 나중에 오는 법이다(Regret comes later.)'라는 말이 있다. 우리 인간들은 누구나 그것이 짧던 길든 간에 방황과 배회의 시기(時期)가 있고, 있었다.

그렇다면 왜 '방황과 배회가 때로는 필요하다'라는 말인가? '방황과 변화를 사랑하는 것은 살아 있다는 증거이다.' 독일의 작곡가 바그너의 말이다. 교육의 목적도 '변화'이다. 방황의 시간이 지나면 변화의 계기(繼起)가 되기도 하는 것이다. '바보는 방황하고 현명한 사람은 여행한다.' 영국의 성직자이자 작가인 토머스 풀러의 말이다. 목적지가 없으면 방황이고, 목적지가 있으면 여행으로 본다면, 방황과 여행은 같은 맥락(脈絡)으로 '여행하거나 병에 걸리는 것, 이 둘의 공통점은 자기 자신을 되돌아보는 것이다.' 일본 도쿄대학 교수였던 지구물리학자 다케우치 히토시의 말처럼, 방황도 때론 자신을 되돌아볼 수 있는 기회이며 새로운 전기(轉機: 사람이 바뀌는 기회. 전환의 시기)가 마련되기도 하는 법이다. '지리산, 나는 방황 그 자체로서 이곳에 이르렀으며, 어떠한 주문(呪文)으로도 잠재(潛在: 겉으로 드러나지 않고 잠겨 있거나 숨어 있음)할 수 없는 것이다.' 한국 현대문학의 중요한 성과의 하나인 소설 「지리산」을 쓴 소설가이자 언론인 故(고) 이병주 님의 말씀으로, 방황이 때로는 괄목할 만한 '업적(業績)'을 남기기도 한다는 것이다. 또 다른 예로 성장하는 청춘들의 고뇌와 인간 내면성의 양면성에 대한 고찰(考察)을 통해 휴머니즘(humanism: 인간의 존엄성을 최고의 가치로 여김)을 지향(志向)한, 스위스의 대문호 헤르만 헤세의 대표작으로 42세에 산전수전을 다 겪은 상태에서 새로운 삶을 살기 위하여 처음부터 다시 시작하는 마음으로 집필한 자전적 소설 「데미안(Demian)」은 주인공 에밀 싱클레어의 젊은 반항은 곧 헤세 "자신의 지난날 '방황'을 돌이켜 보는 반성적 시각"이었고, 그 속에서 끊임없는 '각성을 촉구하는 목소리'가 구현(具現)된 존재가 바로 막스 데미안이다. 헤세는 지난날의 '방황'을 바탕으로 「데미안」을 발간(發刊)한 이후 상승세를 타고 마침내 「유리알 유희」로 69세에 노벨문학상을 수상하게 되었다.

끝으로 오늘날 취업난을 겪고 있는 젊은이들이 '방황과 배회 그리고 고난을 통해 도전하여 꿈을 펼치기를 바라는 마음으로, 기성(旣成)작가가 아닌 또래의 젊은 작가 박유현이 쓴 「아무도 나를 모르는 곳으로 가고 싶었다(뉴질랜드 워킹홀리데이 백 패커의 수기)」를 읽기를 권고한다. 저자가 걸어간 길을 함께 여행하고 있다고 느끼게 될 것이다. 방황과 배회의 시기는 대체로 '정체(停滯)'의 시기이기도 하다. 지나온 발자취를 더듬으며 솔직 담백하게 풀어낸 이 책이, 읽는 이로 하여금 방황과 배회의 정체를 떠나 '도전에 대한 출발점(starting point)'이 되는 불씨를 지필 수 있는 계기(契機)가 마련되길 바란다.

15

자유와 방종

자유(自由)란 '외부적인 구속이나 무엇에 얽매이지 아니하고 자기 마음대로 할 수 있는 상태'의 의미이고, 법률적으로는 '법률의 범위 안에서 남에게 구속되지 아니하고 자기 마음대로 하는 행위'의 의미이며, 철학에서는 '자연 및 사회의 객관적 필연성을 인식하고 이것을 활용하는 일'이다. 유의어에는 무궁자재(無窮自在), 자유자재, 자재(自在: 속박이나 장애 없이 마음대로 함)가 있고, 반의어는 결박, 구속, 규제가 있다. 자유이소(free opinion)는 자유의사(意思)로 '남에게 속박이나 간섭을 받지 아니하고 자유로이 가지는 생각'을 의미하며, 요즘 젊은이들 사이의 신조어(新造語)로 '자유벌이' 족(族)이라는 말은 '필요한 돈을 마련할 수 있을 때까지만 일하고 쉽게 일자리를 떠나는 사람'들을 '프리터(프리 아르바이터: free arbeiter)' 족이라고 한다.

방종(放縱)이란 '제멋대로 행동하여 거리낌이 없음'의 의미이며 유의어에는 종임(縱任: 제멋대로 하여 거리낌이 없음), 자사(恣肆: 제멋대로 하는 면이 있음)가 있으며, 부화방종(浮華放縱)이라는 말은 '실속 없이 겉만 화려하고 제멋대로 놀아나며 행동함'의 의미이다. 위키백과에서는 '남에게 피해를 주지 않으면 자유이고, 남에게 피해를 주거나 남의 자유를 침해하면 방종으로 구별되는 경향이 있다.'라고 정의한다. 우리 속담에 '욕심은 법도를 깨뜨리고, 방종은 예의를 무너뜨린다.'는 '지나친 욕심은 법도(法度: 생활상의 예법과 제도)에 어긋난 것이며, 방종은 예의에 벗어난 것이다.'라는 말이다. 그리고 '조방(粗放), 탄방(誕放)하다'라는 말은 '거칠고 방종한 것'을 말하고, '종탈(縱脫)하다'는 '예의범절을 무시하고 방종한 행위를 하다'라는 의미이다. '인간은 방종하므로 재산이 줄어들고, 몸을 위태롭게 하여 도(道)를 잃게 하고, 사람들이 공경하지 않아 죽을 때 외로우며, 추한 이름과 나쁜 소문에 시달리며, 죽은 뒤에 삼악도(三惡道: 악인이 죽어서 가는 지옥)에 떨어진다.' 부처님 말씀이다.

미국 대통령이었던 프랭클린 루스벨트가 주창(主唱: 주의나 사상을 앞장서 주장함)한 '우리 시대와 세대에 이룩해야 하고, 할 수 있는 세계의 명확한 토대(土臺: 밑바탕이 되는 기초)를 쌓아야 한다.'라는 것으로 인간의 네 가지 기본적인 자유로, 첫째는 '언론과 출판, 표현의 자유', 둘째는 '종교, 신앙의 자유', 셋째는 '결핍(경제적인 면)으로부터의 자유', 마지막으로 '공포(침략 전쟁)로부터의 자유'를 부르짖었다. 그런데 미국의 사학자인 칼 베커는 '언론과 출판의 자유'를 루스벨트와는 다른 시각으로 보았는데 그의 주장은 언론과 출판 자유의 민주적 원리를 "인간은 진실을 알고 싶어 하며 진리에 의해 인도되기를 원하는 것으로 '공개토론장(예, 의회, 우리의 국회)에서 의견의 자유로운 경쟁'에 의한 방법이다"라고 말했다. 덧붙여 '사람들이란 어쩔 수 없이 서로 의견이 다르기에, 똑같은 권리를 남에게 주는 한, 자신의 의견을 자유롭고, 열렬하게 주장하는 것이 허용되어야 한다.'라는 것이다. 그리고 '상호의 아량과 다양한 의견의 비교로부터 가장 합리적으로 보이는 의견이 도출(導出)되어 인정되어야 한다.'라는 것이다. 영국의 언론인, 작가인 존 스펜더는 '자유는 평화에 의해서 세워지며, 전쟁과 무질서는 자유의 두 개의 커다란 적이다. 우리가 오늘날 향유(享有: 누려서 가짐)하고 있는 자유주의 정치는 폭력 대신 법으로, 육체적인 투쟁 대신 의논으로 바꾸어 놓은 것이다. 자유로운 토론이 정의를 행하고, 정책에 관한 현명한 결론에 도달할 수 있는 가장 적당한 방법이다. 그런데 그것은 지켜야 할 규칙이 있다. 그것은 관용과 상호 자제를 요한다. 그것은 소수파가 의회에서 표결에 졌을 때 당분간 복종하고 자기들의 견해가 이성과 토론으로 우세하게 될 장래를 위하여 일하는 것에 만족할 것을 요구한다.'라고 말했다. 그렇다면 오늘날 우리의 현실은 어떠한가? 거대 당이 공룡과 같아서 소수당이 할 수 있는 것이 거의 없다. 독주와 심하게 말해 횡포를 막을 길도 감당할 수도 없는 지경이다. 건설적인 의견, 민생을 위한 정책 논의와 결정은 요원(遼遠)할 뿐이다. 총선(국회의원 선거)에서 어떻게 해야 할지를 알려주고 시사(示唆) 하는 바가 크다는 것을 깨우쳐야 하는 것은 평범한 국민, 우리 시민들인 유권자들의 몫이다. 그것은 바로 여·야 각 정당 의석수의 적절한 안배(按配), 균형이다.

　그렇다면 일상적인 면에서 자유란? 간단하다. 자신이 원하는 대로 하는 것이 자유이다. 그렇지만 다른 사람의 자유를 침해(侵害: 침범해서 해를 끼침)해서는 안 되는 것이다. 예를 들어 우리가 TV를 시청하고 라디오를 듣는 것은 자유이지만, 그러나 소리가 너무 커서 이웃을 방해서는 결코 안 되는 것이다. 특히 심야에는 더더욱 그렇다. 또한 우리가 야구 경기나 축구 경기를 구장(球場)에 가서 보는 것은 얼마든지 자유이다. 그러나 우리가 응원하는 팀이 아닌 상대편 팀을 응원하는 관람객들이 마음에 들지 않는다고 유리병으로 그들의 머리를 내려칠 자유는 결코 없는 것이다. 그러므로 동·서양을 막론하고 한마디로 자유란 '남의 자유를 침해하지 않는 범위 이내'를 말하는 것이다. 그리고 우리가 지금, 오늘날까지 풍요롭게 누리고 있는 자유가 '어떻게 이루어졌는가?'를 생각해 본다는 것은 유의미한 일이다. 그래야만 지금 누리고 있는 자유가 소중하고 고귀(高貴)한지를 알게 될 뿐만 아니라, 더불어 이 자유를 나는 어떻게 지키고, 내 후손들에게 물려주어야 할지를 자각(自覺: 스스로 깨달음)하게 하는 계기(契機)가 될 수 있기 때문이다.

그러기 위해서 '영화 한 편'을 소개한다. 타이완 감독이 제작한 단편 영화로 중국에서 있었던 실제 이야기를 바탕으로 스토리를 구성한 영화 '버스 44(車 四十四)' 이야기로 내용은 이렇다. "중국의 어느 한 산촌 지역에서 한 여성 운전기사가 운전하는 시외버스가 산길을 운전하고 가고 있는데 한 중년 남자가 타고, 얼마 있다가 산길을 달리고 있던 버스를 두 명의 부랑배(浮浪輩)가 타더니만 승객들을 대상으로 강도짓을 하다가는 여성 운전자를 끌고 나가 성○○을 하는 것을 승객들은 차창 너머로 바라보게 되었다. 어느 누구도 두 부랑배들을 말리거나 저지하지 않았다. 그러자 부랑배들보다 먼저 차를 탔던 중년 남자만이 나서서 부랑배들을 말리고 제지하려 했지만, 오히려 두들겨 맞고 칼에 찔리기까지 했다. 한참 후 여자 운전자가 처참한 몰골로 차에 돌아와 자신을 위해 부랑배들을 저지하려다 폭행당하고 상처 입은 그 중년 남자에게 버스에서 내리라고 했다. 그러자 그 중년 남성은 '난 당신을 도와주려고 한 사람이다. 그런데 여기서 내리라고 하면 나는 이 산길을 어떻게 걸어가란 말이냐?'라고 따져 묻자, 여자 운전자는 '당신이 안 내리면 출발 안 한다.'라고 단호히 말하자, 다른 승객들이 그 중년 남자를 차에서 끌어 내렸다. 그리고는, 차는 떠나고 중년 남자는 터벅터벅 산길을 가다 보니 산 아래 낭떠러지 밑에 뒤집히고 심하게 구겨진 버스를 보니 바로 자신이 쫓겨났던 바로 그 44번 버스였다." 그 여성 운전기사는 살 만한 가치가 있다고 여긴 그 중년 남자 외에 모든 승객[부랑배들의 부당함을 보고만 있던 '방관자(傍觀者: 어떤 일에 직접 나서서 관여하지 않고 곁에서 보기만, 구경만 하는 사람)'들']을 대동(帶同)하고 낭떠러지로 차를 몬 것이었다. 여기에 명언하나를 인용한다. "사회 최고의 비극은 인간들의 거친 아우성이 아니라, 선한 사람들의 소름 끼치는 '침묵'이다." 노벨 평화상을 수상했던 미국의 인권운동가, 목사 마틴 루터 킹 목사의 말이다.

끝으로, 오늘날 나나, 사랑하는 내 가족들이 먹고 싶은 것, 배불리 먹고, 편안하게 잠잘 수 있고, 다 같이 행복하게 살 수 있는 것에 대한 기본적 토대는 과연 어디서부터 시작되었는지를 생각해 보기로 하자. 세계적으로 유일하게 남북이 대치(對峙: 서로 맞서 버팀)해 있고 북핵(北核)의 위협에 있는 현실에 비추어 우리가 오늘날 누리고 있는 자유의 토대는 수많은 선열(先烈)의 피와 땀으로 얼룩져 이룩하고 지켜온 덕분(德分)이라는 것을 부정할 사람은 없을 것이다. 더불어 불철주야(不撤晝夜) 국토를 지키고 있는 우리의 아들·딸인 군인들, 그리고 우방(友邦)

국들의 공과(功課)도 결코 가볍게 여겨서는 안 되는 것이다. 우리의 '자유민주주의'가 위태롭고 위협받는 상황에서는 어떤 경우라도 '우리는 모두 방관자가 되고 침묵해서는 안 된다'라는 것이다. 나나 내 가족들이 '대한민국이라는 버스에 타서 영화 44번 버스의 승객들이 될 수 있다'라는 것을 '우리 모두 경계(鏡戒)해야만 한다.'라는 것을 명심(銘心)해야만 한다.

16

용서와 화해

[인간이 살면서 누구나 과오나 실책(失策)(?)을 범할 수 있지만, 그것을 용서하고 화해하는 일은, 인간에게 있어 농(濃)익은 과일 열매의 맛과도 같다. 세상을 살아가면서 인간관계에서 일어나는 갈등의 경우 대개는 그렇다. 그런데도 도저히 용서와 화해가 불가능하여 퇴로(退路)가 없는 경우를 조명(照明)한 글이다.]

용서(容恕)와 화해(和解)의 사전적 정의는 무엇인가? 용서는 '지은 죄나 잘못한 일에 대하여 더 이상 꾸짖거나 벌하지 아니하고 덜어 주다'이며, 화해는 '싸움하던 것을 멈추고 서로 가지고 있던 안 좋은 감정을 풀어 없앰'이다. 용서와 화해는 비슷한 듯 서로 다른데, 엄밀히 용서와 화해는 '대상(對象)적 행위'라는 점에서 어떤 적대적 상대가 있어야 가능하다. '용서'는 내 잘못은 전혀 없어도 상대가 내게 한 잘못을 '일방적으로 용서'하는 것이라면, '화해'는 내가 상대에게 가(加)한 위해(危害)를 인정하고 용서를 구하면서, 대신에 그만큼의 상대의 잘못도 용서하여, 쌍방 과실을 인정, '용서를 서로 교환'한다는 의미이다. 그러므로 상대가 자기 잘못은 추호(秋毫: 조금)도 인정하지 않고 일관(一貫)되게 내 잘못만을 주장한다면 쌍방이 용서를 교환하는 화해는 불가능한 것이다. 그러면 내 쪽에서만 상대의 잘못을 용서해야 하는 일방통행 방식을 취할 수밖에 없다.

　사실 용서와 화해는 과거를 잊고 덮어두는 것이 아니라, 밝은 미래를 위해 과거에 얽매이지 않아 마음을 평화롭고 정신을 건강하게 한다. 그렇지만 용서하고 잊는 것은 쉽지 않다. 더더욱 화해는 두말할 나위도 없다. 화해는 먼저 용서라는 전제조건이 따라야 한다. 상처를 준 사람으로부터 생긴 마음의 상처와 흉터를 안고 살아가는 것은 누구나 큰 불행이다. 그러나 용서와 화해라는 것이 하고자 하는 상대의 성격과 사람 됨됨이에 따라 불가능한 경우가 있다. 특히 타인에 대한 배려심이 없고, 인간미가 없으며, 자존심과 자기주장이 강할 뿐만 아니라, 부부간에서도 상대의 공(功)은 인정해 주지 않고 본인 공(功)만 한결같이 주장하는, 무엇보다도 고집불통이며 평소에도 억지 부리고, 우격다짐의 대왕(大王)인 성격의 소유자와의 용서와 화해는 부질없고 무의미한 일이다. 이런 사람들을 잘 지켜보아라. 대체로 인간으로서 기본 양심도 없고 천상천하 유아독존(唯我獨尊: 세상에서 자기 혼자만이 잘 났다고 뽐냄)적이고 자기 편향(自己偏向: 자신에게만 치우침)주의자들이다. 원래 고집불통의 성격 소유자는 자기 개혁, 혁명을 해야 하는데, 이는 거의 불가능하다. 해가 서쪽에서 뜨기를 기대하는 편이 더 낫다. 평생 그 고집 그대로 갖고 살다가 죽어야 끝이 나는 법이다. 그래서 이런 부류의 사람들은 용서와 화해를 별로 원치도 않을뿐더러 수용할 마음도 없다. 그렇다면 용서와 화해를 먼저 원하고 청하는 쪽에서 모든 잘못을 수용하고, 굽히고 들어가는 방법밖에는 없는데, 이는 너무 비참하고 가

혹한 일이 아니겠는가? 설령 그렇게 해서 임시로 용서와 서로 화해가
된다 해도, 시간이 좀 지나면 두고두고 반추(反芻: 되새김질)하며 자기 합
리화, 정당화, 변명 그리고 상대를 탓하며 상대의 마음을 후벼 파고 도
려낸다.

　한마디로 용서와 화해도 의미가 있어, 해야 할 사람이 있고, 아무 의
미가 없는 사람도 있다는 것이다. 그렇다면 방법은 무엇인가? 살아생
전 '내내 혼자 감내(堪耐: 참고 견딤)하고 삭히고 살아가는 방법밖에는 다
른 도리가 없다.' 그저 내 '운명'이려니! 故 김수환 추기경님이 반목(反
目)의 시대에 용서하고 화해하자는 말씀 '내 탓이려니!' 내가 '잘못 선
택한 인연'이려니! 체념하고 사는 것이 그나마 내 마음의 평강(平康),
평안(平安)을 찾는 길이다. 사람의 태생은 불변이 아니던가? 절대 미련
두지 마라. 애석(哀惜)하게도 생각하지 마라. 빠른 포기가 가장 현명한
방법이다. 오늘날도 반상(班常: 양반과 상놈)은 분명히 존재한다. 이럴 경
우 대개는 부모 형제들이 내 자식, 내 형제 쪽 손을 들어 주어 더욱 사
태(事態)를 심각하게 만들기도 한다. 그 부모 형제도 전혀 다를 바가 없
다. 이 경우도 그 사람의 집안 내림으로 모두가 대동소이(大同小異)한
법이다.

　그렇다면 용서와 화해를 통해 우리가 지녀야 할 생활의 지혜는 무
엇인가? 세상에는 되는 사람이 있고 안 되는 사람이 있다. 안 되는 사
람은 하나님, 부처님이 와서 중재하고 마음을 돌려놓으려 해도 절대
안 되는 법이다. 그러므로 안 되는 것을 시도해서는 안 된다. 왜냐하
면 결국은 내 마음만 아프고 서글프며, 시간과 정력 낭비이기 때문이

다. 모든 미련과 인연의 끈을 마음속에서 모두 내려놓아라. 인생을 살아가면서 포기할 것은 빨리 포기하는 것도 중요하며, 그래야 미래 지향적인 사람일 뿐만 아니라, 훗날을 기약할 수도 있다. 전후 상황 파악을 잘하는 것도 '삶의 지혜' 중 하나이다. 그러면 내 마음의 고요와 평온을 찾으리라. 때론 하염없이 흘러내리는 회한(悔恨)의 눈물도 그치게 되리라. '용서란 평온한 감정이다. 그런 감정은 자신의 상처를 덜 개인적인 것으로 받아들이며, 자신의 감정에 책임을 지고 그 사건의 피해자가 아닌 승리자가 되었을 때 생겨난다.' '용서학'의 세계적 권위자인 프레드 러스킨 교수의 말이다.

끝으로 정신과의사인 토마스 사스의 말을 인용한다. '어리석은 자(者)는 용서하지도 잊지도 않는다. 순진한 자는 용서하고 잊는다. 현명한 자는 용서하나 잊지는 않는다. 그러나 평온한 자는 마음에 가해자가 없어 용서할 것조차도 없다.' 그렇다. 용서받는 것보다 용서할 때가 더 마음에 평온이 온다. 내가 먼저 용서하고 마음에 평온을 찾았으니 구차한 화해도 필요 없다. 맑은 공기, 깨끗한 물, 밥을 잘 먹어야 하듯, '마음을 잘 먹는 삶의 지혜'가 절대 필요하다.

17

건강과 운동, 약

건강(健康)의 사전적 정의는 '정신적으로나 육체적으로 아무 탈이 없고 튼튼함, 또는 그런 상태'의 의미이고, 유의어는 강녕(康寧: 몸이 건강하고 편안함, 오복 중 하나, 안녕, 평안), 건승(健勝: 탈이 없이 건강함), 건전(健全: 건강하고 병이 없음, 생각이나 행동 따위가 건실하고 올바름)이며, 반의어는 쇠약(衰弱), 탈[頉: 몸에 생긴 병, 변고(變故: 갑작스러운 재앙이나 사고)], 허약(虛弱: 힘이나 기운이 없고 약함)이다. 건강은 곧, 정신건강과 육체 건강을 아우르는 말이고, 영어에서는 '건전한 정신에 건전한 육체(Sound mind, sound body.)'라는 가장 '이상적인 인간상(人間像: 가장 바람직한 모습)'의 표현이 있는데, 이는 건전한 정신과 건전한 육체는 상호작용하는 불가분(不可分: 떼려야 뗄 수 없는)의 관계인 것이며, 국제보건기구(WHO)의 헌장에는 건강이란 '질병이 없거나 허약하지 않은 것을 말하는 것이 아니라, 신체적 · 정신적 · 사회적으로 완전히 안녕(安寧: 아무 탈 없이 편안함)한 상태에 놓여있는 것'이라고 한다.

두산백과사전에서 건강의 특성(特性)을 "건강은 생존의 조건일 뿐만 아니라 행복의 조건이기도 하다. 건강이 나쁘면 어떤 좋은 조건에서도 쾌적한 생활을 할 수 없으며, 건강하다고 하는 최대의 조건은 '사회생활에서의 활동 능력이 충분하다는 것을 말하는 것이다. 생명의 유지에 결코 불안감이 없다는 것이며, 물론 사회생활에서의 왕성한 활동 능력, 수많은 외부 환경에 잘 적응할 수 있는 능력 등이다.”라고 하는데, 이것은 인간에게 건강이 그 무엇보다도 중요하며 건강을 잘 지켜야 하는 이유이기도 하다. 한마디로 건강이 곧, 삶 그 자체이다. 그래서 건강에 도움이 되는 오랜 과거부터 내려온 성어(成語: 옛사람들이 만든 말)들에는 소노다소(少怒多笑: 화를 적게 내고, 많이 웃으면 건강에 좋다), 소번다면 (少煩多眠: 근심과 걱정을 적게 하고, 충분히 휴식과 수면을 취하는 것이 건강에 좋다), 소식다작(小食多嚼: 적게 먹고, 많이 씹는 것이 건강에 좋다), 소염다초(少鹽多醋: 소금을 적게 섭취하고, 식초를 많이 섭취하는 것이 건강에 좋다), 소욕다시(少慾多施: 욕심을 적게 갖고, 남을 많이 도우면 건강에 좋다), 소육다채(少肉多菜: 고기를 적게 먹고, 채소를 많이 섭취하는 것이 건강에 좋다), 소차다보(少車多步: 옛날은 수레, 오늘날은 차를 타기보다는 걸어 다니는 것이 건강에 좋다) 등이 있고, 마지막으로 우리에게 가장 울림을 주는 실건실제(失健失諸: 건강을 잃으면 모든 것을 다 잃는다)가 있다.

라이프성경사전에서는 건강을 ‘몸이 튼튼하고 병이 없을 뿐만 아니라 의식(意識: 깨어있는 상태에서 자기 자신이나 사물에 대해 인식하는 작용)이나 사상(思想: 생각이나 의견)이 바르고 건실한 상태’라고 말한다. 성경 말씀에는 ‘건강은 하나님께서 주신 선물(잠언)인 반면에, 병은 간혹 죄의 결과로 인식되었다(요한복음).’ 그리고 ‘예수께서는 건강한 자에게 의원이 필요 없듯이 자신은 의인을 위해 온 것이 아니라 죄인을 위해 이 땅에 오셨다고 선포하셨다(마태복음).’라는 말씀이 있다. 건강에 대한 속담으로는 '감기는 밥상머리에서 내려앉는다(밥만 잘 먹어도 병은 낫는다.)'와 '어질병이 지랄병이 된다(작은 병이 커져, 어려운, 큰 병이 된다).'는 우리나라 속담이고, '좋은 아내와 건강은 최고의 재산이다.' 영국속담이며, '음식을 충분히 소화해 내는 사람은 질병이 없다.' 인도 속담이다. 또한 '걸으면 병이 낫는다.'는 스위스 속담이고, '건강과 다식(多食: 음식을 많이 먹음)은 동행(同行)하지 않는다.'는 포르투갈의 속담이며 '건강한 자는 모든 희망을 안고 희망을 품은 자는 모든 꿈을 이룬다.' 아라비아 속담이다. 나라마다의 속담으로 밥이 보약이고, 밥상이 곧 건강을 지켜주며, 건강이 재산으로 '건강한 자만이 행복도 성공도 할 수 있다'라는 것이다.

고대 그리스의 의학자, 의사의 아버지, 의성(醫聖) 히포크라테스는 건강 명언으로 '음식은 곧 약이고, 약이 음식이다.' '음식으로 고치지 못하는 병은 약으로도 고치지 못한다.' '우리가 먹는 것이 곧 우리의 몸이 된다.' '음식은 약이 되지만 많이 먹으면 독(毒)이 된다.'라는 말을 남겼는데, 이 또한 섭생(攝生)의 중요성과 소식(小食)을 강조한 말인 것 같다. 이웃 나라 일본은 장수국가로 정평(定評: 모든 사람이 다 같이 인정하는 평판)이 나 있는데, 그 비결(秘訣)은 바로 '소식, 맑은 공기와 물, 그리고 온천욕(溫泉浴)'이라고 한다. 명사들의 건강 명언을 대표하는 셋으로, '내 인생에서, 나의 행복보다, 내 가족보다 나의 일보다 더 중요한 우선순위는 내 몸의 건강이다.' 실리콘밸리의 야전형 전략가 내이벌 라비컨트의 말이고, '좋은 건강과 분별력[分別力: 세상 물정(物情: 세상의 이러저러한 실정이나 형편, 인심)에 대하여 옳고 그른 것을 판단하는 능력]은 인생에 있어서 가질 수 있는 두 개의 가장 큰 축복이다.' 라틴 작가 퍼블릴리어스 사이러스의 말이며, '건강은 풍요로움이며, 조화로움이며, 행복이다.' 인도 작가 아밋 칼란트리의 말이다. 그렇다. 내 몸 하나, 건강이 최고다. 나 아프면 모든 것, 다 필요 없다. 내 몸 잘 돌보는 것이 최우선이다. 그러고 나서 돈도, 행복도, 성공도 있는 것이다. 적절한 섭생(음식과 운동)과 절제(節制: 정도를 넘지 않도록 알맞게 조절하여 제한함)하는 삶이 건강을 지키는 지름길이다. 한 마디로 매일 대하는 밥상이 영순위 의료기관이고, 걸어야 건강하고 오래 산다.

　건강과 운동: 건강에 운동이 필수라는 것을 모르는 이는 없다. 그러나 건강 지킴이라는 운동에 대해서 제대로 알자는 것이 이 글의 목적이기도 하다. 어찌 되었든 운동은 건강의 막역지우(莫逆之友: 거스름이 없는 친구, 허물없이 친한 친구)이다. 운동은 신체적 · 정신적인 건강유지에 중요한 하나이다. 특히 규칙적인 운동이 건강에 유익하다는 것은 두말할 나위가 없다. 전문가들의 말을 빌리자면, '운동은 첫째는 심혈관 건강인 혈액순환을 원활하게 하여 심장병과 뇌졸중을 예방할 수 있고, 둘째는 체중을 관리하여 건강의 적(敵)인 과체중과 비만을 예방할 수 있고, 셋째는 근육과 뼈를 튼튼하게 하여 골다공증을 예방하고 골밀도를 만들고 유지하는 데 도움이 되고, 넷째는 정신건강에도 도움이 되는 것으로 운동 후에 기분을 향상시킬 수 있어 일상의 스트레스를 풀고 불안감을 줄이기도 하며 자존감도 높일 수 있고, 다섯째는 수면에 도움이 되어 깊은 잠을 잘 수 있어 다음날 상쾌한 기분으로 업무 처리 능력에 도움이 되며, 마지막으로 규칙적인 운동은 수명(壽命)연장에도 큰 도움이 된다.'라는 것이다.

건강과 약: 보통 일반 상식으로 약이란 '비타민도 장복(長服: 같은 약을 계속해서 먹음)하면 몸에 해롭다'라고 알고 있다. 그러나 다약제 부작용에 대한 문제가 더 심각하다는 것이다. 구체적으로 '약 복용 시 5~10개 사이를 다약제라고 하는데 약의 개수가 5~6개이면 약에 의한 부작용이 50%이며, 10개 이상인 경우는 약에 의한 부작용이 100%'라고 전문가들은 말한다. 특히 만성질환을 앓는 경우 약물을 여러 종류로 복용하는 경우가 많아 사망 위험 등 부작용 가능성이 커지자, 보건당국이 관리강화에 힘쓰고 있다고 한다. 아무튼 약이라는 것은 병증(病症: 병의 증상)이 있을 때 치료 목적이 아닌 경우는 가급적 복용하지 않아야 하겠다. '자나 깨나 불조심'이라는 불조심 표어(標語: 주의 등을 간결하게 나타낸 짧은 어구)처럼, 약에 대한 표어인 '약 좋다고 남용(濫用: 함부로 씀) 말고, 약 모르고 오용(誤用: 잘못 씀) 말자.'를 명심(銘心)해야 할 것 같다.

일본의 니시의학[일본의 니시 가츠조(1884~1959) 교수가 그 당시 수많은 의학 서적을 독파(讀破: 다 읽음)하여 나름대로 과학적 근거가 있고 효과도 좋은 요법(療法)들을 체계화시켜 발표한 것]의 건강 관리법 「약 쓰지 않고 질병 치료해요」에서 '4대 원칙[1. 사지(四肢)-손, 발의 운동, 2. 영양(營養)-영양의 균형, 3. 피부 활동 강화-냉·온욕(冷·溫浴), 4. 건전한 정신-사랑과 감사, 평화와 관용 그리고 인내, 웃음과 선량한 마음]을 주창(主唱: 앞장서서 주장함)'했다. 그리고 일본 최고의 노인 정신의학과, 임상심리학 전문의 와다 히데키 교수가 쓴 '80세의 벽'에서 80세 이후 행복한 노년의 비밀로, 손쉽게 수명을 늘리는 정답으로, "좋아하는 일만 하고, 좋아하는 사람만 만나고, 건강검진도 말고(암도 신경 쓰지 말고), 좋아하는 음식은 가리지 말고 먹고 마시고, 술,

담배도 당기면 마시고 피우고" 한마디로 "노인은 노쇠로 사망하는 것이니, '투병이 아니라–병과 함께', '싸우기보다 길들이기' 하고, 대형병원의 전문의보다 동네 의사를 선택, 적당히 관리하는 것이 노년의 행·불행을 좌우한다."라는 것이다.

18

섭생과 건강

섭생(攝生)의 사전적 정의는 '병에 걸리지 아니하도록 건강관리를 잘하여 오래 살기를 꾀함'인데, 그러기 위해서는 무엇보다도 '음식물을 편식(偏食)하지 않고 고루고루 섭취하는 것을 말한다.'라고 보아야 할 것 같다. 건강에 '약보다 음식이 더 중요하다'라는 것은, 요새는 누구나 다 인정하는 추세가 아닌가? 유의어에 섭양(攝養), 양생(養生), 양수(養壽)가 있는데, 양형(養形)이란 '육체를 기르는 양생법 중 하나로, 호흡조절이나 운동을 말하며, 섭생으로 몸과 마음을 증진(增進: 기운이나 세력 따위가 점점 커져 나가게 함)한다'라는 의미이다.

기원전 430~420년 그리스 의학의 아버지이자 의성(醫聖)이라고 불리는 히포크라테스가 쓴 의술(醫術)에 관한 「히포크라테스 전집(全集: 한데 모아서 한 질로 펴낸 책)」속의 대표적 저작(著作: 책을 지어냄)에서 '약물을 사용하는 인공적인 치료보다는 음식, 운동을 통한 섭생에 의하여 자연적으로 치유할 것을 권고'하고 있고, 중국 명나라 때 고염이라는 사람이 쓴 '준생팔전(遵生八牋)'은 도가(道家)와 석가모니의 설(說: 말씀)을 취(取)한 심신 수양법, 섭생법, 건강법, 음식물, 화초, 약제 처방 따위에 관하여 기술(記述: 있는 그대로 열거하거나 기록하여 서술함)된 책도 있다. 그러면 편식(치우칠 偏 밥 食)이란? '어떤 특정한 음식만을 가려서 즐겨 먹음' 의미로, 유의어는 혹기(惑嗜), 편기(偏嗜: 어떤 음식을 유난히 즐김)이고, 반의어는 건담(健啖), 건식(健食: 음식을 가리지 않고 많이 잘 먹음)이 있다. 이에 덧붙여 '편식 공부(자신이 좋아하거나 잘하는 것만 공부하는 것)', '취업 편식(특정한 업종을 기피하거나 선호하는 현상)', '이념적 편식(관념, 주의, 믿음 따위를 한쪽으로만 치우쳐 받아들임)', '음식 투정(먹을 때 맛에 대하여 흠을 잡거나 편식하며, 짜증 부리는 것)'이라는 말들이 있다.

건강이란 '정신적으로나 육체적으로 아무 탈이 없고 튼튼함, 또는 그런 상태'를 의미하며, 유의어에는 강녕(康寧), 건승(健勝: 탈 없이 건강함), 건전(健全: 건강하고 병이 없음)이 있고, 반의어는 쇠약(衰弱: 몸이 쇠하여 약함), 탈(頉: 변고나 사고), 허약(虛弱: 힘이나 기운이 없고 약함)이 있다. 건강이라는 것은 '육체적뿐만 아니라 정신적 건강도 중요하다'라는 영어 속담으로, 미국의 제3대 대통령 토머스 제퍼슨이 말한 '건강한 육체에 건전한 정신(A sound mind in a sound body)'이 있다. 중국 춘추시대 철학자 노자(老子)는 '도덕경'에서 우리 인간의 생명(生命: 목숨)을 귀생(貴生)과 섭생(攝生)으로 설명했는데, 귀생이란 '자신의 생(生)을 너무 귀하게 여기면 오히려 생을 위태롭게 할 수 있고', 섭생이란 '자신의 생을 적당히 불편하게 억누르면 생이 오히려 더 아름다워질 수 있다'라는 가르침으로, '선섭생자(善攝生者) 이기무사지(以基無死地)'는 '섭생을 잘하는 사람은 죽음의 땅에 들어가지 않는다.'라는 말인데, 오늘날 버전(version: 생각이나 견해의 설명)으로 해석하면, '운동이 필요한데도 행여 다칠까 봐 두려워 집안에만 틀어박혀 있고, 자기 입에 맞고, 맛있는 고기반찬만 먹고 채소는 입에도 대지 않으면 오래 살지 못한다.'라는 의미이다. 물론 사람마다 체질(體質: 몸의 성질이나 특질, 몸바탕)은 다른 법이다. 이 또한 유전적인 경우도 다분(多分: 그 비율이 어느 정도 많음)히 있다. 체질이 사람마다 제각각 다르기에 적합한 환경, 음식, 활동 등이 다를 수 있어, 맛 좋은 고깃국이 모든 이의 입맛을 충족시키고 구미(口味)에 당길 수는 없지만, 이에 불문하고 고루고루 음식을 먹는 섭생법, 균형 잡힌 식단(食單: 일정한 기간에 먹을 음식의 종류와 순서를 계획하여 짠 표)은 건강에 중요한 것이다. 섭생을 협의(狹義), 좁은 의미로 볼 때는 '균형 잡힌 식단', '고루고루 음식을 먹는 것'이지만, 광의(廣義), 넓은 의미로 볼 때는 '균형 잡힌 식사[규칙적인 식사, 다양한 영양소 섭취, 식도락(食道樂: 여러 가지 음식을 맛보는 것을 즐거움으로 삼음)]', '균형 잡힌 운동(무리한 운동이 아닌 적당한 강도와 다양한 운동)', '균형 잡힌 휴식(스트레스 관리, 충분한 휴식, 적절한 수면)' 등을 드는데, 이러한 접근은 우리의 몸과 마음의 건강을 유지하는 데 중요한 역할을 할 뿐만 아니라, 여러 요소가 조화를 이루기도 하는 것인데, 섭생의 습관이 생활이 되고, 생활이 건강이 되어 결국 우리의 '건강을 결정짓는 상호 보완(補完)적이고 상승효과를 낼 수 있는 기반(基盤: 기초가 될 만한 바탕)이 된다.'라는 것을 인식(認識: 사물을 분별하고 판단하여 앎)해야 한다.

건강이 우리 삶의 가장 중요한 부분 중 하나라는 사실을 부인(否認)할 사람은 아무도 없다. 무엇보다도 건강한 몸과 마음이 우리의 삶을 행복하고 만족스럽게 느끼도록 도와줄 뿐만 아니라 이러한 건강한 삶을 이끌어 가는데 가장 중요한 역할을 하는 것이다. 그런데 우리의 삶에서 이렇게 가치 있고, 소중한 것이 특별한 기술이나 장비, 비싼 돈이 필요하지 않다는 것이다. 그렇다면 무엇이 필요하다는 말인가? 그것은 바로, 마음가짐, 각오와 행동의 실천력이다. 실천[(참으로)實 (실행할)踐]이 중요한 까닭은 무엇인가? 아무리 훌륭한 계획을 세워도 실천하지 않으면 아무 소용이 없으며, 자신의 계획대로 실천을 잘하게 되면, 무엇보다도 자신이 자랑스럽고, 뿌듯한 마음이 들기까지 하기 때문이다.

한 사람이 살면서 건강한 삶을 위해서는 섭생(식단 조절)과 운동, 그리고 무엇보다도 마음의 수양 등 두루두루 부단한 노력을 해야만 한다. 이 또한 중요성 못지않게 실천의 필요성을 사자성어나 명사들의 명언들을 통해 배우기로 한다. 먼저 사자성어로, 우리 인간들은 빈부귀천(貧富貴賤)을 떠나 유일한 염원(念願)으로 무병장수(無病長壽: 병 없이 건강하게 오래 삶)하고 수복강녕(壽福康寧: 오래 살고 복을 누리며 건강하고 평안함)하려면 상수여수[上壽如水: 물처럼 도리(道理: 사람이 해야 할 마땅한 길)에 따라 살아감] 해야 하는 것으로, 이는 '마음을 편히 가지라'라는 말로, 마음과 몸은 하나인 까닭에, 적당한 수준에서 욕심을 버리고 살아야 한다는 것이다. 이는 안분지족(安分知足: 편안한 마음으로 제 분수를 지키며 만족을 앎)과 같은 의미이다. 우리말에 '밥이 보약'이라는 말은 약식동원(藥食同原: 약과 음식은 그 근원이 같아 좋은 음식은 약과 같음)이라는 말인데, 생로병사의 근본은 '음식과 식습관에 의한 것'이다. 그리고 호추부두[戶樞不蠹: 문(門)의 위아래 돌쩌귀에는 좀이 슬지 않음]는 '부지런히 일하면 건강에 좋다.'라는 말이며, 수산복해(壽山福海: 수명은 산과 같이 높고, 복은 바다만큼 받음) 하려면, 본인이나 자손(子孫)을 위해서라도 '좋은 일 많이 하고, 남 가슴 아프게 하지 말아야 하겠다.' 다음으로 명사들의 명언들로, '쾌락도, 지혜도, 학문도, 그리고 미덕도 건강 없이는 그 빛을 잃고 만다.' 프랑스 사상가 몽테뉴의 말이고, '건강과 지성은 인생의 두 가지 복 (福)이다.' 고대 그리스 작가 메난드로스의 말이며, '항상 웃어라. 그것 이야말로 돈 안 드는 보약이다.' 영국의 낭만주의 시인 바이런의 말이다. 또한 '재산이란, 건강, 미모, 부의 순이다.' 고대 그리스 철학자 플라톤의 말이고, '식생활로 고칠 수 없는 병은 어떤 요법으로도 고칠 수 없다.' 그리스의 의학자 히포크라테스의 말이며, '오래 살려면 식사를 줄여라.' 미국 건국의 아버지 중 한 사람인 벤저민 프랭클린의 말이다. 특히 마지막 프랭클린의 말은 영국의 속어[俗語: 통속(通俗)적인 저속한 말] 로 '사람은 흉기에 죽지 않고 음식에 살해된다.'라는 말은, 대식단명(大食短命: 과식은 건강을 해쳐 명줄을 단축함)과 같은 말이다.

'식위천(食爲天)'이라는 말은 '음식이 곧 하늘'이라는 의미이다. 사람이 생명을 유지하는데 첫째가 음식이다. 먼저 음식을 잘못 먹는 것은 과식과 편식이며, 그리고 분별없이 아무거나 먹는 것, 특히 오늘날과 같은 물질문명이 발달하여 풍요로운 미식(美食: 맛있는 음식을 먹음)만을 배불리 먹고 마시는 것이다. 그렇다면 음식을 잘 먹는다는 것은 어떤 것인가? 무엇보다도 적당한 양을 고루고루 먹는 섭생이다. 먼저 채식 위주의 식단으로 '하늘로 뻗는 나뭇가지나 풀(잎채소)은 우리 의식을 하늘 높이 날게 하는 것'이다. 지난 과거 어려웠던 시절처럼 고기보다는 고산식물이나 나무 열매, 산이나 들, 논밭에서 길러 자란 과일이나 견과류, 채소 그리고 곡식인 알곡들, 자연의 조화 속에 행복을 만끽하고 자란 식물들을 위주로 먹어야 한다. 이것이 오늘날 중요성이 부각(浮刻: 사물의 특징이 두드러지게 나타남)되고 있는 것은, 육식 위주의 식단이 주(主)를 이루고 있기 때문이다. 한 마디로 채식을 강조하는 것은 육식이 비만이나 콜레스테롤 증가로 말미암은 고혈압과 같은 동맥경화, 심근경색, 당뇨, 중풍, 통풍 등 혈관 계통의 성인병을 유발하기 때문이다. 그러나 채식만으로 영양 섭취에는 한계가 있어, 성장기에 있는 어린아이나 청소년 그리고 정신노동이나 육체노동을 많이 하는 근로자들, 특히 기력이 쇠약한 노인들에게는 육식이 기피(忌避: 꺼리거나 싫어하여 피함)의 대상이 되어서는 안 된다. 한마디로 채식과 육식의 균형 잡힌 식단이 되어야 한다. 한국 가정마다의 식단에는 채소류와 육류뿐만 아니라 해산물(海産物: 바다에서 나는 모든 동·식물)과 수산물(水産物: 물에서 나는 모든 동·식물로 해산물보다 넓은 의미)도 있다. 해·수산물들은 뇌 건강, 간 건강, 골다공증, 변비 등등 여러 가지 면에서 건강에 필수 식품들이기도 하다.

우리 인간의 궁극적 목표는 '행복'이다. 그런데 그 행복의 조건 중 으뜸은 '건강'이라는 것을 부인(否認)할 사람은 아무도 없다. 한마디로 '행복의 어머니는 건강이다.' 그리고 '건강을 잃으면 모든 것을 잃는 것이다.' 이런 중차대(重且大)한 건강에 3대 필수 요소로 첫째, 균형과 규칙적인 '섭생 식사', 둘째, 체질과 체력에 맞는 '섭생 운동', 마지막으로 스트레스 받지 않고, 적절한 휴식과 충분한 수면, '섭생 휴식'이 건강을 위한 가장 실용적이고도 합리적 방법들이다. 더불어 건강의 3대의사(醫師)라고 칭(稱)하는 것이 '자연, 일광(日光: 햇빛), 인내(忍耐: 괴로움이나 어려움을 참고 견딤)'이다. '자연과 일광'은 우리의 '육체 건강에 도움'이 되지만, 인내는 근심과 걱정, 그리고 번뇌(煩惱: 마음이 괴로움)를 버리고 참고 견디며, 너그러운 마음의 힘은 '건전한 정신의 힘줄'인 셈이다.

끝으로 명언 두 개를 인용하는 것으로 대미(大尾)를 장식하려 한다. "인생에서 '성공과 행복'을 거머쥐려(완전한 소유와 장악)면 '비상한 건강'이 필요하다." 미국 사상가 에머슨의 말이고, '환희(歡喜: 즐겁고 기쁨), 섭생, 안정(安靜: 마음이 편안하고 고요함)은 의사(醫師)를 멀리한다.' 미국 시인 롱펠로의 말이다.

19

불면과 숙면

불면(不眠)은 '잠을 자지 못함'이나 '잠을 자지 아니함'이며, 숙면(熟眠)은 '잠이 깊이 듦'이나 '그 잠'을 의미한다. 잠은 죽음과 밀접한 관계를 맺는, 의식 활동이 중단된 무의식(無意識) 상태를 의미한다. 우리말의 '잠들다'라는 말은 '죽다'의 완곡(婉曲: 듣는 사람의 감정이 상하지 않도록 모나지 않고 부드러움)한 표현이고, '영원히 잠들다'의 영면(永眠)은 '죽음'을 의미한다. 우리말에 잠을 나타내는 말이 많이 있다. 잠자는 때, 잠든 정도, 잠자는 모양 등에 따라 크게 세 가지 종류의 표현들이 있다. 먼저 잠자는 때에 따라 아침잠, 늦잠, 낮잠, 초저녁잠, 밤잠 등의 표현들로 볼 때 우리의 조상님 대대로 시도 때도 없이 잠을 잔 것으로 보인다. 그리고 정도에 따라 겉잠(겉으로만 눈을 감고 자는 체함), 선잠, 수잠(깊이 들지 못하거나 흡족하게 이루지 못한 잠), 풋잠(잠든 지 얼마 안 되어 깊이 들지 않은 잠), 토끼잠, 괭이잠, 노루잠(잠들지 못하고 자주 깨는 잠), 한잠(잠시 자는 잠), 헛잠(자는 둥 마는 둥 하는 잠, 거짓으로 자는 체하는 잠), 그루잠(잠깐 깼다 다시 드는 잠), 귀잠, 속잠(아주 깊이 드는 잠), 단잠, 꿀잠(아주 달게 곤히 자는 잠), 한잠(한참 늘어지게 자다)이 있다. 또한 잠든 모양에 따른 잠으로 개(犬)잠(오그리고 옆으로 누워 잠, 설치는 잠), 한자가 다른 개(改)잠(아침에 깨었다가 다시 자는 잠), 나비잠(나비처럼 두 팔을 벌리고 자는 어린아이의 모습), 등걸잠(옷을 입은 채 아무것도 덮지 않고 아무 데나 쓰러져 자는 잠), 말뚝잠(꼿꼿이 앉은 채 자는 잠), 고추박잠(등을 구부리고 앉아서 자는 잠), 새우잠(등을 구부리고 자는 잠), 시 위잠(웅크리고 자는 잠), 쪽잠(틈을 타서 불편하게 자는 잠), 돌꼇잠(이리저리 굴러다니며 자는 잠), 칼잠(불편하게 자는 잠), 발칫잠(남의 발이 닿는 불편한 잠), 발 편잠(마음 놓고 편안하게 자는 잠)이 있으며, 그 밖에 첫잠(막 곤하게 든 잠), 사로잠(조바심하며 자는 잠), 토막잠(잠깐 틈을 내서 자는 잠), 멍석잠(피곤해서 아무 데서나 쓰러져 자는 잠), 꽃잠(신랑 신부가 처음 함께 자는 잠), 한뎃잠[노숙(露宿)이나 한둔(집 밖에서 자는 잠)], 도둑잠(남의 눈에 띄지 않게 몰래 자는 잠)이 있다. 그런데 한 국가나, 가정, 특히 개인이 근심, 걱정 없이 발 펴고 자는, '발편잠'을 자는 사람은 많지 않을 것이며, 우리 모두의 염원(念願)이다.

잠에 대한 선인(先人)들이나 명사(名士)들의 명언(名言)에는 무엇들이 있는가? 유대인의 생활 규범인 탈무드에서는 '영혼까지도 휴식이 필요하다. 그래서 잠을 자는 것이다.'라는 말은 '휴식이 있어야 노동이 있다'라는 것이고, 스페인 문학사에 가장 위대한 인물 세르반테스는 '수면은 피로한 마음의 가장 중요한 약이다.'라고 말했으며, 그리고 미국의 사업가 일라이 조셉 코스만은 '절망에서 희망으로 건너가는 가장 좋은 다리는 밤에 단잠을 자는 것이다'라는 말로 잠을 중요시 여겼으며, 스페인의 작가 그라시안은 '수면은 침묵의 동반자이다. 문제가 있으면 내일 생각하라.'라는 것은 '걱정이나 문제가 있을 때는 자고 나서 다음 날 생각하라.'라는 말로 '고민이나 스트레스받는 일이 있을 때는 푹 자고 일어나면 머리가 맑아지고, 어려움이나 고민거리가 아무것도 아니게 생각이 들 수 있다'라는 것이다. 영국의 수상이었던 처칠은 '내 활력의 근원은 낮잠이다. 낮잠을 자지 않는 사람은 뭔가 부자연스러운 삶을 사는 것이리라.'라는 말로 '낮잠의 중요성'을 말했으며, 프랑스의 황제였던 나폴레옹은 '남자는 4시간, 여자는 5시간, 그리고 바보는 6시간 잔다.'라는 말로 '큰일을 하려면 잠을 많아 자서는 안 된다'라는 말로 '잠을 경계'하기도 했는데 발명왕 에디슨도 그러했으며, 이탈리아의 신학자 토마스 아퀴나스는 '단잠과 목욕, 한잔의 와인은 슬픔을 누그러뜨린다.'라는 말은 '슬픔에 대한 치료 약으로 잠의 의미'를 남겼다.

그리고 프랑스 작가 볼테르는 '신은 현재 여러 근심의 보상으로 희망과 잠을 주었다.'라는 말을 남겼는데, 성경에도 잠에 대한 '영적 의미'가 시편에 쓰여 있다. '너희가 일찍이 일어나고 늦게 누우며 수고의 떡을 먹음이 헛되도다. 그러므로 여호와께서 그의 사랑하시는 자에게 잠을 주시 도다.'라는 말씀은 '하나님과 함께하지 않으면 모든 수고가 헛되고, 하나님이 함께하시면 잠을 자는 것처럼 평안(平安)함과 형통(亨通: 온갖 일이 뜻대로 됨)함을 주신다.'라는 말씀 같다. 일본의 화가이자 작가인 부샤노고오지 사네야쓰도 '사람들에게 편안한 잠을 주는 것은 중요한 일이다. 그것은 사람들에게 활력(活力: 살아 움직이는 힘)을 불어넣어 주기 때문이다. 활력 있는 인간은 반드시 무엇인가를 이 지상에 남기고 간다. 활력 있는 육체와 정신, 그것은 인류 성장의 원동력이고 발전소이다.'라는 말을 남겼다. 그런데 염세(厭世)주의자였던 독일의 철학자 쇼펜하우어는 '수면은 빌려온 한 조각 죽음이다.'라는 말과, 이탈리아의 화가 레오나르도 다빈치는 '잘 보낸 하루 끝에 행복한 잠을 청할 수 있듯이, 한 인생을 잘 산 이후에는 행복한 죽음을 맞이할 수 있다.'라는 말로 '잠과 죽음'을 연계(連繫)시키기도 했다.

수면(睡眠) 중 숙면은 왜 필요한가? 수면은 신체적·정신적 건강의 기본 중 빼놓을 수 없는 중요한 하나이다. 사람은 잘 때 성장호르몬을 비롯해 여러 호르몬이 분비되기 때문에 아이는 잠을 잘 자야 무럭무럭 자라고, 어른은 건강해진다. 또한 수면은 몸의 피로를 해소해 주고, 생체리듬을 유지해 주기 때문에 충분한 시간 동안 수면을 하는 것은 우리의 건강에 필수 불가결(必須不可缺: 꼭 있어야 하며 없어서는 안 됨)하다. 숙면에 대한 방법을 자연스럽게 누구나 다 알 것 같아도, 더러는 그러지 못하는 사람들도 있을 것이다. 요즘, 정보의 홍수 속에 살아가고 있는 우리는 인터넷에서 서핑만 해보면 소상(昭詳: 분명하고 자세한)하게 알 수 있다. 그런데 무엇보다도 그런 정보를 참고(參考), 참조(參照)하여 본인에게 맞는 방법을 찾아, 실행해야 한다. 숙면이 필요한 이유는 크게 세 가지인데, 첫째 인지(認知)기능을 향상시킬 수 있는 것으로, 깨어있는 동안 더 '창의적이고 집중력을 증대'시켜 준다. 둘째 신체적 건강을 돕게 되는 것으로, '면역체계가 개선'되어 감염과 질병 특히 심장질환이나 비만을 예방할 수 있다. 마지막으로 정서적·정신적 건강에 도움이 되어 스트레스의 감소와 우울증이나 불안 증상을 개선하고 다음 날 일의 능률이 오르게 된다.

그렇다면 불면이란 무엇이고 자가 치료법은? '불면은 수면 시간과

질(質)의 이상이라고 한다. 그런데 주관적 불면과 객관적 불면이 있는데 양자가 반드시 일치하지는 않는다. 원인으로는 기계적 불면, 신체 질환에 의한 불면, 뇌 기질 질환에 의한 불면이 있다'라고 전문가들은 말한다. 우리는 일생의 1/3 내지 1/4을 잠을 자며 보낸다고 한다. 그런데 일일 평균 수면 시간은 보통 개인의 건강 상태, 직업 형태나 일의 열성(熱誠)이나 열정(熱情)에 따라 다르겠지만, 일상생활을 잘 유지하기 위하여 최저 4시간~ 최고 8시간으로 전문가들은 평균 6~7시간을 권장하는데, 이보다 수면이 부족하게 된다면 피로가 쏟아지게 되어 집중력이 떨어지고 운동능력도 저하되며, 무엇보다 직업적 일, 학습 능률이 떨어지게 된다는 것이다. 그런데 문제는 불면증으로 그 형태가 다양한데, 먼저 잠들기 어려운 경우, 다음으로 중간에 깨지 않고 지속해서 유지하는 것이 어려운 경우, 마지막으로 너무 일찍 일어나는 경우이다. 불면에는 일시적·일과성 불면증과 만성 불면증으로 나뉘는데, 위험한 것은 오랜 기간 동안 지속되는 만성 불면증이다. 시험, 가족의 사망이나 질병, 경제적 어려움, 자괴감, 수치심과 같은 일시적·일과성 불면증은 수면 습관을 개선한다든지 마음을 굳건히 하면 치유되기도 하지만, 만성 불면증은 당연히 전문 의사와 상담과 치료가 필요하다. 수면에 어려움이 있는 경우를 전문용어로 '일차적 불면증'이라 하고, 특히 신체적·정신질환으로 말미암은 경우를 '이차적 불면증'이라 하는데, 이 경우는 불면 자체보다는 원인에 대한 선행치료가 필요하다. 그런데 불면증으로 말미암은 치료법으로 수면유도제를 복용하는 것은 습관성이 되어, 약물에 의존적으로 될 뿐만 아니라 복용량이 점차 늘어가게 되며, 또 다른 위험을 초래할 수도 있다. 잠이 오지 않는다고 마음 졸이지도, 억지로 잠들려고 안간힘을 쓰지도 말아라. 그때는 책을 보든지, 집안일을 하든지, 집 밖으로 나와 걷는 것도 좋고, 아니면 무엇인가 해보아라. 날을 꼬박 새워도 좋다. 그것이 며칠 계속 지속되어도 노심초사(勞心焦思: 몹시 마음을 쓰며 애를 태움)해서는 안 된다. 때가 될 때까지 기다려 보아라. 한 주(週)가 지나갈 수 있다. 그러나 결코 두 주(週)가 가지는 않을 것이다. 10~12일 정도 지나면 서서히 잠이 오고 깊은 잠이 들게 될 것이다. 그런데 이때 혹여 불면에 관한 약을 복용하고 있다면, 모두 끊고(버리고), 충분한 영양 섭취, 섭생(攝生)에는 게을리해서는 안 된다. 이 모든 것들은 실제 경험담(談)이니, 믿고 따라 보기를 강력히 추천하는 바이다. 우울증으로 가는 길목인 불면을 벗어날 수도 있고, 습관성인 수면 약도 끊을 수 있는 한 방편(方便)이 될 수도 있을 것이다.

끝으로 세계역사상 가장 위대한 작가 중 한 사람이며 스페인 문학사에 가장 위대한 인물인 '돈키호테'를 쓴 세르반테스의 명언을 인용한다. '잠을 발명한 자에게 하나님의 축복이 있을 지어라. 그것은 모든 사람의 생각을 뒤덮는 외투요, 모든 굶주림을 치료해 주는 음식이요. 목동과 양 그리고 무학(無學)자와 현자(賢者)를 평등하게 해주는 저울추(錘)이다.' 신이 우리 인간에게 준 선물은 '잠과 죽음'이다. 우리에게 잠과 죽음이 없다면 과연 어떨까? 한 인간이 살아가는 데 가장 중요한 세 가지 '밥 잘 먹고', '잠 잘 자고', 그리고 '배설(排泄) 잘해야 하는 것'이다. 그런데 한 가지 더 추가해야 할 것은 무엇보다도 '마음을 잘 먹는 생활의 지혜'가 더더욱 필요하다. 왜냐하면 현대인의 가장 큰 병(病) 중 하나인 우울증의 주된 원인은 대체로 '마음의 병'이다. 우울증의 첫 단계는 '잠을 못 자는 불면'에서 시작되며, 중간 단계에 이르면 거식증(拒食症: 먹는 것을 거부하거나 두려워함)이 오고, 때론 그 종착역은 극단적 선택이 되기도 한다. '극단적 선택'은 본인의 불행이기도 하지만, 남은 가족들에게 배신이자 배반의 행위로, 본인보다도 더 큰 불행과 상처를 남기는 행위이다. 더욱 우려스러운 것은 '내림'이 될 수 있다는 것을 명심하고 경계해야 한다는 것이다.

20

여가와 휴식

여가(餘暇) 또는 레저(leisure)의 사전적 정의는 "직업상의 일이나 필수적인 가사 활동 외에 소비하는 시간으로, 먹고, 자는 것, 일하기, 사업, 수업 출석, 숙제나 집안일 하는 것과 같은 의무적인 시간 전, 후에 남는 '자유시간'을 의미"하며, '짬'이라는 단어는 여유시간의 다른 정도, 정확히 말하자면 '어떤 일을 하던 중에 잠깐 다른 것을 할 수 있도록 내는 시간적 여유'를 말하는 것으로 '짬을 내다'로 쓴다. 그리고 휴식(休息)이란 '하던 일을 멈추고 잠깐 쉼'이다. 백과사전에 의하면 '올바른 여가를 체험'하려면 세 가지 기준을 만족해야 하는 것으로, '첫째는 체험을 내가 즐길 수 있어야 하고, 둘째는 자발적으로 참여해야 하며, 마지막으로 본질적으로 자기만의 장점으로 동기부여가 되어야 한다.'라고 쓰여 있다. 오스트리아 심리학자 프로이트는 '인생에서 가장 중요한 것은 일과 사랑인데, 한 가지를 더 든다면 놀이이다.'라는 말에서 '놀이'란, 오늘날의 다양한 '여가 활동'을 말하는 듯하다. 여가 활동은 '휴식과 즐거움'을 주어 인간 행복의 원천일 뿐만 아니라 삶의 활력과 정서적 안정감을 주는 등 인간의 삶에 다양한 긍정적인 영향을 미치게 된다. 그런데 여가 활동은 그 나라의 문화나 정서에 부합(符合)되어야 하며, 자신의 성격, 체력과 건강 상태, 취향(趣向: 하고 싶은 마음의 방향), 그리고 무엇보다도 '경제적 능력범위 안에서 이루어져야 한다.'라는 것은 재론(再論)의 여지(餘地)가 없다.

오늘날과 같이 물질문명의 발달로 말미암아 예전에 비하면 풍요롭게 살고 있어 일하고 밥만 먹고 살 수 없기에, 개인마다의 여가의 활용은 삶의 질을 개선한다는 면에서 어느 것 못지않게 중요하고, 가치를 두고 있어, 이에 편승(便乘)하여 레저산업도 발달하면서 우리 산업발전의 중요한 한 축(軸)을 이루고 있는 것이 현실이다. 우리의 생활 속에는 노동시간, 생활 필수시간, 여가 시간으로 나누는데, 노동시간으로 말미암은 육체적 피곤함과 정신적 스트레스를 해소할 수 있는 유일한 방법은 여가선용과 휴식으로, 삶의 질을 개선한다는 면에서는 여가선용이 더 중요하기 때문에, 자신에 맞는 방법을 선택하는 것이 무엇보다도 중요한 것이다. 특히 여가 활동인 취미 활동을 가족이나 친구, 직장동료들과 함께함으로 서로 친밀도를 높일 뿐만 아니라 인간관계를 더욱 원만하게 할 수 있고, 여기에 '봉사활동'을 포함한다면 금상첨화(錦上添花)이다.

오늘날과 같은 세계적 공통으로 산업사회에서는 주 5일 근무로 말미암은 노동시간의 감소로 레저, 여가 시간의 증대가 각계각층에서 일어나고 있어, 여가 시간에 펼쳐지는 활동의 질(質)은 사회적 · 문화적 배경에 따라 규정되고, 매스미디어(mass media)의 영향으로 특정 여가활동이 유행으로 번지기도 하는데, 이는 국내뿐만 아니라 세계적 유행의 흐름을 타기도 한다. 예를 들어 국내에서 등산 인구가 많았지만, 모

TV 방송국에서 인기리에 방영되고 있는 낚시프로그램으로 말미암아, 요즘은 낚시인구도 등산 인구에 버금가는 추세라 한다.

'우리는 늘 여가를 활용하기 위해 바쁘게 일하고, 평화 속에 살기 위해 전쟁을 벌인다.' 고대 그리스 철학자 아리스토텔레스의 말이고, '레저가 적은 나라에 높은 문화는 자라지 않는다.' 미국의 성직자 헨리 비처의 말이며, '레저와 호기심은 인류에게 유익한 지식을 발전시키지만, 쓸데없는 논쟁이나 힘든 일에는 아무것도 나오지 않는다.' 영국의 문학가 새뮤얼 존슨의 말이다. 직업적인 일에서 육체적으로 힘들고 정신적으로 스트레스가 가중(加重)되어도 휴일 여가를 선용(善用)할 생각으로 무난하게 넘어가기도, 여가를 즐기고 와서 업무에 복귀해 전환된 기분으로 업무에 종사할 수 있어 능률이 오르기도 하는 법이다. 무엇보다도 레저가 발달해있는 나라가 문화가 발달하기 마련이며, 그 반대의 경우도 마찬가지가 되는 것이다. 또한 '여가는 철학의 어머니이다.' 영국의 정치 철학자 토머스 홉스의 명언이다. 그렇다면 철학(哲學)이란 무엇인가? '인간과 세계에 대한 궁극의 근본원리를 추구'하는 것이고, '자기 경험 등에서 얻은 기본적인 생각'이다. 개인적인 면에서 '생각이 말과 행동이 되고, 말과 행동이 습관이 되고, 습관이 성격이 되어 운명이 되며 곧, 성공과 실패를 결정짓게 되는 것이다.' 영국의 수상 '철의 여인' 마거릿 대처 여사의 말이다.

그렇다면 여가를 즐길 수 있는 것들은? 우리의 일상생활에서 자신의 경우를 생각하면 대동소이(大同小異: 서로 비슷비슷함)할 것인데, 아마도 으뜸은 TV 시청일 것이다. '술을 마시거나 아내를 때리는 정도의 시간밖에 없는 노동자에게 틈이 있다면, 텔레비전을 보는 시간이 되고 만다.' 미국의 저널리스트 로버트 허킨즈의 말이다. 그런데 TV 시청은 우리에게 득(得)보다 실(失)이 더 많다. 대부분의 사람들이 가장 선호(選好)하는 연속극 중에는 현실과 동떨어지는 내용들이 많고, 범죄를 유발(誘發)할 수 있거나 그 방법을 시청자들, 특히 청소년들에게 제시해 모방범죄를 일으킬 수도 있으며, 저급한 정치 논리 등의 나쁜 뉴스나 대담, 오락프로, 그리고 무엇보다도 광고의 홍수 속에 더 스트레스를 받을 수도 있다. 광고의 목적은, 시청자들로 하여금 삶이 불충분하고 충만하지 못하다고 느끼도록 하게 해, 부정적인 감정을 끌어내게 되는 것이다. 특히 노년에 일상을 TV 시청만으로 시간을 보낸다면, 육체적으로나 정신적으로 피폐(疲弊)해질 수 있다는 것을 염두(念頭)에 두어야 한다. 그러므로 TV 시청보다는 신문(중앙지, 지방지), 잡지(시사, 교양, 취미 등의 정기 간행물), 관심 분야의 유튜브, 인터넷 서핑, 독서(단행본이나 수필 등)가 더 유익하고 시간 보내기에도 적절하다. 한마디로 '육체적 휴식과 정신적 스트레스에 좋다'라는 것이다.

다음으로 야외에서 즐길 수 있는 여가선용 방법은? 청소년들이야 건강한 육체에 건전한 정신이 깃들 수 있는 구기(球技: 공을 사용하는 운동)종목이 가장 바람직하다. 대학생들은 건강 관련 스포츠보다는 컴퓨터 관련 게임이나 당구, 포켓볼, 공연이나 영화 관람이 주(主)가 된다. 그렇다면 전 연령층에서 즐길 수 있는 여가선용은? 스포츠와 건강을 목적으로 하는 활동(체조, 산책, 조깅, 헬스, 등산, 자전거, 골프 등), 놀이와 오락(컴퓨터 게임, 당구, 화투, 카드놀이 등), 관람과 감상(영화, 연극, 스포츠 경기, 콘

서트, 연주회 등), 취미와 교양(사진, 그림그리기, 서예, 악기 등), 관광 및 여행
(드라이브, 캠핑, 국내 · 외 여행 등), 사교활동(친구나 직장동료, 이성과의 만남, 동
호회 등)이 있는데 그 밖에 가족들, 특히 자녀들과 놀기, 낚시, 정원(화초
나 나무) 가꾸기, 수렵이나 채취, 텃밭 가꾸기, 애완동물이나 짐승 기르
기, 수집(collection), 독서, 글쓰기, 명상, 음악 감상, 노래 부르기, 그 밖
의 자신만의 관심 분야 등이 있다.

　그런데 여기서 혼자서도 할 수 있고, 돈도 들지 않는 경제적이면서
도 정서적으로 가장 좋은 두 가지를 추천해 권장하고 싶은 것으로, 음
악 감상과 노래 부르기이다. 먼저 '음악 감상'이란? 음악이란 '소리의
높낮이 · 장단(長短) · 강약(強弱) 등의 특성을 소재로, 목소리나 악기로
사상이나 감정을 표현하는 예술'이며, 감상이란 '음악 작품의 형식이
나 작품에 숨겨진 의미를 이해하여 즐기고 평가하는 주체적이고 능동
적인 행위'이다. '음악 감상에는 두뇌가 필요 없다.' 세계적 성악가 루
치아노 파바로티의 말이고, '음악과 리듬은 영혼의 비밀 장소를 파고
든다.' 고대 그리스 철학자 플라톤의 말이며, '음악은 인간의 마음속에
존재하는 위대한 가능성을 인간에게 보이는 것이다.' 미국의 사상가
에머슨의 말로, 이들 모두는 음악에 대한 예찬론자들인 셈이다. 특히
우리나라의 세계적인 지휘자 정명훈은 '음악의 목적은 마음의 수양을
통해 더 높은 인격을 완성하는 데 있다'라고 말한다. 그리고 영국의 천
재 요절 시인 존 키츠는 '음악을 들으면서 죽게 해준다면 더 이상 기쁨
이 없으리라'라고 말했다. 다음으로 '노래 부르기'로, 독일 프랑크푸르
트 대학의 연구 결과에 의하면 '노래를 부르면 신체의 저항력이 증대

되고 명상, 걷기운동과 같이 건강에 유익한 효과를 가져온다.'라고 했으며, '정기적으로 노래를 부르면 호흡이 개선되어 산소 흡입량이 늘어나고 순환기에 자극을 주어 신체를 균형 잡히게 하고 활력(活力: 살아 움직이는 힘)이 있게 해준다.'라고 한다. 또한 베를린 샤리테 병원 자이드너 교수는 '노래를 부르면 표현력이 증대되고, 창의력이 발휘되며, 업무 능력도 향상된다.'라고 말했으며, 또한 '목소리의 젊음을 유지하는 데 도움이 되고, 목소리의 노화뿐만 아니라 신체의 노화 진행을 늦추는 효과가 있다.'라고 덧붙였다.

21

취미와 스트레스 해소

취미(趣味)란, '전문적으로 하는 것이 아닌 즐기기 위해서 하는 것, 놀이'로 이익을 추구하는 활동인 노동, 사업 등이나 자기 수양의 훈련과 공부와는 구별된다. 특히 취미는 효율성이나 숙련도, 잘하고 못하고는 전혀 상관이 없다. 그저 본인이 좋아하고 그것으로 만족하며, 만병의 근원인 생활에서 오는 정신적 스트레스(stress, strain: 압박, 긴장감)를 풀 수 있는 것만으로도 충분하다. 우리는 상대에게 취미가 무엇이냐? 라고 묻곤 한다. 한마디로 여가 시간을 어떤 방법으로 시간을 보내느냐? 라는 물음을 하는데, 이렇다 할 만한 것이 없다면 대체로 '독서나 음악 감상'이라고 말들을 한다. 그런데 그 사람의 취미 종류에 따라 어떤 사람인지 대충은 짐작하고 평가도 할 수 있다.

취미는 우리 생활의 필수적인 부분으로, 우리의 열정을 불러일으키고 삶에 의미를 부여하는 역할을 할 수 있어, 우리가 열정을 쏟는 일에 참여할 때 우리의 시간과 에너지가 가치 있는 것에 사용되고 있음을 느끼며, 취미를 통해 우리의 가치관과 신념을 표현하고, 때로는 세상에 기여할 수도 있는 것이다. 그것은 우리의 창의성을 촉진하고 열정을 불러일으켜, 우리의 정신적·육체적 건강을 향상하고, 무엇보다도 생활의 스트레스를 줄이며, 웰빙(well-being: 참살이)을 증진하는 힘이 되기도 한다. 특히 취미는 우리를 다른 사람들과 연결하는 강력한 수단이 되기도 한다. 우리의 취미를 공유하는 사람들을 찾음으로써 공통점을 기반으로 커뮤니티를 구축하고 관계를 형성할 수 있는 것이다. 이러한 연결은 우리의 삶에 더 많은 기쁨과 목적을 가져올 수 있으며, 때로는 직업적인 면에서도 큰 도움이 될 수도 있는 것이다. 그러므로 열정을 갖고 자기의 정서에 알맞은 취미를 발전시키고 그 진정한 가치를 경험해야 하는 것이다.

취미에 대한 영감과 동기를 부여하는 몇 가지 명사들의 명언들로는, '레저생활, 그 자체가 미적이고, 고결(高潔: 성품이 고상하고 순결함)할 만큼의 교양을 몸에 지니고 있다.' 「유한계급」의 저자인 미국의 사회학자 소스타인 베블런의 말이고, '취미는 우리의 삶을 멍에에서 해방하고, 우리의 정신을 날개 달린 말(馬)로 바꾼다.' 로마제국 시대 철학가, 사상가, 정치가, 문학가 루시우스 안나에우스 세네카의 말이며, '진정한 취미는 어린 시절의 즐거움과 열정을 다시 불러일으킨다.' 미국의 작가, 연설가, 성직자 존 C. 맥스웰의 말이다. 그런데 가장 울림을 주는 명언으로 미국 작가, 저널리스트 마크 트웨인의 말 "삶을 살아가는 가장 좋은 방법은 '취미를 직업으로' 만드는 것이다."로, 이는 '취미가 직업일 때 가장 능력 발휘를 잘할 수 있다'라는 말인 것 같다.

스트레스(stress)의 정의는 무엇일까? 의학용어로 '적응하기 어려운 환경에 처할 때 느끼는 심리적 · 신체적 긴장 상태로 장기적으로 지속되면 심장병, 위궤양, 고혈압 따위의 신체적 질환을 일으키기도 하며 불면증, 신경증, 우울증 따위의 심리적 부적응을 나타내기도 하는 것으로 보통 긴장·불안·짜증이란 말로 순화해서 쓰기도 한다. 오늘날 우리 사회의 스트레스 정도가 점점 더 높아져 가고 있고, 이것은 정신 및 육체노동자들, 그리고 학생들뿐만 아니라 모든 일반 사람에게도 해당한다. 스트레스를 완화할 방법들이 있지만, 우선 사람들이 스트레스 해소책으로 가장 흔한 방법 두 가지를 보자.

직장이나 학교에서 스트레스를 많이 받은 후에 집에 돌아와서 가장 먼저 하는 것이 무엇인가? 많은 사람이 소파 위에 쓰러져 TV 리모컨에 손을 뻗는다. 그래서는 안 된다. TV 등장인물들의 스트레스 많은 생활이 집 안 거실을 가득 채우는 것뿐만 아니라, TV 광고에 대해 생각하는 것도 그렇다. 광고의 목적은 사람들의 삶이 불충분하고 충만하지 못한 것이라고 느끼도록 만들며, 시청자들에게 부정적인 감정을 끌어내기도 한다. 사람들이 TV의 주제가 되어 있는 동안, 우리가 보는 상당한 뉴스나 드라마가 나쁜 것이라는 사실을 느낀 적이 있을 것이다. 우리가 보고, 듣는 것 상당 부분이 나쁜 뉴스나 연속극이라는 연구 결과가 있다. 뉴스를 팔기 위해, 언론은 부정적인 뉴스들을 우리에게 쏟아 내고 있다. 더욱이, 보도가 되는 어떤 이야기는 우리들이 도저히 볼 수가 없는 것이기도 하며, 이것은 우리에게 무력감을 낳기도 한다. 특히 현실과 동떨어진 내용의 드라마는 더욱 그렇다. 대신에 지역 신문을 구독하거나 구입해서 읽어보는 것이 어떨까? 그 뉴스는 훨씬 더 낙관적일 수도 있고, 우리의 지역에 대한 정보뿐만 아니라 이웃에 대한 긍정적인 효과를 낳는 식으로 행동을 하도록 영감을 받을 수도 있다. TV를 멀리하는 것은 논쟁과 같은 다른 종류의 스트레스를 피하는 데 도움을 줄 수도 있다. TV에서 무엇을 봐야 하는 것에 관해 가족들과 종종 싸우기도 한다. 논쟁은 우리를 기분 좋게 만드는 데 전혀 도움이 되지 않고, 논쟁으로 이득을 보는 사람은 아무도 없다. 논쟁이 끓어오르고 있다는 사실을 느낀다면 산책을 나가거나, 자신을 진정시킬 수 있는 조용한 장소를 찾는 것이 상책(上策: 가장 좋은 꾀)이다. 다음으로 중요한 것은 스트레스를 해소한다고 먹고, 마시는 카페인을 피해야 한다. 카페인이 포함된 커피, 차, 초콜릿, 코코아 같은 것도 자극을 주는 물질이고, 긴장을 풀게 만들기보다는 더 긴장하고 있도록 만든다. 설탕 성분이 들어있는 음료들도 흥분을 만든다. 허브차를 마시고 가공 처리된 것이 아니라 자연 음식을 먹어야 한다.

심리학자 최인철 교수는 '행복해지려면 행복한 사람의 곁으로 가라'라고 말한다. 우리의 기분이 전이(轉移)되는 것은 단지 행복뿐만 아니라, 우울과 분노도 역시 다른 사람에게 영향을 주게 되므로 상대하는 사람들도 신중할 필요가 있다. 우리 생활인들은 삶을 살아가면서 크게 3가지로, 정신적 스트레스, 육체적 스트레스, 물질적 스트레스를 받아 가며 살아가고 있다. 정신적 스트레스는 대인관계에서 가장 크다. 이 경우는 역지사지(易地思之)하는 마음을 갖는 것이 해소책이다. 그다음으로 육체적 스트레스는 자신의 신체적 불편함이나 이상증세가 나타날 때이다. 이 경우는 미국의 헬렌 켈러 여사의 말('나의 신체적 결함들은 내 존재의 필연적 일부가 아니다. 왜냐하면 그것들은 결코 내 정신의 일부가 아니기 때문이다.')을 마음속에 새겨봄 직하다. 마지막으로 물질적 스트레스인데, 바로 금전이다. 중국의 성현 노자의 가르침('그치는 것을 알면 위태롭지 않고, 족함을 알면 욕됨이 없으며, 그로써 장구하리라.')으로 안분지족(安分知足)한 삶을 살아가는 것이다. 한 마디로 현재 가진 것에 만족하는 것(지금 가지고 있는 이 정도도 기적이라는 생각)이다.

우울증은 현대인의 정신적 감기로, 누구나 걸릴 수도 있고, 나았다가 재발(再發)할 수도 있는데, 때론 우리를 죽음까지도 이르게 하는 우울증의 최초단계 중 하나인 스트레스를 덜 받거나 안 받고 살아가는 방법, 첫째 대인관계에서는 상대의 입장에서 생각해 보고, 둘째 육체적 불편함이나 이상을 정신으로 이겨내며, 셋째 물질적인 면에서는 현재 가진 것에 만족하며 살아가며, 무엇보다도 자기에 맞는 '여가선용과 취미생활'을 하는 것이, 이 복잡한 현대를 살아가며 받는 스트레스를 해소하거나 줄일 수 있는 삶의 지혜가 아닐까? 생각한다.

제7장

기타

1

운명과 음양오행

사주팔자

먼저, 운명(運命)이란 무엇인가? '인간을 포함한 모든 것을 지배하는 초인간적인 힘, 또는 앞으로의 생사(生死)나 존망(存亡)에 관한 처지(處地), 다시 말해 인간을 포함한 우주 일체(一切)가 지배받는 것으로 생각할 때 그 지배하는 필연적이고 초인간적인 힘, 또는 그 힘에 의하여 신상(身上)에 닥치는 인간의 길흉화복(吉凶禍福)'을 의미한다. 나무위키에서는 '운명/필연(必然〈-〉우연)이란, 인간을 포함한 모든 것(우주 만물)이 나아갈 길과, 인간과 우주 만물을 지배하는 초인간적인 힘, 또는 그것에 의해 이미 정해져 있는 목숨이나 처지 혹은 원래부터 정해져 있는 것, 정해져 있기에 반드시 그렇게 되어 있다.'라고 정의한다. '결정론과 연결된다.'라고 하고, 우리가 흔히 말하는 팔자(八字: 사람의 한평생 운수)를 말하는데, 이것에 순응(順應: 환경이나 변화에 적응하여 따름)하면서 살아가는 사람도 있고, 반대로 깨기 위한 것이라고 말하는 사람도 있으며, 운명론을 부정하는 사람도 있다. 그런데 대개는 회복 불가능하거나 돌이킬 수 없는 나쁜 상황일 때 '운명 탓'으로 돌리기도 하지만, '하늘이 무너져도 솟아날 구멍이 있다.'라는 희망의 말로 위로나 격려의 말로 쓰기도 한다. 중국속담에 '하늘의 명(命)은 어길 수 없다.'와 '사람의 뜻과 의지는 하늘을 이길 수 있다.'가 있고, 영국속담에는 '열심히 하면 운이 따른다.'가 있다.

다음으로, 음양오행(陰陽伍行)이란 무엇인가? 우주나 인간의 모든 형상을 음과 양의 두 원리의 소장(消長: 쇠하여 사라짐과 성하여 자라감)으로 설명하는 음양설과 이 영향을 받아 만물의 생성소멸(生成消滅)을 목(木), 화(火), 토(土), 금(金), 수(水)의 변전(變轉: 이리저리 달라져 변함)으로 설명하는 오행설을 함께 묶어 이르는 말로, 음양이란 사물의 현상을 표현하는 하나의 기호에다 모든 사물을 포괄, 귀속시키는 것이다. 오행이란 우주 만물을 형성하는 원기(元氣: 타고난 기운), 곧 목, 화, 토, 금, 수를 이르는 말인데, 이는 오행의 상생(相生)과 상극(相剋)의 관계를 가지고 사물 간의 상호관계 및 그 생성의 변화를 해석하기 위한 방법론적 수단을 응용한 것이다.

마지막으로, 사주팔자(四柱八字)란 무엇인가? 사주란, 사람이 태어난 연월일시(年月日時)의 네 간지(干支), 또는 이에 근거하여 사람의 길흉화복을 알아보는 것이다. 그런데 같은 사주로 태어났어도 시대 배경, 환경, 집안 내력, 특히 부모가 어떠한지에 따라 달라질 수 있다. 또한 내륙, 물가, 더운 지방, 추운 지방, 유복한 가정, 가난한 가정이라는 환경적 차이가 삶에 변화를 주기도 한다. 그리고 팔자란, 한 사람이 타고난 일평생의 운수를 가리키는 것으로 사람이 태어난 연월일시를 간(干)과 지(支)로 표기한 여덟 글자이다.

그렇다면 사주 명리(命理: 하늘에서 내린 목숨과 자연의 이치)학은 무엇인가?

사주에 근거하여 개인의 생년월일시를 분석해 나무(木), 물(水), 불(火), 쇠(金), 흙(土) 다섯 가지 기운의 상생과 상극 관계로 길흉화복을 따지는 것으로 생년월일의 간지 여덟 글자에 나타난 음양과 오행의 배합을 보고, 그 사람의 부귀와 귀천, 부모 형제, 질병, 직업, 결혼, 성공, 길흉 등의 제반 사항들을 판단한다.

먼저 사주를 잘 타고 나야 한다. 그다음으로 팔자다. 사주야 어쩔 수 없다 쳐도 팔자는 자신의 노력 여하에 따라 바꿀 수 있다. 초등학교 때 공부 잘한 사람은 중학교에 와서도 수월하게 성적이 잘 나온다. 그러나 초등학교 때 공부 못한 사람은 중학교에 와서 공부 잘하려면 피나는 노력이 필요한 이치와 같다. 사주라는 '전생(前生)의 성적표'에 의해서 현생(現生)의 삶이 영향을 받는다는 것이다. 그렇다면 팔자를 고칠 방법은 무엇일까? 동양철학 사주명리학자 조용헌 교수의 말에 의하면 '첫째는 독서, 둘째는 명상, 셋째는 적선, 즉 남을 돕는 것, 넷째는 동양의 풍수지리(서양의 생활 과학), 다섯째는 지명(知命), 즉 자신의 운명, 사주팔자를 아는 것이다.'라고 한다. 독서는 운명을 바꿀 수 있는 가장 보편적인 방법이며, 명상과 기도는 안색과 눈빛을 맑게 한다. 그리고 팔자 고치는 가장 확실한 방법 중 하나가 바로 남을 돕는 것, 적선이다. 그런데 적선은 남에게 베푸는 것뿐만 아니라 용서와 배려도 포함된다. 풍수지리, 생활 과학이란 배산임수, 양택(陽宅: 집터), 화장이 대세인 오늘날은 거리감이 느껴지는 음택(陰宅: 묘터), 가구 위치와 같은 집안 인테리어, 출입문 위치나 방향 등등이다. 끝으로 자신의 운명,

사주팔자를 아는 것인데, 때를 아는 것이 팔자의 핵심이다. 때를 알면 그만큼 시행착오를 줄일 수 있고 성공률이 높은 법이다. 사주팔자를 알고 나쁜 것은 더 조심하고, 좋은 것은 더 힘써야 한다. 그리고 운칠기삼(運七技三)이란 말처럼 그 사람의 불굴의 의지와 피나는 노력이 절대 필요하며, 더불어 훌륭한 부모, 스승, 친구를 만나는 것도 매우 중요하다.

사주 명리학을 보통 사람들은, 특히 일부 종교 종파들에서 미신으로 치부하기도 하지만, 이것은 우리 동양의 사상, 철학이며 통계학이고 자연의 이치에 근거한 학문으로, 조상님들이 우리에게 물려주신 유산이자 문화이다. 요즈음 아이들이 태어나면 부르기 편한 이름으로 짓기도 하지만 태어난 생년월일시에 오행이 빠짐없이 적절하게 분포되어 있는지, 그렇지 않다면 한자 이름에라도 오행 중 빠진 자(字)를 넣어 주자. 또한 결혼할 때 남녀 서로의 오행이 적절하게 분포되어 있는지, 만약 한쪽이 오행 중 빠져 있는 것이 있다면 상대 쪽에 그것이 있는 것이 바람직하다. 왜냐하면 부부는 서로 부족한 것을 채워 주는 보완(補完)관계이기 때문이다. 이 두 가지 경우만이라도 결코 간과하거나 소홀히 하지 않는 것이 '삶의 지혜'로, 결코 소홀히 생각하지 않기를 바란다.

2

리더십(지도력)

리더십(leadership)의 사전적 의미는 '무리를 다스리거나 이끌어 가는 지도자로서의 능력'이며 보통 '지도력'이라는 말로 순화(醇化)해서 사용한다. 지도력이란 '어떤 사람이 공동의 임무를 달성하는데 다른 사람들의 도움과 지지를 얻을 수 있는 사교적 영향력의 과정'으로 기술(記述)되어 왔다. '구성원들을 더 잘 포용(包容)하는'이라는 정의도 있으며, '궁극적으로 특별한 일이 일어나도록 하는 것에 사람들이 공헌하는 방법을 만들어 내는 것'이란 말도 있다. 지도력이란 '공동의 목표를 달성하도록 사람들의 무리를 체계적으로 조직하는 것'이다. 지도자는 공식적인 권한을 가질 수도, 그렇지 않을 수도 있다. 지도력을 연구하는 사람들은 다른 여러 가지 중에 '특성, 상황적 상호소통, 기능, 행동, 힘, 전망과 가치, 카리스마(charisma: 대중을 심복시켜 따르게 하는 능력이나 자질)와 지적 능력'을 포함하는 이론들을 만들었다. 그리고 지도자를 '이상으로 다른 사람에게 영감을 주고 사람들을 연합시키는 능력을 지닌 사람'으로 정의하기도 한다. 따라서 조직체는 탁월한 임무를 가지는 것이 중요하다. 왜냐하면 그것은 지도자들의 지도력을 강화하는 강력한 방법이기 때문이다.

한 사람이 사회집단의 지도자로 인정받을 방법에는 가정에서는 부모 중 한 사람이나 둘 다에게, 친구집단에서는 선출 절차 없이 한 사람이나 몇몇에게, 큰 집단에서는 선거나 모집을 통해 공식적으로 임명이 된다. 보통은 지도자들이 특별한 개인적인 능력을 지닌 사람들이라고 여겨지지만, 연구 결과에 따르면 '태생적인 지도자들'의 범주(範疇: 같은 성질을 가진 부류나 범위)가 있다는 일관성(一貫性) 있는 증거를 도출(導出: 어떤 생각이나 결론·반응 따위를 끌어냄)해 내지는 못하고 있다. 이를 보면 모든 지도자가 공통으로 가지고 있는 개인적인 자질(資質: 타고난 성품이나 소질)들의 일정한 범주는 없는 것 같다. 대신에 특정한 집단의 욕구를 충족시킬 수 있는 자질을 가지고 있는 사람이라면, 사실상 누구나 지도자로 인정될 수 있는 것이다.

지도자의 올바른 지도력 행동강령(行動綱領) 여섯 가지가 있다. 첫째, 지도자는 구성원의 호기심을 자극하고 실험하도록 권장하며, 실험하고 배울 수 있는 시간과 공간을 제공하고 지지하며, 성과의 의미를 설명하고 스스로 문제를 해결하게 한다. 둘째, 지도자는 구성원들이 업무의 의미를 깨달을 수 있게 하며, 구성원이 중요하고 의미 있는 일을 하고 있음을 알게 하며, 긍정적이고 일관된 가치와 공동의 목표 의식의 본보기를 보인다. 셋째, 지도자는 구성원이 업무와 개인의 목표를 연결 짓게 하며, 구성원이 자신의 약점이 아닌 강점에 집중하도록 하게 하며 능력이 쌓일수록 더 큰 책임을 맡긴다. 넷째, 지도자는 구성원들에게 업무를 강요하는 도구로 보상과 처벌을 사용하지 않으며, 구성원을 총체적으로 평가하고 어떤 경우도 반대급부(反對給付: 어떤 일에 대응하여 얻게 되는 이익)를 바라지 않는다. 다섯째, 지도자는 정서적 압박감을 낮추기 위해 부정적 감정을 줄이며, 공평하고 합리적인 목표를 세우고 공정성, 도덕성, 정직함 그리고 청렴함을 유지한다. 마지막으로, 구성원들이 타성(惰性: 굳어진 나쁜 버릇)에 젖지 않도록 장애물을 제거하고, 그들의 업무가 중요하고 영향력 있다는 것을 깨닫게 하며, 업무처리를 원활하게 하고, 노력이 낭비되지 않게 한다.

지도자가 반드시 지켜야 할 덕목(德目: 충·효·인·의 따위의 덕을 분류하는 명목) 세 가지가 있다. 첫째는 그 무엇보다 가장 중요한 솔선수범(率先垂範: 남보다 앞장서 행하여 다른 사람의 본보기가 됨)이다. 논어에 있는 기신정 불령이행(其身正 不令而行)이란 말은, '그 자신이 바르면 명령하지 않아도 행(行)해지고, 그 자신이 바르지 않으면 명령하더라도 따르지 않는다.'라는 말이다. 둘째는 아랫사람은 보살펴 주고, 챙겨주어야 한다. 손자병법에 '장수(將帥: 군사를 거느리는 우두머리)는 엄하면서도 부하를 사랑하고 보살펴 주어야 한다'라고 나온다. 셋째는 정의(正義: 진리에 맞는 올바른 도리)의 실현(實現), 즉 신상필벌(信賞必罰: 공이 있는 사람에게 반드시 상을 주고, 죄가 있는 사람에게 벌을 줌)이다. 중국의 정치 사상가인 한비자는 '상벌(賞罰)의 공정성을 잃은 지도자는 발톱과 이빨을 버린 호랑이와 같아서 뜻대로 움직일 수가 없다'라고 했다.

사람은 누구나 한 인생을 살면서 초년병 시절이 있고 지도자 시절이 있을 수 있다. 지금은 조직원을 구성하는 한 사람에 불과하지만, 세월이 지나 연륜과 경륜이 쌓이면 조직 전체를 진두지휘하는 리더가 될 수 있다. 지도자의 분위기는 순식간에 그 조직에 전염되는 법이다.

알지 못하는 사이에 조직의 분위기를 망칠 수도, 띄울 수도 있다. 바로 그 조직의 흥망성쇠(興亡盛衰)를 결정짓게 되는 것이다. 지도력이란 '지위가 아니라 경험에서 나오며, 성실하고 고결한 성품 자체인 것'이다. 작게는 가정이나 조직에서, 크게는 한 국가나 세계 속의 지도자라면 지금 자신이 지도자가 지켜야 할 세 가지 덕목을 갖춘 사람이며, 지켜나가고 있는지 그리고 행동강령 6개 중 미흡(未洽)한 것은 없는지 점검해 보는 것이 참된 지도자의 지혜가 아닐까? 생각해 본다.

끝으로 명사들의 명언들을 인용하는 것으로 글을 맺는다. '좋은 리더는 책임질 때는 자기 몫 이상을 지고, 공을 세웠을 때는 자기 몫 이상을 다른 사람, 구성원에게 돌린다.' 아놀드 그래스의 말이고, '리더가 직원들에게 줄 수 있는 가장 큰 가치는 그들에게 진실을 말하고, 그들이 성장할 수 있는 영역을 설명하며 그들이 변화하도록 돕는 데서 비롯된다.' 존 맥스웰의 말이다.

3

인과응보와 사필귀정 그리고 천벌

인과응보[因(인할 인)果(열매 과)應(응할 응)報(갚을 보)]란, 곧 원인과 결과가 물리고 물린다는 말로 '좋은 일에는 좋은 결과가, 나쁜 일에는 나쁜 결과가 따른다는 것'으로 선인선(善因善), 악인악(惡因惡)이라는 말이기도 하다.

다시 말해 인과응보란 '원인과 결과는 상응(相應)하여 갚는다.'로, '행한 대로 결실(結實)을 얻는다.'라는 의미의 고사성어(故事成語)이다. 그런데 보통은 줄여서 응보(應報), 과보(果報)라고도 하는데, 원래는 불교 용어로 '원인과 결과는 서로 맞물려 이어져 있다'라는 말의 비슷한 사자성어로는 종두득두(種豆得豆), 자업자득(自業自得), 양호유환(養虎遺患), 자업자박(自業自縛), 결자해지(結者解之), 자작자수(自作自受)가 있고, 이것들은 '이미 저지른 잘못에 대해 합당한 처벌이 이루어져야 함'을 강조하거나, '현재에 일어난 어떤 일은 근본적인 이유를 따져 보면 그럴 수밖에 없었던 것이므로 반성해야 한다.'라거나 '나쁜 짓 하면 무서운 벌이 내린다. 즉 천벌(天罰) 받는다.'라는 의미이기도 하다.

성경 말씀으로 갈라디아서에 '뿌린 대로 거둔다.'나 시편에 '울며 씨를 뿌리는 자는 기쁨으로 거둘 것'이라고 쓰여 있으며, 원불교에서는 이를 '인과보응'이라고 하는데, '원인이 있으면 반드시 결과가 있고, 그 결과는 새로운 원인이 되어 다시 새로운 결과를 내게 된다.'라는 것이며, '천지만물(天地萬物)의 생성(生成:사물의 생겨남)변화의 철칙(鐵則: 바꾸거나 어길 수 없는 법칙)'이기도 하다. 불교의 세계관에 대한 백과사전인 '법원주림(法苑珠林)'의 유무삼매경(惟無三昧經) 편에 '선(善)'을 생각하는 자는 선한 과보(果報)를 얻고 악(惡)을 생각하는 자는 악한 과보를 얻는다(日善念者 亦得善果報 一惡念者 亦得惡果報).'라는 구절이 있는데, 불교에서는 윤회(輪廻)의 현상 이면(裏面: 겉으로 드러나거나 보이지 않는 부분)에 인과(因果)관계가 있다고 본다. 현재에 경험하는 모든 일상의 것들은 지난 과거 행위의 결과이며, 지금 행하는 모든 것은 다가올 미래에 그 결과로써 일어난다는 것이다. 원인과 결과가 '과거 · 현재 · 미래의 삼세(三世)'에 호응하여 나타나므로, '과거에 선한 일을 했으면 현재에 좋은 보답을 받게 되고, 현재에 나쁜 짓을 하면 미래에 그 죄에 대한 대가(代價)를 받는다,'라는 것이다. 이 얼마나 인간의 올바르고 선량한 '마음과 행실(行實)'에 대한 삶의 지침(指針)의 말이 또 어디에 있겠는가? 새기고 새겨들어야 할 말이다.

사필귀정[事(일 사)必(반드시 필)歸(돌아갈 귀)正(바를 정)]이란 '처음에는 시비(是非: 잘잘못)곡직(曲直: 사리의 옳고 그름)을 가리지 못하여 그릇되더라도 모든 일은 결국에 가서는 반드시 정리(正理: 올바른 도리)로 돌아간다.'라는 것, 한마디로 '무슨 일이든 옳은 이치[理致: 사물의 정당한 조리(條理: 말이나 글 또는 일이나 행동에서 앞뒤가 들어맞고 체계가 서는 갈피, 두서)]대로 돌아간다.'라는 것이다. 대표적인 사례가 어린 시절이나 학창 시절 읽었던 '디즈니' 만화에서 백설 공주처럼 '고난과 시련이 찾아와도 나중에는 행복을 찾는다.'라는 것과 이솝우화의 '나무꾼과 헤르메스(그리스 신화 올림포스 12신 중 하나)'에서 나무꾼의 '정직함으로 금도끼와 은도끼 모두를 얻게 된 이야기'처럼, 다른 사람을 부러워하고 남의 것을 탐내다 보면 오히려 자기가 가진 것마저 잃을 수 있다는 것이다. 그러나 정직하고 부지런히 자기 일만 하면 모든 일이 뜻대로 이루어진다는 것으로, 비슷한 의미의 사자성어에는 사불범정(邪不犯正: 바르지 못하고 요사스러운 것이 바른 것을 범하지 못함)과 인과응보(因果應報)가 있다.

인과응보나 사필귀정이라는 말의 부정적 결과, 천벌[天(하늘 천)罰(죄벌)]이란 '하늘에서 내리는 큰 벌' '인간이 인간에게 내리는 벌이 아니라 초월적 존재가 인간에게 내리는 벌이다.'라는 의미이다. 유의어에 벼락, 천앙, 천견, 천주, 천형이 있고 동음이지만 한자어가 다른 천벌(天伐)은 '벼락 맞아 죽다'의 의미인데, '천벌 받을 사람'을 '벼락 맞아 죽을 사람'이라고 말하기도 하며, 결과론적 의미인 '천벌 받다.' 그리고 '벼락 맞아 죽다'를 '앙륙(殃戮)하다'라고도 한다.

우리는 세상을 살아가면서 '천벌 받을 인간, 또는 그 인간 천벌 받았다'라는 말을 한다. 상대에게 육체적, 물질적 그리고 정신적으로 큰 피해를 보았을 때 하는 말이다. 그 상대가 큰 피해, 심지어는 죽음에 이르게 되었는데도 인간의 측은지심(惻隱之心: 불쌍히 여기는 마음)보다는 이런 심한 말을 한다는 것은 어찌 보면 인간의 도리로는 좀 아닐지 모르지만, 그만큼 상대방에게서 받은 상처, 피해, 특히 마음의 상처가 컸다는 의미이기도 하다. 이 세상 수많은 분명한 이치, 진리 중 하나가 있다. '남에게 피해 주고, 상처 주고, 마음 아프게 하면 반드시 본인은 물론이고 자식까지도 그 죗값을 치르게 된다.'라는 이 엄연한 진리 앞에 내 말 한마디, 행동거지 하나하나에 경계심을 늦추어서는 안 된다.

요즘 세상에는 '당대, 바로 그 자신이 죗값, 천벌을 받는다.'라는 것을 우리가 모두 명심하고 '생활의 지혜'로 삼고 '남의 눈에 피눈물 나게 한 사람은 반드시 복리(複利)이자(이자에 대해 또다시 이자를 붙임), 더 심하면 달러 이자(날로 계산하여 무는 이자)까지 붙어 피눈물, 심하면 죽음을 맞게 되는 천벌을 받게도 된다.'라는 엄연한 사실을 잊어서는 안 된다. 공자님의 '인간이 되어라.'와 장곡 이석이 선생의 '천벌을 무서워하라.'라는 말씀, 그리고 고대 로마의 문인, 철학자, 정치가 키케로는 '정의가 승리한다. 천벌은 늦더라도 반드시 온다.'와 영어속담 '뿌린 대로 거둔다(As you sow, so shall you reap).'에 귀 기울이고, 살면서 조심, 조심하며 올바른 길, 정도(正道)를 걸어가야 하겠다.

세상을 살아가는데 다른 사람, 특히 주변 사람들에게 이모저모 피해를 주지 않고 살아가기란 그렇게 쉽지는 않다. 그래서 두 가지로 보통은 분류하는데, 바로 선의(善意)의 피해와 악의(惡意), 악질(惡質)적 피해가 있다. 마찬가지로 거짓말에도 선의의 거짓말과 새빨간 거짓말로 나뉜다. 문자 그대로 선의라는 말은 엄밀히 상대에게 피해, 악의보다는 어쩔 수 없는 상황 또는 상대의 기분을 상하지 않게 하기 위함인 경우이다. 그렇다면 오늘날 천벌을 받아 마땅할 만한 악의적, 악질적 행태[行態: 행동하는 양상(樣相), 주로 부정적 의미로 씀]들은 구체적으로 무엇들이 있는가? 수많은 사례 중 몇 가지만 들어보자.

첫 번째, 불륜(不倫)으로 인해 상대 가정을 파국으로 몰고, 그 배우자에게 엄청난 심리적 고통을 주는 자, 두 번째, 미성년자를 대상으로 한 성범죄 그리고 아동이나 노인 학대, 세 번째, 고의적이고 상습적인 악플러, 네 번째, 자기관리와 절제가 안 되어 음주 운전으로 사망 사고를 내거나 큰 부상을 입혀 한 가정이나 개인의 삶을 송두리째 빼앗은 자, 다섯 번째, 극히 일부이긴 하지만 국민을 저버린 부정, 부패, 거짓, 말 바꾸기, 위선, 흑색선전과 선동, 그리고 무엇보다도 내로남불의 성향이 심할뿐더러 죄가 있어도 전혀 죄의식이 없고 남에게 덮어씌우기에 능수능란함으로, 국민에게 극도의 피로감과 허탈감을 주는 위정자, 여섯 번째, 가짜 상품, 특히 사람들의 먹거리에 장난을 쳐 국민 건강을 해치는 자, 일곱 번째, 상습적인 언어폭력으로 가까운 주변 사람의 정신을 황폐(荒廢: 거칠고 메마름)하고 피폐(疲弊: 지치고 쇠약해짐)하게 하는 자, 여덟 번째, 가난하고 외로운 노인 상대 사기 범죄자, 아홉 번째, 피땀 흘려 짓거나 기른 농축수산물(農畜水産物) 절도범, 마지막으로, 혈육이라서 차마 따지지 못할 것으로 판단해 혈육의 장래가 걸린 일에도 금품(金品)을 편취(騙取)하는 자 등이다.

끝으로 도(道)란 '사람이 가야 할 길'로 '만물이 생멸(生滅)하는 이유와 마땅히 그래야만 하는 본질적 법칙'이다. 도(道)의 다섯 가지는, 하늘의 도인 천도(天道: 천지자연의 도리-현대의 자연과학), 정치의 도인 정도(政道:정치를 하는 방침-현대의 정치학), 장사의 도인 상도(商道: 상업에 종사하는 사람 사이에 상호 간에 지켜야 할 도덕적 기준-현대의 경제학), 의술의 도인 의도(醫道: 의료업계 종사자가 의술을 펼치는데 지켜야 할 도덕적이나 히포크라테스 선서

준수-현대의학), 마지막으로 우리 인간들이 살아가는 데 가장 중요한 사람의 도인 인도[人道: 자연계나 사회에서 인간이 마땅히 가져야 할 태도-현대의 인문학(人文學)]이다. 오늘날 물질문명, 특히 과학문명의 발달에 정신문명이 뒤따르지 못하고 있다. 이런 세태에 발맞추어 이 시대에 어떻게 살아가야 할지, 내가 살아가야 할 태도인 도리는 어떤 것들이 있고, 어떻게 해야 할지 한번 생각해 보는 기회를 얻는다는 것도 내 삶에 있어 유의미(有意味)하다고 사료(思料)되는 바이다.

4

새옹지마와 호사다마

새옹지마(塞翁之馬)의 사전적 의미로는 '인생의 길흉화복(吉凶禍福)은 변화가 많아서 예측(豫測)하기 어렵다'라는 의미며 유의어가 전화위복(轉禍爲福), 화전위복이고 반의어가 호사다마인데 결국은 같은 맥락의 의미이다. 새(塞: 변방 새)옹(翁: 늙은이 옹)지(之:조사 지)마(馬: 말 마)는 새옹의 말, 즉 변방 노인의 말처럼 '복이 화가 되기도 하고, 화가 복이 될수도 있다'라는 한마디로 '눈앞에 벌어지는 결과만을 갖고 너무 연연(戀戀: 집착해 미련을 가짐)해하지 말라'라는 말이다. 우리 속담에 '인간 만사는 새옹지마'란 말이 회자(膾炙: 사람들 입에 자주 오르내림)되고 있고, 영어 표현으로는 An evil may sometimes turn out to be a blessing in disguise. Inscrutable are the way of Heaven[하늘의 섭리(攝理: 자연계를 지배하고 있는 원리와 법칙)는 측정할 수 없다.] 등이 있다.

오늘날 우리의 현실에서 정치 지도자들, 선량(選良: 국회의원의 별칭)들, 국가기관이나 지도층 인사들, 크고 작은 조직의 리더들 모두 '인간사 새옹지마'라는 말을 새기면서 국가와 사회 또는 조직의 먼 장래를 위해서 무엇을, 그리고 어떻게 해야 할지를 심사숙고하여 말 한마디 행동거지 하나하나에 신중을 기할 뿐만 아니라 훗날 그 자리를 떠나 야인(野人: 벼슬하지 않는)이 되었을 때를 반드시 생각하면서 처신(處身: 세상을 살아감에 있어서 가져야 할 몸가짐이나 행동)해야 할 것이다. 무엇보다도 현재 아무리 좋은 환경과 위치에 있다 하더라도 결코 '영원할 수는 없는 법'이며 인생의 긴 여정(旅程: 여행의 과정이나 일정)에서 '오르막길이 있으면 내리막길이 있다'라는 평범한 진리를 겸허(謙虛: 겸손한 태도)하게 받아들이고 '머리 숙일 줄 알아야 한다.'라는 것이다.

'새옹지마'란 말의 유래는 "중국 국경에 한 노인이 살고 있었는데 어느 날 노인이 기르던 말이 국경을 넘어 오랑캐 땅으로 넘어가 버렸다. 그러자 주변 사람들이 위로의 말을 하자 노인은 '이 일이 복(福)이 될지 누가 압니까?' 하고는 태연자약(泰然自若: 마음에 어떤 충동을 받아도 움직임이 없이 천연스러움)한 모습이었다. 그로부터 한참을 지난 어느 날, 도망쳤던 말이 암말 한 필과 함께 돌아왔다. 주변 사람들은 '노인께서 말씀하신 그대로입니다.'라고들 하며 축하해 주었다. 그런데 그 노인은 다시 '이게 화(禍)가 될지 누가 압니까?'라고 말하고는 기뻐하지 않았다. 그리고 며칠 후 노인의 아들이 말을 타다가 말에서 떨어져 다리가 부러지고 말았다. 이에 다시 주변 사람들이 위로의 말을 하자 노인은 역시 '복이 될지 모르는 일이요' 하며 표정을 바꾸지 않았다. 그로부터 얼마 지나지 않아 오랑캐가 침략해 들어와 나라에서 징집령(徵集令)이 내려 젊은이들이 전장(戰場)에 나가야 했지만 노인의 아들은 다리가 부러진 이유로 전장에 나가지 않게 되었다"라는 고사(故事)이다.

호사다마(好事多魔)란 '좋은 일에는 방해가 따르거나 좋지 않은 일이 생길 수 있고, 좋은 일이 실현되기 위해서는 많은 풍파(風波: 살아가는 데서 생기는 곤란이나 고통 따위)를 겪어야 한다.'라는 의미이다. 중국 청나라 때 조설근이 쓴 홍루몽(紅樓夢)에 '그런 홍진(紅塵: '번거롭고 속된 세상'의 비유) 세상에 즐거운 일이 있다 하지만, 영원히 의지할 수는 없는 일이다. 하물며 또 미중부족 호사다마(美中不足 好事多魔:옥에도 티가 있고, 좋은 일에는 탈도 많다)'라고 나온다. 또 한 예(例)로 성경에서는 '소년 다윗이 블러셋 전투에서 대장군 골리앗을 일격(一擊:한 번 침)에 쓰러뜨리고, 예루살렘으로 개선했을 때 길거리의 백성들이 환호하였으나 이것이 사울왕의 미움을 받게 되어, 왕이 죽기 직전까지 살해의 위협을 받으며 도망자의 삶을 살았던 경우'이다. 한마디로 '좋은 일이 일어났을 때, 무턱대고 좋아하고 너무 들뜨지 말며 방심하지 말고 늘 경계하라'라는 의미이다. 중국 원나라 때 고칙성이 쓴 희곡 '비파기'에서도 '호사다마'라는 말이 나오는데 내용인즉, '어떤 사람이 돼지를 키우는데 어느 날 어미돼지가 새끼를 열두 마리를 낳자 기뻐하고 있는데 다음 주 또 열두 마리를 낳자, 정성을 다해 돼지를 돌보던 주인은 슬슬 꾀를 부리기 시작하면서 게을러지게 되었는데 어느 날 전염병이 들어 그 돼지들이 다 죽게 되었다.'라는 데서 유래되었다고 한다. 유의어에 호몽부장(好夢不長: 좋은 일은 오래 계속 되지 않는다)와 시어다골(鰣魚多骨: 맛이 좋은 준치에 가시가 많다. 좋은 면의 한편에는 좋지 못한 면이 있음)이 있고 반의어는 새옹지마와 전화위복 그리고 일범풍순(一帆風順: 순풍에 돛을 올리듯 일이 순조롭게 진행된다)인데 '좋은 일이 계속 일어난다 해도 방심하지 말라'라는 경계의 의미로 쓰이는 것이다.

새옹지마와 호사다마는 사자성어이기도 하지만 고사성어에 해당한다. 그렇다면 고사성어(故옛 고, 事일 사, 成이룰 성, 語말씀 어)와 사자성어(四넉 사, 字글자 자, 成語)의 차이는 무엇인가? 둘 다 한자어로 이루어진 것으로는 같지만, 한자로 뜻풀이해 보면 고사성어는 '옛날 일로 이루어진 말, 옛이야기가 전해져 내려온 것으로 글자 수의 제한이 없는 것[예, 백문불여일견(百聞不如一見), 동가식서가숙(東家食西家宿)]'이며, 사자성어는 한자 네 자로 이루어진 것으로 고사성어와 마찬가지로 보통 '교훈이나 유래(由來: 사물이나 일이 생겨남)'를 담은 것이다. 그런데 고사성어나 사자성어에서 단어 하나만 바꾸어도 천차만별(千差萬別)의 의미가 되기도 한다. 그 예(例)로 '호사다마'라는 말을 어떤 이는 다음과 같이 마지막 한 단어를 바꾸어 긍정적으로 해석하는 이도 있다. '호사다친우(好事多親友: 좋은 일에는 친구도 많고), 호사다지인(好事多知人: 좋은 일에는 지인도 많고), 호사다귀인(好事多貴人: 좋은 일에는 귀인도 많고), 호사다력자(好事多力者: 좋은 일에는 능력자도 많고), 호사다명인(好事多名人: 좋은 일에는 이름난 자도 많다)'이라는 것이다. 그리고 우리가 흔히 말하는 '인간만사 새옹지마'는 '세상일 어떻게 될지 아무도 모른다. 언제 엎어지고 뒤집힐지 모른다.'처럼 '인간 만사 일장춘몽'이라고도 말하는데 이는 우리 인간의 인생을 '짧은 봄날의 잠시 스쳐 지나가는 꿈에 불과하다'라는 말로 '인생의 덧없음'을 의미하는 것으로 우리 속담에 '인생은 뿌리 없는 평초(萍草)'와 같다.

'행운을 견디려면 불행을 겪을 때 필요한 것보다 더 커다란 몇 개의 미덕이 필요하다.' 17세기 프랑스의 고전작가, 공작이었던 라 슈코프의 말이다. 요즘 말로 '잘 나갈 때 조심해야 한다는 것이다.' 이렇다 할 뭐가 없을 때는 주변에서 거들떠보지도 않지만, 잘되어 보이면 그때부터 주변의 시기 질투로 모함을 받을 수도, 인신공격을 받을 수 있다는 것이다. 한 마디로 잘 나갈 때일수록 처신(處身: 몸가짐이나 행동)을 잘해야 한다. 이런 경우 중국 대학자이신 공자님의 역지사지(易地思之: 처지를 바꾸어 생각함)라는 사자성어는, 옛날 중국에는 벼슬아치인 하우와 후직이 있었는데 그 둘은 나랏일을 하느라 너무 바빠 자신들의 집에는 신경도 쓰지 않자, 주변 사람들이 집을 찾아가 보라고 권고해도, '내가 나랏일을 제대로 못 하면 백성들이 힘들 수 있다.'라고 하며 '나랏일에만 집중했다'라는 말을 들은 공자님은 그들을 칭찬하며 '입장을 바꾸어 다른 사람의 처지를 헤아려 보는 것은 꼭 필요한 일이다.'라는 말에서 유래 되었다고 한다. 그렇다. 우리가 남의 입장을 조금만 이해해 주고 바꿔 생각한다면, 인간관계의 오해나 분란(紛亂: 어수선하고 소란스러움)은 일어나지 않을 것이며, 또한 자신이 해야 할 역할이 무엇인지를 어렵지 않게 깨닫고 생각이나 행동에 임(任: 떠맡아 제 직분으로 삼음)하게 될 것이다.

끝으로 이 글을 쓰는 나 자신, 그리고 이 글을 읽는 모든 이들이 이것 하나만은 분명히 해두고 살아가자. 한마디로 인생사, 인간사 모두 '희비고락(喜悲苦樂), 기쁨과 슬픔 그리고 괴로움과 즐거움이 있다'라는 것이다. 한 인간이 살아가다 보면 좋은 일, 나쁜 일 모두 있다. '좋다고 너무 좋아하고 자만(自慢)해서도, 나쁘다고 슬퍼하거나 실망하고 좌절하지 말며, 매사 모든 일에 일희일비(一喜一悲) 좌지우지(左之右之)되지 말자'라는 것이다. 이스라엘 속담에 '계속해서 햇볕만이 비추면 오직 사막만이 만들어질 뿐이다.'라는 말이 있다. 맑은 날이 계속되다가 오는 비는 좋다. 비가 계속 내리다가 맑은 날이 오면 더 좋다. 맑은 날, 궂은 날 둘 다 그 가치가 있다. 그 어느 것도 좋다, 나쁘다고 단정(斷定: 딱 잘라 판단하고 결정함) 지을 수 없다. 인생사도 마찬가지이다. 어찌 보면 '슬픔이 있기에 기쁨이 배가(倍加)되고, 괴로움이 있기에 즐거움이 배가된다.'라는 이 또한 평범한 진리에 '우리 모두 순응(順應)하고 살아가자는 것'이다.

5

약자와 강자

세상에는 크게 두 부류(部類), 약자(弱者), 강자(强者)로 나뉜다. 약자는 '힘이나 세력이 약한 사람이나 생물, 또는 그런 집단'이고, 강자는 '힘이나 세력이 강한 사람이나, 생물 또는 그런 집단을 말하는 것'으로, 사대(事大)는 '약자가 강자를 섬기는 것'인데, 우리의 지난 과거 부끄러웠던 '사대주의'는 주체성(主體性) 없이 세력이 큰 나라나 세력권에 붙어 그 존립을 유지하거나 빌붙고자 하는 의식과 태도를 말하는 것으로, 반의어는 '민족주의(民族主義)'이고 그밖에 사대교린(交隣)이나 문화 사대주의, 그리고 사대주의 근성이라는 말들이 쓰였다. 그리고 오늘날에는 우리 주변의 사회적 약자들(보편적인 사람들의 모습과 다르거나 삶의 방식, 또는 사고방식이 다르다고 후천적으로 구별하여 '비정상이라고 구분하는 경우)을 대하는 일반인들의 올바른 태도와 각별(各別)하고도 세심(細心)한 배려로 그들이 소외(疏外)되지 않고, '우리와 함께 더불어 살아가는 사회적 분위기 조성이 필요(必要)하다.' 하겠다.

유대인의 생활 규범인 탈무드에 '약자와 강자'의 이야기가 있는데, 세상에서 강하다고 여겨지는 것이 형편없이 약한 것을 두려워하는 경우로 '사자는 자기를 마구 물어뜯는 모기를 두려워하고, 코끼리는 자기 다리를 파고들어 오는 거머리를 두려워하며, 전갈은 꼬리에 파리가 붙으면 찌르려다가 그만 자기 독으로 자기 꼬리를 찌르는 경우가 있어 전갈은 파리를 두려워한다.'라고 한다. 이는 '강자가 무조건 약자에게 두려운 존재는 아니며, 아무리 약자라 할지라도 조건만 성립되면 강자를 굴복시킬 수도 있다.'라는 '약자에게 기죽지 말고 어떤 일이든 할 수 있고, 그리고 하라'라는 '희망과 격려'의 말인 것 같다.

그런데 고대 그리스 철학자 플라톤은 자연의 법으로 '강자가 약자를 지배'한다는 이론을 폈다. 구체적으로 '본성 자체가 주는 바는 더 훌륭한 자가 더 열등한 자보다, 그리고 더 힘 있는 자가 힘없는 자보다 더 많은 몫을 가지는 것이 더 정당하다'라는 것이다. 동물의 세계에서뿐만 아니라 인간들의 모든 나라와 모든 종족에서도 '강자가 약자를 지배하고 더 많은 몫을 지니는 것이 정의롭다.'라고 주장했다. 이 주장도 지극히 지당(至當: 이치에 맞고 정당함)한 말이다. 일반적으로 사람들은 강자에게 약하고 약자에게 강한 법이다. 그렇다면 약자가 강해지려 하거나 강자와 대적(對敵: 맞서 싸움)하려면 어떻게 해야 하는가? 첫째 실력(힘)이 있어야 한다. 둘째 강단(剛斷: 어려움을 견디는 힘)이 있어야 한다. 마지막으로 어떤 불이익도 감수(甘受: 고통 따위를 달게 받음)할 각오가 되어있어야 한다. 그런데 세상 이치가 언제나 뒤집힐 수 있는 개연성은 있는 법이다. 한마디로 정의(正義)는 언제나 살아 있는 법이다. 항상 소신(所信: 굳건한 믿음과 생각)있는 삶의 자세가 생활 속에 깃들어 있어야 하며, 언제나 불의(不義)라면 아무리 강자라 할지라도 맞서 싸울 대찬 각오가 되어있어야 한다는 것이다. 어쩌면 강자에게는 큰소리치고, 약자에게는 다정스럽게 말할 줄 아는 것이 사회생활에서 성공의 모태(母胎)가 될 수도 있다.

또 다른 한편으로 원불교를 창시(創始)하신 소태산 대종사가 제시한 사회발전의 원리로 '정전(正傳)' 수행 편에 강자약자진화상요법(强者弱者進化上療法)이 다음과 같이 수록되어 있다. '강자가 더욱 강하여 영원한 강자가 되고 약자라도 점점 강하여 영원한 강자가 되는 법이 있건마는, 이 세상 사람들은 그 좋은 자리이타(利他:자신의 이익보다는 다른 이의 이익을 더 꾀함) 법을 쓰지 못하고 약육강식을 하며, 약자는 강자를 미워만 하다가 강자와 약자와는 원수가 되며 또는, 생명을 희생하며 더욱 심하면 세세생생(世世生生: 불가에서 말하는 몇 번이든지 다시 환생함) 끊어짐이 없는 죄를 지어 고(苦)를 만난다.'라고 되어있다. 한 마디로 강자라고 해서 약자를 무시하고 함부로 할 것도 아니며, 약자라고 해서 강자를 시기 질투만을 일삼고 미워할 일은 아니다. 무엇보다도 '강자에게 맞설 수 있는 힘을 기르는 일에 혼신(魂神)을 다 해야 한다'는 것이다.

약자와 강자에 관한 명언들을 살펴보자. '지혜로운 사람은 행동으로 말을 증명하고, 어리석은 사람은 말로 행위를 변명한다. 승자(강자)는 책임지는 태도로 살며, 패자(약자)는 약속만을 남발(濫發)한다.' 유대 경전에 나오는 말이고, '길을 가다가 돌이 나타나면 약자는 그것을 걸림돌이라고 말하고 강자는 그것을 디딤돌이라고 말한다.' 영국의 사학자 토머스 칼라일의 말이며, '약자는 기회를 기다린다. 그러나 강자는 기회를 만든다.' 앤더슨 바텐의 말이다. 그런데 기다리기만 한다면 그것은 약자의 모습인지 몰라도, 기회를 얻기 위해 준비하는 과정에 단련되는 모습은 강자의 모습일 것이다. 기회는 만드는 것이지 주어지지는 않는다는 것을 아는 사람은, 강자의 면모를 갖춘 사람임이 틀림없다. 그러므로 우리는 누구나 강자가 될 수 있다는 자신감을 지니고 있어야 한다.

약육강식(弱肉强食)과 적자생존(適者生存)의 의미는? 약하면 강자에게 먹히는 약육강식은 동물의 '먹이사슬'뿐만 아니라 우리 인간세계의 치열한 '경쟁사회'를 말하기도 하는 것이다. 과거에는 육체적으로 힘이 센 사람이 약한 사람을 지배해 왔지만, 오늘날은 두뇌가 명석(明晳)하거나 돈이 많은 사람이 그렇지 못한 사람을 아래에 두어 이득을 취하거나 휘하(麾下: 예하)에 두고 부린다. 약육강식이라는 말에 항상 뒤에 따라다니는, 영국의 철학자 허버트 스펜서가 제시한 적자생존(survival of the fittest: 최적자들의 생존)은 '진화론적인 시각에서 조명(照明)'하는 것으로 '환경의 변화에 잘 적응하고 오래 살아남는 생명체'를 의미하는 것으로, 어찌 보면 약육강식이라는 말은 자연의 법칙에 맞는 말이지만, 오늘날 국가나 기업경영 차원에서 보면 '적자생존이라는 말이 더 현실성이 있다.' 하겠다. 한 인간에게도 마찬가지이다. 강자는 언제나 변화에 있어 몸은 민첩(敏捷: 재빠르고 날쌤)하게 움직이고, 처세에도 교묘하고 끈질기게 행동한다. 그렇다면 약자는 어떠해야 하는가? 약자가 승리할 방법은 '선택과 집중'을 통해 강자에 의존하여 '자기 발전'을 이룩한 후에 강자를 밀어제치거나 우위를 점하는 방법밖에는 다른 도리가 없는 것이다.

그렇다면 약자와 강자의 차이는? 보통 사람들은 생각하기를 약자와 강자와의 차이는 거대하고 불가항력(不可抗力: 인간의 힘으로는 어쩌할 수 없는 힘)이 있을 거라는 것이 일반적 통념(通念)이다. 그러나 그 차이는 결코 크지 않은 간발(間髮: 아주 적음)의 차이, '생각과 의지(意志)'이다. 예를 들어, 내 목표가 100이라는 수치인데 내 능력은 30밖에 안되고, 죽어라고 노력해 봤자 50밖에는 도달할 수 없다고 생각한 나머지 고생만 하고 "목표 달성은 불가(不可)(이때 대개 푸념의 혼자 말로 '내가 내 능력을 알지! 다른 사람은 몰라도 나는 안 돼!')하다"라고 생각하고는 포기해 버리는 것은 약자들이고, 강자들은 그거라도 하려고 덤벼들어, 반드시 50 이상~100까지도 달성(達成: 목표한 바를 성취함)하고 마는 것이다. 한마디로 하고자 하는 '불굴(不屈)의 의지'와 '진취(進取)적인 기상(氣像: 올곧은 마음)과 기개[氣槪: 굳은 절개(節槪: 신념을 굽히지 않고 굳게 지킴)]'의 차이이다. 그런데 이것은 성격으로 습관이 되어 강자는 어디를 가나 강자로 자리매김을 하지만, 약자는 어디를 가나 약자로 남게 되어 강자에게 굴종(屈從)하며, 하자는 대로 하고는 현실에 안주(安住)하는 것으로 만족하며 그 자리를 벗어나지 못하게 된다. 사자성어에 양웅상쟁(兩雄相爭)과 용호상박(龍虎相搏)은 '강자끼리 서로 싸운다.' '용과 범이 서로 싸운다.'라는 의미로, 약자들끼리는 싸움이 잘 일어나지 않는 법이다. 강자끼리의 싸움이야말로 진정한 싸움이며, 거기서 이겨야 최고의 승자, '최강자'가 되는 것이다. 한 번도 강자가 된 적이 없는 사람은 강자가 되는 것은 쉽지 않은 법이다.

끝으로 도가(道家)의 창시자인 중국의 사상가 노자(老子)의 명언을 인용한다. "강하고 큰 것은 아래에 머물고 부드럽고 약한 것은 위에 있게 되는 것이 자연의 이치이다. 천하의 지극히 부드러운 것이 천하의 강한 것을 지배한다. 강해지려면 '흐르는 물'처럼 되어야 한다. 물은 장애물만 없으면 유유히 흐르고 장애물이 있으면 흐르지 않는 법이다. 물은 부드럽고 마음대로 흐르기 때문에 가장 불요불급(不要不急: 필요하지도 급하지도 않음)하고도 강한 것이다. 이 세상에 물보다 무르고 약한 것은 없다. 그러나 물이 바위 위에 계속 떨어질 때 그 바위는 구멍이 뚫리고 만다. 이처럼 약한 것도 '한 곳에 힘을 모으면' 강한 것을 능히 이길 수 있다." 음미(吟味)해 보고 '삶의 지혜'로 삼아보아라.

6

대화와 화술

대화(對話)와 화술(話術)의 사전적 정의는? 대화는 '마주 대하여 이야기를 주고받거나 그 이야기'로 담화(談話), 대담(對談)이라고도 한다. 화술이란 '말을 잘하는 슬기와 능력'으로 말솜씨, 말주변이라고도 한다. 그러면 말씀, 말투, 그리고 말씨는? 말씀이란 남의 말을 높이거나 자기 말을 낮출 때도 쓰이며, 기독교 하나님이 자신의 계획과 목적을 인간에게 알리고 그것을 성취하는 데 쓴 수단이기도 하며, 고담(高談), 고화(高話)라고도 한다. 말투는 말하는 버릇이나 본새를 말하는 것으로, 구기(口氣). 말본, 말본새라고도 한다. 말씨는 말하는 태도나 버릇의 의미이지만 말에서 느껴지는 감정 따위의 색깔이나 방언의 차이로 나타나는 말의 특징으로 말버릇, 어투(語套), 언사(言辭)라고도 한다. 우리는 듣고 말하는 것이 일상에서 너무 빈번하고 흔한 일이어서 그 소중함과 가치를 간과(看過)하고 만다. 이청득심(以請得心)이란 '귀 기울여 경청하는 일은 사람의 마음을 얻는 최고의 지혜'라는 말로 삶의 지혜는 듣는 데서 비롯되기도 하지만, 그러나 그에 못지않게 말을 잘하는 데서 비롯되기도 한다. 그리고 언위심성 서심화야(言爲心聲 書心畵也)란 '말은 마음의 소리'요, '글은 마음의 그림'이란 말로, '사람이 지닌 향기는

말에서 뿜어져 나오는 것이다.' 그러므로 '내 말은 누군가에게 향기로운 꽃이 되어야 한다.'

E. 리스의 명언 '말도 아름다운 꽃처럼 그 색깔을 지닌다.'처럼 말은 그 사람의 성격, 인격, 생각, 성장배경, 배움 그리고 사고방식이 묻어 나오고, 그 사람의 가치가 묻어 나온다. '말은 마음의 초상이다.' J. 레이의 명언이며, '언어(말)는 사고의 토대이고 사고는 감정의 토대이다.' J. 리버만의 명언이고, '언어(말)는 감정이 충만한 데서 나온다.' 세르반테스의 명언이다. 말은 '하는 사람을 어떤 사람으로 만드는 힘'을 지닌다. 말을 함부로 하는 사람은 부정적 이미지를 주지만 상대방을 존중하는 말은 긍정적 이미지를 만들어 준다. 말에는 그 가치(價値: 값어치, 사물이 지닌 의의나 중요성)가 있는 것이다. 그러므로 결코 말을 함부로 해서는 안 되며, 특히 상대를 무시하는 말투나 상처 주는 말은 삼가야 한다. 자신이 내뱉은 말 한마디로 자신의 가치가 높아지기도, 낮아질 수도 있다는 것을 명심해야 한다. 무심코 던진 한마디의 말에서 그 사람의 품격(品格)이 드러나는 것이다. 티베트의 격언에 '말이란 토끼와 같이 부드러울수록 좋다.'라는 말이 있다. 부드럽고 정감(情感) 어린 말 한마디는 인간관계에서 가장 중요한 것이다. 에머슨은 '다정하고 조용한 말은 힘이 있다.'라고 말했으며, 뮬러는 '훌륭한 말은 훌륭한 무기이다.'라고 말했다. 또한 말에는 조리(條理: 앞뒤가 맞고 체계가 섬)에 맞는 말, 그리고 분별(分別)이 있어야 한다. '훌륭한 언어의 문법(文法: 말의 구성)은 사리분별력(事理分別力)에 있다.' 세르반테스의 말이다. '격언이나 명언이라고 하는 것들이 잘 이해할 수 없어도 놀라울 정도로 쓸모 있

는 것이다.'라는 푸시킨의 말처럼 우리는 나라마다의 격언이나 속담, 그리고 선인(先人)들의 명언에서 '삶의 철학과 지혜'를 얻을 수 있다.

'화술은 단순한 언어의 유희(遊戱)나 심리적인 마술이 아니라 상대와의 인간관계의 조화를 실현하기 위한 자기표현의 기술이며 연출이다.' 단재(丹齋: 일제 강점기 독립운동가 신채호의 号) 역사학회 포럼 대표 홍서여 작가의 말이다. 사실 화술이라는 말을 문자 그대로 풀어볼 때 '기술'이 있을까마는, 이전 단락에서 언급(言及)한 것 이외 주의해야 할 몇 가지를 살펴보면, 첫째, 다른 일 하면서 대화하지 말고 대화 하나에만 집중해야 한다. 둘째, 대화의 흐름을 따라야 한다. 대화 중 갑자기 떠오른 생각을 말해서는 안 된다. 셋째, 했던 말 또 하는 식의 반복된 말을 해서는 안 되며, 잘난 체해서도 안 된다. 넷째, 내 경험과 상대의 경험을 동일시해서는 안 된다. 상대와 나는 엄연히 다르다. 마지막으로 가능한 한 짧게 말해야 한다. 흥미를 유지할 정도 짧게, 그리고 주제에 따라 길이는 조정해야 하며, 상대의 반응에 따라 유연하게 조정해야 한다. 그런데 말하는 것의 근본(根本)은 '듣는 데서부터 시작'되어야 한다. 유대인의 생활 규범인 탈무드에서 '입이 하나, 귀가 두 개인 이유가 있다. 말하기보다는 듣기를 두 배 더하라는 뜻이다.'처럼 상대의 말을 듣는 것이 먼저이고 내 말이 나중인 것이 인간관계에서 처세의 기본 자세이며, 말실수의 확률을 최소화하는 방편(方便)이기도 하다. 올리버 웬들 홈스는 '말하는 것은 지식의 영역이고, 듣는 것은 지혜의 특권이다.'라는 명언을 남겼다. 공감 능력과 상대의 말을 잘 들어주는 능력도 사회생활에서 성공에 매우 중요하다. 역설적으로 내향적인 사람이 외향적인 사람보다 더 성공 가능성이 높을 수도 있다. 왜냐하면 말 많은 것이 오히려 '자신의 흠집이 잡혀 약점'이 될 수도 있으며 '말만 앞세운다'라는 평(評)으로 부정적 이미지를 면(免)치 못할 경우도 있기 때문이다.

끝으로 두 권의 책, 김정천이 쓴 「오늘부터 말을 공부합니다.」와 세계 제일의 세일즈 황제인 미국 조지 라드가 쓰고 김주영이 옮긴 「성공하는 사람들의 99가지 화술」을 읽을 것을 권고한다. 전자는 사회생활을 하면서 수많은 사람과 다양한 상황 속에서 품격 있게 말하는 노하우(know-how)를 사례를 들어 소개하고 있어 오늘날과 같은 대면(對面) 능력이 부족한 디지털세대인 젊은이들에게 더 유익(有益)하며, 후자는 마음을 움직이는 비결, 상대의 마음을 사로잡는 비결, 기분을 살려주는 비결, 끌어들이는 비결, 부드럽게 비판하는 비결, 친근감을 주는 비결, 내 편을 만드는 비결 등의 큰 주제 아래 다양한 화술 비법을 알려주어 비즈니스맨, 세일즈맨뿐만 아니라 일반인 모두에게도 유익할 것이다.

7

사람 노릇

사람 노릇에서 노릇이란 '맡은 바 구실', '자기가 마땅히 해야 할 맡은 바 책임'으로 '역할'이나 '임무'라고도 말할 수 있으며, 구체적으로 부모자식 간, 부부간, 동기간(同氣間: 형제자매 사이), 친족이나 친척 간, 스승과 제자 간, 연인이나 친구 간, 조직에서의 상급자와 하급자 간, 그리고, 웃어른으로서 노릇 등이 있는데 특히, 노년에는 집안 어른 노릇도 중요하고 그 역할은 본인뿐만 아니라 집안사람들에게도 삶의 큰 의미를 지닌다. 그런데 여기서 어른이란 전통적으로 나이가 든 사람을 말하기보다는 어른에게 주어진 '책임과 도리'가 우선되어진다. 그리고 어른다워야 어른으로서 존경과 대접을 받을 수 있는 것이다. 전통적으로 말하는 어른은 나이가 많으면서 그 나이에 걸맞은 덕(德)을 갖추고 덕을 베풀 줄 알며, 사리 판단에 있어 치우치지 않고 객관적이며, 본인의 욕심에 치우치지 않아야 한다. 사람 노릇의 가장 기본적으로 갖추어야 할 것은 돈이 필요하고, 마음을 써주어야 하며, 또한 감정을 표현하려는 노력과 표현력이 절대적으로 필요하다. 그런데 이들 중 '돈 써주는 것'이 으뜸일 것이다.

공자님의 '논어(論語)' 안연편에 나오는 군군신신부부자자(君君臣臣父

父子)는 '임금은 임금다워야 하고 신하는 신하다워야 하며, 부모는 부모다워야 하고 자식은 자식다워야 한다.'라는 말이다. 다시 말해 "군신간(君臣間)이나 부자간(父子間)에 서로 해야 할 '사람 노릇'이 있다."라는 말이다. 오늘날에야 군신간의 노릇에 대한 중요성은 퇴색한 지 오래되었으니 차치(且置)하고, 부모자식 간의 관계는 가장 원초적인 인간관계로, 논어에서는 부자 관계에서도 자식 된 도리, 즉 자식 노릇에 대해 강조한다. 낡아 빠진 봉건적 질서의 유습(遺習)이라고 치부(恥部)할 수도 있겠지만, 현대를 살아가는 우리가 마음속에 새겨야 할 것들도 적지 않다. 대표적인 것이 논어 위정편에 나오는 '금지효자 시위능양 지어견마 개능유양 불경 하이별호(今之孝者 是謂能養 至於犬馬 皆能有養 不敬 何以別乎)'는 '오늘날 효자라 하면 물질적으로 잘 봉양하는 것을 일컫는 것으로, 개나 말한테도 이렇게 하는데 마음으로 부모를 존중하지 않으면 사람이 개나 말과 무슨 차이가 있겠는가?'라는 말이다. 그런데 여기서 지어견마 개능유양(至於犬馬 皆能有養)이란 말의 '개나 말한테 하는 물질적 봉양만으로 자식 노릇을 다 했다'라고 말할 수는 없는 것으로, 물질 못지않은 마음 씀씀이 하나하나에도 세심한 도리를 다해야 한다. 그 구체적인 예(例)가 결혼해서 분가(分家)해 사는 자식이라면 용돈도 자주 드려야 하지만, 수시로 문안을 드리고 건강과 형편을 살펴드려야 한다. 다음으로 중요한 '노릇'은 부부간일 것이다. 한 가정의 안녕과 행복이 그 사회를, 나아가 그 국가가 번영할 수 있는 토대가 되기 때문이다. 그러므로 가정에서의 남편 노릇 아내 노릇, 자신의 위치를 지킨다는 것은 그 가정과 사회발전의 근간(根幹)이 되는 것이다. '부부란 서로 반씩 되는 것이 아니라 하나로써 전체가 되는 것이다.' 화가인 빈센트 반 고흐의 명언이다. 5월은 어린이날, 어버이날이 들어 있고, 청소년의 달, 가정의 달이다. 자녀들, 손주들, 형제자매들, 그리고 집안 어른들과 함께 서로 선물을 주고받고, 덕담(德談: 남이 잘되기를 비는 말)도 나눌 것이다. 5월은 일 년 중 그 어느 달보다도 자식 노릇, 부모 노릇, 그리고 배우자 노릇을 제대로 하고 있는지를 성찰(省察)해 보는 의미 있는 한 달이 되어야 하겠다.

태어나면서 우리 인간은 시기와 때에 걸맞은 '노릇'을 하며 살아가야 한다. 자식이 어릴 적에는 부모는 자식에게 의식주 및 훈육(訓育)에 '부모 노릇'을 다 하여야 하며, 자식이 장성하고 부모가 노년이 되어서는 자식은 부모의 노년이 편안하고 물질적으로 어려움 없이 살아갈 수 있도록 부모 섬김에 자식 노릇을 다 하여야 한다. 사람의 노릇이란 시기적절하게 걸맞은 경우도 있고 때론, 시기상조(時機尚早: 때가 아직 이름)일 경우도 있을 수도 있다. 그런데 '노릇이 모여 한 인간이 되고 어른이 되게 하는 것'이다. 우리는 오늘 나의 노릇이 무엇인지, 그리고 그 노릇에 내가 얼마나 최선을 다하고 있는지 되돌아보는 것도 삶의 큰 의미를 갖게 하는 것이다. 이 역시도 '나에게 주어진 노릇의 하나'이기 때문이다. 어른이 되어간다는 것은 받는 것보다도 '주는 것이 더 큰 기쁨'이 된다. 그리고 어른이 되면 받는 것보다 더 나눔의 기쁨이 크다는 것을 일깨워지게 된다. 우리가 살아가다 보면 남의 일로, 내 일도 바쁜데 자의(自意)건, 타의(他意)건, 이리 뛰고, 저리 뛰고 하는 것은 다 '사람 노릇' 하자고 하는 일이 아닌가? 무엇보다도 어른이란 완벽한 사람은 아니더라도 '한결같은 모습'을 보여주는 것이 '어른으로의 자리매김'을 하는 것이다. 사실 사람 노릇하면서 살아간다는 것은 결코 쉬운 일은 아니다. 특히 노년이 되어 내 가정은 당연하지만, 집안 전체의 어른 노릇하기는 숫자도 많고 챙겨야 할 대소사(大小事)도 적지 않아 비용(費用)이나 건건(件件: 일마다, 건마다) 애경사(哀慶事)가 있을 때마다 부조금(扶助金) 챙겨주는 것도 만만치 않은 것이 현실인 법이다.

　노년의 삶은 주변 사람들에게 '베풂'과 나의 '절약 그리고 절제'된 삶이 우선되어야 하는 법이다. 쪼들리거나 궁색하지 않은 정도라면 '내 씀씀이 줄여 어른으로서 집안일이나 구성원들(친가, 시가, 처가, 그리고 그 사촌들까지)에게 돈 써주고 챙겨주는 것을 큰 기쁨과 보람'으로 여기면 내 삶이 훨씬 윤택(潤澤)해지게 될 것이다. 그래서 단언컨대 한 가지 사실은, 이 또한 '행복한 고민이나 수고' 중 하나로 여기는 '삶의 지혜'가 필요하며, 그리고 어른 노릇 하는 것, 지금까지 살아온 '삶에서 터득한 지혜'를 바탕으로 실행하면 되는 것이다.

8

선과 악

선(善)의 정의는 '올바르고 착하여 도덕적 기준에 맞음, 또는 그런 것'이나 '도덕적 생활의 최고 이상'을 의미한다. 악(惡)이란 '인간의 도덕적 기준에 어긋나 나쁨, 또는 그런 것'이나 '도덕률이나 양심을 어기거나 남에게 피해를 주는 일'을 의미한다. 선과 악의 불가분(不可分: 떼려야 뗄 수 없는)의 관계는 유대인의 생활 규범인 '탈무드'에 다음과 같이 쓰여 있는데, "지구가 대홍수에 잠겨 버렸을 때, 온갖 동물들이 노아의 방주를 타려고 왔다. '선(善)'도 방주를 타려고 급히 달려왔다. 그러나 노아는 '나는 짝이 없는 것은 태워주지 않기로 했다.'라고 말하며 '선'을 태워주지 않았다. 그래서 '선'은 할 수 없이 숲으로 되돌아가 자신의 짝이 될 만한 것을 찾아보았다. 결국 '선'은 '악'을 데리고 배에 오르게 되었다. 이때부터 '선'이 있는 곳에는 '악'이 있게 되었다."라고 한다.

그러면 선의(善意)와 악의(惡意)는? 선의는 '착한 마음과 좋은 뜻' 그리고 '남을 위(爲)해서 좋게 보거나 좋은 면을 보려고 하는 마음'이며, 유의어에는 가의(加意: 특별히 주의함), 선심(善心: 선량한 마음), 성의(誠意: 참되고 정성스러운 뜻)가 있다. 유럽속담에 '지옥으로 가는 길은 선의(善意)

로 포장되어 있다(The road to hell is paved with good intentions.)'라는 말은, 두 가지 의미가 있는데, 하나는 '좋은 의도로 한 행동이 오히려 (지옥처럼) 끔찍한 결과를 불러온다.'와 다른 하나는 '아무리 좋은 의도와 계획이 있어도 그것을 행동에 옮기지 않으면 좋은 결과가 나올 수 없다.'라는 의미이다. 악의란 '나쁜 마음, 나쁜 뜻' '악한 생각, 느낌' '나쁘게 받아들이는 뜻, 나쁜 의도', 특히 '남을 해(害)치려는 마음'의 의미이며 유의어로 고의(故意: 일부러 하는 행동이나 태도), 독(毒), 독기(毒氣: 사납고 모진 기운)가 있다. 무엇보다도 세상을 살아가면서 '진실을 말해야 한다.' 그러나 모든 것을 '진실이라고 다 말해서는 안 된다.' 그리고 진실을 말하지는 못하더라도 '거짓을 말해서는 안 된다.' 그런데 피치 못할 상황에 있을 때 거짓을 말하더라도, 영어 단어에 있는 '선의의 거짓말(white lie⟨-⟩downright lie 새빨간 거짓말)'을 활용하는 삶의 지혜가 필요하다.

  선과 악, 의(義)와 죄(罪)가 무엇인지를 알아야 정의(正義)가 무엇인지를 알게 된다. 선과 악을 알기 위해서 먼저 성경 말씀을 빌려보자. 성경에서 '선'의 상징은 '양'이고, '악'의 상징은 '염소'이다. 그리고 그 양(선)을 대변하는 것이 미카엘(자비와 정의의 천사)이고, 악(염소)을 대변하는 것이 루시퍼(타락한 천사)이다. 성경 신명기에 있는 '내가 네게 명하는 이 모든 말을 너는 듣고 지켜라. 네 하나님 목전(目前: 눈앞)에 선(善)과 의(義)를 행(行)하면 너와 네 후손에게 영영(永永) 복(福)이 있으리라.'라는 구절은 '선과 의를 행하면 복이 있다.'라는 말씀이고, 창세기에 있는 '네가 선을 행하면 어찌 낯을 들지 못하겠느냐. 선을 행치 아니하면 죄가 문 앞에 엎드리느니라. 죄의 소원은 네게 있으나 너는 죄를 다스릴지니라.'라는 구절은 '선을 행하지 않으면 죄가 들어온다.'라는 말씀이며, 누가복음에 있는 '선한 사람은 마음의 쌓은 선에서 선을 내고 악한 자는 그 쌓은 악에서 악을 내나니 이는 마음의 가득한 것을 입으로 말함이니라.'라는 구절은 '마음이 악으로 가득한 자는 선한 말을 할 수 없다.'라는 말씀이다. 다음으로 불교에서는 '밝음이 있으면 어둠이 있고, 남자가 있으면 여자가 있고, 위가 있으면 아래가 있듯이 선이 있으면 악이 있어, 이는 동전의 양면과 같은 것이며, 마치 밝음과 어둠처럼 서로 의존하는 관계처럼, 경계가 뚜렷하지 않아서 어디부터가 선이고 어디까지가 악인지 불분명하다.'라는 것이고, '제악막작(諸惡莫作: 모든 악을 짓지 말고), 중선봉행(衆善奉行: 모든 선을 봉행하며), 자정기의(自淨其意: 스스로 내 마음을 청정하게 하는 것이), 시제불교(是諸佛敎: 그것이 바로 불교다)'는 고승인 도림 선사의 게송(偈頌: 부처의 공덕을 찬미한 시)이다. 마지막으로 우리에게 가장 울림을 주는 원불교 창시자이신 소태산 님 말씀으로 '선을 행하고도 남이 몰라준다고 원망하면 선 가운데 악의 씨가 자라고, 악을 행하고도 참회(懺悔)를 하면 선의 씨앗이 자라나네. 그러므로 한때의 선으로 자만(自慢)하고 자족(自足)하여 퇴보(退步)하지 말 것이며, 또한 한때의 악으로 말미암은 자포자기로 타락하지도 말아야 하네.'가 있다.

명사들의 명언들을 살펴보면, 먼저 한말(韓末)의 사상가, 독립운동가 도산 안창호 선생님의 '우리가 세운 목적이 그른 것이라면 언제든지 실패할 것이오, 우리가 세운 목적이 옳은 것이라면 언제든지 성공할 것이다.'라는 말씀이 있고, 춘추시대 철학자 '도덕경'을 쓴 노자(老子)의

'최고의 선은 물과 같다.'라는 말이 있으며, 송나라 주자(朱子)가 쓴 수신서(修身書) '소학(小學)'에 '착함을 잊으면 악한 마음이 생긴다.'라는 말이 있다, 또한 '선은 결코 실패하지 않는 유일한 투자이다.' 미국의 사상가, 문학가 H. 소로의 말이고, '우리가 존중해야 하는 삶은 단순한 삶이 아니라 올바른 삶이다.' 로마의 철학자 소크라테스의 말이며, '선을 행하는 데는 생각이 필요 없다.' 독일의 철학자 프리드리히 니체의 말이다. 그리고 '모든 착한, 선한 사람 속에는 신(神)이 존재하고 있다.' 로마 제정 시대 철학자 세네카의 말이며, '선을 행함에는 노력이 필요하다. 그러나 악을 억제하려면 더욱 노력이 필요하다.' 러시아 소설가 톨스토이의 말이다.

'선과 악' 이전에 가장 중요한 단어는 '사랑과 양심'이라는 단어이다. '사랑으로 행해진 일은 늘 선악을 초월한다.' 프리드리히 니체의 말이고, '선은 오직 하나밖에 없다. 그것은 자신의 양심에 따라 행동하는 것이다.' 프랑스 철학자, 작가 보봐르의 말이며, '내 이웃의 고난(苦難: 괴로움과 어려움)에 참여하는 것, 그 이상의 선은 없다.' 영국의 문학 평론가 존 러스킨의 말이다. 그런데 여기에 덧붙여 '격(格: 환경이나 사정에 자연스럽게 어울리는 분수나 품위)에 맞지 않는 선행은 악행이다.'라는 고대 로마 초기 시인, 극작가 퀸투스 엔니우스의 말이 있고, '모든 죄악의 기본은 조바심과 게으름이다.' 체코출신 소설가 프란츠 카프카의 말이다. 그렇다. 절대 공감(共感)하는 명언이다. '나태(懶怠)인, 게으름'은 모든 악의 근원이 될 수 있으며, 더 위험한 것은 게으른 자는, '도덕적으로 타락(墮落)할 수 있다'라는 것이다.

엄연히 성선설[性善說: 인간의 본성은 선천적으로 착하다는 맹자(孟子)의 설(說: 말씀)]과 성악설[性惡說: 인간의 본성은 악하다는 순자(荀子)의 설]은 존재한다. 그런데 세상 연륜(年輪)이나 사회적 경륜(經綸)이 있는 사람들은 어떻게 볼까? 원래 선하고, 악하고가 아닌, 아마도 첫째는 DNA, 즉 유전적 기질(氣質: 타고 난 성질이나 재능), 둘째는 환경이나 배경(가정이나 사회적), 셋째는 교육(가정이나 학교), 마지막으로 독서나 명상을 통한 자기계발(啓發: 슬기나, 재능 그리고 사상 등을 일깨워 발전시킴) 및 가치관(價値觀: 인간이 삶의 옳고 그름, 좋고 나쁨 등의 가치를 매기는 관점이나 기준)의 정립(定立: 판단·명제를 정하여 세움)이라는 것에 모두 동의할 것 같다. 그렇다면 크게 선천적·후천적으로 둘로 나눌 수 있는데, 무엇보다도 '선천적으로 타고나는 것이 더 중요하다' 해도 결코 지나친 말은 아닐 것 같다. 인간은 '오복[伍福: 유교에서 말하는 것으로 수(壽), 부(富), 강녕(康寧: 건강), 유호덕(攸好德: 도덕을 지키기를 즐거움으로 삼음), 고종명(考終命: 명대로 살다가 편안히 죽음)]은 타고 난다.'라고 말한다. 특히 네 번째인 '유호덕에 해당하는 도덕심', 다시 말해 '착하게, 선하게 사는 것'을 말하는 것이다. 그렇다면 동·식물은 어떠한가? 사람들이 입을 모아 하는 말이 '종자(種子)가 좋아야 한다.'라고 하지 않는가? 그러면 사람은 어떠한가? 단언(斷言: 주저하지 않고 딱 잘라 말함)컨대, 속(俗: 천박한)된 말이지만 사람도 '종자(피)', '집안 내림'이 중요한 것이다. 어느 한 사람을 볼 때 그 사람 형제자매, 부모, 삼촌들, 사촌들 거의 모두 대동소이(大同小異: 비슷비슷함)한 법이다. 한 인간의 평가 기준에 있어, 으뜸 중 으뜸은 약간은 차이가 있지만, 뿌리는 같은 '정직성, 도덕성, 선함'이다. 이것들은 직장 내 조직원

선발, 두루두루 인간관계 시, 특히 배우자 선택 시, 최우선으로 삼아야 한다. 사람이 세상을 살아가는 덕목(德目) 세 가지에 '정직하고 성실하게, 그리고 지혜로운 삶'보다 더 가치를 두어야 할 것은 없을 성싶다.

끝으로 평소 자신이 "매사(每事) '선과 악', 어느 쪽에 서 있는가?"를 자문(自問)해 보고, 명사들의 명언들을 참조해, 앞으로 어느 쪽으로 살아가야 '참된 삶'을 살아가게 될지를 판가름하는 계기(契機)가 마련되기를 바라는 바이다.

9

상식과 진리

상식(常識)이란 '보통 알고 있거나 알아야 하는 지식', '일반적 견문 (見聞: 보고 들어서 깨닫고 얻은 지식)과 함께 이해력 · 판단력 · 사리분별력 따위가 포함'된다. 영어 단어로는 Common(공통의, 보통의, 평범한, 흔한) Sense(감각, 지각, 분별력)이고, 유의어는 보통 지식, 양식(良識), 일반 교양 이다. 사람들이 보통 어떤 사람을 말할 때 '상식 이하(이)다'라는 말은 "일반적인 사람들이 갖고 있는 '지식'이나 '판단력'을 갖추고 있지 못 하다"라는 말이고 '몰상식(沒常識)하다'는 '상식에 벗어나고 사리 분별 이 어둡다'라는 의미이다. 대체로 종교적 이단(異端: 자기가 믿는 종교의 교 리에 어긋나는 이론이나 행동, 또는 그런 종교로 뿌리는 같으나 끝이 다른)이나 사이 비(似而非: 겉은 비슷하나 속은 완전히 다름, 종교 같아도 종교가 아닌 가짜라는 의미) 는 그 기준(基準)에 있어 일반적 사람들의 '상식'이나, 그 나라, 지역의 '문화'에 걸맞지 않고, 사회적 통념(通念)을 벗어난 교리(教理: 종교상의 이 치나 원리)의 편향적(偏向的) 종교집단을 말한다.

상식이란 사회의 구성원이 공유(共有)하는 당연하게 여기고 있는 것 으로, 한마디로 그냥 사람들이 '알고 있는 것'들, 그리고 '알고 있어야 할 개념(概念: 어떤 사물 현상에 대한 일반적인 지식)'으로 말할 수 있고, 깊은 고찰(考察: 깊이 생각하고 연구함)을 하지 않고서도 극히 자명(自明: 설명하지 않거나 증명하지 않아도 저절로 알 만큼 명백한)하며 '많은 사람이 받아들일 수 있는 지식'인 셈이다. 그런데 상식은 널리 퍼진 정보와 사고방식이기 때문에 옳고 그름과는 관계가 없는 경우도 있을 수 있으며, 상식에 위배되는 것이 옳은 일일 수도 있다. 반의어는 비(非)상식인데 집단이나 사회에 따라 상식이 비상식이 되고, 비상식이 상식이 되는 경우도 있다. 상식에 관한 대표적 명언들로 '상식은 내가 아는 최고의 지식이다(Common sense is the best sense I know of.)' 영국의 정치 외교가, 문학가 로드 체스터필드 경(卿)의 말이고, '상식은 18세까지 습득한 편견의 집합이다(Common sense is the collection of prejudices acquired by age eighteen).'는 독일의 물리학자 알베르트 아인슈타인의 말이며, '상식은 세계에서 가장 잘 팔려 나가는 상품이다. 왜냐하면 모든 인간은 스스로를 상식이 잘 갖춰진 사람이라고 확신하기 때문이다.' 프랑스 철학자, 수학자, 과학자, 근대철학의 아버지로 불리는 르네 데카르트의 말이다. 사람의 성격은 대체로 유치원 교육 정도에서 형성되어 평생을 가는 법이며, 상식이 아인슈타인이 말한 18세까지 습득한 것이라면, 우리나라의 초·중·고등 미성년자 시절 학교 교과과목으로 배운 지식이 상식의 척도(尺度: 평가·판단하는 기준)로 쓰이는데, 우리나라는 초등학교, 중학교는 의무교육이고, 2019년 제정 2021학년부터는 고등학교 무상교육이라는 이름으로 교육이 실시되고 있어, 18세 정도까지 대다수 기본적으로 공통으로 배우는 지식은 충분히 우리의 상식의 척도가 될 수 있는 것이다. 더불어 고등학교 졸업생들의 70~80% 정도 대학에 입학하지만, 대학에서도 교양과목과 전공과목으로 양분(兩分)되어 있어, 대학에서 배운 교양과목도 더욱더 폭넓고 깊이 있는 것으로, 광의(廣義: 넓은 의미)의 상식에 포함될 수 있다.

진리(眞理)란 '참된 이치(理致)' 또는 '참된 도리(道理)'를 말하는 것이며, '언제 어디서나 누구든지 승인(承認: 어떤 사실을 마땅하다고 인정함), 인정할 수 있는 보편적인 법칙이나 사실'을 의미하는 것으로, 유의어는 사실, 원리, 진(眞)이고, 반의어는 가설(假設: 실제 없는 것을 있는 것으로 가정함)이며, '영원진리(永遠眞理)'라는 말은 '시간을 초월하여 보편적으로 타당한 진리'로 하나에 더하여 둘을 더하면 셋이 되는 것과 같은 '수학적 진리'가 전형(典刑)이고, '만고(萬古)의 진리'라는 말은 '시간이 흘러도 변하지 않는 이치'를 말하는 것이다. 그리고 진리를 근거(根據)로 하는 단어, '정의(正義)'는 '진리에 맞는 올바른 도리', '바른 의의(意義: 어떤 사실이나 행위 따위가 갖는 중요성이나 가치)', '개인 간의 올바른 도리나 사회를 구성하고 유지하는 공정한 도리'를 말한다.

진리는 '현실이나 사실에 분명하게 맞아떨어지는 것'으로 보편적·불변적으로 알맞은 것을 말한다. 이때 '참'이나 '진실'이라고도 하는데, 진리에 대한 정의는 철학, 논리학, 수학 등에서 다양하게 쓰이고 있는 것으로, 우리가 일상에서 말하는 진리는 주로 '철학적 관점'에서 말해지는 것이다. 다음 명사들의 명언들을 통해 진리에 대한 또 다른 해석으로 의미를 알 수 있다. '진리는 항상 간단하다.' 영국의 물리학자, 천문학자, 수학자 아이작 뉴턴의 말이고, '진리는 종종 불편할 수 있지만, 결코 변하지 않는다.' 영국 수상 벤저민 디즈레일의 말이며, '진리는 항상 그 자리에 서 있다.' 영국의 소설가 조지 오웰의 말이다. 또한 '진리는 가끔 놀라울 정도로 간단명료하다.' 영국 수상 윈스턴 처칠의 말이고, '진리는 생활 속에 숨어 있다.' 미국의 사상가 에머슨의 말이며, '진리는 때로는 잠들어 있지만, 절대 죽지 않는다.' 인도 수상 마하트마 간디의 말이다. 그리고 '진리는 항상 찾고자 하는 사람에게 나타난다.' 브라질 소설가, 베스트셀러 작가 '연금술사'를 쓴 파울로 코엘료의 말이고, '진리는 어떤 힘에도 지배당하지 않는다.' 미얀마 정치인 아웅산 수찌 여사의 말이며, '진리는 가장 강력한 무기이자 가장 높은 도덕적 원칙이다.' 미국 인권 운동가 마틴 루터 킹 박사의 말이다. 성경 말씀 요한복음에 '진리를 알지니, 진리가 너희를 자유롭게 하리라.'는 기독교에서 진리는 '예수그리스도'를 의미한다고 성서학자들은 말한다. 이 성경 구절은 사학 명문 Y 대학의 건학(建學: 학교를 세움) 이념으로, 미션스쿨(mission school: 기독교 전도와 교육사업 목적)에 걸맞은 표현인 것 같다.

인터넷에서 돌고 있는 '명상 일기'의 일부를 인용하면, '사람이란 무릇 진리를 행하고 살아야 한다. 진리를 행하지 못하면 살아도 산 것이 아니요, 행해도 행한 것이 아니다. 진리란 순리(順理: 도리나 이치에 순종함)이다. 가장 상식적인 것이 순리이다. 진리란 멀리 있는 것이 아니라 가장 상식적인 것이 순리라는 것이다.' 예를 들어 나이 많은 연장자(年長者)가 나이 적은 연소자(年少者)에게 대접받는 것이 기본인 그 첫 번째이고, 많이 아는 자(者)가 적게 아는 자에게 대접받는 것이 그 두 번째이며, 젊어서 가족들을 위해 피땀 흘린 가장(家長)인 남편, 아버지가 노년에 아내, 자식들에게 대접받는 것이 그 세 번째이다. 가장인 남편은 가족들이 경제적으로 어려움이 없게 해야 하며, 아내는 집안 살림을 잘해내 가족들이 일상에 불편함이 없게 해야 하는 것이 그 네 번째이고, 기본이 튼튼해야 더 높이 공부하는 것이 의미가 있다는 것이 그 다섯 번째이며, 대중교통을 타고 갈 때 노약자나 장애인, 임산부에게 자리를 양보해 주어야 하는 것이 그 여섯 번째이다. 그리고 그 밖에 수없이 많이 열거할 수 있지만, 무엇보다도 국민 한 사람 한 사람이 자기 위치에서 맡은바 직분(職分: 마땅히 해야 할 본분)에 최선을 다하는 것이 진정한 '애국자'라는 것이 그 마지막이다.' 이것들이 곧 진리이고 순리이며 상식인 것이다. '순천자(順天者: 하늘의 뜻에 따르는 사람)는 흥(興)하고 역천자(逆天者: 하늘의 뜻을 거스르는 사람)는 망(亡)하느니라.' 구학(舊學) 명심보감(明心寶鑑)에 나오는 말로 '자연의 섭리와 하늘의 준엄한 이치에 따르라'라는 평범한 상식이자 순리요, 진리의 말이다.

오늘날 우리는 정치권에서 '공정과 상식', '원칙과 상식'이라는 말을 자주 듣고 있다. 어찌 보면 오늘날 정치권의 화두(話頭: 이야기의 말머리)가 아닐까 싶다. 사실 작금의 정치권 분위기는 '공정, 원칙, 상식, 더불어 진실과 진리를 외면하고 있다'라고 해도 결코 지나친 말은 아닌 것 같다. 더더욱 우리 사회는 갈등과 분열, 대립이 날로 심화해 가고 있고, 역사와 정체성마저도 흔들리고 있다. 국민을 하나로 묶고 화합과 단합으로 이끌고 가야 할 뿐만 아니라 무엇보다도 민생을 우선 챙겨야 할 정치판은 법치 파괴를 일삼고, 국민을 갈라치기 하고, 언행 불일치는 다반사이고, 정책은 뒷전이고 당리당략(黨利黨略)만을 우선시하는 일부 정치인들의 횡포는 국민을 심히 짜증스럽고 스트레스를 받게 하고 있고, 특히 북핵의 위협은 우리 국민의 불안을 더욱 가중시키고 있어 우방국들과의 돈독한 외교 관계가 더욱 절실한 시점이다. 그런데도 상식과 합리, 보편적 진리가 사라지고, 법치는 무너지고 삼권분립은 그 어느 때보다도 절실한 현실에 우리 국민들, 유권자(有權者)들이라도 깨어나, 올바른 투표권 행사로, 선거에서 정치권의 작태(作態: 하는 짓거리)들을 바로 잡아야 하겠다.

10

비감과 우울감

비감(悲: 슬플 비 感: 느낄 감)의 사전적 의미는 '처량하고 슬픈 느낌', '그런 느낌이 있음'으로 유의어에는 비애(悲哀: 슬픔과 설움), 슬픔, 애감(哀感), 추연(惆然: 처량하고 슬픔)이 있다. 동사(動詞: 사물의 동작이나 작용을 나타내는 품사)로 '비감하다'는 '뭉클하다, 서럽다, 슬프다'이다. 우울감(憂: 근심할 우, 鬱: 막힐, 우거질 울, 感: 느낄 감)은 '마음이 답답하거나 근심스러워 활기(活氣: 활발한 기운)가 없는 감정'으로, 반의어가 명랑(明朗: 밝고 환함)이다. 심리학에서 우울은 '반성과 공상이 따르는 가벼운 슬픔'으로 유의어에는 그림자, 울결(鬱結: 가슴이 답답하게 막힘)이 있다. 특히 병적증상인 우울장애(憂鬱障碍)에는 지속되는 우울감, 죄책감, 절망감, 무기력감, 무가치감, 흥미나 쾌락의 현저한 저하, 수면 및 식욕이상 따위를 특징으로 하는 일종의 정신적 장애로 오늘날 남녀노소를 불문하고 누구나 올 수 있고 나을 수 있지만, 나아도 언제든지 재발(再發: 다시 생겨나거나 발생함)할 수도 있는 마치 감기와 같지만, 심한 경우는 매우 위험하고 때로는 치명적(致命的)일 수도 있는 병(病)이다.

인간이 살아가면서 즐겁고, 기쁘고, 행복한 일만 일어난다면 얼마나 좋을까만 슬프고 안타까운 일들이 일어나게 된다. 어찌 보면 이것이 우리네 삶이고 불가항력(不可抗力: 인간의 힘으로 어찌할 수 없음)적일 수도 있다. 단지 '슬프다'라는 표현보다 좀 더 성숙한 표현으로 자신의 감정을 나타내는 표현에는, 애수(哀愁: 가슴에 스며드는 슬픈 근심), 애상(哀想: 슬픈 생각), 비애(悲哀: 슬픔과 설움), 그리고 비감(悲感)이다. 상황별로 보면 애수는 마음을 서글프게 만드는 슬픈 시름(마음에 걸려 풀리지 않고 항상 남아 있는 근심과 걱정)으로 노래나 문학작품(예, 애수의 소야곡)에서 주로 발견되고, 애상은 '죽은 사람을 떠올리며 슬퍼하거나, 슬퍼하고 가슴 아파함'으로 시간에 연관(누군가를 잃었을 때 마음이 아픈 것은 대상과 함께 보낸 즐겁고 행복한 시간에 연관되기 때문)되는 경우가 많고, 비애는 주로 작품에 숨겨진 뜻을 설명(영화인 나운규의 '아리랑'은 일제 강점기의 '항일 정신과 비애'를 형상화한 작품)할 때 쓰인다. 그리고 비감은 바로 슬픈 느낌[그는 아내의 무덤 앞에 과거 아내와의 행복했던 시절을 회상하며 '비감에 젖어' 비통(悲慟: 슬퍼하여 울부짖음)해 했다]이다.

비감에 젖기에 충분한 노래의 대표 격이 한명희 작사, 장일남 작곡 가곡 '비목(碑木)'이다. 특히 노년에 홀로 살면서 밤에 이 노래를 들으면 가사(歌詞)도 가사이지만 곡(曲), 멜로디만으로도 자신의 처지(處地: 처하여 있는 사정이나 형편)와 맞물려 비감(쓸쓸하고 처량하며 서글픈 마음)이 들어 하염없이 눈물이 흐르게 된다. 그리고 가사의 고난(苦難)스러운 배경이나 단조(短調: 단음계로 된 곡조)에서 느껴지는 고독ㆍ우수(憂愁: 근심, 걱정) 등의 감정이 공감을 일으켜, 꼭 자신의 이야기인 양 들려온다. 그런데 노년에는 비감이 드는 횟수가 잦으면 우울감으로 발전되기도 한다. 그리고 천명(天命: 타고난 수명)이 다해 죽음을 맞기 이전 몇 년 전부터 비감이 드는 것이 일반적인 현상이라고 한다. 우울증, 즉 우울장애는 의욕(意慾: 하고자 하는 적극적인 마음이나 욕망) 저하와 우울감을 주요 증상으로 하여 다양한 인지(認知: 어떤 사실을 인정해서 앎) 및 정신적 · 신체적 증상을 일으켜 일상 기능의 저하를 가져오는 병적 증상이다. 우울증은 감정이나 생각, 그리고 신체 상태나 행동 등에 변화를 일으키는, 가볍게 넘겨서는 안 되는 중병(重病: 심각한, 죽음에 이를 수도 있는 병)으로 전개될 수도 있다. 이는 한 개인의 삶에 영향을 주며, 일시적인 우울감은 사람마다 가끔 느낄 수도 있지만, 그것이 매일, 장기간 느끼게 된다면, 단순히 마음이 약해서가 아니어서 자신의 의지로 없앨 수 있는 것이 결코 아니다. 그러므로 전문가를 찾아 상담 및 치료를 받아야만 호전되고, 정상적인 생활을 할 수 있는 것이다. 통계자료에 따르면 서구권에서는 유병률(有病率)이 10.1%~16.6%로 높은 수준을 보이는 반면, 우리나라나 비서구권 나라에서는 5%~6.7% 비교적 낮은 수준의 유병률이 평균적 수치라고 한다.

우울증에 대한 원인은? 우울증은 생각의 내용, 사고 과정, 동기, 의욕, 관심, 행동, 수면, 신체활동 등 전반적인 정신 기능이 지속해서 저하되어 일상생활에 악(惡)영향을 미치는 상태로, 의학 전문가들에 의하면 우울증은 첫째가 생물학적 원인(갑상선 호르몬 등 신경전달 물질 이상), 둘째 신체적 원인(갑상선 질환, 내분비 질환), 셋째 심리적 원인(낮은 자존감, 의존적이나 소심한 성격, 완벽주의자) 넷째 일부 유전적 원인(가족력), 마지막으로 정신적 충격 원인(이혼, 사별 등)이나 사회적 원인(부정적인 사건, 사고) 등이다. 더러는 젊은 시기, 특히 사춘기에 나타나기도 하지만, 대개는 노년기에 나타나며, 통계에 의하면 고령자 6명 중에서 1명에게 나타나는 현상이라고 한다. 특히 노인 우울증은 빈곤이나 소득감소, 배우자의 죽음으로 상실감, 만성질환의 악화, 점진적인 독립심 상실, 그리고 사회적 고립으로 말미암은 고독감이 원인이라고 한다.

우울증의 증상은? 정상적인 사람들도 가끔은 우울한 기분이 드는 경우가 있다. 특히 사춘기 시절은 누구나가 느꼈던 경험이 있을 것이다. 특히 비 오는 날에는 우산도 쓰지 않은 채 비를 흠뻑 맞으며 하염없이 길을 걸었던 기억이 있을 것이다. 그런 경우 우울 끝에서 카타르시스[catharsis: 마음의 정화(淨化)]를 느끼기도 한다. 이런 일시적인 현상이 아니라 병적 우울증의 특징은 의학 전문가들의 말을 빌리자면, 첫째 우울증이 2주 이상 오래간다. 둘째 식욕과 수면 그리고 체중 문제(너무 많거나 적음)가 심각하다. 셋째 스스로 우울증으로 인한 정신적 고통(초조하고 불안함)과 신체적 이상(피곤하거나 에너지 감소)이 일어난다. 넷째 사회적, 직업적 역할 수행에 심각한 지장이 있다.(학생이 공부할 수 없을 정도, 가정주부가 살림을 전혀 못 할 경우, 관심 및 흥미가 없음, 집중력저하, 우유부단함) 다섯째 드물게는 정신병적 증상인 환각[幻覺: 감각기관을 자극하는 외부 자극이 없는데도, 있는 것처럼 지각함: 환시(視), 환청(聽), 환후(嗅), 환미(味)]이나 망상(妄想: 이치에 어그러진 생각)이 동반된다. 마지막으로 중증인 경우 반복적인 극단적 선택(자살) 시도 등이 있다.

우울증의 치료책은 무엇인가? 당연히 전문 의사와 상담으로 약물치료와 정신 치료(심리요법)가 있다. 특히 주된 치료는 약물치료인데 항우울제는 대부분 비슷한 효능을 보여 약물 투여 2~3주 후에 효과를 보이기 시작하며, 대개 4~6주가 지나면 충분한 효과가 보여 전체 환자의 2/3가 효과가 나타난다고 한다. 그리고 6개월 정도 약물 치료를 계속해야 재발을 막을 수 있다고 한다. 그런데 경험자로 말하고자 한다. 우울증 치료 약은 종류가 수없이 많다고 한다. 환자 본인에게 잘 맞아 치료가 잘 되는 경우가 있지만 문제는 치료 약이 맞지 않아 심각한 부작용을 겪는 경우가 더러는 있는 것이다. 그러면 모든 약을 끊어야 한다. 병원 처방약을 복용해도 더 심해지는 경우를 말하는 것이다. 대체로 우울증의 사이클(cycle: 주기)은 처음은 불면으로 시작해 중간 단계에 이르면 거식증(拒食症: 먹는 것을 거부하거나 두려워하는 병적 증상)이 오고, 심하면 음식물을 보면 구역질이 나오기까지 하며, 안절부절, 한자리에 있지 못하고 우왕좌왕하거나 주변을 배회해야 조금은 편하게 되며, 마지막 단계에 이르면 삶을 포기하고 싶은 생각이 들고, 실제로 행동에 옮기기까지 하게 된다. 사실 발단의 시작은 잠을 자지 못한 데서부터이다. 수면유도제부터 항우울증 약들 모두 버려버리고 버텨 나가야 한다. 사람은 잠을 자지 않고 버티면 언젠가는 잠이 오게 되어있다. 길게 잡고 2주 동안만 버텨보아라. 서서히 잠이 오기 시작하고 우울증도 서서히 차도(差度: 병이 점점 나아지는 정도)를 보이게 될 것이다. 굳은 의지 그리고 독한 마음을 가져야 한다. 단, 한 가지 병행할 것은 영양 섭취는 충분히, 게을리해서는 안 된다. 특히 충분한 수분 섭취는 필수라는 것을 명심해야 한다. 그래야만 체내의 약 성분이 소변으로 배출되는 것이다.

끝으로 우울증의 예방법은? 사실 의학 전문가들도 '입증된 예방법은 없다'라고 한다. '스트레스 조절', '위기의 순간에 가족들이나 친구들과의 돈독(敦篤: 서로의 사랑이 깊고 성실함)한 관계', '취미 활동, 운동, 신앙생활' 그리고 무엇보다도 '자신의 마음을 잘 다스릴 줄 알아야 한다.' 한마디로 밥 잘 먹고, 물 잘 마셔야 하듯 '마음을 잘 먹어야 하는 생활의 지혜'가 필요하다. 오늘날 남녀노소(男女老少) 모두에게 절대적으로 필요한 것이다.

11

신중함과 사려 깊음

신중(愼重)의 사전적 정의는 '매우 조심스러움'의 의미이며, 동사형 '신중하다'의 유의어는 '깊다, 신밀(愼密: 신중하고 빈틈이 없음)하다'이다, 그 외 결(結)이 비슷한, 점잖다(언행이나 태도가 의젓하고 신중하다, 품격이 꽤 높고 고상하다), 묵중(黙重)하다(말이 적고 몸가짐이 신중하다), 어중(語重)하다(말이 신중하다), 언중(言重)하다(입이 무겁고 말이 신중하다), 간묵(簡黙)하다(말 수가 적고 태도가 신중하다)가 있고, 결(結)이 다른 소심(小心)하다[대담하지 못하고 조심성이 지나치게 많다(←)호방(豪放)하다]가 있으며, 결(結)이 다른 듯 유사(類似)한, 섬세(纖細)하다(매우 찬찬하고 세밀하다), 세심(細心)하다(작은 일에도 꼼꼼하게 주의를 기울여 빈틈이 없다)가 있다. 반의어는 경망(輕妄), 경박(輕薄), 경솔(輕率:말이나 행동이 조심성 없이 가벼움)이다.

위키백과 사전에서는 '신중함을 이성(理性:사물의 이치를 생각하게 하는 능력)으로 자신을 통치(統治)하고 훈련(訓練)하는 능력(能力)이다'라고 정의한다, 특히 4가지 '추덕(樞德:인간 도덕의 주요한 덕)중 하나로 간주된다.'라고 하며, 신중함이란 성급하고 충동적으로 결정하는 극단(極端: 중용을 잃고 한쪽으로 치우친 상태)과 완고(頑固: 융통성이 없이 올곧고 고집이 센)하고 경직(硬直: 융통성이 없고 엄격함)된 태도나 주장으로, 생각을 절대 바꾸지 않는 또 다른 극단을 피하는 중용(中庸: 어느 쪽으로 치우침 없이 올바르며 변함이 없는 상태나 정도)의 태도이다. 그러므로 신중한 사람은 계획성이 있고 자제력이 높으며, 유능(有能)하기도 하다. 무엇보다도 입이 무거워 이 말 저 말을 주변에 옮기지 않아 주변 사람들에게는 신뢰받고, 존경을 받기도 하여 심리적으로 건강하기도 하다. 바로 이런 점들 때문에, 사람이 신중해야 하는 이유이다. 그렇다면 신중하지 못한 사람은 어떻게 해야 하나? 답은 간단하다. 충동적이며 감정적이 아닌 이성적 판단이나 결정을 내리도록 스스로 노력하고 습관화해야 한다.

　우리에게 귀감(龜鑑: 거울로 삼아 본받을 만함)이 되는 명사들의 명언들로는 '가장 훌륭한 선(善)은 신중함이다. 그것은 철학(哲學)보다도 더 귀중하며, 모든 덕(德) 또한 신중함에서 나온다.' 에피쿠로스의 말이고, '친구의 충고는 신중하게 곱씹어 받아들여야 한다. 옳고 그르건, 자기 생각을 포기하고 친구의 충고를 무조건 따라서는 안 된다.' 피에르 샤롱의 말이며, '아무리 사소한 일이라도 일하기 전에 앞뒤를 잘 살피고 시작해야 하는 신중함이 필요하다.' 에피크테투스의 말이다. 또한 '신중하지 않으면 찾아온 기회를 놓치기 일쑤이다.' 퍼블릴리어스 사이러스의 말이고, '용기의 핵심 부분은 신중함이다.' 윌리엄 셰익스피어의 말이며, '용기와 힘이 있더라도 신중함이 결여(缺如: 마땅히 있어야 할 것이 빠져 있거나 모자람)되어 있다면 그것들은 없는 거나 마찬가지이다.' 웜파의 말이다. 그런데 우리에게 가장 울림을 주는 명언 둘은 척 사이거스의 말 '달력은 열정적인 이들을 위한 것이 아니라, 신중한 이들을 위한 것이다.'와 마하트마 간디가 말한 '신념을 형성할 때는 신중해야 하지만 신념이 형성된 후에는 어떤 어려움에서도 지켜야 한다.'이다. 첫 번째 사이거스의 말은 열정적으로 세상을 살아가는 이들보다는 '신중하고 꼼꼼히 하루하루를 귀중히 여기며 살아가는 이들을 위해 달력이 존재한다.'라는 말이고, 두 번째 간디의 말은 우리의 역사나 현실에 비추어 볼 때, 지난 과거 일제 치하 시절 독립 투사들의 신념이 신중하게 형성되어 죽음을 각오하고, 그 신념을 지켰을 것이고, 군부독재 시절 민주투사들도 그러했을 것이며, 무엇보다도 오늘날 공익 제보자들도 본인의 어떤 불이익이나 비난을 감수하고 그러할 것이다. 더러는 직장, 조직 내 회계 비리 등 정의롭지 못한 일을 외부에 공개하는 경우도 마찬가지로, 신중하게 생각한 뒤 '공개해야 한다.'라는 신념이 확고(確固)히 서면, 결코 회유(懷柔: 어루만져 잘 달램)나 협박(脅迫: 으르면서 다잡음)에 굴복(屈伏)해서는 안 되며, 더더욱 타협(妥協: 서로 좋도록 조정하여 협의함)을 해서도 안 된다.

사려(思慮)의 사전적 정의는 '여러 가지 일에 대하여 주의 깊게 (깊이) 생각함, 또는 그런 생각'이고, 또는 '근심, 걱정을 하는 생각이나, 사념(思念)'의 의미로 쓰이기도 한다. 동사형으로 '사려가 깊다', '사려가 부족하다'이며, 유의어에는 고려(考慮: 생각하고 헤아려 봄), 숙고(熟考: 잘 생각함), 분별(分別: 구별하여 가름), 현려(玄慮: 깊은 사려, 현명한 생각)가 있다. 에세이집 「사려 깊은 말 한마디면 충분하다」의 저자 강미은 교수는 그녀의 책에서 "더불어 사는 세상에서 사람들과 끊임없이 소통하며 대화하는 우리들이기에, 말과 관련된 스트레스는 생각보다 깊고 크다. '살이 찐 것 같다', '너희 애는 대학 어디에 갔어?', '너희 회사 월급 얼마

줘?' (퇴직한 친구에게) '요즘 뭐 하고 지내?' '백수 생활은 할 만해?' 등의 말들을 함부로 던지면, 친한 친구 사이라도 상처가 될 수 있다. 상대의 장점을 칭찬해 주지는 못할망정, 약점을 콕콕 찌르면 아무리 착하고 유순한 사람일지라도 돌아서 버리고 만다."라고 하며, 저자는 "대화하는 데 있어 현란(絢爛: 눈이 부시도록 찬란함)한 대화 테크닉이 필요한 것이 아니라. 말에 담긴 '사려 깊음'이 그 무엇보다도 중요하다"라고 말한다. 그렇다. 사회생활에서 친구나 원수, 적(敵)으로 만드는 것은 '말'이다. 그래서 요새는 '생각 없이 말을 함부로 내뱉는 경솔한 사람'을 '뇌가 없는 사람'이라고 지칭(指稱)한다. 대인관계에서 '사려 깊은 말 한마디'의 중요성을 일깨워주는 말이다.

사람은 사회생활 하면서 업무적으로나 대인관계에서 '사려 깊음'은 장점으로 작용해 '존경과 선망(羨望: 부러워하여 바람)의 대상'이 되기도 하고, '성공 가도(街道)를 달리기 위한 필수 요건(要件)'들 중 하나이기도 하다. 그렇다면 과연 '사려 깊음'은 천성적으로 타고 날까? 아니면 노력 여하에 따라 몸에 익히고 밸(여러 번 겪거나 치러서 아주 익숙함) 수 있는가? 단언컨대, 다분히 선천적으로 타고 나지만, 후천적 '노력이자 습관'이다. 그렇다면 어떻게 평소에 노력하고 습관화해야 할까? 첫째는 어떤 일이든 깊이 생각하지 아니하고 경솔(輕率: 조심성 없이 가벼움)하고 충동적으로 생각하고 판단하여 행동에 옮기지 않고 신중하게 생각하고 판단하여 행동에 옮겨야 한다. 물론 여기에는 시간이 좀 걸린다는 단점은 있지만, 성급함의 단점인 일을 그르치지는 않는다. 둘째는 바로 코앞의 현실보다는 미래의 앞날을 우선시해야 한다. 매사에 이해득실(利害得失: 이로움과 해로움, 얻음과 잃음)을 따지는 데 있어 근시안(近視眼: 눈앞의 일만 사로잡힘)보다는 원시안(遠視眼: 멀리 봄, 미래 지향)적이어야 한다. 셋째는 자신만 생각하고 행동하는 것이 아닌, 매사를 자신과 다른 사람과의 관계를 의식해서 고려해야 한다. 그것은 가족, 친구, 동료 등 모든 인간관계는 다 해당이 된다. 넷째는 매사를 시간, 장소, 상황, 특히 분위기를 염두(念頭)에 두어야 한다. 시간과 장소, 상황이나 분위기를 파악한 후에 가장 적절하고 어울리는 생각과 행동을 해야 하는 것이다. 마지막으로 말수가 적은 것이 득(得)이 된다. '말은 재앙(災殃)의 근원'이다. 그것은 바로 '쓸데없는 말, 불필요한 말'이다. 특히 타인의 일에 필요 이상으로 간섭(干涉), 참견(參見)하는 사람이 있다. 생각만으로 그치는 것이 아니라 말하지 않아도 될 말을 해 상대의 기분이나 자존심을 상하게 하고, 본인은 극혐오(嫌惡), 기피(忌避: 꺼리거나 싫어하여) 대상자, 만나지 말아야 할 사람으로 낙인(烙印: 씻기 어려운 불명예스러운 판정이나 평가)이 찍히게 되는 것이다. 그런데 이런 경우의 사람들은 대개 선천적으로 타고나고 가정교육이 잘못된, 집안 내림이어서 형제들도 거의 대동소이(大同小異: 서로 비슷비슷)하고 고쳐지지도 않는다. 그래서 이런 사람들을 세칭(世稱: 세상에서 흔히 말함), '보고 배운 것이 없다. 싸가지가 없다.'라고 한다.

결론적으로 '신중함'과 '사려 깊음'은 서로 짝이 되는 말(영어 단어 prudence는 '신중'과 '사려'의 의미로 '신중하면 사려 깊고', '사려 깊으면 신중함')이다. 인생을 살아가면서 평생 지니고 가야 할 인간관계 셋은 '부모, 자식, 친구'라고 한다. 부모 자식이야 숙명(宿命: 피할 수 없는 운명)이니 논외(論

外)로 하고, 친구는 '사려 깊은 친구와 사귀고 교류(交流)'해야 한다. 단 한 명이라도 말이다. 그렇다면 여기서 빠진 배우자는 어떠한가? 무엇보다도 운명(運命)인 부부관계를 맺을 때는 '신중한 선택'을 해야 한다. 내 운명의 결정판이다. 그리고 부부의 인연을 맺고 살아가면서는, 서로 '사려 깊은 언행(言行)'이 필수(必須)이다.

왜냐하면 부부의 만남은 운명이지만, 관계는 '(끝없는) 노력'이기 때문이다.

12

고집과 아집

    고집(固執)이란 '자기의 의견을 바꾸거나 고치지 않고 굳게 버팀, 또는 그렇게 버티는 성미(性味: 성질·마음씨·비위·버릇 따위의 총칭)' '마음속에 남아 있는 최초의 심성(心性)이 재생(再生)되는 일'의 의미이며, 유의어에 이통(제 생각만 굳게 내세우며 버티는 것), 오기(午氣), 견집(堅執), 아집이다. 아집(我執)이란 '자기중심의 좁은 생각에 집착하여 다른 사람의 입장을 고려하지 않고 자기만을 내세우는 것'의 의미이며 불교에서는 '자신의 심신(心身) 가운데 사물을 주재(主宰)하는 상주불멸(常住不滅: 없어지지 않고 영원히 있음)의 실체가 있다고 믿는 집착, 선천적인 구생(俱生: 태어날 때부터 갖고 있는 선천적인 번뇌)과 후천적인 분별(分別: 사물을 종류에 따라 가름)로 나눈다.'로 유의어에 고집과 인집(人執)이 있는데, 인집과 아집은 곧 '자아(自我)에 대한 집착'이다.

    고집과 아집은 같은 듯 다르다. 그 차이는 무엇인가? 한마디로 '자신의 의견을 바꾸거나, 고치지 않고 굳게 버티는 것'이 고집이라면, '자신의 논리가 틀렸음을 알면서도 자기주장을 굽히지 않는 것'은 아집이다. 고집의 활용(活用: 동사, 형용사, 서술격조사의 어간에 여러 가지 어미가 붙는 형태로 '고집이 세다', '고집을 부리다', '고집을 피우다', '고집을 꺾다', '고집을 버리다')이 있다. 고집이란 '자신의 주장을 굽히지 않고 버티는 것'으로 공자님의 손자인 자사(子思)가 쓴 '중용'에서 나왔다. 본래는 부정적 의미이지만, 개인의 신념이나 투철한 관점에서 지속해서 하는 행위로 쓰이는 경우는 긍정적 의미로 '고집스럽다'라는 표현으로도 사용되며, 장인(匠人: 손으로 물건을 만드는 것을 업으로 하는 사람)들의 외골수(단, 한 곳으로 파고드는 사람) 인생을 '고집'이라는 말을 쓰기도 하고, 정치인이나 지식인들이 '자신의 신념을 꼿꼿이 지키는 행위' 또한 고집이라고 하는데, 이 경우 자기 경험에서 얻은 '인생관, 세계관, 신조, 그리고 주관(主觀: 자기만의 견해나 관점)과 원칙'으로 표현할 수도 있다. '필요에 따라 사용하는 고집은 유익할 때가 있다.' 미국의 성직자, 사회교육가 헨리 워드 비처의 말인데, '불가한 것을 가지려 고집하면 가능한 것까지도 거부당한다.' 스페인의 소설가 세르반테스의 말도 있다.

아집의 활용은 '아집이 강하다', '아집이 세다', '아집에 빠지다', '아집을 버리다'로 쓰인다. 아집은 개인의 사념을 지키는 방식으로는 어느 정도 인정하지만 대체로 부정적인 면을 말하는 것이다. 고집과 아집의 공통적인 의미는 '자기 뜻을 세우고 뜻을 굽히지 않는다는 점'은 같은 의미이지만 극명하게 고집은 '공감대를 형성'하고 아집은 '그런 것이 없다'라는 점에서 갈리게 된다. 특히 고집은 '합당한 이유'를 말해 충분히 공감대를 형성하지만, 아집은 '합당한 이유도 없고 말하지도 않고 끝까지 내세우는 것'을 말한다. 그러므로 아집의 폐해(弊害)는 생각의 범위가 좁아서 전체를 보지 못하고, 자기중심의 한 가지 입장에서만 사물을 보기 때문에 아집에 사로잡히면 사고가 객관적이지 못하기 때문에 공정하지 못하고 폐쇄적(閉鎖的: 외부와 통하거나 교류하지 않음)으로 된다. 그런데 아집은 대체로 성장배경과 생활환경에 길들여져 습관화된다. '아집이란 자신만이 모든 문제의 해답을 가지고 있다고 믿는 것이다. 아집을 버리는 것은 기꺼이 자신의 문을 열 준비가 되어 있다는 것을 의미한다.' 사랑에 상처 입은 사람을 위한 마음의 처방전 「너무 사랑하는 여자들」을 쓴 미국의 세계적 베스트셀러 작가 심리학자 로빈 노우드의 말이다.

고집과 아집의 형제, 친척뻘, 이웃 관계에 있는 말들에는 무엇이 있는가? 여러 개의 단어가 있다. 생고집, 외고집, 쇠고집, 벽창호, 억지('어거지'는 비표준어), 소신, 신념, 독선, 집념, 집착, 뚝심, 자존심 등을 들 수 있는데, 이 모든 단어가 글자도 다르고 각각 의미도 조금씩 다르지만, 세상을 살아가다 보면 때로는 같은 의미로 사용되기도 하며, 아전인수(我田引水)격으로 나에게는 좋게, 남을 비난할 때는 악의적으로도 사용하기도 한다. '생고집'은 '별다른 이유 없이 부리는 고집', '외고집(땅고집, 똥고집, 옹고집)'은 '융통성 없이 외곬으로 부리는 고집', '쇠고집'은 '몹시 센 고집', 또는 '그런 고집이 있는 사람'의 의미로 '소가 고집이 강하다'에서 '소처럼 고집이 세다'의 의미이다. 이전부터 회자(膾炙: 널리 사람들의 입에 자주 오르내림)되고 있는 성(姓)씨별 고집으로 안(安), 강(姜), 최(崔)고집이 있다. 구체적으로 최씨 고집이 강씨 고집을 못 이기고, 강씨 고집이 안씨 고집을 못 이긴다는 말로, 한마디로 고집하면 '안고집'이라는 말인데, '안고집'은 세조 때 순흥 안씨 가문, '강고집'은 고려 말 충신 강회중, '최고집'은 고려 말 충신 최영 장군의 충절(忠

節:충성스러운 절개)에서 유래된 것으로 '충성심과 의(義)를 지키기 위한 고집'이었다. 그 외에 '황(黃)고집(조선 영조 때 황순승 선생 이야기에서 유래)', '옹(甕: 막힐)고집(고전 소설에서 유래)'이 있다. 벽창호는 '고집이 세며 완고하고 우둔하여 말이 도무지 통하지 않는 외골수이며 무뚝뚝한 사람'의 의미로 고집불통, 고집쟁이, 고집통이 유의어이다. '억지'는 '잘되지 않을 일을 무리하게 기어이 해내려는 고집'을 의미하는 것으로 심술, 떼, 무리(無理: 힘에 부치는 일을 억지로 우겨서 함)라는 말이 유의어이다. 소신(所信)은 '굳게 믿는바, 생각하는바'의 의미로 신념(信念)과 견해(見解)가 유의어이다. 독선(獨善)은 '자기 혼자만이 옳다고 생각하고 행동하는 일'의 의미로 독단(獨斷), 독선기신(獨善其身)이 유의어이다.

집념(執念)이란 '한 가지 일에 매달려 마음을 쏟는 것', 또는 '그 생각이나 마음'의 의미로 고집, 열중, 의지가 유의어이다. 집착(執着)은 '어떤 것에 대해 계속해서 얽매여, 계속해서 마음이 쓰이는 것' '어떤 것이 마음에 쏠려 잊지 못하고 매달림'의 의미이며 고착(固着), 애착(愛着)이 유의어이다. 뚝심은 '굳세게 버티거나 감당하여 내는 힘', '좀 미련하게 불뚝 내는 힘'의 의미로 강단(剛斷: 어떤 일을 야무지게 결정하고 처리하는 힘, 굳세고 꿋꿋하게 어려움을 견디는 힘)이나 근력(筋力: 일을 능히 감당해 내는 힘, 근육의 힘) 그리고 뒷심(어떤 일을 끝까지 견디어 내거나 끌고 가는 힘), 뼛심(육체적 바탕이 되며, 몹시 어려운 처지를 이겨 나가려고 할 때 쓰는 힘)이 유의어이다. 자존심(自尊心)은 '남에게 굽히지 않고 자신의 품위를 스스로 지키는 마음'의 의미로 긍지(矜持)가 유의어이다. 여기서 자존심과 고집은 서로 상당히 관계가 깊은데 자존심 강한 사람들은 때론 '저 사람 고집

정말 세다'라는 말을 듣기도 한다. 그런데 자존심과 고집의 차이는 '능력이 있어 끝까지 물고 늘어지거나, 의견을 굽히지 않고 밀어붙이는 것, 자신의 소신을 굽히지 않는 것'을 자존심이라고 한다면, '능력도 없으면서 물고 늘어지는 것, 의견을 받아들이지 못하고 화(火)만 내는 것, 자신의 잘못된 믿음과 신념만을 주장하는 것'은 고집, 그리고 아집이 된다.

'깨우침'이란 '무지와 아집에서 벗어나야 하는 것'이고 '가난과 무지 (無知)에서 벗어나는 유일한 길'은 '배움'이다. 우리 인간은 살아가면서 배우기를 멈춰서는 안 되고, 그 끊임없는 '배움에서 깨우침' 가운데 거듭나야 한다. 그래야만 삶의 질이 개선될 뿐만 아니라 한 인간으로서 품격, 품위 있는 삶을 영위(營爲)할 수 있는 것이다. 이것은 마치 벼(나락)를 수확해 탈곡(脫穀)하고, 그것을 도정(搗精: 곡식을 찧거나 쓿음)한 다음, 씻어서 솥에 물과 함께 넣고 불을 지펴 지어야 우리가 먹고 육체적 양식(糧食: 생존을 위해 필요한 사람의 먹을거리, 비유적으로 지식이나 사상의 원천이 되는 것)이 되는데, 이 과정에서 가장 중요한 '도정의 이치(理致)'와 같은 것이다. 그러므로 고집과 아집이 긍정 의미로 때로는 부정 의미로 생활 속에서 행해지고, 반복되며 돌이켜 반성도 하며 명실공(名實共)히(겉으로나 실제에서 다 같이) 자신의 생활 속에서 긍정적으로 자리 잡히게 해야 하겠다. 한마디로, 부릴 때 안 부릴 때를 구분할 줄 알아야 어제보다 나은 오늘, 내일이 된다.

끝으로 공자님 말씀을 인용한다. 논어(論語) 자한편(子罕編)에 나오는 자절사(子絶四: 공자님은 네 가지가 없으셨고, 하시지도 않으심)는 '무의(毋意) 무필(毋必) 무고(毋固) 무아(毋我)'로 '사사로운 의견이 없으시고(마음대로 생각하시지 않고), 기필코, 이렇게 해야 한다는 것도 없으시고(반드시 이루어지기를 기약하지 않으시고), 고집을 피우지도 않으셨으며, 내가 아니면 안된다는 것이 없으셨다.'라는 의미이다. 현대를 살아가는 우리에게 울림을 주는 말씀으로, 원만한 인간, 대인관계에 도움이 되도록 '생활의 지혜'로 삼을 만한 명언이다.

13

복수와 보복

복수(復讐)와 보복(報復)의 사전적 정의는 무엇인가? 복수는 '피해자가 가해자에게 해를 돌려주는 행위'를 말한다. 비슷한 의미의 단어로는 되갚음, 설욕(雪辱), 앙갚음, 보복이 있는데, 보복이란 '남이 자신에게 끼친 해를 그대로 갚는 것'으로, 복수와 의미가 비슷하지만, 실생활에서는 뉘앙스(미묘한 차이)가 다른데, 복수가 긍정적, 또는 중립적 의미로 쓰이는 반면에, 보복은 부정적인 의미로 쓰이는 것으로, 복수가 상대방의 잘못 혹은 상대방이 주는 정당하지 못한 불이익 등으로 당사자가 손해를 입을 때 이를 되갚기에 쓰이는 반면, 보복은 상대방의 정당한 행위에 대해 불이익을 주는 행위를 가리킬 때 쓰는 경우이다. 어찌 보면 보복은 당연히 있음 직한 일임에도 자신이 당한 것에 대한 앙심을 품고 공격하는 형태가 많은데, 그래서 보복범죄라는 말이 나온다. 그러므로 보복이 복수보다 훨씬 피해자 자기중심의 저급(低級)한 형태이다. 그렇다면 복수와 보복의 반대적 개념은 무엇인가? 바로 '용서와 용납'일 것이다.

복수와 보복에 대한 긍정적, 부정적 명언들이 많이 있다. 그런데 이런 명언들은 경고의 메시지이기도 하지만 남에게 원한을 사서 '복수와 보복의 대상이 되지 마라.'라는 중의적(重義的: 두 가지 이상의 뜻)인 의미이기도 하다. 먼저 긍정적 명언에는 가장 흔하게 쓰이는 '눈에는 눈, 이에는 이(바빌로니아 함무라비 법전)'와 '사람은 하느님 모습으로 만들어졌으니 남의 피를 흘리는 사람은 제 피도 흘리게 되리라(창세기).'가 있고, '군자가 원수를 갚는 것은 10년이 걸려도 늦지 않다. 30년 전의 복수라도 하지 않으면 사나이가 아니다.'라는 중국 속담이 있고, '만약 원수가 명예를 훼손했다면, 복수로 그것을 복구할 수 있다. 또한 복수는 내가 원수를 두려워하지 않는다는 것을 증명하고, 거기서 비로소 합의와 조정의 의미가 있다'라는 독일 철학자 니체의 말이 있다. 다음은 부정적 명언들로, '원한은 원한으로 갚는다고 풀어지지 않으리니, 원한을 버릴 때만 풀리리라(석가모니 법구경).'와 '눈에는 눈을 고수한다면 세상에는 장님밖에 남지 않을 것이다.'라는 인도 간디의 말과 '개에게 물린 상처는 개를 죽인다고 아물지 않는다.' 미국 링컨 대통령의 말이 있으며, 그리고 '어둠으로 어둠을 몰아낼 수 없다. 오직 빛으로만 할 수 있다. 증오로 증오를 몰아낼 수 없다. 오직 사랑만이 그것을 할 수 있다.' 미국 킹 목사의 말이다.

우리나라는 OECD 국가 중 자살률 1위이다. 자살의 이유가 외로움이나 소외감, 그리고 경제적 빈곤이기도 하지만 대체로 인간관계로 말미암은 우울증이 주원인이다. 마음속에 누군가에 대한, 특히 가까운 사람에 대한 복수심, 증오심과 피해 의식, 그리고 원한(怨恨: 응어리진 마음)이다. 가까운 일본은 어려서부터 '화목(和睦)'과 남에게 '폐 끼치지 말 것'을, 미국은 '존중'과 '양보'를 가르치는데, 우리는 어떠한가? 어려서부터 남에게 '절대 지지 말 것'을, '경쟁에서 이기는 것'을 최우선으로 한다. 경쟁이 무엇인가? 상대가 패(敗)해야 내가 승(勝)리하는 것 아닌가? 역사적으로 외세의 침략과 수탈로 한(恨)이 많고, 피해의식이 강하게 자리 잡고 있기 때문이 아닌가, 라는 생각이 든다. 거기에는 궁핍한 생활에서 벗어나야 한다는 강박관념도 한몫하는 것 같다. 그러다 보니 상대야 어떻든 '나는 잘 살아야 하고, 나는 불편함이 없어야 하고, 내 생활에 방해가 되고 걸림돌이 되는 경우는 모두 적(敵)으로 간주하게 되는 것'이다. 그러다 보니 층간소음, 보복 운전, 불법 쓰레기 투기, 질서를 지키지 않는 등과 같은 사회적 병리현상(病理現想: 정치, 문화, 경제 등에서 발생하는 각종 문제점)이 일어나는 것이다. 그런데 규범(規範: 마땅히 지켜야 할 본보기)의식의 퇴영(退嬰: 뒤로 물러남)으로 인한 사회적 병리현상은 범죄로 연결될 가능성이 크다는 것이다. 여기에는 무엇보다도 정치적 퇴보로 말미암은 국민 의식의 퇴보도 한몫하게 되는 것 같다. 그 사례 중 하나가 우리 사회의 '내로남불' 사상이다.

복수와 보복의 가장 저열(低劣)한 형태, 우리 주변에서 일어날 수 있는, 노년에 며느리가 시부모에 대한, 아내가 남편에 대한 보복이다. 젊어서 시부모님이 어떤 형태로 마음에 들지 않는 면이 있어 좀 심하게 며느리를 대했다고 마음속에 꽁하고 있으면서 시부모님이 늙기를 기다렸다는 듯이 천대(賤待: 업신여겨 푸대접함)로 시부모님의 노년을 비참하게 만드는 것이다. 심하면 한집에 살면서도 본인 방 밖은 잘 나와 보지도 않는다. 우리 문화에는 시부모님도, 처가 부모님도 결혼하면 친부모와 똑같다. 그런데도 몰상식하고 배움 없이 내 부모와 차이가 나게 대한다면 과연 그게 제대로 된 사람인가? 부부 간의 경우도 그러하다. 젊어서 남편의 성격이나, 크고, 작은 잘못이 있었다고, 그것에 앙심을 품고 노년이 되어 지난날을 반추(反芻: 되새김질)하며 노년을 비참하고 회한에 빠지게 한다면, 그 또한 사람이 할 짓인가? 더 큰 문제는 남편이 젊어서 성실하고 가족들만을 위해 허튼짓 하지 않고, 근검절약하며 어엿한 살림살이 넉넉한 한 가정을 이루고 살아왔는데도 말이다. 시부모님은 내 남편을 길러주시고, 자식을 위해 청춘을 다 바치신 분들이다. 그리고 나와 남편이 있기에 오늘날 내 가정이 있는 것 아닌가? 인생을 살아가면서 부모님을 비롯한 가족들, 그리고 내 가정, 소중히 여기고 넉넉하고 넓은 마음, 그리고 잘못이나, 서운함도 지난 과거 속에 다 묻어 버리고, 이해하는 마음으로 살아가는 '삶의 지혜'가 절실(切實)하다. 왜냐하면 그래야만 우선 내 마음이 '편안하고 행복'할 수 있기 때문이다. 누군가를 미워하고, 그 사람을 마음 아프게 하면 실상(實狀)은 '내 마음도 비참하고 아프게 되는 법'이다.

14

배신과 배반

배신(背信)과 배반(背反)의 사전적 의미는 무엇인가? '당연히 지켜야 할 믿음'이나 '의리 등을 저버리는 것'이 배신이고 배반이다. 여기서 믿음은 '사실이나 사람을 믿는 마음'을 말하고, 의리는 '사람과 사람의 관계에서 지켜야 할 도리'이다. 배신과 배반의 반의어는 '믿음', '신뢰' 이다. '배신, 배반이 있기에 신뢰의 중요성이 빛이 난다.' 영국의 철학자, 정치가 프랜시스 베이컨의 말이다.

'배신'은 그 행위의 결과가 드러나기도 하고 드러나지 않을 수도 있지만 '배반'은 완전히 돌아서 버린 것을 말한다. 신의를 저버리는 나쁜 행위를 보다 실천적, 구체적으로 드러내는 것이 '배반'이다. 한편 '반역(反逆)'이라는 말은 '나라와 겨레를 배반함' 또는 통치자에게서 '나라를 다스리는 권한을 빼앗으려고 함'의 의미를 지니는 것으로 상황에 따라 의미가 조금씩 다르다. 우리네 세상살이에서 사람의 심사를 가장 아프게 하는 것, 나쁜 것 중에서도 가장 나쁜 것이 '배반'이다. 파울로 코엘료가 쓴 세계적인 베스트셀러 「연금술사」에서 '낙타는 사람을 배신하는 짐승이라서, 수 천리를 걷고도 지친 내색을 하지 않다가 어느 순간 무릎을 꺾고 숨을 놓아버린다. 우리는 모두 누군가의 낙타들이다.'라고 말했으며, 배신을 중요한 주제로 다루었던 세계적인 대문호 셰익스피어는 '배반당하는 자는 배반으로 인해 상처를 입지만, 배반하는 자는 한층 더 비참한 상태에 놓이게 마련이다.'라고 말했다. 배신은 종종 개인 간의 관계에서 더 자주 발생하며, 배반은 일반적으로 어떤 그룹, 조직, 혹은 가치관을 배신하는 행위를 가리키는 것이지만, 둘 다 신뢰와 믿음을 부서뜨린다는 점에서 그 영향은 치명적이다.

'배신이란 두터운 관계에 있는 사람에게서 신뢰라는 접착제를 떼어내는 것이다.'라고 세계적인 철학자 아비샤이 마갈릿은 말했다. 우리는 살아가면서 '배신'을 수없이 접한다. 배신은 영화나 드라마의 단골 소재이기도 하며, 현실 속 정치 · 경제 · 사회 · 역사적 사건에도 자주 등장한다. 여기에 그치지 않고 배신을 직접 겪거나 주변 사람들의 경험을 듣기도 한다. 그렇다면 무엇이 배신인가? 배신에 관한 판단은 왔다 갔다 해서 사실 별로 신뢰할 수가 없다. 대부분의 사람들이 정의로운 '내부고발자'라 해도 누군가나 어느 조직의 눈에는 중상 모략가이거나 배신, 배반자이지만 때로는 대중의 눈에는 '양심선언자나 영웅'으로 보이기도 한다. 오늘날 TV 실화극장에서 자주 등장하는 남녀 간의 불륜(不倫:인륜에 어긋남)도 엄연한 배우자에 대한 배신이자, 배반 행위이다. '불륜은 결국 심한 멸시(蔑視)로 끝을 맺게 된다.' 스페인의 문학가 세르반테스의 말이다.

진정한 의미의 삶을 개개인의 인간 존재가 아니라 사람과 사람의 '정신적 유대'에서 찾으려 했던 프랑스 소설가 생텍쥐페리는 '좋은 인간관계는 거저 만들어지는 것이 아니라 공통된 많은 추억, 함께 겪은 많은 괴로운 시간, 많은 어긋남, 화해, 마음의 격동(激動) 등으로 이루어지는 것이다.'라고 말했고, '당신이 누군가를 배반한다면 당신은 또한 자신을 배반하는 셈이다.' 미국의 발명가 아이작 싱거의 말이며, '오직 너만을 믿어라. 그러면 아무도 너를 배신하지 않을 것이다.' 영국의 성직자, 역사가 토마스 풀러의 말이다.

세계의 지성 중 한 사람인 생물학자 리처드 도킨스는 「이기적 유전자」에서 '생물체는 이기적 유전자를 갖고 태어났기 때문에 불안정한 상황에 처하게 되면 그 상황을 벗어나기 위해 배신을 선택하여 안정을 추구하기 마련이다.'라고 했다. 배신은 한 인간이나 인류에게 아픔을 주지만 때로는 발전을 위한 자양분이 되기도 한다. 배신은 성숙단계에서 변신의 일환(一環)일지도 모른다. 그러므로 배신은 나쁘기도 하지만 때로는 좋을 수도 있다. 배신은 인간 세상이 관계의 연속인 이상 다반사(茶飯事)로 일어날 수밖에 없다. 그래서 배신을 당하지 않으려면 배신이 일어나지 않도록, 배신이 발생하면 감내(堪耐: 어려움을 참고 견딤) 할 수 있도록 준비하는 수밖에 없다. 우리네 인생의 인간관계에서 깨지 말아야 할 중요한 세 가지에는 신뢰, 약속, 마음이다. 이것들은 우리가 무언가의 그리고 누군가의 일부라고 느끼게 해주며 우리의 성장 열쇠이기도 하다. 그래서 이들이 무너지면, 인간관계는 더 이상 지속(持續)되기 어려운 법이다.

배신의 종류에는 여러 가지가 있다. 그중에서 셰익스피어의 대사처럼 '사업이나 권력, 사랑이 개입될 때' 우정은 대개 깨진다. 그리고 가족관계인 부모자식 간이나 동기 간끼리에서도 있을 수 있지만, 가장 뼈아픈 것은 배우자의 배신이다. 특히 힘없고, 돌이킬 수 없는 것이 현실인 노년에 당했을 때는 그 비애(悲哀: 슬픔과 설움)감을 어디에 견줄 수 있으랴? 배우자의 배신은 꼭 부정한 짓을 저질러야만 하는 것인 아닌, 젊은 시절 가족들을 위해 헌신적인 노력에도 불구하고 평가절하(平價切下)하고 당연시하며 공(功)을 인정해 주지 않고, 내 공까지도 빼앗아 본인의 공치사(功致辭)로 일관(一貫: 일관)할 뿐만 아니라 큰 것은 말할 것도 없고, 소소한 작은 물건 하나라도 챙기는 행위이다.

노년에 배우자의 정신적 배신을 이겨내는 삶의 지혜, '상대가 내게 돌멩이를 던졌는데 바위로 맞은 것처럼 느껴져도 모래로 맞은 것'처럼 느끼고, 반응하는 자세가 필요하다. 왜냐하면 그래야만 내 노후가 그나마 편안하고, 나를 지킬 수 있기 때문이다. 내가 나를 지키지 않으면 누가 나를 지켜주겠는가?

끝으로 법정 스님 말씀을 인용하는 것으로 글을 맺는다. '인연으로 피해를 보는 것은 진실 없는 사람에게 진실을 쏟아부은 대가로 받는 벌(罰)이다.' 세상의 연륜(年輪)과 경륜(經綸)이 있는 사람이라면 공감(共感)이 가는 명언이다.

14

사랑과 집착

사랑의 사전적 정의는 '사람이나 존재를 아끼기 위해서 정성과 힘을 다하고 귀중히 여기는 마음'이다. 사랑은 긍정적 감정뿐만 아니라 '그리움이나, 안타까움'과 같은 부정적인 감정까지도 포함한다. 사랑의 삼각형 이론에서 '친밀감, 열정 및 개입(介入: 어떤 일에 끼어듦)이 충만하게 균형을 이룬 상태'가 완전한 사랑이다. '사랑이 있는 곳에 삶이 있다. (Where there is love, there is life)' 인도의 독립운동지도자, 평화주의자 마하트마 간디의 말로, 더 이상 사랑에 대해 말할 것은 없을 것 같다. 한 마디로 '삶에는 반드시 사랑이 필요하다.'라는 말이다. 그런데 프랑스 작가 앙드레 모로아의 말 '방치된 정원에 잡초가 자라듯 노력하지 않는 사랑은 어느새 다른 감정들에 의해 가려진다.'에 귀 기울여야 하겠다. 한마디로 '사랑도 적절한 관리가 필요하다.'라는 것이다.

이 세상에서 가장 고결(高潔: 고상하고 순결함)하고도 숭고(崇高: 존엄하고 고상함)한 사랑에 버금가는(맞먹는) 것을 찾기가 그렇게 쉽지는 않을 것이다. 그런데 그런 사랑도 가슴 아프고 슬픈 사랑으로 두 가지가 있는데, 하나는 '짝사랑'으로 사전적 의미로는 '한쪽이 보통 자신을 사랑한다는 것을 상대가 모르거나 거부한 채 혼자만 상대방을 사랑하는 것'

으로 가슴 아픈 일이지만 10대나 20대에 주로 흔하게 있는 일로, 대중 가요 주제의 한 축(軸)을 이루고 있다. 작가 이영도가 쓴 판타지 소설 '드래곤 라자'의 내용 일부를 인용한다. "인간 세상에서 가장 슬픈 사랑이 뭔지 아십니까? '짝사랑'이지요. 그럼, 인간 세상에서 가장 무서운 병이 무엇인지 아십니까? '상사병(相思病: 이성을 몹시 그리워하는 마음에 사로잡혀 생기는 병)'이올시다. 왜 그런 줄 압니까? 짝사랑과 상사병은 상대방을 변화시키지 못하기 때문입니다. 그래서 슬프고 아프지요. 짝사랑을 하면 그냥 '그 사람을 소중히 여기면 될 문제'인데 말입니다." 그리고 영국 시인, 문학평론가 새뮤얼 테일러 콜리지의 말 '진정한 짝사랑은 상대방을 향한 순수한 마음과 말할 수 없는 그리움이 결합한 것이다.'가 있고, 미국의 문필가, 자선사업가 헬렌 켈러 여사의 말 '때로는 짝사랑이 미소를 짓게 하지만, 때로는 아픔을 안겨 줄 수도 있다. 그래도 짝사랑은 용기와 감동을 주는 순간들로 가득한 아름다운 상상의 나래(날개보다 부드러운 어감)이다.'도 있다. 또 다른 하나는 '첫사랑'으로, 이 경우도 두 가지로 나뉘는데, 이루기 어렵다는 첫사랑과 결실을 보고 결혼해 가정을 이루었지만, 세월이 지나 이런저런 삶의 무게로 사랑이 퇴색되어 결국은 별거, 졸혼, 파국으로 끝이 나는 경우가 있고, 독일의 대문호 괴테의 '첫사랑'이라는 시(詩)에서 '아! 누가 그 아름다운 날을 가져다줄 것이냐, 저 첫사랑의 날을. 아! 누가 그 아름답던 때를 돌려줄 것이냐, 저 사랑스러울 때를'이라는 구절(句節)처럼, 첫사랑을 이루지 못해 평생을 아쉬워하고 그리워하며 살아가는 경우로, 이 모두 가슴 아프고 슬픈 사랑들이다.

애정(愛情)이란 '사랑하는 마음'이고, 같으면서도 조금은 다른 연정(戀情)은 '이성을 사랑하고 그리워함'의 의미이다. 그렇다면 사랑과 애정의 차이는? 사랑은 애정에 비해 '로맨틱(romantic:연애 감정)한 감정'이 개입되어 있고, 좀 더 깊고, 장기적이며 복잡한 감정상태인 반면에, 애정은 좀 더 부드럽고 로맨틱한 감정과는 관계가 없는 감정상태이다. 특히 가정은 '애정으로 결합한 가장 기본적인 사회'로 자라나는 아이들이 가정 내(內)의 따뜻한 분위기로 인하여 어떤 단체나 사회보다도 많은 것을 '긍정적으로 수용'할 수 있는 곳이다. 왜냐하면 부모는 자녀가 태어난 이후 수많은 시간 동안 그 자녀와 라포(rapport: 심리학 용어로, 상호신뢰하며 감정적으로 친밀한 관계)가 지속해서 형성되어져 왔기 때문에 어느 누구보다도 아이들에게 느껴지는 영향이 크기 때문이다.

집착(執着)이란 '어떤 것에 늘 마음이 쏠려 잊지 못하고 매달림'의 의미이고, 유의어에는 고착(固着: 굳게 들러붙음), 애착(愛着: 사랑하고 아껴서 단념할 수가 없음)이 있다. '유상집착(有相執着)'이란 불가(佛家)에서 '모습이나 형태가 있는 것에 집착하는 일'의 의미이고, '연연(戀戀)하다'는 '집착하여 미련(未練: 익지 못하고 끌리는 데가 남아 있는 마음)을 가지다'라는 의미이며, '은애(恩愛)하다'는 '아버지와 자식, 또는 부부의 은정(恩情: 은혜로 사랑하는 마음, 인정 어린 마음)에 집착하다'라는 의미이다. 먼저 사랑과 집착의 차이는? 차이점이 명확하게 구분되는 백과사전을 인용하면, 단적(端的: 곧바르고 명백한)으로 말해 '사랑은 배려심이 포함'되어 있고, 집착은 '이기심으로, 자기중심적 감정'이다. 사랑은 상대가 어떻게 해야 할까? 라고, '끝없이 고민하고, 상대의 행복을 위해 늘 희생하고 노력하는 것'이라 하면, 집착은 상대방이 고통스럽든, 슬퍼하든 간에 자기 자신이 행복하면 그것으로 끝으로, "상대방을 소유함으로써 '자신이 행복하다'면 만족한다."라는 의미이다." 한마디로 요약하자면, '내가 수단이고, 상대가 목적이라면 사랑'이고, '상대가 수단이고, 내가 목적이라면 집착인 것이다. 소설가 공지영이 쓴 '딸에게 주는 레시피'에서 사랑과 집착의 구별법을 '그가 어떻게 하든 그가 너를 나쁘게 대해도, 그가 다른 사람과 가버린다 해도, 심지어 그가 죽는다 해도 변하지 않는 것이 사랑이고, 그것으로부터 고통이 따르는 것으로 그가 이렇게 하면 네가 기쁘고, 그가 저렇게 하면 네가 슬픔과 고통의 나락으로 떨어진다면 집착이야'라고 쓰여 있다.

다음으로 애착(愛着)과 집착의 차이는? 원래 둘 다는 착(着: 붙을 착-주로 접미사로 쓰임)이라는 뿌리에서 시작되는 것으로, 사전적 의미로는 '몹시 사랑하거나 끌리어서 떨어지지 아니함, 또는 그런 마음'이며, 불가(佛家)에서는 '좋아하여 집착함', 애집(愛執: 애정에 대한 집착)이라고도 한다. 주로 '양육(養育: 아이를 기름)자(者)'나 특별한 사회적 대상과 형성하는 '친밀한 정서적 관계'에서 일어나는 것으로 대상은 주로 사람이나 사물, 특정한 일에 해당하기도 한다. 애착은 밝고 긍정적 에너지가 강한 반면에, 집착은 부정적이고 어두운 느낌이 강하고, 심리학에서는 집착을 사랑과 관심을 받지 못한 '손상(損傷)된 애착'으로 본다. 보통 반대개념으로 무관심(無關心: 관심이나 흥미가 없음), 초연(超然: 남과 관계 않는 모양), 단념(斷念: 미련 없이 잊어버림)이나 체념(諦念)이 있다. 인간의 삶에 유익하고, 없어서는 안 되는 사랑도 그 '정도가 지나치게 되면 해악(害

惡: 해가 되는 나쁜 일)이 될 수도 있다'라는 것이다. '사랑, 애정, 애착'까지
는 별 탈[頃: 뜻밖에 일어난 걱정할 만한 변고(變故)나 사고]이 없지만, 사랑, 애
정, 애착이라는 이름의 미명(美名: 그럴듯하게 내세운 명목이나 명칭)하에 '집
착'이 되면 하는 쪽이나, 당하는 쪽, 쌍방 모두에게 불행의 시작이 되
어 엇갈린(모순적인 여러 가지 것이 서로 겹치거나 스치는) 관계나 파국을 맞이
할 수도 있다. 대표적인 사례가 부모 중 특히 '엄마가 자식에 대한 집
착', 연인 사이, 특히 '남자가 여자에 대한 집착', 부부 사이, 이 경우는
양쪽 모두 '배우자에 대한 집착'이다. 이 경우들의 집착은 사랑의 대상
이나 인격체가 아닌 바로 자신의 '소유물'로 보기 때문이다. 그래서 무
조건 자기 뜻에 따라야 하고, 일거수일투족(一擧手一投足: 크고 작은 동작 하
나하나)을 확인하고 통제하며, 지속해서 사생활에 간섭하고, 의심이 가
는 일은 뒷조사하거나 시험하고, 극단적인 말과 행동을 자주 하기도
하며, 본인의 마음에 들지 않으면 불같이 화(火)를 내기도 한다. 부모
의 집착은 자칫 반항심을 불러일으킬 수도 있고, 삐뚤어지기도 하며,
그 자식이 나중에 제 자식에게도 똑같은 행태(行態)를 하는 대물림을
할 수도 있다. 연인 사이에는 한쪽이 집착이 강하면 무엇보다도 장래
를 약속하고 가정을 이루게 되면 결코 원만한 부부생활을 할 수 없게
된다. 그리고 부부 사이 배우자에 대한 집착은 결국 의처증(疑妻症)이
나 의부증(疑夫症)으로 발전되어 종국(終局)에는 파국(破局)으로 끝이 나
게 되어있다. '과유불급(過猶不及: 지나치면 모자람만 못함)'이라는 말이 있
듯이, 사랑, 애정, 애착에서도 해당이 되므로, '중용(中庸: 어느 쪽으로 치우
침 없이 올바르며 변함이 없는 상태)의 도(道)를 지키는 삶의 지혜'가 그 무엇

보다도 필요(必要: 꼭 소용이 있음)하다. 왜냐하면 한번 집착이 시작되면 그칠 줄 모르고 계속되게 되어, 인간관계에 위태롭고 위험하기 때문이며, 종국(終局: 끝판)에는 파국(破局: 일이나 사태가 결딴이 남)으로 끝이 나게 되어있는 것이다.

16

나태(게으름)와 근면(부지런함)

'나태와 근면'은 인간세계에서 오랜 인류 역사와 함께 해온 것들로, '나태는
경계'하고 '근면은 독려(督勵)'하는 명구(名句)들을 중심으로 전개(展開)한다.

　나태(懶怠: laziness)란 '행동이나 성격 따위가 느리고 게으름' 의미이며
유의어에 게으름, 태만(怠慢: 게으르고 느림), 태타(怠惰: 몹시 게으름), 과태
(過怠: 게으르고 느림)이고, 결(結)이 좀 다른 무기력(無氣力: 어떤 일을 감당 할
힘과 기운이 없음), 귀찮음(마음에 들지 않고 괴롭거나 성가심), 미룸(시간을 끎),
그리고 타성(惰性)은 오래되어 '굳어진 좋지 않은 버릇', 또는 오랫동안
변화나 새로움을 꾀하지 않아 '나태하게 굳어진 습성'의 의미이다. 근
면(勤勉: industry)이란 '부지런히 일하며 힘씀'의 의미이며 유의어에 바
지런(놀지 아니하고 하는 일에 꾸준함), 부지런, 정근(正勤: 부지런히 닦는 수행법)
이 있다. 근면과 함께 따라다니는 단어에는 각근면려(恪勤勉勵: 정성을 다
하여 부지런히 힘씀), 근면성실(勤勉誠實: 부지런히 힘써 일하며 정성스럽고 참됨),
근면검소(勤勉儉素: 부지런히 일하며 사치하지 않고 꾸밈없이 수수함), 근검절약
(勤儉節約: 부지런하고 알뜰하게 재물을 아낌)이 있는데, 이들 중에서 한 사람
이 갖추어야 할 가장 기본적인 덕목(德目) 중에서 으뜸 중 으뜸은 '근면

성실과 근검절약 정신일 것이다. 한시(漢詩)에 있는 근백선지장(勤百善之長), 태백악지장(怠百惡之長)이란 '근면은 모든 선행의 으뜸이고, 게으름은 모든 악행의 으뜸이다.' 의미이다.

'나태'의 사자성어에는 화생우해타(禍生于懈惰: 화는 게으르고 나태한 것에서 생김)와 반래개구(飯來開口: '밥이 오면 입을 벌린다.'는 '심한 게으름'을 비유함), 우리가 흔히 말하는 무위도식(無爲徒食: '하는 일 없이 먹기만 한다.'라는 '게으른 사람이나 능력 없는 사람')이 있다. 그리고 '근면'의 사자성어에는 가장 흔하게 말해지는 우공이산(愚어리석을 우, 公존칭 공, 移옮길 이, 山뫼 산: 우공이 산을 옮긴다는 의미로 '어떤 일이라도 근면 성실 노력하면 이루어짐'), 일념통천(一念通天: 어떤 어려운 일이라도 한마음으로 정성을 다해 근면 성실 노력하면 하늘에 통해 성취됨), 유지경성(有있을 유, 志뜻 지, 竟마침내 경, 成이룰 성: 근면하고 끈기 있게 노력하면 이룰 수 있음)이 있다.

성경에서는 '나태와 근면'에 관한 구절(句節)이 주로 잠언에 나오는데, 게으른 사람을 '게으르고 게으르거나 책임을 게을리하는 사람'이라고 정의한다. '게으른 자는 사냥한 것을 굽지 아니하니 부지런함은 사람의 보배니라.' '손이 게으른 자는 가난하게 되고 손이 부지런한 사람은 부자가 되느니라. 게으른 자에게 가난이 배회하는 자와 같이 임(臨)하고, 궁핍이 무장(武裝)같이 임할 것이다. 빈둥거리는 자의 삶은 무너지고 게으름뱅이는 배를 곯는다.' '게으른 자여, 개미에게 가서 그가 하는 것을 보고 지혜를 얻어라. 개미는 두령도 감독자도 통치자도 없지만 먹을 것을 여름 동안에 예비하며 추수 때 양식을 모으느니라.'라고 솔로몬의 잠언(세상을 바르게 살아가는 지혜를 가르치고 훈계함)에 나와 있다. 천주교에서 말하는 칠극(七克: 탐욕, 오만, 음탕, 나태, 질투, 분노, 색)에서 책태(策怠)는 '게으름을 채찍질하다' 의미이고 이를 이길 수 있는 일곱 가지 덕행(德行)을 '은혜, 겸손, 절제, 정절, 근면, 관용, 인내'라고 한다. 진리의 말씀인 법구경(法句經: 불교의 경전)에는 '항상 힘써 게으르지 않고 스스로를 자제할 줄 아는 지혜 있는 사람은 홍수로도 밀어낼 수 없는 섬을 쌓는 것과 같다.' '부지런함은 생명의 길이요, 게으름은 죽음의 길이다. 부지런한 사람은 죽지 않지만, 게으른 사람은 죽은 것과 같다.'와 특히 수행자들에게는 '부지런함을 즐기고 게으름을 두려워하는 수행자는 어느새 대자유의 경지에 이르러 결코 물러나는 일이 없다.'라고 가르침을 준다. 원불교 경전(經典)인 대종경(大宗經) 요훈품(要訓品: 짤막한 교훈들)에 '사치와 허영과 나태는 빈곤을 낳고, 근면과 검소는 부를 낳게 된다.'라고 나온다. 나태가 가장 위험한 경우는 한 인간의 '육체와 정신에 영향'을 미쳐 '도덕적 타락'을 가져오게도 한다.

그렇다면 '나태와 근면'에 대한 명언(名言: 이치에 들어맞는 훌륭한 말)들은? 명사들의 명언이나 나라마다의 속담, 격언은 다음과 같다. 먼저 '나태'에 대한 명언들로는 '태만한 자는 긴 침도, 짧은 침도 없는 시계이다. 설령 움직이기 시작했다 해도 멎어 있을 때와 마찬가지로 아무런 도움이 되지 않는다.' 영국 시인 W. 쿠퍼의 말이고, '태만은 어머니이다. 태만은 도적이라는 아들과 기아(飢餓: 굶주림)라는 딸이 있다.' 프랑스의 작가, 정치가로 '레미제라블'을 쓴 빅토르 위고의 말이며, '고기가 썩으면 구더기가 생기고 생선이 마르면 벌레가 생긴다. 태만함으로 자신을 잊는다면 재앙이 곧 닥칠 것이다.' 중국 전국시대 후기 철학자 순자(荀子)의 말이다. 그리고 '근면은 행운의 어머니이며, 신은 근면한 자에게 모든 것을 주신다. 그러므로 나태한 자가 잠을 자는 동안 깊이 밭갈이하라. 그러면 팔고 또 저장할 수 있는 곡식을 얻으리라.' 미국 건국의 아버지 벤저민 프랭클린의 말이고, '검소한 자만이 다스릴 것이요, 애써 일하는 자만이 가질 것이다.' 미국의 작가, 사상가 랠프 왈도 에머슨의 말이며, '근면과 노력으로 해결될 수 없을 만큼 어려운 일은 이 세상에 아무것도 없다.' 로마시인 마르쿠스 테렌티우스 바로의 말이다. 근면에 대한 명언으로 특히, 우리 삶의 '좌우명(座右銘)'으로 삼을 만한 것으로 '잘 보낸 하루가 행복한 잠을 가져오듯이, 잘 쓰인, 근면, 성실 그리고 노력으로 한평생을 보낸 인생은 행복한 죽음을 가져온다.' 르네상스 시절 이탈리아의 화가 레오나르도 다빈치의 말이고, '근면은 사업의 정수(精髓)이며, 번영의 열쇠이다.' 소설 '위대한 유산'을 쓴 영국 소설가 찰스 디킨스의 말이며, '큰 부자는 하늘에 달려 있고, 작은 부자는 부지런함에 달려 있다.' 중국 명나라 고전서(古典書) '명심보감'에 나오는 말이다. 마지막으로 나라마다의 '속담, 격언' 들로는, 영어속담에 중학교 영어 시간에 문법 '관사' 편 예문으로 배운 '일찍 일어나는 새가 벌레를 잡는다(The early bird catches the worm.)'와 '뜻이 있는 곳에 길이 있다(Where there is a will, there is a way)'가 있고 '근면과 굳은 결심은 우리가 성공하는 데 도움이 된다(Hard work and firm determination can help us to achieve success.)'가 있다. '프랑스속담에 '한가한(게으른) 인간은 고인 물이 썩는 것과 같다.'가 있고, 영국속담에 '게으른 두뇌는 악마의 공장이다.'가 있으며, 튀르키예(터키)의 속담에 '계단을 밟아야 계단 위에 오를 수 있다.'가 있다. 또한 네덜란드 속담에 '게으른 자는 악마의 베개이다.'가 있고, 아이슬란드의 속담에 '움직이지 않는 까마귀는 굶어 죽는다.'가 있으며, 독일 속담에 '부지런한 사람에게는 1주일에 7번의 오늘이 있고, 게으른 사람은 7번의 내일이 있다.'가 있다. 그리고 아라비아 속담에는 '무엇인가 하고 싶은(부지런한) 사람은 방법을 찾아내고 아무것도 하기 싫은(게으른) 사람은 구실을 찾아낸다.'가 있다. 서양의 대표적 격언으로 '휴식과 행복은 근면에 의해서만 얻어진다.' '근면은 행복의 어머니이다.'가 있고, 덴마크의 속담에 '젊었을 때 태만한 자는 늙어서 도적이 된다.'가 있고, 일본속담에는 '하루가 늦으면 열흘이 손해'가 있으며, 우리나라 속담에는 '부지런한 물레방아는 얼 새도 없다.'가 있다.

나태는 근면과 반대개념으로 뭔가를 그냥 '하기 싫어 하다'보다는 적극적으로 '해야 할 일을 안 하는 것'이다. 영국 작가 도로시 세이어즈는 '나태는 배우거나 성장할 이유도 없고, 인생의 목적도 없고, 살아갈 이유도 없고, 죽을 이유도 없어, 그냥 살아가는 것'이라고 말했다. 다른 일은 열심히 해도 마땅히 해야 할 일에 열심을 내지 않는 것이 '게으름'인데, 사람은 '자신의 사명(使命: 맡은 바 임무)감이 무뎌지면서 게을러지는 것'이다. 다시 말해 나태는 '삶의 의미나 사명과 관련 있는 것'으로, 자신의 할 일과 의미를 발견하지 못할 때 나태해지고, 그렇게 되면 영혼도 죽게 되는 것이다. 그러나 우리는 한세상 살면서 '삶의 계획과 목적, 목표 의식, 도전정신과 용기, 희망을 불러일으키는 삶을 살아야 하겠다. '부지런한 사람이 성공할 수 있다'라는 사실은 시공(時

空)을 초월한 '진리'이다. 바쁘다고 부지런한 사람이 아닌, '가치 있는 목표'에 집중하여 노력하는 것, 그리고 자신의 역할, 사명을 다해야 하는 것, 그것을 위해서는 때로는 '절제'도 필요하다. 다분히 선천적인 영향도 있지만 교육(배움)을 통해서, 스스로 느끼고 다짐하며 살아가는 '삶의 지혜'가 우리 모두에게 필요하다.

17

고 독

고독(孤獨)은 '세상에서 홀로 떨어져 있는 듯이 매우 외롭고 매우 쓸쓸함'이나 '부모 없는 어린아이나 자식 없는 늙은이'의 의미가 있다.

수필가 이양하의 '나무'에서 '나무'는 자신에게 주어진 어떤 상황에도 불만을 나타내지 않고 묵묵히 자기 현재의 위치를 지키며 즐길 뿐이다. 특히 새와 달과 바람이라는 친구들이 있지만, 나무는 본질적으로 고독하다. 그러나 나무는 고독하다고 해서 그것을 슬퍼하거나 탄식하지 않는다. 오히려 나무는 사계절 내내, 그리고 밤낮으로 변함없이 곁을 떠나지 않는 고독을 잘 알고 있기에, 어느 것보다도 그 고독을 잘 견뎌내며, 오히려 그 고독을 즐기며 함께한다.

보통 도시생활은 자유롭고 달콤하며, 분위기는 화려하고 풍요롭고 즐겁다. 그러나 그 자유롭고 풍요 속에 우리가 뼈저리게 느끼는 것은 결핍과 소외 그리고 고독이다. 고독한 삶의 정도는 차이가 있겠지만 보편적으로 누구나 느끼는 것이다. 그렇다면 도시인들은 왜 고독할까? 고독은 다른 사람들로부터 따돌림이라고 말하지만, 그보다는 다른 사람과의 멀어짐이라고 말할 수 있다. 이는 도시공간만의 비인간화, 사무화 경향이 팽배해 있기 때문일 것이다.

고독은 '홀로 있음'과 '외로움'의 의미로 읽혀 부정적이거나 가급적 피해야 하는 상태로 이해되곤 한다. 고독을 선택한 사람들은 사회에 적응하지 못하는 문제 인간으로 별종 취급을 받는다. 인간은 사회적 동물이기에 사회를 구성하고 그 안에서 살아야 한다는 상식이 고독의 가치를 평가절하하는 근거가 된다. 프랑스 철학자로 독일이나 오스트리아에서도 활동했던, 올리비에 르모가 쓴 「자발적 고독」에서 자발적으로 고독을 선택한 사상가들과 탐험가들의 사례가 등장한다. '자신에게 진실하기 위해서뿐만 아니라 이 세상을 정확히 알기 위해서는 세상으로부터 거리감을 두어야 한다. 그러고 나서 다시 사회로 되돌아갈 필요를 느낄 때 고독을 경험한 이들은 이전과 달라져 있다. 고독은 되돌아오기 위해 떠나는 내면의 자발적 망명이자, 회심과 변화의 기술이다.'라고 말했다.

우리네 인생은 고독감과 무력감 그리고 허무감에서 벗어나려는 노력이라고 할 수 있다. 고독감과 무력감 그리고 허무감을 극복하려는 인간의 행위는 다양한 형태로 나타난다. 그것은 악마 같은 형태를 띨 수도, 성스러운 형태를 띨 수도 있다. 독일의 실존철학자 하이데거는 '이런 고독감과 무력감 그리고 허무감을 극복할 수 있는 잠재적인 능력이 우리 모두에게 깃들어 있다'라고 말한다. 그는 그런 부정적 감정들은 '시적 감성'을 통해 극복할 수 있다고 했다. 경이(驚異: 놀랍고 신기하게 여김)라는 기분에 사로잡혀 세상을 보면 세상은 더 이상 우리를 위협하는 낯선 곳으로 느껴지지 않는다. 오히려 세상의 신비(神秘: 보통의 이론이나 상식으로 이해 못 할 만큼 신기하고 묘함)를 경험하며 그 속에서 평온한 기쁨을 느끼게 된다. 이렇게 시적 감성을 통해 세상과 하나 될 때 우리는 고독감과 무력감을 극복할 수 있다. 그리고 경이라는 기분 속에서 보는 세상은 의외로 충만한 곳이기에 허무감 역시 극복할 수 있다.

독일의 시인 릴케는 '사람은 고독하다. 사람은 착하지 못하고, 굳세지 못하고, 지혜롭지 못하고 여기저기에서 비참한 모습을 보인다. 비참과 부조리가 아무리 크더라도, 그리고 그것이 사람의 운명일지라도 우리는 고독을 이기면서 새로운 길을 찾아 앞으로 나아갈 결의(決意: 뜻을 정하여 굳게 마음먹음)를 갖지 않으면 안 된다'라고 말했다. 또한 수필가이신 김형석 교수가 쓴 「고독이라는 병」에서 '고독이라는 병은 인간이라면 누구나 가지고 있는 듯하다. 고독을 치료하기 위해서는 사랑이 필요하다. 인간적인 사랑을 뛰어넘은 신의 사랑이 더욱 간절히 필요한 병이 고독이다'라고 말했다. 고독을 아는 사람이 사랑을 안다. 고독하다는 것은 사랑하지 않는다는 것이다. 홀로 힘겹게 살아가는 것은 밑빠진 독에 물을 쏟아붓는 것과 같다. 삶이 향기 나게 해야 하고 살아갈 이유를 만들어야 한다. 사랑을 하면 모든 움직임이 아름다워진다. 고독하지 않기 위해 내 사랑이 걸어갈 수 있는 길을 만들어야 한다.

인간은 살아가면서 언제나 크고 작은 '선택'을 하면서 살아간다. 그리고 선택을 통해 과거와 현재 그리고 미래의 결과가 존재한다. 그래서 인간들은 태어나면서부터 죽을 때까지 선택의 굴레에서 벗어날 수가 없다. '우리네 인생은 B(Birth: 출생)와 D(Death: 죽음) 사이의 C(Choice: 선택)이다.' 프랑스 소설가이자 철학자로 노벨문학상을 수상했던 장 폴 사르트르의 말이다, 무엇을 먹을 것인지, 어느 학교로 진학할 것인지,

전공과 직업은 무엇으로 할 것인지, 그리고 배우자는 누구로 정할 것인지? 등등 평생 동안 결정해야 하는 크고 작은 일들을 자유의지로 직접 선택해야 한다. 인생을 살아가면서 '외롭고 고독하다'라는 비참한 마음으로 불행한 삶을 살 것인지, 아니면 외로움과 고독을 받아들여 즐기고 누리며 행복한 삶을 살아갈 것인지, 그 선택권은 본인 자신에게 전적으로 달린 것이다. '인생에는 정답이 없다. 자신이 선택한 대로 사는 것뿐이다.' 법륜 스님의 말씀이다.

인간은 원래 고독하다. 그런데 현대에 살고 있는 우리가 더 그러하다. 혼자 있어도, 같이 있어도, 여럿이 있어도 그렇다. 혹자(或者: 어떤 사람)는 '외로움과 고독은 다단계 사기보다 더 무섭다'라고 말한다. 그런데 외로움과 고독은 채우는 '그릇'이 중요하다. 바로 그것은 '생각하기, 마음먹기에 달려 있다'라는 것이다. 고독감은 무력감, 허무감, 비애감 그리고 좌절과 포기로 이어져 스스로 생을 마감할 수도 있다. 특히 누군가에게 찾아오는 외로움과 고독은 본인에게는 처절하고도 위험하다. 그러므로 고독을 벗어나는 방법은, 고독이 시작점이 되어 일련의 과정들이 전개되는 것을 막기 위해서 '시적 감각으로 모든 생명을 존중하고, 사물을 경이롭게 보며, 신(하나님)에 대한 사랑이나 누군가와 열렬하고도 아낌없는 사랑으로 고독을 이겨내는 것'이 현대를 살아가는 우리 모두의 삶의 지혜가 아닐까? 생각해 본다.

끝으로 명 구절 두 개를 인용하는 것으로 이 글을 맺는다. '한 알의 모래에서 세상을 보고, 한 송이 들꽃에서 천국을 본다. 그대의 손바닥에 무한을 쥐고, 순간 속에서 영원을 보라' 영국의 시인 윌리엄 브레이크의 말이며, '사람은 혼자 있을 때 진정한 자신이 될 수 있다. 혼자 있기를 좋아하고 스스로 외로움을 즐기는 사람은 뛰어난 정신을 가진 사람이다. 이들은 고독으로부터 두 가지 장점을 취한다. 하나는 타인과 함께하지 않는다는 장점이 있고, 다른 하나는 자신과 함께한다는 이점이 있다. 고독한 사람은 인간관계에 연연(戀戀: 집착하여 미련을 가짐)하지 않고 중요하지 않은 것에 정신과 마음을 빼앗기지 않는다.' 독일 철학자 쇼펜하우어의 말로 '고독이 오히려 강점이 된다.'라는 말이다.

18

장수(長壽)! 축복인가, 재앙인가?

이 글은 노년들을 위한 글이기보다는, 실상(實狀)은 젊은이들과 중년들에게 초점을 맞춘 것이다. 사람은 계획성 있는 삶을 살아야 한다. 나이 불문(不問)하고 길게는 평생을, 짧게는 10년 앞을 미리 내다보아야 하는 것으로, 이 글이 평생을 바라보는 계획 있는 '삶의 이정표'가 되기를 바라는 바이다.

우리는 보통 삶의 단계를 구별할 때 유년기(0~20), 성년기(20~60), 노년기(60세 이상)로 생각해 왔다. 그런데 오늘날과 같은 의학의 발달과 위생(衛生)의 발달로 100세 시대를 바라보는 시점에는 노년기는 인생에서 긴 구간으로 노년기를 젊은 노인(60대), 노인(70대), 고령 노인(80대), 초고령 노인(90세 이상)으로 세분하는 것이 합리적일 것 같다. 사실 60세 이후의 보통 사람들은 100세 전후의 나이에 이르기까지는 흔치 않은 경우이므로, 보통은 30년의 노년을 보내게 되는데, 노년의 첫 10년(60대)은 은퇴 직후 '활동(活動)적 시기'이며, 다음 10년(70대)은 지난날을 되돌아보는 '회상(回想)적 시기'고 마지막 10년(80대~90즈음)은 대체로 한 가지 이상의 병마(病魔)와 싸워야 하는 '간병(看病)적 시기'로, 어찌 보면 오늘날의 장수 시대는 다른 말로 '유병장수(有病長壽) 시대'

라고도 할 수 있다. 그러므로 우리는 과연 한 인간에게 있어서 '장수는 축복인가, 재앙인가?'라는 의문점이 생기게 되는데, 이 물음의 답(答)은 간단하다. 노후가 준비되어 있지 않으면 장수란 축복보다는 재앙이 될 수도 있는 것이다.

그렇다면 장수가 재앙이 아닌 축복이 되기 위해 어떻게 해야 하는가?

노년에 가까워져서야 당황한 나머지 허겁지겁 준비해서는 낭패(狼狽)를 볼 수 있으니, 매사에 그러하듯 이 점도 젊은 시절부터 중년의 나이에 이르기까지 철저하고도 주도면밀(周到綿密)한 사전 계획과 실천이 필요하다. 일반적으로 노년이 되어 필수요건이 되는 것으로 우선순위를 매겨보면, 남자와 여자가 조금은 다른데, 남자는 첫째, 아내, 둘째, 건강, 셋째, 돈, 넷째, 친구, 마지막으로 (할) 일이고, 여자는 첫째, 돈, 둘째, 건강, 셋째, 친구, 넷째는 취미생활(애완동물 기르기 등 포함), 마지막으로 남편이라고 한다. 남녀의 공통적인 것을 들면 첫째는 돈, 둘째는 건강, 셋째는 친구, 넷째는 배우자, 마지막으로 취미나, 일(거리) 등으로, 구체적으로 하나씩 살펴보기로 한다. 첫째, 무엇보다도 노년을 대비한 가장 중요한 것은 돈과 건강이다. 그런데 돈과 건강은 젊은 날부터 근검절약(勤儉節約)으로 '저축' 그리고 '절제(節制)'가 최우선이다. 근검절약이라고 하니, 본인의 체력 이상, 무리하게 일하며 쓸 데 안 쓰고, 심지어 먹는 것까지 아껴가며 저축하라는 것은 아니다. 꼭 써야 할 곳은 쓰지만, 쓰지 않아도 될 것에는 쓰지 않는 '과소비하지 않는 합리적인 소비와 저축'을 말하는 것이다. 노년을 대비한다고 무리한 부동산 투자나, 항상 위험성이 도사리고 있는 주식이나 코인 등보다는 재정건전성 1~2위의 보험회사나 국가기관인 우체국 연금보험을 매월 몇십만 원 정도, 각각 2~5계좌를 2~30여 년 불입(拂入)하게 되면 퇴직 무렵이면 큰 목돈이 될 수 있다. 노년에는 일정 액수의 목돈과 고정 수입(소득)이 반드시 있어야 사람답게 살아갈 수 있다. 돈이 노년에 유일(唯一)한 답(答)은 아니지만, 다른 사람과의 '삶의 질(質)'에서 차이가 나게 되는 것이다. 한 인간이 평생을 살아가면서 불행을 꼽으라면, 초년에 너무 일찍 성공(돈, 명예, 대중의 인기 등)하거나, 젊은 날 부부간 사별(死別)하는 것, 그리고 무엇보다도 가장 비참한 것이 '노년 빈곤(貧困), 가난'이다.

둘째, 건강은 젊은 날부터 '절제'하는 습관이 가장 중요하다. 과유불급(過猶不及)이라는 말이 가장 적절한 표현일 것 같다. 과학자들이 말하는 장수의 비결은 '우리의 손과 마음에 달려 있다'라고 한다. 질병에서 자유로워져 자신의 수명(壽命) 동안 건강하고 활동적이며 독립적인 생활을 영위(營爲)할 수 있느냐는 단순히 양(量)적인 차원에서 수명을 늘리는 것 이상 '삶의 질(質)'에 중요한 문제이다. 그러므로 올바른 생활양식을 젊은 날부터 습관화해야 평생 건강을 유지할 수 있는 것이다. 구체적으로 자기 신체에 맞는 적절한 운동, 섭생(攝生), 소식[小食(적게 먹음), 素食(채식 위주 식단)]과 균형 잡힌 식단(食單), 깨끗한 물, 맑은 공기, 정기 건강검진, 일광욕, 제때마다 예방 접종, 적절한 약(비타민, 칼슘, 노년에는 에스트로겐 등) 복용 등인데 무엇보다도 규칙적인 일상생활(일정한 시간에 취침, 기상, 식사 등)의 습관화가 더욱 중요하다. 그런데 하나를 덧붙이면 육체 건강도 중요하지만, 그에 못지않게 정신건강(과욕, 시기, 질투하지 않고 양심적인 삶, 성실, 정직하고 지혜로운 삶, 건전한 사고방식, 그리고 마음 다스리기, 특히 용서하기)도 중요하다.

셋째, 친구나 배우자와 같은 인간관계이다. 노년에는 친구는 돈이나 건강 다음으로 꼭 필요한 존재이다. 노년이 되면 자식들은 한창 일할 나이이어서 바쁘고, 배우자도 건강문제로 함께 할 수 없는 경우도 생기게 되니, 어찌 보면 가족관계보다 친구 관계가 훨씬 더 행복에 도움이 될 수 있다. 가족관계는 피할 수 없는 의무 사항이지만, 친구 관계는 자신이 직접 선택한 것이니 나이와 관계없이, 남녀 구분 없이 함께 있을 때 서로 즐겁고, 서로의 성장에 도움이 되며, 무엇보다도 격의(隔意) 없이 허심탄회(虛心坦懷)하게 대화를 나눌 수 있어 좋다. 정말 좋은 친구 몇 명 정도 주변에 두면 노년에도 건강하고 행복한 삶을 살 수가 있다. 그런데 취미나 취향(趣向)이 같고 사고방식이 비슷하면 더욱 좋고, 또한 가까이 살면 더더욱 좋은 것이다. 친구만이 마지막 삶의 '동행(同行)이 되어 동행(同幸)', '함께해서 함께 행복'할 수 있는 것이다. 그러므로 행복해지려면 좋은 친구, 우정에 젊은 시절부터 아낌없는 투자와 관리가 필요하다.

그렇다면 배우자는 어떠한가? 인간의 궁극적인 목적이 무엇인가? 바로 행복이다. 세상에서 가장 행복한 사람이란, 금슬(琴瑟) 좋게 부부가 백년해로(百年偕老)하는 경우일 것이다. 노년에 부부가 함께 정담을 나누고, 함께 맛있는 것 먹고, 함께 좋은 구경 다닐 수 있다면 더 바랄 게 뭐가 있겠는가? 그런데 서로 지켜야 할 덕목(德目)이 있다. 처음 만났을 때처럼 변함없는 서로에 대한 일관(一貫)된 마음, 서로 존중하고 인정해 주고, 존재 가치와 감사하는 마음이 있어야 한다. 더불어 자식, 손주들, 동기간(同氣間: 형제자매들), 그리고 이웃과의 원만한 관계는 노년 삶의 정신적 편안(便安)함을 배가(倍加)시켜 주게 된다.

마지막으로 취미, (할) 일(거리) 등인데 평생 노년에 이르기까지 젊은 시절부터 길들이기이다. 젊었다고 내게는 노년이 요원(遙遠)하다는 생각보다는 노년에도 할 수 있는 취미, 주업(主業)과 부업/여업(副業/餘業) 등을 고려해야 한다. 취미란 수집, 만들기, 독서, 음악 감상, 노래 부르기, 그림그리기, 붓글씨, 야외 활동 등 다양하지만 그중에서도 여행은 기다림을 배우고 나와의 시간을 갖게 되며, 다른 사람들을 받아들일 수 있는 열린 마음과 여유를 갖게 해주는 것으로, 해외여행도 좋지만, 큰 비용 들지 않는 구석구석 국내 여행도 좋다. 또한 빈터가 있으면 텃밭 가꾸기, 화초나 나무 기르기, 그리고 애완동물이나 짐승 기르기는 정서적으로 큰 도움이 되기도 한다. 또한 정신건강에 도움을 주는 평소에 조상님 섬김과 선영(先塋: 선산)을 잘 돌보는 일, 그리고 자신에게 맞는 신앙을 갖는 것이다. 젊은 날 직업을 선택할 때도 평생 할 수 있는 직업선택이 현명하며, 그렇지 않으면 노년에 할 수 있는 분야를 선택해 자격증을 따두거나 평생교육을 통해 미리 학습해 두는 것이 현명하고 지혜로운 처사(處事)이다.

끝으로 주변을 한번 둘러보아라. 노년의 어르신들 모습은 미래의 곧, 나의 모습이다. 오늘의 어르신들이 불행하다면 나의 행복도 기약(期約)할 수가 없다. 어르신들이 주어진 삶을 행복하게 사실 수 있도록 도와드리기도 해야 하며, 어르신들의 현실 모습에서 내 노후의 미래를 설계도 해야 한다. 특히 무전장수(無錢長壽: 돈 없이 오래 삶), 유병장수(有病長壽: 아프며 오래 삶), 독거장수(獨居長壽: 혼자되어 오래 삶)에 대한 대비를 철저히 해야 한다. 장수가 '축복이 되느냐, 재앙이 되느냐?'는 바로 내게 달린 것이다. 미리미리 사전 준비가 된 사람에게는 축복이, 무작정 맞이하게 되면 재앙이 될 개연성(蓋然性: 절대적으로 확실하지는 않으나 아마 그럴 것으로 생각되는 성질)이 높다. 그래서 누군가 말하지 않았던가? '아름다운 젊음은 자연이 준 선물이지만, 아름다운 노년은 자신이 만든 예술이다.'라고 하루, 한 달, 그리고 일 년이 물 흐르듯 흘러가고 있다. 그 중심에 바로 내가 서 있다.

삶의 지혜 (하)

초판인쇄 2025년 8월 1일
초판발행 2025년 8월 1일

지 은 이 문재익
펴 낸 이 채종준
펴 낸 곳 한국학술정보(주)
주   소 경기도 파주시 회동길 230(문발동)
전   화 031-908-3181(대표)
팩   스 031-908-3189
투고문의 ksibook1@kstudy.com
등   록 제일산-115호(2000. 6. 19)

ISBN 979-11-7457-075-8 03810

이담북스는 한국학술정보(주)의 학술/학습도서 출판 브랜드입니다.
이 시대 꼭 필요한 것만 담아 독자와 함께 공유한다는 의미를 나타냈습니다.
다양한 분야 전문가의 지식과 경험을 고스란히 전해 배움의 즐거움을 선물하는 책을 만들고자 합니다.